डांग

डांग

हरिराम मीणा

ISBN : 9789389373011

प्रथम संस्करण : 2019 © हरिराम मीणा

DAANG (Novel) by Hariram Meena

राजपाल एण्ड सन्ज़

1590, मदरसा रोड, कश्मीरी गेट, दिल्ली–110006

फोन : 011–23869812, 23865483, 23867791

e-mail : sales@rajpalpublishing.com

www.rajpalpublishing.com

www.facebook.com/rajpalandsons

1

"**जा** को बैरी सुख से सोवै बा कू जीबे को धिक्कार..."

कोड्यापुरा गाँव के चौक में 'आल्हा' गाता हुआ नाथ बाबा अचानक रुक गया, जैसे उसके भीतर कोई गहरा झटका लगा हो। आसमान के शून्य में कहीं हवा के बेतरतीब लटके शहतीरों पर उसकी नज़रें अटक गयी सी प्रतीत हुईं जैसे धरती पर करती रही लम्बी खोज से ऊबकर अब उसे कुछ उम्मीद थी आसमान से। नाथबाबा के नाम से ही जानते थे सब हरजीनाथ को। सारंगी बजाता हुआ डूबकर आल्हा गा रहा था उस दिन। 'आल्हा-ऊदल' की कथा का कोई चरित्र न होते हुए भी वह उसका प्रमुख पात्र बन गया था।

''का बात भई रे भगत, काहे रुक गो ?'' श्रीफल गूजर के टोकते ही नाथबाबा की निगाहें आसमान से उतरकर सारंगी पर आ टिकीं। बायीं हथेली पर सारंगी टिकाते हुए दाहिने हाथ से उसकी खूँटी पकड़ कर तांत को कसने लगा।

''आल्हा गाते-गाते लुक्का डकैत को किस्सो याद आ गो पटेल। तुम्हें खबर है कि नायं, चार पीढ़ी पैले अपने पुरखन को कियो क़त्ल को बदलो ले के अपनो कलेजो ठंडो कियो हो वा डकैत ने। असली नाम हो वा बागी को पंडित लोकमन। डाकू बनिबे के बाद ही लुक्का के नाम ते जान्यो गयो। कैसे सोबे देतो चैन ते बैरीन ने। फिर बागी ही काहे को।''

''हाँ रे नाथबाबा, नाम तो मशहूर बागीन में बतायो वा लुक्का को। ई मैंने बी सुन्यो है,'' श्रीफल गूजर ने जवाब दिया।

''हम्बे रे श्रीफल काका, नाम तो वाको हमन ने बी सुन्यो है। कहीं सरमथुरा की आजू-बाजू को बतायो वा डाकू।'' अधेड़ उम्र के सुरजीत ने श्रीफल की बात की हाँ में हाँ भरी।

''ई डकैतन की बात कहाँ ते आ गयी भैया ? जोगी बाबा, तू बा गोपीचंद-भरतरी को गीत सुनाय तो सुना दे, मेरे पाँव में दर्द है रो है। मोय बैदजी के ढिंग जानो है।'' हंसराम कसाना ने डाकुओं की कहानी को विराम देने का प्रयास किया।

''वा गूजरी वारो ?''

''हाँ।''

आल्हा छोड़कर अब हरजीनाथ सारंगी पर थोड़े आलाप के बाद राजा भर्तृहरि का गीत सुनाने लगा।

उज्जयनी का राजपाट त्याग कर राजा भर्तृहरि वैराग्य धारण कर लेते हैं और जंगलों में तपस्या करने लगते हैं। राजसी भोजन की जगह जीवन भिक्षाटन पर आश्रित हो जाता है। एक दिन घूमते-घूमते भर्तृहरि बाबा पहुँच जाते हैं पहाड़ की तलहटी में बसी एक गूजरी के घर। कोई आधा दर्जन भैंसें होती हैं उसके पास, मगर गूजरी थी कंजूस। वैरागी भर्तृहरि ने गूजरी से दूध की भिक्षा माँगी। साधु का रूप होते हुए भी गूजरी ने दूध देने से मना कर दिया।

''अरे, दूद मेरे ग्वालन कूँ पाऊँ। लेनी होय तो ले, छाच कुल्लड़ में भर लाऊँ...''

भर्तृहरि नाराज़ होकर मन-ही-मन गूजरी को शाप देते हुए वहाँ से चले जाते हैं। अचानक सभी भैंसें दूध देना बंद कर देती हैं। जो कोई उनके नज़दीक जाता है उसे लात मारकर भगा देती हैं। अपने दुधमुँहे पडरेटों (शिशुओं) को भी निकट नहीं फटकने देतीं। गूजरी ने अपने पति को काम से घर आने पर सारा किस्सा सुनाया।

गूजरी ने बताया कि ''एक कनफटो सादू आयो हो। भिच्छा में दूद माँगबे लग्यो। मैंने दूद की बजाय छाच देनी चाई। वा ने नाहीं कर दी। अर, मुँह फुलाके नी चलतो बन्यो। मैंने बिचार कियो ऐसे भिकमंगे बाबाजी तो रोज डोलत फिरे हैं। ऐसे न कूँ दूद दै बे लग गयी तो घरबार कैसे चलेगो ? मोय खबर ना। हो सकै ऊ ने ही कछु कर दियो।''

गूजर सब समझ गया। हो न हो वह साधु बाबा भर्तृहरि के अलावा और नहीं हो सकता। पत्नी को डाँटता हुआ गूजर निकल गया, भर्तृहरि की तलाश में। कुछ देर बाद वह उन्हें ढूँढ पाया। मिलते ही उनके पाँवों में गिर पड़ा और काफ़ी मिन्नतें करने पर बड़ी मुश्किल से श्राप के असर से मुक्ति पायी।

''क्यों भई पंच-पटेलो, देखा बाबा भरतरी को परताप,'' हरजीनाथ ने अपना सामान समेटते हुए कहा।

''हाँ रे नाथबाबा, गजब को संन्यासी हो वा बाबा भरतरी तो।'' सभी श्रोताओं ने माथा हिलाकर श्रीफल गूजर की प्रतिक्रिया से सहमति जतायी।

''काहे रे हरजी भगत, वा गूजरी ने जिन्नगी भर काउ कनफटे नाथन कूँ भीक देबे ते इनकार ना कियो हैगो ?'' हंसराम ने खाट से उठते हुए सवाल किया।

''हाँ रे पटेल, भरतरी बाबा वा गूजरी कूँ हमेस के काजे सीख दे गो,'' हरजीनाथ ने झोला कंधे पर लटकाते हुए कहा। झोले में सारंगी वह पहले ही रख चुका था।

''तो आज को बासा न्याहीं कर लेओ भगत,'' श्रीफल गूजर ने हरजीनाथ से कोड्यापुरा गाँव में रात रुकने का आग्रह किया।

''नहीं श्रीफल भाई, मोये संज्या (संध्या) तक सायपुर गाँव पहुँचनो है। आज रात म्हां देवी माता को जागरन है। राम-राम! मैं चलत हूँ।''

''ठीक है भगत, जैसी तुमारी मर्जी। राम-राम!'' अन्य मौजूद ग्रामीणों ने भी श्रीफल गूजर के संग हरजीनाथ का अभिवादन किया।

''जै भोले नाथ! भरतरी बाबा सब पर किरपा बनाये रखे,'' सभी के अभिवादनों का एक साथ जवाब दिया हरजीनाथ ने।

लोक की वाचिक परम्परा का अनौपचारिक पड़ाव थम गया। हरजीनाथ कोड्यापुरा गाँव से चल पड़ा। अब वह सायपुर की राह पर था। भरतपुर-धौलपुर की डांग के एक कोने से गुज़र रहा था हरजीनाथ।

डांग की पहाड़ियों के उबड़-खाबड़पन, लाल और भूरे पत्थर-पट्टियों को लादकर ले जाने वाले ट्रकों के भार से मार्ग में पड़े गड्ढों व बेतरतीब आड़ी-टेढ़ी पगडंडियों की शक्लो-सूरत से तुलना करता जा रहा था हरजीनाथ अपने जीवन के उतार-चढ़ावों की।

सरकारी स्कूल में आठवीं तक बड़ी मुश्किल से पढ़ सका था वह। उसके बाप ने साफ़ कह दिया था कि आगे पढ़ने से कोई फ़ायदा नहीं। अपनी कुल-परम्परा का धंधा शुरू करो और परिवार के पालन में हाथ बँटाओ।

जोगी का धंधा रोज़ सुबह कटोरा हाथ में लेकर चून माँगने के सिवाय और क्या? बदले में देने के लिए जोगी के पास कुछ नहीं। बचपन में एक साधु आया था हरजीनाथ के गाँव सूरोठ में। डांग के नीचे उतरते ही यूँ समझो समतल में बसे गाँवों में से एक है सूरोठ गाँव। गाँव में बने हनुमान जी के मन्दिर में ही डेरा डाला था उसने अपने एक चेले के साथ। शाम के वक्त खेत-क्यार से निबट कर जब गाँववाले इकट्ठा हो जाते तब वह ज्ञान व धर्म की बातें बताता था।

''भीख माँगकर जीवनयापन करना बुरा नहीं है जो एवज़ में आप समाज को कुछ सिखाओ तो। यह काम हमारे बड़े-बड़े संत-फ़कीरों ने किया है,'' साधु की कही यह बात बालक हरजी के दिल में ऐसी बैठी कि हिली ही नहीं।

''मैं तूम्बा ले के घर-घर ते चून ना माँगूंगो,'' हरजी ने अपने बाप को एक दिन साफ़-साफ़ कह दिया था। इसी बात पर बाप ने गुस्से में उसे घर से निकाल दिया था। वो दिन है और आज का दिन, हरजी अपने गाँव नहीं लौटा। जिस कदर गुस्से में बाप ने निकाला था हरजी को, उसी तरह गुस्से में डांग के पहाड़ी अंचल में प्रवेश कर गया था हरजी।

2

गढ़ी बाजना गाँव के पास कनफटे नाथपंथियों का डेरा था उन दिनों। भटकता-भटकता हरजी वहाँ पहुँच गया। कुछ दिन मठ में रहा। साधुओं की नज़र में आया। आठवीं तक पढ़ा-लिखा और होशियार होने के कारण गद्दीनशीन साधु बाबा अमरानाथ ने उसे अपनी सेवा-चाकरी में रख लिया। बाबा अमरानाथ ने हरजी को बहुत स्नेह दिया था। वही वात्सल्य था हरजी के जीवन में जिसने बाप द्वारा किये निष्कासन के दंश की जलन को थोड़ा ठंडा किया। फिर भी अपनी जन्मभूमि से बेदखली को कौन बर्दाश्त कर सकता है, यह सवाल हरजी के मन में हमेशा बैठा रहा। बहुत कुछ याद आ रहा था उसे आज जब वह सायपुर गाँव की राह जा रहा था।

इस इलाके में सड़कों के नाम पर ऊबड़-खाबड़ रास्ते हुआ करते थे। रास्ता बताने वाले भी ढूँढने पड़ते थे। हाँ, चुनावी मौसम में राजनेता ज़रूर पहुँच जाते। अंचल के ग्रामीण दुर्भाग्यशाली। उनका जीवन बड़ा कठिन। पहाड़ी-पठारी अंचल में थोड़ी-बहुत खेतीबाड़ी या पत्थर-खनियाँ मज़दूरी (खानों में मज़दूरी)। चोरी-डकैती किसी की आदत में नहीं। ऐसे कर्म को आर्थिक दबाव का धंधा अवश्य कहा जा सकता था, जिसे कोई मजबूरी में ही अपनाता, जो बाद में जाकर खतरनाक बन जाती थी। ऐसे बुरे कर्म करने वाले शख्स दो प्रकार के हुआ करते थे। एक स्थानीय और दूसरे वे जो अपने इलाके में पुलिस का दबाव पड़ने के कारण आश्रय की तलाश में कुछ दिन ठहरने या उधर से गुज़रने के लिए आते थे। यूँ ग्रामीणों की अपनी ज़िन्दगी और डाकुओं व पुलिस की अपनी लुका-छिपी व पकड़ा-धकड़ी चलती रहती थी। हरजीनाथ ने डांग के उस जीवन को बड़ी नज़दीकी से अनुभूत किया था। फिर भी यह सब कुछ गड्डमड्ड सा ही रहा उसके मन में।

हरजीनाथ के संग पढ़ने वाला एक लड़का पुलिस में भर्ती हो गया था। डिप्टी एसपी के पद से सेवानिवृत्त होने के बाद उसने बयाना क़स्बे में आवास बना लिया था। वह भी ग़रीब घर से था। पिता ने उसे पढ़ा दिया और वह सरकारी नौकरी में आ गया। डकैतों के बारे में कई दफ़ा श्रीफल गूजर ने उसे सूचना दी थी। इसलिए श्रीफल के सम्पर्क में था मुरलीधर यादव नाम का वह पुलिसवाला। अफ़सरों का चहेता होने व राजनैतिक रसूकात के कारण सिपाही से लेकर डिप्टी एसपी तक अक्सर उसकी तैनाती भरतपुर व धौलपुर ज़िलों में ही रही। उसने पुलिस में भी खूब नाम कमाया था।

एक दिन कोड्यापुरा से श्रीफल का फ़ोन आया, ''हुज़ूर, अस्सी बरस को होबे जारो हूँ। ख़ट-करम खुद ई कर लऊं।'' रामा-श्यामा के बाद उसका पहला वाक्य इसी तरह था। मुरलीधर अचंभित था यह जानकर कि श्रीफल गूजर का ज़िन्दगी में कभी किसी वैद्य-डॉक्टर से अब तक पाला नहीं पड़ा। उसके दिमाग में एक सवाल उठा, ''क्या कठोर जीवन इसी तरह ताकत देता है जिजीविषा को ?''

8 / डांग

मुरलीधर के भीतर जुड़ने लगा स्मृतियों का मेला। बहुत कुछ था वहाँ। अरावली पर्वत शृंखला के पठार, नदी-नाले, लाल पत्थर की खदान, मवेशियों की खिरकाड़ियाँ (मवेशियों के अस्थायी ठिकाने), बीहड़ों में बने दुर्गा माँ के घंटाधारी मन्दिर, जहाँ डाकू लोग और नहीं तो पीतल का घंटा ऐलानिया और बाकायदा ज़रूर चढ़ाते थे। लोक देव-देवियों के थान और दस्यु परम्परा के ख़ूनी इतिहास को अपने सीने में कब से छुपाये वहाँ से कुछ दूर बह रही चम्बल नदी के पानी की गंध। खैर (कैर नहीं), कैक्टस, धौंक, बबूल, झाड़-झंकाड़ तथा अनेक प्रकार की अन्य वनस्पतियाँ, कांस व घास, छोटे-छोटे खेतों में काम करते किसान और पत्थर की खानों में खनियाँ मज़दूर, डाकुओं के गिरोह, हथियारबंद पुलिस, यत्र-तत्र सफ़ेदपोश राजनेताओं के पीछे उनके दलों के कार्यकर्ता, इन सब के केंद्र में था डांग जीवन के वृद्धावस्था की दहलीज़ पर पैर रखता श्रीफल गूजर। इस मानस-दृश्य ने मुरलीधर को पहुँचा दिया 'विचारों के ताल' तक जो अवस्थित है उसी डांग क्षेत्र में सायपुर गाँव से करीब एक किलोमीटर की पठारी चढ़ाई वाली दूरी पर।

पठार के झिलारे (नीची सतह जहाँ कम गहरा जल होता है) में किनारे-किनारे चार से छह फ़ीट तक पारदर्शी जल से भरा हुआ सरोवर। मध्य में और गहरा पानी। लाल कमल व घेन्टूला के फूलों से सुसज्जित। तालाब की पाल पर चारों ओर उगे हुए आम, जामुन, पीपल, बरगद, इमली एवं अन्य प्रजातियों के दरख्त। पूर्वी कोने में थे पुराने किले के खंडहर जो किले के साथ शायद शिकारगाह भी रहा होगा। शाही आखेट के लिए बंदूकों की आवाज़ें और उसके बाद पकते मांस की गंध कितना विदीर्ण करती होगी शांत सरोवर के पवित्र हृदय को! यह था विचारों का ताल। यह नाम कैसे पड़ा? यह सवाल मुरलीधर के दिमाग में हमेशा अनसुलझा रहा।

बुजुर्ग लोग बताते हैं कि इस विचारों के ताल से मनसा भैरों, रमधा, कांस की बावड़ी, वन विहार व धौलपुर के पास मचकुंड तक की जंगली-पहाड़ी धरा, प्राचीन काल के ऋषि-मुनियों की तपोभूमि हुआ करती थी। उनमें एक थे कण्व ऋषि जिन्होंने मेनका पुत्री शकुंतला को अपने आश्रम में पाला था जो था कहीं गंगा तट पर, लेकिन उससे पहले उस ऋषि ने यहाँ तपस्या की, बताया जाता है।

बयाना वृत्ताधिकारी के सेवाकाल में कई बार मुरलीधर विचारों के ताल गया। न जाने क्यूँ उसे यह स्थान बहुत मनोहारी, शांत एवं पवित्र लगता था।

उसे याद आया कि एक दिन पुलिस के खास मुखबिर ने खबर दी कि नरपत डकैत का गैंग विचारों के ताल पर आने वाला है। यह भी पता चला कि पुलिस अगर बावर्दी विचारों के ताल पर जाकर एम्बुश लगायेगी तो गिरोह को शत-प्रतिशत पता लग जायेगा। वजह थी इलाके के चप्पे-चप्पे पर नरपत की पकड़। लोग नरपत के नाम के आगे धूजते थे, जैसे वह हो फ़िल्म 'शोले' का गब्बरसिंह। पुलिस की हर हरकत की खबर नरपत तक। नरपत की किसी भी गतिविधि की कोई हवा पुलिस तक नहीं। तय हुआ कि गुप्त रीति

से ही पुलिस दल को वहाँ पहुँचना चाहिए। प्राय: ऐसे दस्यु विरोधी अभियानों का नेतृत्व सम्बन्धित वृत्ताधिकारी को ही करना होता था। मुरलीधर के नेतृत्व में दस्यु-निरोधी विशेष पुलिस दस्ते ने वेशभूषा व हथियार वगैरा की दृष्टि से सारा इंतज़ाम ऐसे किया जिससे उन्हें पुलिस के रूप में कोई नहीं पहचान सके। स्याह रात के सन्नाटे में पुलिस ने मोर्चा जमा लिया। विचारों के ताल पर अवस्थित किले के खंडहरनुमा बुर्जों के भीतर चारों ओर कड़ी निगरानी रखते हुए। विचारों के ताल का रमणीय क्षेत्र दिखायी देने लगा पुलिस व डकैतों के बीच होने वाली भयंकर मुठभेड़ के स्थल के रूप में। फागुनी बयार जेठमासी लू के थपेड़ों सी प्रतीत होने लगी। कैसी अजीबोगरीब मानसिकता थी जिसने वस्तुजगत का परिदृश्य ही बदल दिया! सांय-सांय करती रात जसतस गुज़र गयी।

पुलिस दल दो वक्त का खाना बाँध कर लाया था। अगले दिन की साँझ तक वह ख़त्म। मुखबिर साथ था। अपनी ख़ुफ़ियागिरी पर पूरी तरह अडिग। दस्यु दल को इधर आना ही है।

फिर एक रात और फिर अगला दिन।

पुलिस दल के सामने खाने की परेशानी आयी। रसद सामग्री को जानबूझकर नहीं लाना था। अभियान ही मुश्किल से था चौबीस घंटे का। दूसरे, खाना बनाने की प्रक्रिया में विचारों के ताल के गुप्त प्रवास के भंग होने का पूरा-पूरा खतरा। वहाँ तो निबटा-धोयी भी छिपछिपा के करनी थी। दूसरे दिन के साथ नरपत डकैत के गिरोह के आने की सम्भावना क्षीण होने लगी। मुखबिर भी ढीला पड़ रहा था। अब मुखबिरी तो मुखबिरी ठहरी। चम्बल के डाकुओं की मुखबिरी और वह भी पक्की खबर के साथ। आसान काम नहीं। और ऐसा पहली दफ़ा थोड़े ही हो रहा था।

जोग-संजोग से सायपुर का लिच्छमन पंडित अपनी दिनचर्या के हिसाब से जंगल फिरने विचारों के ताल की तरफ़ आया। वह अनुभवी आदमी था। उसने टोह ले ली कि वहाँ डकैतों का कोई गिरोह ठहरा हुआ है। उसके दिमाग में आया कि उसकी टोह की भनक यदि डाकुओं को मिल गयी तो ज़िंदा नहीं छोड़ेंगे।

पुलिस का गहन अनुभव रखने वाला मुरलीधर सोचे जा रहा था कि यह ऑपरेशन तो असफल हो गया। आगे की सम्भावना बनी रहे, इसलिए चुपचाप यहाँ से निकला जाये। पाँचेक किलोमीटर पैदल चलना था। आगे तो वाहनों के लिए वायरलैस से मैसेज दे दिया जाता। यह यात्रा भी तो करनी थी अतिगोपनीय तरीके से। यह सब संभव था रात ही में। समस्या थी भूखे दिन कैसे गुज़रे?

''ससुरो हमारी जासूसी कर रो है? इते आ।'' दुर्ग के खंडित बुर्ज के नीचे एक कोने से बुलंद आवाज़ सुनकर लिच्छमन के पाँव जहाँ के तहाँ जम गए।

''माई-बाप, किते हो? दिखायी ना दे रहे।''

''हरामी की औलाद, इते देख।'' यह स्वर ऐसा था जैसे कान की बगल से पचफेरा राइफ़ल की गोली निकली हो। खंडहर के साये में पली झाड़ी से बाहर लिछमन पंडित को दिखायी दिया मुँह पर ढाटा बाँधे एक शख्स जिसके हाथ में बारह बोर की दुनाली बन्दूक थी। पंडित को अपने पाँवों के नीचे की ज़मीन खिसकती नज़र आयी। साक्षात् मौत सामने खड़ी थी।

''हुज़ूर, तुम का बेदरिया मुखिया के आदमी हो या कोई और सिरदार? मोय बताओ, का सेवा करूँ?''

पंडित को तुरंत जवाब मिला, ''जादा आंकड़ेबाज़ी मत कर। पंद्रह करीब जनों की रोटी फटाफट बनवा के ला। हमारे पास टेम नहीं है। और सुनियो, काउए भनक लग गयी तो समझियो तू अपने पुरखन के ढिंग। अपने खोपड़ीय ठिकाने रखियो। चल फूट।''

''माई बाप, नेकऊ गल्ती ना होबे की। ई कदम गयो अर ऊ कदम आयो,'' कहते हुए लिछमन पंडित के पाँव हवा में।

मुश्किल से आध-पौन घंटा लगा होगा। लिछमन पंडित हाफ़ँता हुआ लौटा कपड़े की एक पोटली में बाँधकर बेजड़ की रोटियाँ और अल्युमिनियम की भगोनी में प्याज की तरीदार सब्ज़ी के साथ।

लिछमन पंडित वाकई में पंडित यानी कि माहिर था डाकुओं की नब्ज़ पहचानने में। डाकू गिरोह बने पुलिस दल के एक अन्य सदस्य ने रोटी व सब्ज़ी में से एक ग्रास चखने को पंडित को दिया। यह तसल्ली करने के लिये कि कहीं ज़हर तो नहीं मिला लाया। पंडित की नज़र गयी डाकू बने एक सिपाही के सिर के बालों की ओर जो फ़ौजीकट थे। सिपाही के चेहरे के भाव भी पंडित पढ़ गया। पुलिस दल के सभी सदस्यों के रोटी खा लेने तक पंडित को कहीं जाने नहीं देना था। हालाँकि लिछमन के सामने पुलिस दल का मुश्किल से एकाध जना और आया होगा, पर पंडित को विश्वास हो गया कि यह कोई डाकू-गिरोह वगैरा न होकर स्थानीय पुलिस है।

जब सारा भेद थोड़ी देर में खुल-सा ही गया और एक थानेदार को हँसी आ गयी। डिप्टी एसपी मुरलीधर सहित सभी पुलिसवाले अपने असल रूप में प्रकट हो गये तब लिछमन ने बताया कि ''हुज़ूर, डकैत रोटी ले के चलते बनते। ऐसे आराम से रोटी खाबे को खतरा काहे मोल लेते।''

मुरलीधर ने पंडित लिछमन से पूछा, ''क्यूँ रे पंडित, हम जो असल पुलिस के रूप में ही होते और रोटी की माँग करते तो क्या तू इतनी जल्दी रोटी बनवा लाता?''

लिछमन ने जवाब दिया, ''हुज़ूर, कतई नहीं। डकैतन ते डर लगे है। बे तो इंसाने मारबे को लाइसेंस हथेली पे रखे हैं। आपे तो थप्पड़ मारिबे के पहले कछु सोचनो परे।''

लाव-लश्कर उठाकर पुलिस दल विचारों के ताल से चल दिया। अब तक उस स्थल की छटा अपना मौलिक रमणीक स्वरूप पुन: ले चुकी थी। पंडित लिच्छमन को यह सलाह देते हुए, ''हमारे इस कदर यहाँ आने की बात वह किसी को न बताये। अगर ऐसा किया तो जनता के हित में हमारी आगे की कोई प्लानिंग है, वह फ़ेल हो जायेगी,'' मुरलीधर अपने पुलिस कर्मियों के साथ बयाना की ओर प्रस्थान कर गया।

जब मुरलीधर कोड्यापुरा के श्रीफल गूजर से फ़ोन पर बात समाप्त कर रहा था तब श्रीफल ने यह भेद खोल दिया था कि ''लिच्छमन पंडित पेट में ऊ बाते पचा ई ना पायो जब मालिक, आप डकैतन के गिरोह बने थे। सायपुर गाँव पहुँचते ई वाने सारी कहानी कह दई। हाँ, जो काऊ डाकू ऐसो कह देतो तो वा पंडित अपने देवतान कू भी भनक ना लगिबे देतो। और आप तो पैली बार बागी बन के म्हां गये, डकैतन को तो रोज़ को घर हो, वा विचारन को ताल।''

उसने अंत में कहा, ''हुज़ूर डकैतन ते सबकी फ़टे।''

विचारों के ताल का यह किस्सा कभी खुद मुरलीधर ने हरजीनाथ को सुनाया था। उसी विचारों के ताल के किनारे-किनारे होता हरजी पहुँच गया सायपुर।

3

धौलपुर के तीनों घरानों के मुखियाओं सहित परिवार के किसी सदस्य या कार्यकर्ता की समझ में नहीं आ रहा था कि इस नये एसपी के साथ कैसे निबटा जाये। पहले घराने का मुखिया सेठ प्रहलाद राय, दूसरे का पंडित हरचरण लाल बोहरा और तीसरे का नेता कप्तान सिंह गूजर। यूँ तीनों ही मुखिया अपने-अपने इलाके में धाक जमाते आये राजनैतिक व्यक्तित्व थे व सभी कांग्रेस पार्टी में अपना अच्छा-खासा स्थान रखते थे। उन दिनों कांग्रेस पार्टी का पूरे देश में बोलबाला हुआ करता था। इन तीनों नेताओं की सहमति के बिना किसी भी महकमे के अधिकारी का पदस्थापन धौलपुर जिले में संभव नहीं था। एक अलिखित समझौता चलता आया था कि तीनों में से पहले दो बड़े घराने एसपी व कलेक्टर में से एक-एक को बाँट कर अगली बार की अदला-बदली के आधार पर पद स्थापित करवाते थे। तीसरा घराना तुलना में कमज़ोर पड़ता था। अपने उपखंड व तहसील स्तर पर ही मन को दिलासा देकर संतोष कर लेता था। लेकिन उन दिनों राष्ट्रीय स्तर के एक अखबार ने गड़बड़ कर दी। मुख पृष्ठ पर एक बड़ी खबर छपी कि 'धौलपुर बना डाकुओं का अड्डा'। खबर की पहली पंक्ति थी 'धौलपुर जिले में तीन राजनैतिक घरानों का राज चलता है, और तीनों का संरक्षण डाकुओं को मिलता रहा है।'

''पूरे देश में हमारे जिले को बदनाम कर दिया हरामज़ादे उस पत्रकार ने। क्या नाम

था उसका ?'' माथे पर पड़ी सलवटों को सहलाते हुए सेठ प्रहलाद राय बड़बड़ाया। तीनों घरानों के मुखियाओं के स्तर की यह अतिगोपनीय बैठक थी।

''हाँ सेठजी, ऊ का कहत है कि ना, का नाम हो वा ससुरे को, हाँ नुनीत सरीन,'' नेता कप्तान सिंह गूजर ने सेठजी को कुछ याद दिलाने का प्रयत्न किया।

''अरे नेता, नुनीत नहीं नवनीत सरीन,'' हरचरण लाल बोहरा ने नेताजी को दुरुस्त किया। सेठ प्रहलाद राय ने माथा हिलाकर बोहराजी का आभार जताया। तीनों में सेठ प्रहलाद राय का सम्मान सबसे ज्यादा था। वजह उसकी उम्र व होशियारी दोनों रहीं।

''हरामी की नेक ख़बर मोय लग जाती तो बाको नामोनिशान यमदूतन कूँ बी ना मिलन देतो। भेन्चो! कहूँ ते आबे वारेन कूँ रुकिबे को ठिकानों नायं हमारे बोहरे जी के होटल के बाहर ई धोलपुर में। अखिर किते ठहरो वा जासूसी अख़बार वारो ?'' नेता कप्तान सिंह ने कुर्ते की आस्तीन चढ़ाते हुए कहा।

''कप्तान, अब सुन, तेरे गुस्सा करने से कुछ नहीं होने वाला। अब तो अक्ल से काम लेने के अलावा कोई चारा हमारे सामने नहीं है,'' कहते हुए सेठ प्रहलाद राय ने बोहरा हरचरण लाल की आँखों में यूँ झाँका जैसे वह उसकी आँखों के सहारे दिल में उठ रहे विचारों की थाह लेने की कोशिश कर रहा हो।

''प्रहलाद राय जी, एक बात मेरी समझ से बाहर है कि हम दोनों राजस्थान सरकार में मंत्री हैं। एक तो हमसे बगैर पूछे अख़बार की खबर पर मुख्यमंत्री जी ने सीआईडी की जाँच बैठा दी। दूसरे हमारी छाती पर यह छोकरा ऐंटू एसपी बिठा दिया जो किसी की सुनता ही नहीं। हर जगह अपनी मनमर्ज़ी किये जाता है। हम यहाँ के लोकल जन प्रतिनिधि हैं और सरकार में मंत्री भी। हमसे बिना पूछे कोई सरकारी अफ़सर यहाँ कैसे चल सकता है ?''

''बोहरे जी, आप ठीक कह रहे हैं। परन्तु इस अखबारवाले व यहाँ के अफ़सरों को धौलपुर में तो बसना है नहीं। ये तो हमारी साख ख़राब कर चलते बनेंगे। भुगतना हमें ही पड़ेगा। अब वह डीआईजी जाँच करने आये। पता है लोगों से क्या पूछा उसने ? मैं बताता हूँ, उसने हम तीनों के नाम ले-ले के पूछा है कि ''इन घराने वाले नेताओं के आदमियों की डकैतों से कहाँ तक मिलीभगत है ?''

''सेठ जी, सुना मैंने भी है। मेरे पास बात दूसरे रूप में आयी है। वो इस तरह कि हम उन अपराधियों को बचाने के वास्ते पुलिस अफ़सरों से सिफ़ारिश करते हैं, जिनमें डकैतों की मदद का आरोप भी लगाया गया है।''

''आप दोनों तो बड़े मंत्री हो सरकार के। वा डीआईजी कूँ घर बुला के समझायो काहे ना ?'' कप्तान सिंह बीच में टपका।

''ख़बर पहुँचायी थी मैंने सर्किट हाउस में। मेरे पास जवाब आया कि वे इन्क्वायरी करने आये हैं और मेरे घर आएँगे तो अखबारवाले अनावश्यक तिल का ताड़ बना देंगे। सोच-समझ कर मैं भी उसकी बात से सहमत हो गया था। तुम नेता जी, समझो नायं कि डांग के बाहर सरकार कैसे चले है? तुम तो यहीं गाँववालेन कूँ बहकाते रहे हो। इससे आगे विकास योजनाओं के फंडन में हेराफेरी या फिर अफ़सरों की दलाली।'' कहते हुए प्रहलाद राय अपनी भाषा भूल गये। सेठ जी प्राय: आपा नहीं खोते थे। इन दिनों माहौल ही ऐसा बन गया कि उन्हें पहली बार धौलपुर ही नहीं, बल्कि बाहर भी नीचा देखना पड़ रहा था। वजह अन्य कोई नहीं थी सिवाय इसके कि जाँच अधिकारी व नये एसपी उनके घराने पर हाज़िरी भरने नहीं आये। अख़बार की ख़बर ने तो पहले ही माथा ख़राब कर रखा था।

नेता कप्तान सिंह के ठिकाने को कमज़ोर ही सही पर तीसरा घराना यूँ ही थोड़े ही कहा जाता था। खासकर धौलपुर की गूजर कौम का वह सर्वमान्य नेता था। उसके एक इशारे पर लोग कुछ भी करने को आमादा हो सकते थे। स्वभाव से वह भी सेठ प्रहलाद राय की नाईं राबड़ी को ठंडा करके ही पीने वाला था। सेठ जी की प्रतिक्रिया उसे नागवार लगी। आखिर वह भी इलाके का कद्दावर नेता था।

कप्तान सिंह ने कुछ सोचकर कहा, ''सेठ जी, हम का टप्पेमारी में ही दो-दो बेर प्रधान बन गये? और एडवांस में बताय देत हूँ, अब की बेर बाड़ी छेतर ते एमएलए बन के दिखाउंगो। आपने ई ऐसी हल्की बात कैसे कह दी कि हम ससुरे अफ़सरन की दलाली पे गुज़र बसर करत फिरत हैं। हाँ, राजनीति में आबे ते पैले खूँटैलगिरी (मवेशी चोरी की दलाली) ज़रूर की, वा बात अब पुरानी है गयी।''

''मेरो मतलब नेताजी तुम्हारो दिल दुखाबे को नईं हो। आप वैसे ही नाराज़ है रहे हो। छोड़ो इन बातन ने। अब काम की बात सुनो।''

''हाँ भई, काफ़ी देर हो गयी। सेठजी बताओ। हमें क्या करना चाहिए इस संकट की घड़ी में?'' हरचरण बोहरा ने जिज्ञासा ज़ाहिर की।

धौलपुर के तीन सर्वोच्च राजनेताओं की उस गुप्त बैठक में सर्वसम्मति से तय किया गया कि अपनी ओर से एक ज्ञापन तैयार किया जाये जिसमें स्पष्ट लिखा जाये कि 'राष्ट्रीय अखबार ने बढ़ा-चढ़ा कर खबर दी है जिससे इलाके की बदनामी हुई है। अत: इसकी जाँच गृह विभाग के सचिव से करायी जाये।'

बैठक के अंत में सेठ प्रहलाद राय ने इशारों में दोनों को बताया कि गृह सचिव अपना आदमी है। वह लीपापोती कर जाँच भी पूरी कर लेगा और नतीजा भी कोई ऐसा नहीं निकलेगा, जिससे हमें या अपने इलाके को नीचा देखना पड़े। विधान सभा में हम निबट लेंगे।

4

उस साल बरखा ऋतु के आगमन के साथ चम्बल में भयंकर बाढ़ आई। धौलपुर व मुरैना को जोड़नेवाला चम्बल का पुल थरथरा रहा था। दुर्घटना की आशंका को देखते हुए पुलिस ने इधर के वाहन इधर और उधर के उधर खड़े करवा दिए थे। दोनों ओर उनका ताँता लग गया था। अपने-अपने गंतव्य स्थलों को जाने वाले लोगों की भीड़ जमा थी जो घटने की बजाय बढ़ रही थी। नदी पूरे उफ़ान पर होने के कारण नावों के इस्तेमाल का प्रश्न ही नहीं उठ रहा था और बरसात का यह आलम कि थमने का नाम ही नहीं। चम्बल के दोनों ओर इकट्ठी भीड़ में आक्रोश बढ़ता जा रहा था, आसमान से ज्यादा प्रशासन के खिलाफ़। प्रकृति के सामने प्रशासन मौन लेकिन भीड़ को समझाने की पूरी कोशिश। मौसम विभाग बार-बार चेतावनी दिये जा रहा था कि ''राजस्थान के डांग व हाड़ौती अंचलों में आगामी चौबीस घंटों में और अधिक वर्षा होने की संभावना है।''

कहते हैं, 'चम्बल किसी की नहीं।' जो नहीं जानते इस नदी को वे कहने लगे, ''कभी भी उफ़ान ले सकती है चम्बल।'' चम्बल उत्तर भारत की सबसे गहरी नदी। जहाँ तक चम्बल के जानकार बताते हैं, अपने इतिहास में उसने आज तक अपने तट बंध नहीं तोड़े। चम्बल कब की एक मिथक बन चुकी है। लोक में चम्बल के रूप में विख्यात नहीं, कुख्यात! नदी की गहरायी को नापने के लिए एक बार स्थानीय लोगों ने डोरी में पत्थर बाँधकर उसकी तह में डुबोया था। डोरी का अंत हो गया, चम्बल की गहरायी का नहीं। कहते हैं उसका तल भूगर्भीय जल से मिला हुआ है। पृथ्वी के गर्भ में जितनी गर्मी होगी उससे कम गर्म व गुस्सैल नहीं है यह नदी।

नदी-घाटी की सभ्यताओं का नाम हमने बहुत सुना-पढ़ा है। ठेठ मिस्र, मेसापोटामिया, बेबीलोन, असीरिया, चीन से लेकर वाया सैन्धव, सारस्वत, गांगेय नामक प्राचीन भू-खण्डों को समेटता समय का लम्बा-चौड़ा कैनवास हमें दिखायी देता है। चम्बल की घाटियों में किसी सभ्यता के खण्डहरों के अवशेष नहीं दिखाई देते। भारत की करीब सभी नदियों की पूजा होती है, उनके तटों पर तीर्थस्थल हैं, उनके जल में स्नान करने से पाप धुल जाने की मान्यता है, लेकिन चम्बल के भाग्य में यह सब नहीं। शास्त्रों में पितरों की प्रिय चर्मण्वती जो निकली पारियात्र पर्वत की घाटियों से। सतयुग में राजा रंतिदेव ने यहाँ अग्निहोत्र यज्ञ कर इतने जानवरों की बलि दी बताई कि इस नदी के किनारे चमड़े से भर गए। इसी कारण इस नदी का नाम चर्मणी हुआ। देश-दुनिया में आदर्श पुत्र के नाम से विख्यात श्रवण कुमार का भी माथा चकरा गया था चम्बल के निकट आते ही।

''बहुत ढो लिया तुम दोनों को। अब मेरा पीछा छोड़ो,'' स्पष्ट कह दिया था श्रवण कुमार ने अपने पूज्य माता-पिता को।

''बेटा, बस थोड़ी-सी दूरी पर हम दोनों को छोड़ दे। फिर तू जहाँ चाहे चला जाना।

आगे हमारा अंधा बुढ़ापा और भाग्य।'' गुहार लगायी थी माँ-बाप ने अपने प्यारे पुत्र से। उनके ज्योतिविहीन नेत्र चम्बल की गहराई में झाँकने और उसके रहस्यों को भाँपने की क्षमता रखते थे। वे जानते थे कि इस नदी के प्रभाव क्षेत्र में साधु-संतों के भी दस्युओं में परिवर्तित हो जाने की मानसिकता बन जाने की दुर्सभावना रहती है। इसलिए पुत्र की कोई ग़लती नहीं, यह तो चम्बल की नियति है।

चम्बल की यह कथा है भगवान् राम के त्रेता युग की और फिर आता है भगवान् श्रीकृष्ण का द्वापर युग जिसमें कौरव व पांडवों ने इस नदी के तीर पर द्यूत क्रीड़ा की, पांडवों ने द्रौपदी को किसी वस्तु की तरह दाँव पर लगाया, हारा और फिर ईश्वर और महान पुरुषों से भरे दरबार में मानवीय लज्जा की समस्त सीमाओं का उल्लंघन करते हुए उसका चीर-हरण किया गया! इस कलिकाल में चम्बल के बीहड़ खतरनाक अँधेरी सुरंगों में बदल जाते हैं जहाँ सुनायी देती हैं बंदूकें चलने की दनदनाती आवाज़ें। क्रोधित माताओं की कोख से पैदा होते हैं आग उगलते चेहरे। वे न हँसते हैं कबीर की तरह और न रोते हैं आम शिशुओं की तरह। वे दहाड़ते हुए पैदा होते हैं जन्मदात्रियों की कोख-कंदराओं से और मरते हैं चम्बल के बीहड़ों में प्रतिशोध की हुँकार भरते हुए। कौन-सा क्रोध, कौन-सा प्रतिशोध, कौन-सा अभिशाप और कौन-सी त्रासदी जो भुगत रही है चम्बल सदियों से? कहते हैं कि जब कोई नदी हँसती है तो उसके किनारों की वनस्पतियाँ झूमती हैं, नाचती हैं और खग-वृन्द जलक्रीड़ा करते हैं। और जब नदी रोती है तो भीषण बाढ़ आती है। चम्बल का अपना कोई रहस्यमय अभिशाप है। उस अभिशाप का वह प्रतिरोध करती है अपनी ही तरह प्रतिशोध लेकर। इसलिए तटबंध तोड़ सकने तक के स्तर की बाढ़ नहीं आने देती वह अपने में। इस काम के लिए पैदा करती है बागी जो कुछ ही दिनों में बनते हैं धाड़ेती (हल्ला बोलते हुए लूटने वाले गिरोह) और फिर डाकू। लम्बी स्वयंभू वंशावली है इनकी। रोबिनहुड किस्म के 'दद्दू' मानसिंह के पुरखों से लेकर पूर्वी राजस्थान में एस.टी. आरक्षण की माँग को लेकर छेड़े गये गूजर आन्दोलन की भीड़ में सरेआम भाषण देने वाले जगन डकैत तक।

दस्युओं की आद्य जननी उसी चम्बल नदी के दोनों ओर जमा भीड़ को प्रशासनिक अधिकारियों ने अस्थायी कैम्पों में पहुँचाया। अगले अड़तालीस घंटों में चम्बल की बाढ़ उतरी।

5

मौसम का मिज़ाज सुधरने के साथ ही हालात पुन: सामान्य हो गये। लेकिन धौलपुर के तीनों घरानों में अभी भी हलचल मची हुई थी। अख़बार की खबर से निकली सीआईडी की जाँच एवं युवा पुलिस अधीक्षक पी. जगन्नाथन की तैनाती के दोनों ही सरकारी कदम धौलपुर के घरानों की पकी फ़सल पर ओले पड़ने से कम नहीं थे। जाँच से

निबटने का गुर तो बता दिया गोपनीय बैठक में सेठ प्रहलाद राय ने, परन्तु एसपी का क्या करें ? इस सवाल से रात भर जूझता रहा सेठ प्रहलाद राय और बोहरा हरचरण लाल। नेता कप्तान सिंह ने अपने घर जाकर टिकाये दारू के चार पैग, जम के खायी रोटी और सो गया चिंता के सारे घोड़े बेचकर। डांग में वैसे भी हक़ीकत के घोड़े होते नहीं।

रात भर उनींदे रहे सेठ प्रहलाद राय को अलसुबह नींद अपनी गोदी में लेने को राज़ी हुई। आदमी चाहे जागता रहे फिर भी आँखें मूँद लेने पर सर्वत्र अंधकार व्याप्त हो जाता है। चैन की नींद आराम देने के लिए होती है। दिन का मानसिक तनाव रात की नींद में भी चैन नहीं लेने देता। सेठ प्रहलाद राय घड़ी भर सोया होगा मगर सपने में मीलों लम्बी भयावह अँधेरी सुरंग से गुज़रता हुआ अंत में निकला बीहड़ी दर्रे-धसानों में, जहाँ अचानक घेर लिया पुलिस अधीक्षक पी. जगन्नाथन ने सशस्त्र पुलिस टोली के साथ।

''सेठ प्रहलाद राय, चम्बल के बीहड़ों में इतना दुस्साहस नहीं कि मेरे होते वे तुझ जैसे स़फेद भेड़िये को पनाह दे सकें,'' गरजती हुई आवाज़ में पुलिस का 'टाइगर' दहाड़ा।

घिग्गी बँध गयी सेठ प्रहलाद राय की। भयभीत सेठ पाजामा ऊँचा करते हुए भागने का प्रयास करने लगा। पाजामा एक झाड़ी में उलझ गया। ''ससुरा नेतागिरी के चक्कर में अच्छी खासी धोती छोड़कर कुरता के साथ पाजामा पहनने लगा जो ऊपर उठता भी नहीं। राजनीति के इस पाजामा ने लाज छिपाने की जगह लाज उघाड़ दी।'' घबराहट के घने कोहरे में घिरा सेठ मन-ही-मन बड़बड़ाया।

''चम्बल ने जितने डाकुओं को पनपाया है उनसे ज़्यादा को तूने उन्हें शरण दी है हरामज़ादे। तू अब कहाँ तक बचेगा ?'' टाइगर की आवाज़ फिर गूंजी बीहड़ों में।

''नहीं एसपी साब, मैं ठहरा जनप्रतिनिधि आदमी। मिलना सभी से पड़ता है। डाकुओं का साथ कभी नहीं दिया। आपको ज़रूर ग़लतफ़हमी हुई है।''

''और वो गोरधनपुरा ठाकुर हरिसिंह तेरा खास आदमी नहीं है ?''

''हाँ, राजनीति की दृष्टि से हरिसिंह मेरा समर्थक रहा है पर डाकुओं से मेरा क्या लेना-देना ? अगर धौलपुर का कोई बच्चा भी आपके इल्ज़ामों की तस्दीक कर दे तो सरेआम गोली मार देना मेरी छाती में।''

''वो बाद की बात है। फ़िलहाल तो तुझे मैं देखता हूँ।'' कहते हुए पुलिस अधीक्षक पी. जगन्नाथन ने जैसे ही अपना दाहिना पंजा सेठ प्रहलाद राय की गर्दन की ओर बढ़ाया। सेठ को लगा जैसे पी. जगन्नाथन एसपी न होकर साक्षात् बाघ हो। उसके दिल की गहराइयों से एक लम्बी चीख निकली जो मुँह तक आते-आते ''आ...आ...'' के रूप में ही बाहर आ सकी।

सेठ की पत्नी उसी कमरे में कुछ कर रही थी।

आवाज़ सुनकर वह चौंकी। ''का भयो सेठजी ? कोऊ डरावनो सपनो तो ना देखो ?'' कहते हुए उसने सेठ प्रहलाद राय के सीने को झंझोड़ा।

सेठ हड़बड़ाकर उठा। उस वक्त वह पसीने से तरबतर था। जागने पर उसे तसल्ली हुई कि उसने भयंकर सपना ही देखा, हकीकत नहीं।

''सेठजी सेठजी, गज़ब है गयो! वा रतनपुरा के सरपंच सहित सतरह जनेन कूँ राजाखेड़ा थाने की पुलिस रात में पकरि के ले गयी।'' हवेली के चौक में से आवाज़ आयी। सेठ प्रहलाद राय कमरे के वाश-बेसिन में मुँह धो रहा था। रोंयेदार सफ़ेद तौलिया से हाथ-मुँह पोंछता हुआ झरोखे से नीचे झाँका।

''काहे चिल्ला रहे हो सबेरे सबेरे ?'' सेठ ने अपना वाक्य पूरा किया उसके साथ ही घराने के सदर दरवाज़े से पचास-साठ ग्रामीणों की भीड़ अन्दर चौक में घुस आयी। सेठ प्रहलाद राय नीचे उतरा। वैसे भी सुबह आठ बजे घराने के चौक में रोज़ाना सेठ जी का दरबार लगता था। आज थोड़ी-सी देर हो गयी। रतनपुरा के लोगों के मुख से सारा वाकया सुनने के पश्चात् सेठ जी ने अपने पी.ए. को आदेश दिया, ''फ़ोन लगाओ राजाखेड़ा के थानेदार को।''

''दरोगा जी बाथरूम में हैं,'' उधर से जवाब मिला।

''साल्ले ये थानेदार-दरोगा भी अफ़सरों की तरह बाथरूम में कब से रहने लग गए ?'' खीजते हुए सेठजी ने पुनः आदेश दिया, ''डिप्टी का फ़ोन मिला।''

''ये बताओ डिप्टी साब, मेरा सरपंच कैसे बंद कर दिया थाने में ? थानेदार की हिम्मत कैसे हुई ?''

''सर, वो क्या है कि आपको तो पता है ही। ज़मीन के मामले को लेकर रतनपुरा में राजपूत व गूजरों के बीच रंजिश चल रही है। पिछले साल आप के नोटिस में लाकर ही दफ़ा एक सौ पैंतालीस के तहत उस ज़मीन की कुरकी करवा के उसका कस्टोडियन तहसीलदार को बनाया था। इसके बावजूद सरपंच खुद वहाँ पहुँच गया और राजपूतों से बुवाई करवा दी। गूजरों ने रोका तो गोली चलवा दी। वो तो ग़नीमत है कि कोई मरा नहीं। दफ़ा तीन सौ सात का मुकद्मा बनना ही था। कलेक्टर व एसपी साहबान के स्तर पर सब तय हुआ है। एफआईआर भी राजाखेड़ा के तहसीलदार की तरफ़ से हुई है।''

''रोज़नामचे में गिरफ़्तारी की रपट डल गयी क्या ?''

''वो सारी कार्यवाही रात में ही हो गयी। मैं खुद रातभर वहीं था। अभी लौटा हूँ।''

''आप डिप्टी साब, मुझे बताते तो सही। आपकी पोस्टिंग हमने ही करवाई है ना।''

''अब सर, आप सब जानते हैं। एसपी साब के सामने हमारी क्या औकात। मैं ठहरा छोटा अफ़सर।''

‘‘तो फिर हमें तुमसे क्या फ़ायदा ? अब तुम्हारा मतलब है कि हम एसपी से ही बात करें।’’

‘‘अब मसला उसी लेवल का है। सर, मैं तो आपको एक बात और बता रहा हूँ कि सरपंच ने डाकुओं से गूजरों को मरवाने की धमकी भी दी है।’’ डिप्टी एसपी की बात को सुनकर सेठ प्रहलाद राय ने गुस्से में फ़ोन काट दिया।

राजस्थान सरकार के दबंग मंत्री सेठ प्रहलाद राय की हिम्मत नहीं हुई कि वह इस मामले में एसपी से बात करता। उसने अपने विधानसभा-क्षेत्र के समर्थक ग्रामीणों के सामने रुतबा दिखाते हुए प्रान्त के गृह सचिव से फ़ोन पर बात की। गृह सचिव ने तसल्ली दिलायी कि वह एसपी से बात करेगा। गृह सचिव ने उसी दिन एसपी से प्रकरण की रिपोर्ट मंगवाई। एसपी ने तुरंत विस्तृत सूचना भेज दी। सेठ प्रहलाद राय को सब पता लग गया। वह सोचे जा रहा था कि मंत्री की जगह सेठ ही होता तो शायद पुलिस से ले-देकर पीछा छुड़वाने में संभवत: सफल हो ही जाता।

सेठ प्रहलाद राय को शुगर की बीमारी थी। जिले का मुख्य चिकित्सा अधिकारी उनका रिश्तेदार था जो जनरल फ़िज़ीशियन था। उसने सेठजी को सलाह दे रखी थी कि उन्हें रोज़ सुबह व शाम कम-से-कम दो किलोमीटर टहलना ज़रूरी है। तदनुसार सेठजी उस संध्या के समय अपनी हवेली की लम्बी-चौड़ी छत पर यहाँ से वहाँ तक घूम रहे थे। धौलपुर के भूतपूर्व नरेश के महल को पार करती हुई सेठ जी की नज़रें घंटाघर की सर्वोच्च छठी मंज़िल पर बनी गुम्बज की ओर उठीं जिसके नेपथ्य में अन्य कोई इमारत न होकर खुला आकाश था जिसका नज़ारा छतरी के भीतर व बाहर जल रहे सोडियम बल्बों की तेज़ रोशनी के कारण दिखायी नहीं दे रहा था। निहाल टॉवर के नाम से मशहूर इस घंटाघर को धौलपुर के पूर्व महाराजा निहालसिंह ने बीसवीं सदी के प्रथम दशक में बनवाया था। इन दोनों इमारतों के अलावा उस ज़माने में सेठ जी की तिमंज़िला कोठी से ऊँचा अन्य कोई नागरिक भवन बस्ती में नहीं हुआ करता था। सेठ प्रहलाद राय की हवेली धौलपुर क़स्बे के मध्य में अवस्थित हुआ करती थी जिसकी एक अलग शान थी। लोगों की ज़ुबान से यहाँ-वहाँ यह फुसफुसाहट यदा-कदा फिसल जाया करती थी कि ‘‘सेठ प्रहलाद राय के पिता जी के समय एक दफ़ा उसी की टक्कर के सेठ सुनहरीलाल अग्रवाल ने अपनी दुमंज़िला हवेली पर तीसरी मंज़िल की तैयारी की थी जिसे प्रहलाद राय के पिता ने अपने दबदबे से रुकवा दिया था। तब से किसी अन्य व्यक्ति की हिम्मत नहीं हुई इस कोठी से ऊँचा कोई भवन बना सके। राजा के सर्वोच्च महल के बाद धौलपुर के उस उच्चतर भवन की छत पर टहलते हुए सेठ प्रहलाद राय ने अब तक जितने चक्कर काटे उनसे कई गुणा विचार-वृत्त उनके मन के भीतर उठते जा रहे थे। वृत्त के बाहर वृत्त और वृत्त-कुंडली के ऊपर वृत्तों की परत दर परत।

पृथ्वी के पश्चिमी गोलार्द्ध से सूर्य शनै:-शनै: क्षितिज की तरफ़ उतरता जा रहा था जिसकी लालिमा छितराए बादलों को आहिस्ता-आहिस्ता ढँके जा रही थी। सेठ जी ने हाथ

जोड़ते हुए डूबते सूरज को आँखें मूँदकर अलविदा किया। जैसे ही पुन: आँखें खोलीं तो उनकी दृष्टि पश्चिम दिशा में ही अवस्थित ज़िला पुलिस अधीक्षक की सरकारी कोठी पर पड़ी जिसकी छत पर वायरलेस का एंटीना स्थापित था जिसकी ऊँचाई सेठ प्रहलाद राय की हवेली की छत क्या, धौलपुर के ''राजमहल'' से भी बहुत अधिक थी। हौले-हौले कदम रखते हुए सेठ प्रहलाद राय अपनी कोठी की सीढ़ियों से भीत का सहारा लिए हुए नीचे उतरता गया।

6

डीआईजी भरतपुर ने एक दफ़ा बहुत सोच-समझ कर उपनिरीक्षक मुरलीधर यादव को ज़िला धौलपुर में बाड़ी थाना प्रभारी के रूप में लगाया था। इससे पहले बाड़ी क़स्बे के मुख्य बाज़ार में लगातार नकबजनी की दर्जनों वारदातें हो गयी थीं। क़स्बे की बाहर आबादी में डाका भी पड़ गया था। जनाक्रोश को देखते हुए थानेदार बदलना पड़ा था। मुरलीधर पहले सीधा गया था एसपी के दफ़्तर में हाजि़री भरने। एसपी से मिलते-मिलते रात हो गयी। आपराधिक दृष्टि से संवेदनशीलता को देखते हुए बाड़ी थाने में जाकर मुरलीधर यादव को तुरंत ज्वाइन करना था। अपनी बुलेट मोटरसाइकिल पर बैठकर मुरलीधर धौलपुर से चल दिया। इससे पूर्व उस ज़िले में मुरलीधर की पोस्टिंग नहीं रही थी। ज़िले का मौजूदा एसपी पी. जगन्नाथन तब प्रोबेशनर की हैसियत से बाड़ी थाने में अटैच था।

धौलपुर ज़िले में डाकू रामस्वरूप उर्फ़ रामसैया काछी ने आतंक मचा रखा था। उसकी खासियत यह थी कि जब डकैती जैसे अपराध करता तब तो अपनी गैंग के साथ रहता ही था, लेकिन शेष वक्त वह शख्स अकेला होता ताकि पुलिस से बचने में आसानी रहे। ऐसे समय पुलिस के थानेदार की वर्दी और बुलेट मोटरसाइकिल का सहारा लेता। पुलिस ऐसे ही रामस्वरूप उर्फ़ रामसैया की तलाश में थी चूँकि उसे ऐसी स्थिति में लोगों ने कई बार देखा बताया। नकबजनी व डकैतियों के आतंक की वजह से पुलिस को रातभर गश्त करनी पड़ रही थी। ऐसे ही रात के करीब साढ़े ग्यारह बजे बाड़ी-धौलपुर सड़क पर गश्ती दल के साथ पी. जगन्नाथन को अचानक दिखायी दिया रामसैया जैसा। पुलिस की वर्दी, बुलेट मोटरसाइकिल, पहलवान-सा शरीर, भरी हुई गल-मूँछें, कंधे के सहारे कमर पर लटकी हुई रिवॉल्वर।

एकदम जीप को आगे रोका और, ''हैंड्स-अप! हिला तो गोली मार दूँगा।'' जीप से उतरते ही कड़कती आवाज़ में पी. जगन्नाथन ने उसे चेतावनी दी। वर्दीधारी हथियारबंद मोटरसाइकिल सवार सँभल नहीं सका, मगर समझ गया था कि यह पुलिस है।

''अरे हुज़ूर, मैं मुरलीधर बाड़ी का नया थानेदार।'' कहते हुए मोटरसाइकिल की आड़ में मुरलीधर घुग्गू सा बनकर छिपने लगा। तब तक पुलिस पार्टी का एक सिपाही उस

20 / **डांग**

थानेदार को पहचान गया। ज़िला पुलिस अधीक्षक के कड़े आदेश की वजह से बेचारा थानेदार रात में ही ड्यूटी ज्वाइन करने एसपी साहब बहादुर को सलाम ठोक कर धौलपुर से सीधा बाड़ी आ रहा था। बाड़ी पहुँचने से पहले बाल-बाल बचा। डाकू रामस्वरूप उर्फ़ रामसैया को कहीं से यह खबर मिल गयी। थानेदार तो अपना चोला क्या बदलता। हाँ, दस्यु सरगना ने अपना हुलिया अवश्य बदल लिया और उसकी वही हरकत उसकी गिरफ़्तारी का कारण बनी। वह भी उसी रामस्वरूप उर्फ़ रामसैया डाकूनुमा थानेदार के हाथों। यूँ बाल-बाल बचा थानेदार, उसी के चंगुल में फँसा डाकू रामस्वरूप उर्फ़ रामसैया और उधर पी. जगन्नाथन जैसा अंडरट्रेनिंग अफ़सर ऐसी ही गफ़लतभरी चुस्त-दुरुस्तियों से सीखता गया पुलिस के गुर।

अब वही पी. जगन्नाथन धौलपुर ज़िले का धुरंधर एसपी था जिसके पेशाब से चिराग़ जलते थे। धौलपुर का वही एसपी एक दिन अपने सरकारी बंगले में बने कैम्प ऑफ़िस में बैठा-बैठा डकैती की पुरानी फ़ाइलों में झाँक रहा था।

चम्बल के बीहड़ों ने बहुत दस्यु पैदा किये हैं जिनके बारे में सुना है उनमें डाकू सुल्ताना (कुरेशी) से लेकर दद्दू मानसिंह, पुतलीबाई, मोहरसिंह, माधोसिंह, सुल्तानसिंह, सरनामसिंह, मलखानसिंह सहित और भी बहुतेरे शामिल करें तो एक लम्बा-चौड़ा स्वयंभू वंश-वृक्ष बन जाता है। इसी परंपरा में एक डाकू हुआ था मध्यप्रदेश के भिंड इलाके का पंडित रामदुलारे शर्मा। उसी के कारनामे की फ़ाइल हाथ लगी एसपी जगन्नाथन के। उस फ़ाइल में संलग्न थी अखबार की एक न्यूज़ कटिंग। उसको पढ़ने लगा एसपी। रामदुलारे के ज़माने के बागी सरगना ऐलानिया धाड़ा अर्थात् डाका डालते थे। इसलिए डकैतों को दस्यु एवं बागी के साथ-साथ धाड़ेती भी कहा जाता रहा है। दस्यु सरगना रामदुलारे ने ऐसा ही ऐलान किया कि धौलपुर-सेपऊ रोड पर अवस्थित तसीमो के राष्ट्रीयकृत बैंक को लूटना है। बैंकवालों के तो हाथ-पाँव फूलने ही थे, पुलिस के सामने बड़ी चुनौती आ पड़ी। राज-स्थान, मध्यप्रदेश एवं उत्तरप्रदेश तीनों प्रान्तों की पुलिस ने रणनीति बनायी कि बैंक डकैती को रोकने के साथ-साथ दस्यु सरगना से भी निजात पानी है। क़स्बा तसीमो के इर्द-गिर्द तो पुलिस तैनात की ही गयी, उत्तरप्रदेश तथा मध्यप्रदेश की ओर से राजस्थान आने-जाने वाले मार्गों पर विशेष बंदोबस्त किये गये। सबसे तगड़ा इंतज़ाम किया गया धौलपुर के चम्बल पुल पर। पुलिस के पास अतिगोपनीय सूचना यह थी कि पिछले दिनों पंडित रामदुलारे शर्मा के गिरोह की मौजूदगी भिंड-मुरैना के आस-पास थी। रामदुलारे डकैत द्वारा लूट के बाकायदा ऐलान में तिथि के साथ-साथ समय भी दिया गया था, दोपहर के ठीक बारह बजे। ऐलान भी पाँच-सात दिन पहले दिया गया ताकि पुलिस को जितने घोड़े दौड़ाने हैं वह दौड़ा ले। नियत तिथि के सूर्योदय के साथ-साथ इलाके की साँस फूलने लगी। ज्यों-ज्यों सूरज आसमान में चढ़ता गया पुलिस अफ़सरों के मन का तनाव बढ़ता गया। घड़ी-घड़ी भारी हो रही थी। चम्बल पुल पर डाकू दल से लोहा लेने का दारोमदार था मुरैना ज़िले के पुलिस अधीक्षक पर जो अपने लाव लश्कर के साथ मुस्तैद था। साथ में धौलपुर पुलिस

की सशस्त्र टुकड़ी भी। टारगेट बनाये जाने वाला क़स्बा अवस्थित था धौलपुर ज़िले में। ज़ाहिर है बैंक को बचाने का ज़िम्मा था धौलपुर ज़िले के पुलिस अधीक्षक पर। वह वहाँ मोर्चा सँभाले हुए था। दिन तो चाहे सर्दी के ही क्यूँ न थे मगर बारह बजने से पहले ही पुलिस के सारे अफ़सरों के माथे पर पसीना आ रहा था। अब आता है सीन का क्लाईमेक्स। पुलिस वर्दी में हथियारबंद दस्ता पुलिस विभाग में उन दिनों चलने वाली नीले रंग की तीन जीपों में सवार होकर मुरैना की तरफ़ से फुल स्पीड में आता है। पहुँचता है चम्बल पुल पर। अगली वाली जीप के बोनट पर लहरा रहा होता है डीआईजी रैंक के पुलिस अफ़सर का तिकोना फ़्लैग और नम्बर प्लेट के ऊपर चमकता स्टार। जीप के माथे पर दिन-दोपहर लपलपाती लाल बत्ती। पुल पार करते सेल्यूट पर सेल्यूट। काफ़िला पहुँचता है सीधा क़स्बा तसीमो के बैंक की छाती पर। एसपी को पड़ती है डाँट, ''तुम्हें पता नहीं, उसका नाम है डाकू रामदुलारे। आज तक उसका कोई ऐलान खाली नहीं गया। और तुम बैंक खज़ाने को यहाँ लेकर बैठे समझ रहे हो कि वह सुरक्षित है,'' एसपी साहब की सिट्टी-पिट्टी गुम। डाँट से पहले सिर्फ़ इतना सुना कि ''भारत सरकार के गृह मंत्रालय के ऑर्डर से मैं डीआईजी सो एंड सो सी.आर.पी.एफ ग्रुप हैडक्वार्टर ग्वालियर से आया हूँ।''

''सर, फिर क्या करना है?'' एसपी गिड़गिड़ाया।

''जितना कैश है, तुरंत रखवाओ मेरी जीप में और तुम भी मेरे साथ चलो।''

जैसा कहा गया वैसा ही किया गया। बैंक का सारा खज़ाना रखा जीप में और तीनों जीपें जैसे आईं वैसे ही वापस। एसपी धौलपुर की जीप पीछे-पीछे, काफ़ी पीछे छोड़ दी गयी। एसपी साहब को फेंका राह में।

जब धौलपुर का ज़िला पुलिस अधीक्षक पी. जगन्नाथन डाकू रामदुलारे के कारनामे की खबर पढ़ रहा था तब ज़िले का अपराध सहायक पुलिस निरीक्षक भगवानाराम उनके पास बैठा था।

''हाऊ वाज़ इट पोसीबल भगवान?'' पी. जगन्नाथन ने उससे पूछा।

''सर, वो ज़माना अलग था। आज़ादी के बाद राजस्थान नया-नया बना था। पुरानी रजवाड़ी पुलिस के कुछ अफ़सरों को ज्यों-का-त्यों समायोजित करने की मजबूरी थी। धौलपुर का वह पुलिस अफ़सर भी कुछ इसी किस्म का होगा, जिसके पास रियासती अनुभव से आगे आज जैसे अंतरप्रांतीय अनुभव और अक़्ल कहाँ से आती?'' सवाल का जवाब बड़े अदब के साथ सवाल से ही दिया पुलिस इन्स्पेक्टर भगवानाराम ने।

''साला, पुलिस को बेवक़ूफ़ बनाकर बैंक में डाका डाल गया डाकू! और हमने डाकू के चक्कर में मार दिया होता थानेदार।'' मन-ही-मन पी. जगन्नाथन को याद आ रहा था थानेदार मुरलीधर यादव जो बाद में उस एसपी का अच्छा ख़ासा नज़दीकी बन गया था।

मुरलीधर के एक स्टाइल के विषय में कौतूहल हमेशा बना रहा था पी. जगन्नाथन के मन में। वह स्टाइल था उसकी मूढ़ानुमा [मूढ़ों (कांस की कुर्सियों) पर बैठकर फैसले करना] पुलिसगिरी। हालाँकि स्वयं पी. जगन्नाथन उस स्टाइल से एक हद तक सहमत था और वह हद थी जनसम्पर्क की। मुरलीधर ने अपनी उस स्टाइल को हर जगह अपनाया। पुलिस थानों में अक्सर थानेदार का क्वार्टर थाना परिसर में ही हुआ करता था। मुरलीधर जैसा पुलिस अफ़सर थाने से ज्यादा वक्त आवास में गुज़ारता था। आवास के चौक में रखे होते थे दर्जन भर मूढ़े। उन पर बैठने वाले ऐरे-गैरे नत्थू खैरे न होकर इलाके के मोज़िज़ आदमी हुआ करते थे। सुबह नहा-धोकर मुरलीधर यादव नीम के पेड़ के नीचे चौक में जब पुलिसगिरी के लिये बैठता तब तक पाँच-सात जने थानेदार की प्रतीक्षा में बैठे दिखाई देते। जो इधर-उधर होते वो भी थानेदार जी के आसन जमाने के साथ वहाँ आ जाते।

बाबूलाल नाई थानेदार मुरलीधर का अर्दली था जो कुंवारा था। दस सालों से थानेदार जी की सेवा में चल रहा था। यूँ समझो, बाबूलाल का घर-परिवार व संसार सब कुछ थानेदार जी के इर्द-गिर्द ही सिमट के रह गया था। जितनी देर मुरलीधर थानेदार पुलिस थाने में रहता उतनी ही अवधि बाबूलाल को विश्राम के लिए मिलती अन्यथा कोल्हू के बैल की तरह रात-दिन थानेदार जी व उनसे मिलने वालों की चाकरी में लगा रहता। सब प्रेम से उसे बाबू कहा करते। बाबू से थाने का स्टाफ़ भी डरता। इसकी एकमात्र वजह थी कि थानेदार मुरलीधर स्टाफ़ से जितना प्यार करता उससे बढ़कर अनुशासन व नियंत्रण बनाए रखने हेतु अपना दबदबा भी रखता था। स्टाफ़ की कोई भी कमज़ोरी उसकी पकड़ में बिना देरी के आ जाती थी। इस पकड़ में बाबू की भूमिका भी हुआ करती। बाबू का दिमाग जितना थानेदार जी के क्वार्टर में इंतज़ामात के लिए चलता उतना ही थाने की जासूसी में। थानेदार मुरलीधर की मूढ़ा पंचायत की सारी व्यवस्था का भार बाबू के सिर पर था। मगर बाबू बाबू था। वह इस भार को आनंद के साथ ढोता। पंचायत में शामिल होने वाले मोज़िज़ आदमियों को किस तरफ़ बिठाना है, मुखबिरों को किस ओर, दलाल बिचौलियों को किस कौने में वगैरा-वगैरा। मुरलीधर की इस लघु पंचायत में परिवादी, मुल्ज़िम पक्ष, गवाह, सिफ़ारिशी व दलाल मुख्य रूप से होते थे। सबसे वज़नदार ऐसे शख्स हुआ करते थे जो सूखी सिफ़ारिश में विश्वास न कर उसके साथ दलाली का तड़का लगाते हुए रिश्वत का लेन-देन करते करवाते थे। मुरलीधर के सबसे प्रिय आदमी इसी श्रेणी के होते थे। आधे फ़ैसले तो मुरलीधर बिना रपट के ही करवा देता था। जो मामले संगीन किस्म के होते या जिनमें तनातनी की राजनीति होती या कोई अन्य अड़ियल कारण पृष्ठभूमि में होता उन्हीं मुकद्दमों को दर्ज करने की नौबत आती थी।

थानेदार मुरलीधर की ऊपर की कमाई में दारू के ठेकेदारों, पुलिस थाने के जाँच अधिकारियों, डग्गामारी वाहन संचालकों, ट्रैफ़िक पुलिस कर्मियों तथा मूढ़ा पंचायत के 'इज़्ज़तदार' दलालों का योगदान मुख्य रूप से होता था। क़त्ल के अलावा किसी अप्राकृतिक मौत के मामले में कभी हाथ नहीं डालता था मुरलीधर। चाहे वो दुर्घटना हो

अथवा आत्महत्या वगैरा। दूसरे, किसी महिला के गहने बिकवा कर घूँस नहीं लेता था। ऊपर की कमाई में से जो खर्चा होता था निश्चित रूप से उसमें अफ़सरों की बंदी, उनकी बेगार, थाना स्टाफ़ के मनोबल व मोटीवेशन हेतु विशेष खाना-पीना शामिल होता था। खुद अथवा यार-दोस्तों के मांस-मदिरा आदि के इंतज़ाम करने वालों की कमी वैसे भी नहीं हुआ करती थी। अफ़सरों का चहेता हर जगह और हमेशा हुआ करता था मुरलीधर। थाने का स्टाफ़ चुन-चुन कर लगवाता था वह ताकि विश्वसनीयता एवं टीम भावना अव्वल दर्जे की हो तथा थाने का काम टनाटन। कुल मिलकर रामजी के दिये सारे ठाठ थे मुरलीधर के यहाँ। जो विशेष बात उसके एक नुस्खे में मिलती थी वह थी कि जिस किसी भी पक्ष से रिश्वत लेता यूँ समझो उसका करीबन दस फ़ीसदी हिस्सा देने वाले को तुरंत लौटा देता था यह कहकर कि ''भाई, ये थाम और अपने बाल-बच्चों के लिए बाज़ार से मिठाई लेते जाना।'' जैसे किसी से हज़ार रुपये लिए तो सौ लौटा दिये। इसका बड़ा फ़ायदा मुरलीधर को यह होता कि अगला मुरलीधर से मिलकर घर जाते हुए रिश्वत की बात कहने की बजाय बस या डग्गामारी जीप में सवार होकर यह कहता हुआ जाता कि ''थानेदार मुरलीधर ने बच्चों की मिठाई के लिए मुझे सौ रुपये दिये।'' न जाने यह पाठ मुरलीधर को किस गुरु ने पढ़ाया। पुलिस की ट्रेनिंग में तो ऐसे नुस्खे नहीं सिखाये जाते।

कई बार ज्यादा लोकप्रियता भस्मासुर बन जाती है। मुरलीधर के साथ दुर्भाग्य से कुछ ऐसा ही हुआ। उन दिनों राजस्थान में आपराधिक मामलों के उदार पंजीकरण की योजना का ज़बरदस्त अभियान चलाया जा रहा था। मुरलीधर की शिकायत हो गयी कि वह काफ़ी मामलों को बिना दर्ज किये सुलता देता है। आखिर जाँच हुई। मुरलीधर के विरुद्ध लगाया आरोप प्रमाणित पाया गया। मुरलीधर जैसे धुरंधर थानेदार को निलंबित कर दिया गया।

7

पुलिस थाना राजाखेड़ा।

भीड़ ने घेर रखा था थाने को चारों ओर से। पुलिस के खिलाफ़ ज़बरदस्त आक्रोश। शाम पाँच बजे जैसे ही खबर फैली कि सेठ कुंजबिहारी अग्रवाल के चार वर्षीय पोते का अपहरण कर लिया गया है, क़स्बे के बाज़ार बंद और प्रत्येक घर व दूकान से लोग निकल-निकल कर समूहों में 'पुलिस हाय-हाय' के नारे लगाते हुए थाने की ओर चले आ रहे थे। छह बजे तक कोई डेढ़-दो हज़ार की संख्या में भीड़ थाने पर जमा हो गयी।

धौलपुर का राजाखेड़ा क़स्बा पुराने ज़माने से ही दस्युओं की नज़र में रहता आया है। राजाखेड़ा के इतिहास में कई बार क़स्बे में डकैती व अपहरण के कांड हुए, लेकिन छोटे बालक की पकड़ पहली दफ़ा।

थानेदार सुरेन्द्र सिंह बहुत काबिल अफ़सर था। थाना हलका में उसकी छवि धाँसू दरोगा की थी। रात-दिन सोता नहीं था। स्टाफ़ से कसकर काम लेता। इलाके की जनता से घनिष्ठ सम्पर्क व सम्बन्ध। थाना स्तरीय नागरिक समिति की हर माह बिना नागा बैठक लेता था। छोटी-मोटी समस्याओं का समाधान वहीं हो जाता था। सच्ची आपराधिक घटना को तुरंत दर्ज करने की आदत ही डाल दी स्टाफ़ के मन में। सुरेन्द्र सिंह की तैनाती से पूर्व बाज़ार में अक्सर चोरियाँ हो जाया करती थीं। इस थानेदार ने ऐसी वारदातों पर अंकुश ही लगा दिया था। एक तो रात्रि गश्त तेज़ कर दी। दूसरे, उन कंजर बस्तियों पर धड़ाधड़ दबिश डाली गयी जिनमें इस तरह के आपराधिक तत्वों के ठिकाने थे। यूँ भी जब सब को पता लग गया कि थानेदार कड़क है तो साधारण चोर-उचक्के तो जगह छोड़ कर ही चल दिये।

बस एक बात की नाराज़गी थी व्यापारियों में। वह थी कि थानेदार सुरेन्द्र सिंह ने आते ही जुआ-सट्टा जैसी हरकतों पर पाबन्दी लगा दी। पूरा राजाखेड़ा क़स्बे बदनाम था इस सामाजिक अपराध के लिए। पुलिस खुद माहवारी लेती थी ऐसे तत्वों से। क़स्बे के व्यापारी वर्ग की सट्टेबाज़ी में संलिप्तता बड़ी मात्रा में थी। राजाखेड़ा के सट्टे के तार सीधे बम्बई के मटका-माफ़िया से जुड़े थे। साधारण सट्टे से अधिक यहाँ के व्यापारी जुड़े हुए थे, जिन्स के सट्टे से जिसका सीधा ताल्लुक था आगरा की अनाज मंडी से। इस पर थानेदार द्वारा लगाम कसना बड़ी वजह रही व्यापारियों की उस थानेदार के प्रति उभरी भीतर ही भीतर नाराज़गी की। एक तो यह भीतरी रोष और ऊपर से कद्दावर सेठ के पोते का अपहरण। वह भी बच्चे का। क़स्बे में व्यापारी कौम का वर्चस्व शुरू से रहा था। इसलिए पुलिस विरोधी उपजे इस जनाक्रोश के दौरान जो ग़ैरव्यापारी लोग थानेदार के पक्ष में आते वो भी एक तरह से चुप ही रहे। उस धड़े की भीड़ में यह चर्चा अवश्य रही कि ''भई, थोड़ा वक्त तो दो थानेदार को। वह कोशिश करेगा कि पकड़ (अपहृत) को ज़ल्दी छुड़ाया जा सके।'' आखिर इस चर्चा ने माहौल को कुछ शांत करने में मदद की। वैसे भी रात के दस बजने को आये थे। क़स्बे के चुनिंदा प्रतिनिधियों से वार्ता आरंभ की गयी।

''एसपी साब का फ़ोन है। थोड़ा चुप रहना। मैं साब से बात कर लूँ,'' प्रतिनिधि-मंडल के सदस्यों से सुरेन्द्र सिंह ने आग्रह किया।

''सर, क़स्बे के मोजिज़ आदमियों से मैं बात कर रहा हूँ। मैं इनको यही समझा रहा हूँ कि आप अगर थाना घेर कर बैठे रहेंगे तो हम थाना छोड़कर बदमाशों तक कैसे पहुँचेंगे ? और बच्चा कैसे मुक्त हो पायेगा ?''

''तुम्हारे डिप्टी साहब छुट्टी पर गये हैं। मैं उन्हें वापस बुला रहा हूँ। मैंने एडिशनल एसपी साहब को भेजा है। वे पहुँचने वाले होंगे। आप लोगों को समझाइये कि माहौल ख़राब न करें।'' एसपी ऊँची आवाज़ में बोल रहा था जिसे प्रतिनिधिमंडल के उन सदस्यों ने स्पष्ट सुना जो फ़ोन के बिलकुल निकट बैठे थे।

''सर, मैं यही तो अर्ज़ कर रहा हूँ आपसे कि कस्बे में यदि कानून-व्यवस्था की

स्थिति बिगड़ गयी तो पुलिस यहीं उलझ जायेगी और अपहरणकर्ता सुरक्षित ठिकाने तक पहुँच जायेंगे।''

थाने के बाहर हो-हल्ला तेज़ हुआ और भीड़ के एक हिस्से से थाने पर पत्थर फेंकने की सूचना मिली।

''सर, मैं बाद में बात करता हूँ। यहाँ बाहर कुछ झंझट शुरू हो गया लगता है,'' कहते हुए थानेदार ने फ़ोन काट दिया।

''देखिये, या तो भीड़ को समझा-बुझाकर चलता करो, नहीं तो मुझे मजबूरन एक्शन लेना पड़ेगा,'' थानेदार ने प्रतिनिधिमंडल को स्पष्ट कहा।

''थानेदार जी, हमें धमकी मत दीजिये। इतनी सनसनीखेज़ वारदात हो गयी। जनाक्रोश तो फैलेगा ही। आपने बदमाशों के पीछे अभी तक पुलिस पार्टी रवाना ही नहीं की।'' वार्ताकारों में से एक जना तमतमाया।

''भाई साब आप कमाल कर रहे हैं। जिस समय अपहरण की सूचना थाने पर मिली उसी वक्त आप आ धमके।''

''आपका मतलब है कि हम एफआईआर दर्ज कराने भी थाने पर नहीं आते।'' व्यापारी का चोला पहने जिन्स सट्टा का किंग भड़का।

''मेरा मतलब यह नहीं है। एफआईआर की फ़ोरमेलिटी तो अलग से होती रहती। अव्वल काम यह है कि हम तुरंत बदमाशों के पीछे भागते।''

''थानेदार जी, एडिशनल साब पूछ रहे हैं कि ''सारे रास्तों पर लोगों ने जाम लगा रखा है। मैं किधर से आऊँ?'' थाने के हैड मोहर्रिर ने सूचना दी।

''देखो, थानेदार जी ठीक कह रहे हैं। हम इन्हें घेरे बैठे रहेंगे तो ये काम कैसे करेंगे?'' सुरेन्द्र सिंह, हैड मोहर्रिर को जवाब दें इससे पहले व्यापारमंडल के सचिव निर्मल गर्ग ने गंभीर होकर कहा। प्रतिनिधिमंडल के अधिकांश सदस्यों ने उसकी बात का समर्थन किया।

आखिर बात बन गयी। प्रतिनिधिमंडल को थानेदार सुरेन्द्र सिंह ने आश्वस्त किया कि ''मैं निकल रहा हूँ अपहृत बालक को छुड़ाने के लिये। और एक बात बता देता हूँ कि बच्चे को बिना मुक्त कराये वापस थाने में पाँव नहीं रखूँगा।''

सब जानते थे कि सुरेन्द्र सिंह थानेदार ज़बान का पक्का है। उसके शब्दों में दम था। संतुष्ट होकर प्रतिनिधिमंडल थाने से बाहर निकला। भीड़ को समझाया। जिन लोगों ने थाने पर थोड़े-बहुत पत्थर फेंकने की कोशिश की थी वे स्थानीय गुंडे क़िस्म के युवक थे जिन्हें भीड़ में से ही समझदार लोगों ने नियंत्रित कर लिया था।

भीड़ छँट गयी। रास्ते खुल गये। एडिशनल एसपी दामोदर शर्मा थाने पर पहुँच गये। उन्होंने थाने पर कैम्प किया। थानेदार सुरेन्द्र सिंह अपने चुनिन्दा सिपाहियों एवं काफ़ी पहले आत्मसमर्पण कर चुके डाकू अमरसिंह काछी को लेकर पकड़ की खोज़ में चल दिया। क़स्बे के प्रतिनिधिमंडल के समक्ष उसने जो वादा किया उसकी सूचना एडिशनल एसपी को थानेदार के रवाना हो जाने के बाद में मिली। ज़िला धौलपुर के एसपी जगन्नाथन को जब इस बाबत बताया गया तो वह चिंतित हुआ। राजाखेड़ा क़स्बे में बच्चे-बच्चे की ज़बान पर था कि थानेदार कुछ-न-कुछ करके दिखायेगा।

इलाके के नामी डकैत के रूप में आत्मसमर्पण करने के बाद अमरसिंह काछी ने डग्गामारी जीप से सवारी ढोने का धंधा प्रारम्भ कर दिया था। पुलिस का उसे पूरा सहयोग था। एवज़ में वह डाकुओं के बारे में गुप्त सूचनाएँ देकर पुलिस की मदद करता था। थानेदार सुरेन्द्र सिंह का अति-विश्वसनीय। उसके लिये आधी रात में जान देने वाला।

सुरेन्द्र सिंह का पुलिस दल दो प्राइवेट जीपों में था। एक जीप अमरसिंह की जिसे स्वयं वही चला रहा था। दूसरी का इंतज़ाम राजाखेड़ा के व्यापारियों ने किया था। उन दिनों पुलिस के पास संसाधनों की बहुत कमी हुआ करती थी।

राजाखेड़ा से पाँच-सात किलोमीटर की दूरी से चम्बल नदी के बीहड़ शुरू हो जाते हैं। बीहड़ों को पार करने के लिये पुलिस दल को कच्चे रास्तों का लम्बा चक्कर लगाना पड़ा तब कहीं जाकर वह पहुँचा आरएसी की दस्यु-निरोधी पोस्ट गढ़ीजाफर पर। ऊँचे बीहड़ी टीले की तलहटी में बसी हुई मल्लाहों की छोटी-सी बस्ती है इसी नाम की। गढ़ीजाफर पोस्ट से कोई तीन सौ फ़ीट नीचे बहती है चम्बल। गढ़ीजाफर बस्ती में जीपों को छोड़कर सुरेन्द्र सिंह का पुलिस दल चढ़ा आरएसी पोस्ट पर। प्लाटून कमांडर व दो हवलदारों सहित पूरे दस सिपाही रहते थे उस पोस्ट पर। ज़िला धौलपुर के दस्यु प्रभावित स्थलों की आधा दर्जन अत्यंत संवेदनशील पोस्टों में एक थी गढ़ीजाफर पोस्ट।

''जब मैं बागी था तब कितनी बार तैरकर पार किया इस चम्बल माता को। भूलभुलैया बीहड़ों को समेटे इसकी दोनों बाँहों ने अनाथ बच्चे की नाईं पनाह दी है मुझे। मेरा समूचा गैंग इसी के बीहड़ों को अपना सुरक्षित घर मानता था। याद नहीं कितनी दफ़ा पुलिस ने धर दबोचा। पर हर बार इन बीहड़ों ने जान बचायी। मुझे अक्सर लगता था कि इन बीहड़ों में मेरे पुरखों की आत्मा भटक रही हैं। इस चम्बल नदी को पितरों की नदी भी तो कहते हैं ना। यह बात मुझे मेरे गाँव के पंडित जी ने बतायी थी। अभी भी जब कभी इसके पानी को छूता हूँ, मुझे बहुत सुकून मिलता है। और घोर गर्मी की तसाई भी इसके जल से तुरंत शांत हो जाती है,'' पोस्ट से नीचे बह रही चम्बल की जल-धार को देखते हुए अमरसिंह बोला।

पूर्णिमा के दो-एक दिन आगे-पीछे की वह रात थी। आधी रात हो चुकी थी। गढ़ीजाफर की मल्लाह बस्ती गहरी नींद में थी। आरएसी की पोस्ट के साथ ही यहाँ के

बाशिंदों को नींद सौगात में मिली थी, नहीं तो आये दिन डकैत व लुटेरों का आतंक। या तो उन्हें शरण दो या फिर सहते रहो उनकी ज्यादतियाँ। शरण और सेवा के बावजूद बस्ती की कोई बहन-बेटी सुरक्षित नहीं रह पाती थी। आरएसी वालों ने चैन की नींद भी दी व सुरक्षा भी।

मल्लाह बस्ती के बुजुर्गों ने बहुत आग्रह किया था पुलिस के बड़े अफ़सरों से कि ''बस्ती के निकट ही समतल जगह दे देते हैं आरएसी की पोस्ट के लिये।''

बड़ा समझदार था और बहुत दुनिया देखी थी आरएसी के उस डिप्टी कमांडेंट रहमत खां ने जो पोस्ट के लिये जगह फ़ाइनल करने कोई तीस बरस पहले यहाँ आया था। उसकी एक पोस्ट पर तैनात जवान ने कभी किसी बस्ती की महिला के साथ बदफैली कर दी थी। तभी से बहुत एहतियात बरतने लग गया था वह अफ़सर। उसने गाँठ बाँध ली थी कि पुन: ऐसी हरकत के लिए कहीं कोई मौका ही नहीं देना।

''बस्ती में नहीं। हम फ़ौजी लोग हैं। घर-परिवारों से महीनों-महीनों दूर रहने की हमारे जवानों की मजबूरी होती है। कहीं भूल-चूक से कोई ऐसी-वैसी बात न हो जाये इसलिए हमारा ठिकाना टीले के ऊपर ही उचित है। और हमारे सिपाही यहाँ जिस काम के लिये तैनात किये जा रहे हैं उसके लिये भी स्ट्रेटेजिक पॉइंट वही ठीक है,'' कहते हुए मोहर लगायी थी डिप्टी कमांडेंट रहमत खां ने गढ़ीजाफर पोस्ट की जगह पर।

''चलो, थोड़ी नींद निकाल लेते हैं। सुबह जल्दी चलना है।'' थानेदार सुरेन्द्र सिंह की सलाह पर आरएसी व राजाखेड़ा थाना का स्टाफ़ सो गया। अगर कोई जाग रहा था तो वह था रात के तीसरे प्रहर के संतरी की ड्यूटी पर मुस्तैद एक जवान थामे हुए सेल्फ़ लोडिंग रायफ़ल।

लोहे की चारपाई पर बिछी पुलिस की नीले रंग की दरी पर लेटे हुए अमरसिंह काछी को नींद नहीं आ रही थी। थोड़ी देर पहले वह देख रहा था चम्बल में अपनी बागी ज़िन्दगी के अतीत को। उस चम्बल में जिसने इतिहास की तेरहवीं सदी से दस्युओं को पनाह देना आरंभ कर दिया था। चम्बल नदी की यादों को अपने दिल में संजोये अमरसिंह अब ताक रहा था आसमान की ओर। वह देखने लगा आसमान के सितारों में अपना भविष्य। गर्मी का मौसम था। मंद-मंद पछुआ हवा बह रही थी। करीब एक सप्ताह पूर्व आयी ज़ोरदार आँधी में आकाश की ओर उड़े धूल के कण वापस धरती से आ मिले थे। इसलिए आकाश साफ़ था। चाँद पश्चिमी गोलार्द्ध में प्रवेश कर चुका था।

अमरसिंह के जीवन के उत्तरार्द्ध के सितारों भरे आसमान में झाँकने लगा पुन: उसके पूर्वार्द्ध का बाग़ी।

उत्तरप्रदेश के सीमावर्ती क़स्बे सैंया में एक सेठ के घर ज़बरदस्त डकैती डाली थी डाकू अमरसिंह काछी के गिरोह ने। तब आगरा व धौलपुर की पुलिस ने संयुक्त अभियान

चलाया था उसके गिरोह का खात्मा करने हेतु। नींद के झोंके में बागी अमरसिंह को सुनायी दी बन्दूक की गोली की आवाज़। उसी रात तुरंत इलाका छोड़ भागा था वह। आखिर उसने शरण ली थी भिंड के निकट गाँव खेड़ा राठौड़ में। खेड़ा राठौड़ गाँव याद आ रहा था अमरसिंह काछी को चम्बल के किनारे बीहड़ी चोटी पर अवस्थित गढ़ीजाफर की उस आरएसी पोस्ट पर। खेड़ा राठौड़ की बस्ती, वहाँ के लोग, वहाँ का सारा परिवेश तब्दील हो गया कुख्यात डाकू मानसिंह राठौड़ में जो वहीं का निवासी था। उसके वंशजों के यहाँ ही ठहरा था सैंया की डकैती के बाद भेष बदलकर फ़रार डकैत अमरसिंह। उसे महसूस हुआ जैसे नदी की जल-धार में वह स्थिर खड़ा है। नदी के एक किनारे पर नींद है और दूसरे पर चैतन्य अवस्था। नदी और कोई न होकर स्वयं चम्बल जो सुना रही है डाकू मानसिंह की कहानी।

डाकू मानसिंह के पुरखे पंद्रहवीं शताब्दी में उस इलाके के तोमर गौत्र के राजपूत शासक हुआ करते थे। अमरसिंह काछी ने खेड़ा राठौड़ गाँव में सुना था कि वही राजवंशी मानसिंह अपने परिवार की इज़्ज़त के लिये बागी बना। पुलिस रिकॉर्ड में उसके खिलाफ़ डकैती-लूट के एक हज़ार एक सौ बारह व क़त्ल के एक सौ पिचासी मुकद्मे शामिल थे जिनमें बत्तीस पुलिसवालों की हत्या शामिल रही। मानसिंह के गिरोह में करीब डेढ़ दर्जन डाकू हुआ करते थे। भाई नवाबसिंह सहित अधिकांश उसके घर-परिवार के लोग ही थे।

बहुत सारे डाकुओं को आत्मसमर्पण के लिये प्रेरित करने वाले एसएन सुब्बाराव ने डाकू मानसिंह के बारे में कहा है कि ''चम्बल के बीहड़ी इलाके के एक गाँव में जब मानसिंह डाकू के वेश में लोगों को संबोधित कर रहा था तब उसे सुनकर मैं आश्चर्यचकित रह गया। जितना कुछ उसके विषय में अखबारों में पढ़ा था वह उससे सर्वथा भिन्न था। अपनी कुख्याति के बाद भी इलाके में वह एक सम्माननीय व्यक्ति था। उसकी इस तरह की छवि से मैं प्रभावित हुआ। बड़ा इनाम था उसके ऊपर। सरकार उसे मरा हुआ देखना चाहती थी।''

कहते हैं कि वह रॉबिनहुड से कम नहीं था। उसके सम्मान में गाँव में मन्दिर बनाया गया था। उसके इलाके के दीपंकर नाम के एक आदमी ने तो यहाँ तक कह दिया कि ''मानसिंह अलग क़िस्म का बागी था। वह ऐसा बागी था जो किसी भी तरह किसी साधु से भिन्न नहीं था।''

सन् 1955 में चम्बल क्षेत्र में बसे गाँव काके का पुरा में बरगद के पेड़ के तले बैठे डाकू मानसिंह व उसके पुत्र सूबेदारसिंह को गोरखा पलटन के सिपाहियों ने बन्दूक की गोलियों से मारा था।

ठाकुर डाकू मानसिंह लोक नाट्य विधा नौटंकियों का नायक रहा। बाबू भाई मिस्त्री ने सन् 1971 में मानसिंह पर फ़िल्म बनायी जिसमें प्रमुख भूमिका निभायी है दारासिंह व निशि ने।

रास्ता चलता कोई न लूटा, ना बहनों से छीने हार।
जो भी मिला सो बाँट दिया, बहनों को पहनाये भात (मायरा)।

इस तरह के अनेक गीत डाकू मानसिंह की याद में अभी भी गाये जाते हैं चम्बल की वादियों में।

रात के चौथे पहर में चाँद की आभा क्षीण होने लगी। संतरी ड्यूटी का सिपाही बदल चुका था। हवा में थोड़ी ठंडक घुलने लगी थी। उसी घड़ी में नींद अपनी बाँहों में अमरसिंह काछी को लपेटने लगी तभी उसे जगा दिया गया।

राजाखेड़ा के थानेदार सुरेन्द्र सिंह का दल सेठ कुंजबिहारी अग्रवाल के अपहृत पोते की तलाश में चम्बल पार कर उत्तरप्रदेश में प्रवेश कर गया।

जिस रात राजाखेड़ा के थानेदार का दल आरएसी की गढ़ीजाफर पोस्ट पर रुका उसी रात में सेठ कुंजबिहारी के घर अपहरणकर्ताओं का फ़ोन आया। पाँच लाख रुपये की फिरौती माँगी। महेंद्रसिंह फ़ौजी का गिरोह बताया।

सेठ कुंजबिहारी के परिवार को पुलिस पर विश्वास नहीं था। बच्चे के नहीं रहने से सेठ के परिवार का हर सदस्य बेहद दुखी था। बच्चे की माँ तो अर्द्धविक्षिप्त दशा में पहुँच गयी थी।

सेठ परिवार चाहता था कि बालक किसी तरह सुरक्षित घर लौट आये, चाहे कितना भी पैसा खर्च हो जाये।

''गलती हो गयी मुखिया। कस्बेवालों के दबाव में पुलिस में रिपोर्ट करानी पड़ी। कसम से, हम तो ऐसा करना नहीं चाहते थे। अब आप जैसा कहोगे वैसा ही करेंगे। हमें हमारा बच्चा चाहिए। माई-बाप, रहम करो हमारे ऊपर,'' सेठ कुंजबिहारी गिड़गिड़ाया था। फ़ोन उठाया था उसके बेटे ने, अपहृत बच्चे के पिता ने, मगर वह बात नहीं कर सका। बात की थी स्वयं सेठ कुंजबिहारी ने।

''अब यह ख़बर यदि पुलिस को दे दी तो बच्चे की लाश चम्बल के मगरमच्छों के हवाले समझना। हम कल शाम को फिर फ़ोन करेंगे और जगह बतायेंगे।'' कहकर उधर से फ़ोन काट दिया गया।

महेंद्र फ़ौजी की कुख्याति इलाके में फैली हुई थी। सेठ कुंजबिहारी के परिजन, दोस्त व परिचित सबके ज़हन में वह घटना ताज़ा थी जब आगरा से एक किशोर के अपहरण के पश्चात् घरवालों ने पुलिस के कहने पर फिरौती माँगने पर टालमटोल कर दी थी और महेंद्र फ़ौजी के गिरोह ने बर्बरता की सारी सीमाओं को किस तरह लाँघा था। पहले फ़ोन पर घरवालों को उस किशोर की चीत्कार सुनायी। उसके बाद किशोर के कान की लौ (मुलायम हिस्सा) काटकर लिफ़ाफ़े में डाक से भेजी। उसके बाद उसके हाथ की कनिष्ठा उँगली।

अंत में कासगंज के पास सड़क पर उस अपहृत की क्षत-विक्षत लाश ही मिली थी। महेंद्र फ़ौजी के गिरोह की उस जघन्य करतूत को साक्षात् देखनेवालों और अखबारों में पढ़नेवालों की रूह काँप गयी थी।

इस पृष्ठभूमि में सेठ परिवार तुरंत राज़ी हो गया था माँगी गयी फिरौती की रक़म देने को।

एसपी जगन्नाथन ने सेठ के घर के लैंड लाइन फ़ोन को घटना के बाद ही निगरानी में रखवा दिया था। यह बात टेलीफ़ोन विभाग का ज़िलास्तरीय अधिकारी और एसपी के अतिरिक्त अन्य कोई नहीं जानता था यहाँ तक कि पुलिस का दूसरा अधिकारी भी नहीं।

''जहाँ कहीं भी हो, सुरेन्द्र सिंह को सूचित करो कि वह मुझसे फ़ोन पर तुरंत वार्ता करे,'' एसपी जगन्नाथन ने फ़ोन पर एडीशनल एसपी दामोदर शर्मा को कहा। उसने अंदाज़ा लगाया कि एसपी को ज़रूर कोई खास खबर मिली है।

दो दिन से थानेदार सुरेन्द्र सिंह से थाने का सम्पर्क नहीं हो पा रहा था। वह समय मोबाइल फ़ोनों का था नहीं। खोजी पुलिस पार्टी के पास ले-देकर बाबा आदम के ज़माने का पिट्टू वायरलैस सेट था जिसकी रेंज की अपनी सीमा थी। समस्या यह भी थी कि धौलपुर ज़िला सीमा के बाहर वह सेट यूँ भी काम नहीं करता था। केवल सम्पर्क संभव था तो कहीं पीसीओ से फ़ोन करके।

गढ़ीजाफर से चम्बल पार कर सुरेन्द्र सिंह का दल पहुँच गया था मध्यप्रदेश के अम्बाह थाना हलके में। पुलिस थाना या उसके बाहर सुरेन्द्र सिंह के दल को कोई क्लू नहीं मिला। पुलिस दल आगे निकल गया। पोरसा होता अतेर। वहाँ से पुनः चम्बल नदी लाँघी। बाह होता जा पहुँचा शिकोहाबाद। शिकोहाबाद थाने से खबर मिली कि ''महेंद्र फ़ौजी के गैंग ने कोई पकड़ की है राजस्थान से। यह खबर पुख्ता है लेकिन पूरी नहीं।''

थाने से ही सुरेन्द्र सिंह ने फ़ोन किया राजाखेड़ा। पहले सेठ कुंजबिहारी के घर। वहाँ से कोई नयी जानकारी नहीं मिली। फिर फ़ोन मिलाया थाने का।

''सर, आप एसपी साब से तुरंत बात करना। उनकी बात हुई है फ़ोन पर शायद परसों एडीशनल साब से,'' थाना राजाखेड़ा से सैकंड अफ़सर ने बताया।

''और कोई खास बात?''

''नहीं। क़स्बे में सब खैरियत है।''

''अच्छा, जय हिन्द!''

''जय हिन्द सर!''

वार्ता समाप्त होते ही सुरेन्द्र सिंह ने एसपी धौलपुर से बात की।

''सुरेन्द्र, देखो, मामला बहुत संगीन है। मुख्यमंत्री तक सब चिंतित हैं। ज़िले के दोनों मंत्री इस घटना को तुम्हारे खिलाफ़ इश्यू बना रहे हैं। मैंने सबको कह दिया है कि कोई पुलिस अफ़सर है जो सौगंध खाकर टारगेट पर निकला हो आज तक? कोई क्लू मिला।'' एसपी ने अपनी ओर से कुछ बताने से पहले थानेदार की टोह लेनी चाही।

''हाँ सर, अभी मैं शिकोहाबाद में हूँ। मुझे पता चला है कि यह वारदात संभवत: महेंद्र फ़ौजी के गिरोह की है।''

''शाबाश सुरेन्द्र। तुम सही ठिकाने पहुँच रहे हो। अब ध्यान से सुनो। सेठ के परिवार को तो बच्चे की जान की पड़ी है। जो एक तरह से सही भी है। आखिर यूँ भी वह बच्चा उस घर का इकलौता चिराग़ है। मुझे पक्की खबर मिली है कि अपहरण महेंद्र फ़ौजी ने ही किया है। पाँच लाख की फिरौती का सन्देश भी कहीं से सेठ के परिवार तक पहुँचा है।''

''तब तो मेरी सूचना सही निकली।''

''वह ठीक है। अब थोड़ी-सी भी मिस-हैंडलिंग हो गयी तो बच्चे की जान जोखिम में पड़ सकती है। हमें बहुत होशियारी और सीक्रेट तरीके से ऑपरेशन करना होगा। तुम सीधे मेरे पास धौलपुर चले आओ। किसी को कुछ मत बताना। टीम के अति-विश्वसनीय स्टाफ़ वाले ही साथ में रखना।''

''मैं समझ गया सर। आप तक पहुँचने में वक्त उतना ही लगेगा जितना सफ़र में। जय हिन्द सर!''

''ओके, बेस्ट ऑफ़ लक। जय हिन्द!'' कहकर एसपी जगन्नाथन ने फ़ोन रख दिया।

''कही तो ही सेठ के मोंडाय पकड़बे की। ले आये मूरख ई आफते। चार दिन है गे। ससुरो चिल्लाये जारो है। ना खुद चैन से रहे ना हमन कूँ रहबे दे। ई बीहड़न में रोटीन के लाले पड़ रहे हैं। कैसे तो बिस्कुटन को जुगाड़ कियो। ई भेनचो...कू मम्मी कहाँ ते लायं। जा दिन उठायो वा ई दिन ते मम्मी-मम्मी लगरो है,'' महेंद्र फ़ौजी झल्लाया।

''फ़ौजी दादा, आपको ही तो हुकुम हो कि बढ़िया पकड़ लइयो। बीच बस्ती में ते बड़े आदमीय उठाबे में खतरो हो। दायें-बायें की बात हैती तो सेठ के मोंडाय बी उठा लाते। अब तो जस-तस पिंड छुड़ायें ई बबाल ते।'' गिरोह के सदस्य करतार सिंह सोलंकी ने स्थिति स्पष्ट भी की और सलाह भी दी।

''चल भैया देखत हैं। गैंग को ऊ मित्तर (मित्र) मोहन पंडित भेज्यो हैं ना बात करिबे पोरसा गाम। आतो ई हैगो।''

हर रात जगह बदलनी पड़ रही थी महेंद्र फ़ौजी गिरोह के सदस्यों को। आज चौथी

रात होने वाली थी। गैंग परेशान हो गया अपहृत बच्चे से। फ़ोन पर हुई वार्तानुसार सेठ कुंजबिहारी राज़ी हो गया था पुलिस से छिपाकर फिरौती की रक़म के बदले बच्चे को मुक्त कराने के लिये। सबसे बड़ा सवाल था कि विश्वसनीय बिचौलिया कौन बने ? उस समस्या का निदान भी कर लिया गया था। धौलपुर का वकील सत्येन्द्र मिश्रा अधिकांश नामी डकैतों के मुकद्मों की पैरवी किया करता था। सबकी दाई-माई था वह। डाकुओं का भी विश्वसनीय और पुलिस का भी खास आदमी। आखिर पुलिस, लोक अभियोजक, सरकारी पैरोकार व अदालतों के बाबुओं से बनाकर चलता था वह। अब उम्र भी काफ़ी हो गयी थी मिश्राजी की। कुछ सालों से चुनिन्दा केस ही लेने लगा था। सेठ कुंजबिहारी का अच्छा दोस्त था। इस रिश्ते में किसी तरह की मुकद्मेबाज़ी की कोई भूमिका नहीं थी। महेंद्र फ़ौजी को एक दफ़ा आगरा पुलिस ने गिरफ़्तार किया था तब यूपी हाईकोर्ट से उसकी ज़मानत करवाने में वकील सत्येन्द्र मिश्रा ने काफ़ी मदद की थी। इसीलिए सेठ कुंजबिहारी के संकट में उसका साथ देने के लिये वकील मिश्रा सहमत हो गया था। उधर महेंद्र फ़ौजी को भी यह मध्यस्थता स्वीकार थी।

वकील सत्येन्द्र मिश्रा के सामने एक समस्या आड़े आ रही थी। वह थी कि पुलिस अफ़सरों से अच्छी जानकारी होने के कारण किसी ने एसपी जगन्नाथन को राजाखेड़ा में हुई बच्चे के अपहरण की घटना के तुरंत बाद ही बता दिया कि वकील मिश्रा इस मामले में पुलिस की सहायता कर सकता है। एसपी ने इस घटना की बाबत मिश्रा से कई बार चर्चा भी की थी।

''देखो मिश्राजी, राजाखेड़ा की वारदात हम सबके लिये बड़ी चुनौती है। मैंने अपनी टीमें लगा रखी हैं। हम एक तरह से गिरोह तक पहुँच भी गये हैं। मुश्किल यह है कि अपहरणकर्ता दस्युदल से यदि कहीं मुठभेड़ होती है तो बालक की ज़िन्दगी को ख़तरा संभव है। हमारा पहला फ़र्ज़ है कि बच्चे को जीवित मुक्त कराया जाये। बदमाशों से तो बाद में भी निबट सकते हैं,'' कहते हुए एसपी की निगाहें वकील मिश्रा के चेहरे पर टिक गयीं।

''एसपी साहब मैं आपकी बात से सहमत हूँ। मुझे आदेश दीजिये, मैं क्या मदद कर सकता हूँ। आपको पता है कि मैंने हमेशा पुलिस का साथ दिया है।''

''मैं यह जानता हूँ मिश्रा जी।''

मिश्रा को लगा जैसे एसपी जगन्नाथन वकील मिश्रा के भीतर कुछ टटोलने का प्रयत्न कर रहा है। वह तनिक चौकन्ना हुआ।

एसपी थोड़ा रुककर फिर बोला, ''मैं यह भी जानता हूँ कि आप सेठ कुंजबिहारी के दोस्त हैं। इस मामले में उनकी मदद आप अवश्य करना चाहेंगे।'' एसपी को सुनते हुए मिश्रा को आभास हुआ जैसे अपहृत बच्चे को छुड़ाने में मध्यस्थ बनने की उसकी गुप्त भूमिका की भनक शायद एसपी को लग गयी है। वकील मिश्रा ने दुनिया देखी थी। क्या कारिस्तानी

की जाती है पुलिस महकमे में, अदालतों में, अपराध जगत में। आगत का पूर्वाभास और उसके लिए तैयारी के गुर जानता था मिश्रा वकील।

''एसपी साहब, अब आपसे क्या छिपाना। आगरा के एक वकील दोस्त का सन्देश मेरे पास आया था कि फिरौती के बदले बच्चे को मुक्त कराने की कोई बात सेठ कुंजबिहारी और अपहरणकर्ताओं के बीच हुई है। लेकिन स्थान व विश्वसनीय बिचौलिया कोई नहीं मिल रहा। मुझसे मेरे उस वकील मित्र ने मध्यस्थ बनने का आग्रह किया है। मैंने अभी तक कोई जवाब नहीं दिया है। दरअसल यह मामला बड़ा पेचीदा है। कल को कोई लफड़ा हुआ तो मेरा तो बुढ़ापा ख़राब हो जायेगा ना। अब आप बताओ मुझे क्या करना चाहिए ? मैं पिछले दो दिनों से पशोपेश में चल रहा हूँ। संयोग से आपने पूछ ही लिया तो मेरे मन का बोझ हल्का हुआ। आप जो भी हुकुम देंगे मैं वह करने को राज़ी हूँ। बस, बात बाहर नहीं जानी चाहिए।'' मिश्रा ने निरापद विकल्प पूछा।

एसपी कुछ देर चिंता में पड़ गया।

''मुझे सोचने दो। मैं आपको एक घंटे में बताता हूँ। जब तक कहीं चक्कर लगा आओ। मैं यह चाहता हूँ कि जब आप पुलिस की मदद करते रहे हो तो मेरा भी फ़र्ज़ बनता है कि आपको कोई आंच नहीं आनी चाहिए। कोई ऐसा रास्ता तलाशते हैं जिससे साँप मर जाये और लाठी भी न टूटे।''

''ठीक है। मैं फिर आता हूँ,'' वकील मिश्रा ने एसपी जगन्नाथन से विदा ली।

अपने बरामदे में बैठे-बैठे जगन्नाथन गहन चिंता व सोच में डूबा हुआ था।

''सर, राजाखेड़ा के थानेदारजी आये हैं।'' एसपी के सरकारी बंगले के संतरी ने रायफ़ल की बट पर दाहिने हाथ की हथेली मारते हुए शस्त्र सलामी देते हुए सूचना दी।

''भेज दो।''

''जय हिन्द सर।''

''जय हिन्द। सुरेन्द्र, चलो तुम ठीक वक्त पर आ गये। मैं तुम्हें याद ही कर रहा था।''

''सर, क्या आदेश है ?''

''देखो सुरेन्द्र, मैं तुम्हें अब तक के प्रयासों के लिये शाबाशी देता हूँ। तुम उधर बीहड़ों में भटक रहे थे। मैं भी अपने हिसाब से इधर लग रहा था। गैंग का तो हमें पता चल गया है। सनसनीखेज़ के साथ यह ऐसा जटिल केस है जिसे डील करते हुए बहुत सतर्कता बरतनी होगी। फ़िलहाल हमारा अहम मकसद है कि बच्चा सुरक्षित घर लौट आये। तुम धौलपुर के वकील मिश्रा को जानते हो ?''

‘‘यस सर।’’

‘‘कितना विश्वसनीय आदमी है वह?’’

‘‘सर, यदि मिश्राजी ने मन से कोई बात कह दी तो बात को बिगड़ने नहीं देगा। यह तो उसकी साख है। मैं इतना जानता हूँ, हालाँकि मुझे उनसे मिले हुए अर्सा हो गया।’’

‘‘तुम्हें यह भी पता है कि वह सेठ कुंजबिहारी का अच्छा दोस्त है।’’

‘‘यस सर।’’

‘‘मिश्रा के पास कोई पुख्ता खबर आयी है।’’

‘‘यह मेरी जानकारी में नहीं है सर।’’

‘‘देख, तेरा एडीशनल एसपी दामोदर शर्मा तो ढीलाढाला है। वह तो नौकरी के दिन गिन रहा है। डिप्टी साहब के पिताजी ज्यादा बीमार बताये। उसने एक हफ़्ते के लिए छुट्टियाँ बढ़ा लीं। पूरे ज़िले में से तू चाहे जिस अफ़सर को छाँट ले, मैं दे दूँगा। एक मज़बूत टीम बननी चाहिए। अब हमारे पास समय नहीं है। जनाक्रोश कभी भी ज्वालामुखी की तरह फूट सकता है। आज पूरे पाँच दिन हो रहे हैं। जब तक बच्चा नहीं आ जाता हम किसी को कुछ भी बताने की स्थिति में नहीं हैं चाहे वो पुलिस मुख्यालय हो, सरकार हो अथवा अखबारवाले।’’

‘‘सर, वैसे मुझे कोई बड़ा अफ़सर नहीं चाहिए इस ऑपरेशन के लिये। मैं अकेला किसी से भी भिड़ लूँगा। हाँ, यू.पी. व एम.पी. में पुलिस इमदाद के लिये ज़रूरत पड़ सकती है इन्स्पेक्टर या डिप्टी एसपी रैंक के अधिकारी की। उसके लिये सी.ए. साहब खेमचन्दजी पर्याप्त होंगे। उन्होंने दस्यु उन्मूलन ऑपरेशन बहुत किये हैं।’’

‘‘ठीक है। मैं उन्हें अभी फ़ोन किये देता हूँ।’’

‘‘मैं उन्हें साथ लेता हुआ निकल जाऊँगा।’’

‘‘मैं खेमचंद को यहीं बुला लेता हूँ। स्ट्रेटेजी भी तो बनानी पड़ेगी ना।’’

‘‘ठीक है सर।’’

‘‘मैंने वकील मिश्रा को बुलवाया है। वह आने ही वाला होगा। तब तक मेरे दिमाग में जो प्लान है वह तुम्हें बताता हूँ।’’

‘‘यस सर।’’

‘‘सेठ कुंजबिहारी अथवा उसके परिवार का कोई सदस्य किसी भी सूरत में हमें कोऑपरेट नहीं करेगा। हमें वकील मिश्रा को विश्वास में लेना होगा। यह बात मैं केवल तुम्हें बता रहा हूँ कि सेठ के घर के लैंडलाइन फ़ोन को मैंने घटना के तुरंत बाद ओबज़र्वेशन

में रखवा दिया था। जो मुझे अब तक पता चला है उसके मुताबिक बच्चे व फिरौती का आदान-प्रदान जीटी रोड पर कहीं हो सकता है। शायद आगरा व सैंया के बीच। कम-से-कम दो प्राइवेट जीपों में सादा कपड़ों में वेष बदल कर पुलिस पार्टी को पीछा करना होगा आगरा के आस-पास जहाँ से बच्चे को लेकर गैंग के आदमी चलें। किसी भी हालत में बच्चे की मुक्ति से पहले गैंग को नहीं छेड़ना।''

''सर, मैं समझ रहा हूँ।''

सेठ के घर का फ़ोन निगरानी में है यह जानकर राजाखेड़ा के थानेदार को अचरज हुआ। उसने सोचा, 'एसपी कितना होशियार है।'

वह समय था जब सूचना-क्रांति जैसी कोई तकनीकी तरक्की नहीं हुई थी। लैंडलाइन फ़ोन भी विरलों के पास ही हुआ करते थे। पुलिस के पास अनुसंधान की वैज्ञानिक प्रविधियों का अभाव था। बहुत कुछ परंपरागत तौर-तरीके ही हुआ करता था।

''लो, मिश्राजी आ गये। संतरी, वकील साहब को आने दो।'' बंगले के बरामदे में बैठे एसपी जगन्नाथन का ध्यान बंगले के दरवाज़े की तरफ़ ही था। उसने इंटरकोम से दरवाज़े के पास गुमटी में खड़े संतरी को निर्देश दिया।

पुलिस अधीक्षक धौलपुर ने जो योजना बनायी उसे सुनकर पहले तो वकील मिश्रा झिझका। लेकिन एसपी के अच्छी तरह ख़ुलासा करने और किसी खतरे की संभावना को नकारने के बाद मिश्रा सहमत हुआ।

वकील मिश्रा ने अपनी बात कही कि ''काले शीशे लगी जिस कार में सेठ के आदमी बालक को मुक्त कराने फिरौती की रक़म लेकर जायेंगे उस कार के बोनट पर दुर्गा माता की लाल रंग की झंडी लगी होगी यह इंतज़ाम मैं करवा दूँगा। केवल उस झंडी से पुलिस पहचान सकेगी उस कार को। सेठ के दो आदमियों के साथ बिचौलिये की हैसियत से तीसरा आदमी आगरा का मेरा वकील दोस्त होगा। यह प्लान करीब-करीब बन चुका है। आगरा वाले वकील से फ़ोन पर यही सब कुछ तय करके मैं यहाँ आया हूँ। इसीलिए एसपी साहब माफ़ करना, मुझे थोड़ी देरी हो गयी आप तक पहुँचने में।'' वकील की बात सुनकर एसपी जगन्नाथन सोचने लगा कि अगर पता होता तो आगरा के एसएसपी को कहकर मिश्रा के उस वकील दोस्त का फ़ोन भी ओबज़र्वेशन में रखवा देता।

''वंडरफुल!'' एसपी ने सहज प्रतिक्रिया दी। उसको वकील मिश्रा की रणनीति पूरी तरह से फ़िट लगी।

वकील सत्येन्द्र मिश्रा को धन्यवाद देते हुए एसपी ने अपने निवास से हाथ मिला कर अलविदा किया। इसके पश्चात् अपने अपराध सहायक पुलिस निरीक्षक खेमचंद फ़ौजदार

व राजाखेड़ा के थाना प्रभारी सुरेन्द्र सिंह से विस्तार के साथ पुलिस ऑपरेशन की योजना पर विचार-विमर्श किया। पुलिस के इस स्पेशल दल के अन्य सदस्य अलग से तैयारी के साथ धौलपुर सदर थाने पर इंतज़ार कर रहे थे।

<h1 style="text-align:center">8</h1>

राजाखेड़ा क़स्बे में एक तरह से दीवाली मनायी जा रही थी। सेठ कुंजबिहारी की हवेली पर बधायी देने वालों का ताँता लग रहा था। बाज़ार में पटाखे चलाये जा रहे थे। सबकी ज़बान पर यही बात कि ''सेठ कुंजबिहारी के पोते को सही सलामत मुक्त कराने में धौलपुर पुलिस ने कमाल कर दिया।'' राजाखेड़ा के थानेदार को क़स्बे की जनता ने सर-आँखों पर बिठा रखा था।

''सुरेन्द्र सिंह थानेदार ज़िंदाबाद! धौलपुर पुलिस ज़िंदाबाद!!'' के नारे क़स्बे में गूँज रहे थे।

सेठ कुंजबिहारी की पुत्रवधू जिसने अपने लाडले की सूरत हफ़्ते भर बाद देखी, वह उसे छाती से चिपकाये भगवान का धन्यवाद कर रही थी। उसकी सास ने तो ख़ुशी से पागल होकर हवेली में बने राधा-कृष्ण के मन्दिर की देव प्रतिमाओं के सामने ढोक दे-दे कर ललाट ही फोड़ लिया था। सेठ कुंजबिहारी और उसके इकलौते पुत्र जिसके बेटे का अपहरण किया गया था, इन दोनों को बस इतना ही संतोष था कि बच्चा सही-सलामत घर लौट आया।

जिस किसी ने पूछा उसे वकील मिश्रा ने इतना ही कहा कि ''चलो, अंत भला सो सब भला।''

धौलपुर क़स्बे में भी ख़ुशी की लहर थी। एसपी की जगह-जगह वाहवाही हो रही थी।

पुलिस अधीक्षक के कार्यालय में एसपी जगन्नाथन प्रेस कॉन्फ्रेंस कर रहा था।

''आगरा व मध्य प्रदेश के भिंड ज़िले की पुलिस ने हमारा बहुत सहयोग किया है इस सारे प्रकरण की गुत्थी सुलझाने में। मैं वहाँ के पुलिस अधीक्षकों का शुक्रिया आपके मार्फ़त पहुँचाना चाहता हूँ। राजाखेड़ा के थानेदार सुरेन्द्र सिंह ने इस पूरे ऑपरेशन के दौरान बहुत ही समझबूझ से काम लिया है। मैं उसे शाबाशी देता हूँ। और इन्स्पेक्टर खेमचंद फ़ौजदार सहित समस्त टीम को। टीम के एक-एक जवान को। अपहृत बालक को सुरक्षित आज़ाद कराना हमारा अहम मकसद था, जिसमें पुलिस को कामयाबी मिल गयी है। मेरा आपसे विशेष अनुरोध है कि अपहरण करने वाले गिरोह के बारे में अधिक सवाल न करें। गिरोह का हमें

पता चल चुका है तभी तो उस तक हम पहुँचे हैं। हम गिरोह से मुठभेड़ भी कर सकते थे। लेकिन बच्चे की जान खतरे में पड़ने की पूरी संभावना थी। इसलिए पुलिस ऑपरेशन के इस प्रथम चरण में हम बालक को छुड़वा सके, यही पुलिस की बड़ी सफलता रही है।''

गिरोह और बालक की मुक्ति की प्रक्रिया को प्रेस के संवाददाता कुरेद-कुरेद कर जानना चाहते थे। ऐसे सभी सवालों को धौलपुर का एसपी बार-बार टालता रहा।

संक्षेप में ली गयी प्रेस कॉन्फ्रेंस चाय-नाश्ते के साथ समाप्त हुई।

प्रेसवालों से मिलने के बाद पुलिस अधीक्षक जगन्नाथन भीतर से बहुत गंभीर और घोर चिंता में था। वक्त से पहले ही वह दफ़्तर से चल दिया। एसपी कार्यालय से निवास तक शहर धौलपुर के बाज़ार के बड़े हिस्से को पार करना होता था। बाज़ार में जिसने भी एसपी की गाड़ी देखी उसी ने खड़े होकर एसपी धौलपुर का हाथ जोड़कर अभिवादन किया। एसपी जगन्नाथन अनमने भाव से लोगों के अभिवादन का जवाब देता हुआ अपने घर पहुँचा।

दरअसल, बहुत छोटी-सी भूल की वजह से अपहरणकर्ता गिरोह को दबोचने की एसपी की सारी योजना असफल हो गयी। जिन दो प्राइवेट जीपों में पुलिस पार्टी सवार थी उनमें बैठे पुलिस के सिपाहियों के माथों पर तौलिये या अन्य कपड़ा बाँधने के बावजूद बालों की फ़ौजी कटिंग को महेंद्र फ़ौजी के गिरोह के सदस्य पहचान गये। गिरोह ने अपना प्लान बदल दिया। गिरोह के लोग बालक को लेकर एक जगह से वापस आगरा की ओर लौट गये। पुलिस दल भटक गया। लेकिन आगरावाला वकील चालाक था। पेज़र के सहारे अपहरणकर्ताओं के सम्पर्क में था। बच्चा व फिरौती की रक़म का सुरक्षित आदान-प्रदान आगरा के सदर बाज़ार के पास कर दिया गया।

धौलपुर के एसपी जगन्नाथन को ताउम्र पुलिस की इस भूल का मलाल रहा।

९

कैला मैया ने बुलाये हम आये लांगुरिया...
अर आये लांगुरिया...हम आये लांगुरिया...

करौली की कैलादेवी का मेला शबाब पर था। पूर्वी राजस्थान के अलावा सीमावर्ती मध्यप्रदेश व उत्तर प्रदेश के लोगों की भीड़ अधिसंख्यक थी। देवी माता के श्रद्धालु मेला स्थल पर आये ही जा रहे थे। मेले में शामिल होकर वापस जाने वालों की तादाद बहुत कम थी। मन्दिर के चौक में तिल रखने की जगह नहीं थी फिर भी महिलाओं की ज़िद थी कि माता के चौक में लांगुरिया गाते-गाते नृत्य अवश्य किया जाये। लोक मान्यता है कि

लांगुरिया को रिझा लिया गया तो देवी कैला मैया की कृपा अपने आप बनी रहेगी। माता व भक्तों के बीच की एकमात्र कड़ी आखिर लांगुरिया जो ठहरा। माता की जोगनियाँ भी तो लांगुरिया के ही वश में रहती हैं।

दो-दो जोगनी के बीच अकेलो लांगुरिया...
अर, कैला तेरी गैल में रे लंबो पेड़ खजूर
चंड चंड देखे गूजरी रे कैला कितनी दूर
कैला मैया के भवन में घुटवन खेले लांगुरिया...

सब तरह के गीतों का तड़का लगाया जा रहा था उनके नॉनवेज रूपों को शामिल करते हुए।

कणियाँ झट्ट पकड़ के पट्ट नले में ले गयो लांगुरिया...

लांगुरिया गीत की धुन बदल-बदल कर मन्नतें माँगी जा रही हैं।

मेरी गोद में दे-दे नन्दलाल लांगुरिया, दौरानी जिठानी बदलो मांगे...

श्रद्धालुजन द्वारा चढ़ाये जा रहे प्रसाद में से नाममात्र का अंश लेकर उसे पुजारी द्वारा सम्बंधित को लौटाया जा रहा था। नारियल जो चढ़ाये जा रहे थे उनका ढेर हर घड़ी लग रहा था। उन्हें मन्दिर के सेवादारों की अनुभवी टोलियों के द्वारा कैला देवी की मूर्ति के सामने से हटा कर पीछे के रास्ते से भेजा जा रहा था तयशुदा भाव के बदले चढ़ावा व प्रसाद की दुकानों तक।

इंतज़ामात कमेटी का प्रमुख राज्य सेवा का वरिष्ठ प्रशासनिक अधिकारी मेला मजिस्ट्रेट। उसका पूरा दलबल। सबसे ज्यादा संख्या पुलिसवालों की। अतिरिक्त पुलिस अधीक्षक से लेकर सिपाही तक। मेले का खास दिन चैत्र शुक्ल अष्टमी जो उस दिन थी। इसलिए स्वयं कलेक्टर व एसपी भी मेला बंदोबस्त हेतु बनाये गये कंट्रोल रूम में बैठ कर सीसीटीवी फुटेज के माध्यम से चप्पे-चप्पे पर नज़र रखे हुए थे। क्षेत्र के सांसद, विधायक और उस इलाके के मंत्री, सब अपना शिड्यूल बनाकर मेले में पहुँचते रहे थे।

सब जगह यह गर्मागर्म चर्चा थी कि सरमथुरा का बाबू डकैत पीतल का घंटा चढ़ाने देवी के दरबार में आज के दिन अवश्य हाज़िर होगा। पुलिस के लिए यह नयी आफ़त।

अख़बार व टीवीवाले मन्दिर परिसर के कोने-कोने पर नज़र रख रहे थे। 24×7 चैनल पर लगातार ब्रेकिंग न्यूज़ चल रही थी, ''कभी भी पहुँच सकता है डाकू बाबू गूजर। बाबू गूजर कुख्यात डकैत है चम्बल के बीहड़ों का। चम्बल का शेर कभी भी आ सकता है कैला मैया के दरबार में। पुलिस की कड़ी चौकसी। चौकसी को धत्ता बता सकता है दस्यु

बाबू गूजर। हत्या, डकैती व लूट के दर्जनों अपराधों में फ़रार चल रहा है डकैत बाबू गूजर। बाबू डकैत पर पाँच लाख का ईनाम राजस्थान सरकार से, दो लाख का ईनाम मध्य प्रदेश से और उत्तर प्रदेश से भी एक लाख का ईनाम। दो साल पहले धौलपुर की जेल से बाड़ी अदालत में पेशी पर ले जाते वक्त फ़रार हुआ था बाबू डकैत। डाकू को पेशी पर ले जाते वक्त बरती गयी घोर लापरवाही। चालानी गार्ड के सदस्य अभी भी सस्पेंड। विभागीय जाँच कर रहा है बाड़ी का डिप्टी एसपी। हमारे सूत्रों का दावा है कि जाँच को जानबूझकर किया जा रहा है डिले। करौली ज़िले के एसपी ने पल्ला झाड़ा। कह रहे हैं, ''मामला धौलपुर ज़िले का है। मैं कुछ नहीं कह सकता जाँच के विषय में।''

टीपीआर के चक्कर में अन्य चैनल भी कम नहीं। बार-बार दिखाये जा रहे हैं धौलपुर जेल, बाड़ी अपर सत्र न्यायालय परिसर, डकैत के फ़रार होने का स्थल व पेशी पर ले जाने वाले पुलिसकर्मियों और डाकू बाबू के फ़ाइल फ़ोटो। लाइव कवरेज चल ही रहा है मेले का, मन्दिर का, मेलार्थियों का, कैलादेवी की प्रतिमा का, पुलिस की चाक-चौबंदी का, मेला कंट्रोल रूम का और एसपी व कलेक्टर का।

और भी बहुत कुछ है टीवी कवरेजों में। रेखा चित्रों से दिखाया जा रहा है लाल घेरे में कैलादेवी का मन्दिर, करौली ज़िला मुख्यालय से दूरी, डांग का अंचल, बाबू डकैत का गाँव, गाँव से चम्बल की दूरी, गाँव से कैला मन्दिर की दूरी, चम्बल नदी, चम्बल से मन्दिर की दूरी, मन्दिर के पिछवाड़े में बहती काली सिंध नदी, उसमें नहाते हुए लोग वगैरा-वगैरा।

आसमान साफ़ है। सूरज पश्चिमी क्षितिज की ओर अग्रसर। दिन का तीसरा पहर ढल रहा है। दरख़्तों की छाया में जो हवा सुहावनी लगती है, तेज़ धूप के आगे उसका सुखद एहसास नदारद। मेला स्थल की ज़मीन के ऊबड़-खाबड़पन व श्रद्धालुओं की भीड़ ने माहौल में गर्मी पैदा कर रखी है। उसे और बढ़ा दिया है डाकू बाबू गूजर द्वारा मन्दिर में पीतल का घंटा चढ़ाने की ख़बर ने।

चैनल का स्टूडियो कैला देवी के मेला स्थल से दूरदराज़ अपने घरों में टीवी देख रहे देश के दर्शकों को रोमांचित किये दे रहा है।

बार-बार लगातार ब्रेकिंग न्यूज़—राजस्थान के करौली ज़िले के कैलादेवी के विख्यात लक्खी मेले में कभी भी चढ़ा सकता है पीतल का घंटा ईनामी डकैत बाबू गूजर।

''आइये हम आपको दिखाते हैं मेले का लेटेस्ट लाइव कवरेज। वहाँ हमारे विशेष संवाददाता विकास कुमार कैमरे के साथ नज़र रखे हुए हैं हर पल-हर क्षण। विकास, आप हमें सुन रहे हैं?''

''हाँ, मैं सुन रहा हूँ। पहाड़ी क्षेत्र होने की वजह से बीच में कुछ व्यवधान आ सकता है। शिल्पा आप बोलिये।''

''हमारे दर्शक उत्सुक हैं यह जानने के लिये कि कैलादेवी के मेले में दस्यु सरगना बाबू गूजर कब तक पहुँच रहा है ? लेटेस्ट क्या जानकारी है आपके पास कि कैलादेवी की मूर्ति पर वह डाकू अंदाज़न कब तक चढ़ायेगा पीतल का घंटा ? आप सुन रहे हैं ना विकास ?''

''हाँ शिल्पा, मैं सुन रहा हूँ। ये लाइव फ़ुटेज आप देख रही हैं ना। एसपी व कलेक्टर कुछ बताने की स्थिति में नहीं हैं। अभी-अभी स्थानीय विधायक धनेश मीणा मेले में पहुँचे हैं। आप देखते रहिये। मैं उनसे मुखातिब हूँ।''

''हाँ, तो एमएलए साब, आप बताइये। सब जगह चर्चा है कि बाबू डकैत मेले के दौरान ही कैलामाता के दरबार में पीतल का घंटा चढ़ाने आयेगा। आपको इस बारे में क्या कहना है ? आप यहाँ के जनप्रतिनिधि हैं। आपका इलाके में काफ़ी प्रभाव है।''

कई चैनल अपने कैमरे फ़िक्स करना चाहते हैं एमएलए के चेहरे पर। सवाल पूछने वाला संवाददाता उन्हें रिक्वेस्ट करता है कि एमएलए के साथ यह कवरेज हमारे चैनल का एक्सक्लूसिव है। कृपया अलग हट जाइये।''

पर दूसरे चैनल वाले नहीं मानते।

वक्त कम है। एमएलए साहब को माता के दर्शन करके क्षेत्र में जाना है। वे जल्दी में हैं। चलने लगते हैं।

''हाँ तो बताइये एमएलए साहब, आप इस बारे में क्या कहेंगे ? हमारे दर्शक बेचैन हैं आपका उत्तर जानने के लिये।''

''भई, इस बारे में मैं क्या कह सकता हूँ। वो डाकू जाने या फिर पुलिस,'' एमएलए धनेश मीणा पीछा छुड़ाकर निकलने का प्रयास करता है। उसके पाँच-सात कार्यकर्ता भीड़ में घेराबंदी कर उसे वहाँ से आगे ले जाने का प्रयास करते हैं।

''देखिये एमएलए साहब, आपके क्षेत्र का मामला है। कुछ तो बताना पड़ेगा। आखिर मैं पोप्यूलर नेशनल चैनल का रिपोर्टर हूँ।'' संवाददाता निवेदन की मुद्रा के नैपथ्य में दंभ का तड़का लगाता है।

''देखिये, मुझे डाकुओं से क्या लेना-देना। आपको इस तरह के वाहियात सवाल मुझ जैसे जनप्रतिनिधि से नहीं पूछने चाहिए,'' कहता हुआ एमएलए मन्दिर की ओर चल देता है।

''विकास, हम आपको देख-सुन नहीं पा रहे हैं। क्या स्टूडियो की आवाज़ आप तक आ रही है ?''

आगे स्टूडियो उद्घोषक शिल्पा कहने लगती है, ''लगता है किसी तकनीकी गड़बड़ी की वजह से हमारे संवाददाता से सम्पर्क टूट गया है। ब्रेकिंग न्यूज़ जारी है।''

दिनभर का थका सूरज विदा होने को है। करौली की डांग के इस अंचल पर दबे पाँव संध्या का आगाज़। मेले में आये कैलादेवी के श्रद्धालुगण वापसी की राह पर। अब आने वालों का ताँता नहीं के बराबर और जाने वालों का ज़ोरों पर।

हरजीनाथ दोपहर करीब पहुँच गया था कैलादेवी के मेले में। मन्दिर में दर्शन करने के बाद सीधा गया कनफटिया नाथों के डेरे पर जो हर साल की भाँति इस बार भी जमाया गया था गायत्री धर्मशाला के पीछे।

हर बरस ही आते रहे हैं कैलादेवी के मेले में कनफटिया साधु। इस दफ़ा उज्जैन से एक मंडली आयी। इनमें भर्तृहरि के प्रति श्रद्धाभाव अधिक है। भर्तृहरि के गुरु थे गोरखनाथ और गोरखनाथ के गुरु मछंदरनाथ। लोक परम्परा के मछंदरनाथ भद्रजन में मत्स्येन्द्रनाथ के नाम से जाने जाते हैं। कामरूप देश में कामख्या देवी की स्त्री उपासकों ने मछंदरनाथ को बंदी बनाकर रखा था। जितने दिन मछंदरनाथ को उन स्त्री उपासकों ने अपने मठ में रखा उस अवधि में खूब खिलाया-पिलाया। रातभर सम्भोग से समाधि की साधना व अन्य कर्मकांड किये जाते। सुबह होते ही मछंदरनाथ को भेड़ा बनाकर रखा जाता। गोरखनाथ ने उन्हें बड़ी मुश्किल से छुड़ाया था। उसी कथा को गाया जा रहा था रातभर कनफटिया नाथों के डेरे में।

नाथ मछंदर कनफटिया तू कहाँ फंसायो रे...
जो ना होतो बाबा गोरख कौन बचायो रे
तू तो बाबा भोलो भालो तिरिया चरित ना जाने
गोरखनाथ जनम को साधु सबका मन पहचाने
जो ना होतो बाबा गोरख कौन बचायो रे
नाथ मछंदर कनफटिया तू कहाँ फंसायो रे...

कुछ साधुओं के पास इकतारा वाद्ययंत्र था। केवल हरजीनाथ लिए हुए था सारंगी जिस पर उसने भर्तृहरि और पिंगला का वह विख्यात प्रसंग गाकर सुनाया था जब गुरु गोरखनाथ की आज्ञा से वे जाते हैं अपनी रानी पिंगला के पास भिक्षा याचना करने।

उज्जैनी को राजा भैया आज बन्यो बैरागी
राज-पाट, परिवार, प्रजा सब त्याग बन्यो बागी
पिरजा हाथ जोड़ ठाड़ी
नाथ के हो रई है आड़ी
पतो लग्यो जब नृप बिक्रम कूँ
भैयो लौट्यो बन खंडन सूं
सिंहासन बत्तीसी छोड्यो
तुरत महल के नीचे आयो
देख भेष कनफट बैरागी आंखिन में अंधेरो छायो

''वा भई वा डांग के नाथ, समां बांध दियो तैंने भई हरजी,'' समवेत स्वर में हरजीनाथ की तारीफ़ हुई।

कैला माता के मन्दिर से आरती व घंटा ध्वनि सुनायी देने लगी।

''जै कैला मैया...जै महादेव बाबा ।...जै भैरव बाबा।''

''बोल भरथरी नाथ की जै ।...''

कैला देवी के मन्दिर में बाबू डकैत द्वारा पीतल का घंटा चढ़ाने की बात महज़ अफ़वाह निकली।

10

लोक गीतों का दंगल परवान चढ़ा हुआ था। डांग क्षेत्र के पश्चिमी ज़िले करौली के मासलपुर क़स्बे में यह आयोजन हो रहा था। बस्ती की हथायीं (सार्वजनिक चबूतरा) को ही मंच के रूप में उपयोग में लिया जा रहा था। सर्दी के दिन थे। केवल मंच के ऊपर शामियाना तान रखा था। हथायीं के सामने खुला चौक था जिसमें करीबन हज़ार से अधिक लोगों के बैठने की जगह थी। पूरा चौक दर्शक-श्रोताओं से खचाखच भरा हुआ था। औरतों की संख्या मर्दों से कम नहीं थी।

जैसे ही फैली का पूरा वाले महेश मीणा की पद-गायक मंडली का नाम मंच पर आने के लिये पुकारा गया, पूरा परिसर तालियों की आवाज़ से गुंजायमान हो गया।

महेश पेशे से पशु चिकित्सक था लेकिन पद-गायन का भूत ऐसा सवार हुआ कि अच्छी भली सरकारी नौकरी छोड़ बैठा। अब तो पदों की रचना, अपनी जोठ (दल) के साथ गायन का अभ्यास और दंगलों में जलवा दिखाना उसका शगल बन चुका था। सोना-जागना, उठना-बैठना, खाना-पीना सब कुछ पद-गायकी को समर्पित हो गया। इस चक्कर में उस भाई ने शादी भी नहीं की। हालाँकि एक से बढ़कर एक रिश्ता आया। वह यही कहता, ''पद-गायकी के फेर में मैंने बाबाजीपना ठान रखा है। ब्याह करके दूसरे की बेटी की ज़िन्दगी काहे कूँ बर्बाद करूँ?''

लोकगीत के इस स्थायी के अंत में लम्बी टेर महेश ने दी, जिसे कोसों दूर सुना जा सकता था। दंगल में माइक लगाया हुआ था। यह न भी होता तो भी महेश मीणा की आवाज़ में वो दम था कि वह दूर-दूर तक पहुँचती।

''का बात कही है रे डॉक्टर!'' हरलाल मीणा ज़ोर से बोला। इस पर ज़ोरदार तालियाँ बजीं।

महेश की जोठ में करीब एक दर्जन सदस्य थे। सभी युवा। महेश सहित उनमें से आधे नाचने में माहिर। शेष जने विभिन्न किस्म के वाद्य यंत्रों के उस्ताद। घेरा, हारमोनियम, ढोलकी, मटका, झांझ, मंजीरा, चिमटा, खड़ताल प्रमुख उपकरण थे। हरलाल मीणा तो खड़ताल बजाता हुआ अच्छी तरह से नाचता भी था। कमर ऐसे लचकाता कि औरतें हँसते-हँसते दुहरी हो जातीं। पतला गोरा बदन, ख़ूबसूरत मुखड़ा, बालों को सर पर ऊपर की ओर कंघी किये हुए और स़फेद झक इकलंगी धोती, लाल चौखानों की नीली कमीज़ व गले में लिपटा हुआ स़फेद रंग का अंगोछा। अपनी मंडली का सबसे सुन्दर व आकर्षक आदमी था वो।

ज्ञानी हो तो ज्ञान कर ले बात गयी ऊँची,
ताड़ो मिरत लोक में लाग्यो सतलोक में कूंची।

पद के स्थायी के बाद अंतरे की जगह महेश ने यह बंद गाया।

आयोजन स्थल पर मौजूद लोग इधर-उधर देखने एवं कानाफूसी करने लगे। उनकी समझ में दोनों ही बंद नहीं आ रहे थे।

अभी-अभी गाये बंद का भेद खोलते हुए महेश ने बताया कि ''बस्ती माता कूँ मैंने चेलेंज न कियो है। भाई पंच-पटेलो और माताओ, ई बोल कूँ याई भावना सूं समझियो। बात ई है कै जित्ते भी रहस्य हैं ई धरती, यानी कै मृत्यु लोक में, उन सबकी चाबी सतलोक यानी कै स्वर्ग में बिराजमान बिधाता के ढिग होबे करे। ऐसो हमारे पुरखे बतायो करे। जो सुनी है उनते बाई बात कूँ आप के समच्छ मैंने रखी है। कोई न्यारी बात मेरे पास नायं।''

महेश ने अपने दल के साथ शुरुआती पद को पूरा गाकर सुनाया। मंडली के अन्य सदस्यों ने उसका साथ दिया। यह अद्भुत नज़ारा था गायन, वादन और नाच का।

पद के माध्यम से जो कथा कही गयी उसका सार यह था कि महाभारत के युद्ध में कर्ण का बलिदान हो जाता है तब एक समस्या खड़ी हो जाती है। वह यह कि युद्ध से पहले कर्ण ने भगवान श्रीकृष्ण से कहा था कि ''इस महासमर का परिणाम वही होगा जो आप चाहोगे। आप चाहते हो पांडवों की विजय। मेरी विडम्बना यह है कि सब कुछ जानते हुए भी मुझे दुर्योधन का साथ देना होगा। आपसे एक विनती है कि मेरी चिता को अग्नि आप स्वयं अपने हाथों से दोगे। और मेरी चिता किसी कुंवारे भू-खंड पर बनायी जावे।'' इस पर

कृष्ण ने 'तथास्तु' कहा था। कर्ण की पत्नी वृषाली को भी यह बात पता नहीं थी।

चिता को अग्नि देना बड़ी बात नहीं थी। बड़ी बात थी कुंवारी धरती की तलाश। पूरा कुरुक्षेत्र लहूलुहान हो गया था। वहाँ कुंवारी ज़मीन कहाँ उपलब्ध? कर्ण के शव को दूर ले जाना यूँ संभव नहीं था कि अगली सुबह फिर महाभारत छिड़ना है। कर्ण की मृत्यु दिन छिपने से पूर्व हुई थी। भगवान श्रीकृष्ण देर रात तक कुंवारा भू-खंड ढूँढते रहे। अंत में जहाँ वर्तमान कुरुक्षेत्र अंचल में 'कर्ण का टीला' है उस स्थल पर कर्ण का दाहसंस्कार किया गया। इससे कुछ पृथक कथा है पूर्वी राजस्थान की लोक परम्परा में। कहते हैं कि भगवान कृष्ण को कुंवारी धरती नहीं मिली। उन्होंने अपनी हथेली पर चिता बनाकर कर्ण को मुखाग्नि दी। उधर कर्ण की पत्नी अपने पति के शव की तलाश करती है। उसे आधी रात हो जाती है। तब दूर से चिता का दृश्य देखकर वह सवाल करती है जिसका ज़िक्र महेश के पद के आरम्भ में किया गया है, ''मोकूं है गयी आधी रात गैल नहीं सूझे, हथलेटी में दीयो कौन ने जलायो रे...''

दंगल में दस-बारह पद मंडलियाँ शामिल हुई थीं। लेकिन फैली का पूरा वाले महेश मीणा की जोठ के आगे सब हारीं।

महेश ने इस पद के पश्चात् नरसी भगत का माहेरा अर्थात् भात की कथा को लेकर स्वरचित गीत गाया।

दोनों ही गीत अत्यंत मार्मिक थे। यूँ तो दोनों कथाएँ ही अपने आप में हृदय को छूने वाली थीं। महेश के साथ उसकी मंडली के गायन-वादन ने श्रोताओं को भाव विभोर कर दिया। महिलाएँ आँसू पोंछती ही रहीं।

लोगों ने महेश को सर-आँखों पर बिठा लिया। सौ और पचास के नोटों की मालाओं से उसकी सारी मंडली को लाद दिया।

मासलपुर की हथायीं पर आयोजित लोक गीतों के इस क्षेत्रीय कार्यक्रम को देखने के लिए सभी जातियों के लोग आये थे। गूजर व मीणा जाति के श्रोता-दर्शकों की तादाद अधिक थी। संभागी मंडलियों में यद्यपि मीणा जाति के सदस्यों की संख्या ज्यादा थी मगर अन्य जातियों के लोग भी उनमें शामिल थे।

गोठड़ा गाँव की लाली मीणा, इलाके में ''सुड्डा'' नामक विधा के लोकगीत गाने में ख्याति प्राप्त थी। उसकी अलग मंडली थी जिसमें गायिका केवल वही थी। अन्य सदस्य वाद्य यंत्रों के फ़नकार थे। लाली हुक्का नृत्य में पारंगत थी। इलाके में अन्य कोई स्त्री अथवा पुरुष इस नाच को अब तक नहीं कर सका था। अन्य कई महिलाएँ मटका नृत्य करती थीं, जिसमें सात-सात घड़ों तक को एक के ऊपर एक रखकर नाचा जाता है।

दंगल में महेश के बाद लाली का नाम पुकारा गया। मासलपुर के दंगल में लाली

मीणा पहली बार नृत्य प्रस्तुति करने के लिये खड़ी हुई। उसने लम्बा घूँघट निकाल रखा था। लहंगा-ओढ़नी में उसके गोरे व गदराये हुए बदन के खुले अंग यथा पाँव, पिंडलियाँ कोहनी तक दिख रहे हाथों और झीने घूँघट के पार दिखते चाँद से चेहरे से स्पष्ट था कि वह एक सुन्दर व जवान स्त्री थी। वह बहुत फुर्तीली थी। खड़े होते ही उसने इशारा किया अपनी मंडली के सदस्यों की तरफ़ जिस पर एक जना उठकर दर्शकों में गया जहाँ बुज़ुर्गों व प्रौढ़ व्यक्तियों का एक समूह हुक्का पी रहा था। हाथ जोड़कर लाली के दल के सदस्य ने हुक्का माँगा।

''अरे भई, गोठड़ा के, ई बैयर (महिला) का हुक्का पीबे ?'' एक बुज़ुर्ग बोला।

''नहीं पटेल, या कलाकार लाली हुक्का डांस करेगी। तू देखतो रह जाएगो। नेक जख ले। ला मोय या तेरा हुक्काय पकड़ा दे। तैंने हुक्को खूब पियो है। अब हुक्का को नाच भी देख ले।'' हुक्का थामते हुए लाली की मंडली के सदस्य ने बुज़ुर्ग को जवाब दिया। आस-पास जिन लोगों ने सुना वे दाँतों तले उँगली दबाते दिखायी दिए। उन्होंने पहली दफ़ा हुक्का नाच का नाम सुना था। इतनी देर में मंच से घोषणा कर दी गयी कि ''गोठड़ा गाँव की लाली हुक्का नृत्य करेगी।'' दर्शकों की भीड़ ने ज़ोरदार तालियाँ बजायीं। ये तालियाँ डॉ. महेश की पद गायकी पर बजायी गयीं तालियों से अधिक और ऊँची आवाज़ में सुनायी दीं।

जब तक हुक्का की चिलम में से अधजली तम्बाकू, आग व राख को लाली गूजर के दल के सदस्य ने साफ़ किया तब तक लाली गूजर ने कैलादेवी की वंदना का गीत खाली हाथों नाच-नाच कर सुनाया जिसके बोल थे—

मासलपुरके या दंगल में रख ज्यो लाज भवानी मेरी रे
अब तो हात जोरि के अरज करूँ मैं तेरी रे
मासलपुरके या दंगल में...

अपने माथे के घने व काले बालों के शीर्ष हिस्से को थोड़ा दबाया। चिलम सहित हुक्के को सधे हुए दोनों हाथों से सर पर रखा। संतुलन बनाते हुए नृत्य के लिए लाली ने कदम आगे-पीछे किये। गीत की पृष्ठभूमि के लिए लम्बा आलाप छेड़ा। लाली की आवाज़ में मनमोहकता थी। छेड़े गये आलाप के स्वर दूर तक पहुँचे। आलाप के अंत में ज़ोर देकर उसे रोका। दंगल परिसर तालियों एवं ''वाह भई लाली वाह!'' के स्वरों से गूंज उठा। नृत्य की गति को लाली ने धीरे-धीरे बढ़ाया। सिर पर रखा हुआ हुक्का संतुलित था जिसे बड़े जतन के साथ सँभाला हुआ था। जिस गीत पर लाली ने हुक्का नृत्य किया वह करौली की कैलादेवी की वंदना थी।

डांग के इस इलाके में किसी ज़माने में मीणा समुदाय के दो सूरमा हुआ करते थे जिनके नाम किसना व मन्नू थे। वे गाँव निठार के वासी थे। आज़ादी से पहले की बात है जब भीषण अकाल पड़ा। लोग पलायन को मजबूर हो गए थे। इसके बावजूद भी रियासती

हुकूमत ने लगान की उगाही जारी रखी। किसना व मन्नू की अगुवाई में किसानों ने लगान नहीं देने का फ़ैसला कर लिया। राज्य का पटवारी लगान इकट्ठा करने के लिये गाँव में आया और कहने लगा—

''किसना और मन्नू जैसे आवारा छोकरों के बहकावे में आकर आप लोगों ने हुकूमत की खिलाफ़त करने की सोची है, वह आपके लिए बहुत भारी पड़ेगी। या तो सीधे-सीधे लगान चुका दो, नहीं तो सब लोग जेल की हवा खाओगे।''

''ये पटवारी, नेक ज़बान कू संभाल के नी बात करियो। तू निठार के किसना और मन्नू जैसे सूरमान कू राज की धमकी देबे की बात ना करियो। पैले तोय ई बता दें, के हमने ई फैसलो दुखी है के नी कियो है। या ते पैले कबहूँ भेज (लगान) दे बे में कोताई ना बरती है। तोय दीसे ना के या सम्मत सूखो परिगो। बाल बच्चेन कू खाबे कू दाने बी घरन में नाय। तेरा राज कू का ई संकट ना दीस रो ?'' किसना की इस बात को सुनकर और गाँववालों के तेवरों को देखते हुए पटवारी वहाँ से चला गया। अगले दिन पुलिस के दरोगा के साथ रियासत का जागीरदार आ धमका। गाँववालों के साथ बुरी तरह से मारपीट की गयी। उनके घरों में आग लगा दी। किसना व मन्नू को पुलिस पकड़ कर ले गयी। कुछ दिनों बाद वे दोनों जेल तोड़कर फ़रार हो गए। उन्होंने अपना दल बनाकर रियासत व ब्रितानी हुकूमत के खिलाफ़ विद्रोह कर दिया। पुलिस ने दोनों के खिलाफ़ राजद्रोह सहित डाकाजनी व लूट वगैरा के दर्जनों मुकद्मे दर्ज कर उन्हें बाकायदा दस्यु करार दे दिया। उनकी गिरफ़्तारी पर ईनाम घोषित कर दिया। सरकारी रिकॉर्ड में उन्हें हमेशा के लिए डाकू बना दिया गया किंतु लोक में उन्हें आज भी बहादुर नायकों के रूप में याद किया जाता है। उनके नाम के गीत गाये जाते हैं। उन्हीं में से एक गीत मासलपुर के उस दंगल में लाली मीणा ने सुनाया—

ऐ रे...
किसना मन्नू जैसे जनमें या जगरोटी (अंचल का नाम) में रे
जिनने नाम कमायो पिरजा की गोदी में रे...

मासलपुर के लोकगीत आयोजन में लाली का हुक्का नृत्य अव्वल दर्जे पर रहा। दर्शकों ने जमकर सराहना की। उसे नोटों से लाद दिया। लाली की ख्याति डॉ. महेश की आवाज़ से भी दूर तक फैल गयी थी।

दिन भर चले लोकगीतों के दंगल का समापन सही सलामत हो गया। श्रोताओं के दिलोदिमाग़ में लाली मीणा के बोल गूँज रहे थे। सब लोग अपने-अपने घरों को लौट गए। लाली भी अपने दल के संग वापस गाँव गोठड़ा के लिए रवाना हो गयी। उनके पास किराये की जीप थी, जिसमें लाली सहित आठ-दस जने बैठे थे। पूरी राह दंगल की सफलता और लाली की सराहना की चर्चा चलती रही। बैसाख का महीना था। खेत-खलिहानों से फ़सल उठा ली गयी थी। उस साल सम्वत (फ़सल) अच्छा हुआ था। किसानों के चेहरों पर ख़ुशी

देखी जा सकती थी। मासलपुर से करौली और वहाँ से कुड़गाँव होते हुए सपोटरा के रास्ते से उन्हें गोठड़ा पहुँचना था।

जीप ड्राइवर ने कहा, ''कुड़गाँव से सपोटरा तक सड़क की चौड़ाई का काम चल रहा है। हमें सपोटरा तक पहुँचने में बहुत देर हो जाएगी। इसलिए कैलादेवी होते हुए चलना ठीक रहेगा।'' ड्राइवर की सलाह पर सभी लोगों ने अपनी सहमति दे दी। ड्राइवर ने अपने मोबाइल से कहीं बात की, जिसकी तरफ़ किसी ने ध्यान नहीं दिया।

बरवासन माता के मन्दिर के पास पहुँचते ही ड्राइवर बोला, ''अगर आप लोग राज़ी हों तो माताजी के मन्दिर में दर्शन करते हुए चलें।''

''ए भईया पैले ई देरी है गयी। बरवासिन माता के दर्शन तो हम रोज़ीना ई करत हैं। अब तो हमें ठिकाने पे पहुँचा दे,'' रामधन मीणा ने असहमति जताते हुए प्रतिक्रिया दी। वह रिश्ते में लाली का जेठ लगता था।

कुछ ही पलों में घर्र-घर्र की आवाज़ के साथ जीप रुक गयी। ड्राइवर ने नीचे उतर कर उसका बोनट खोला और कल-पुर्ज़ों को टटोलने लगा।

''मोय लगे, बेटरी गयी। नेक धक्को लगाइयो,'' यह कहता हुआ ड्राइवर अपनी सीट पर पुनः बैठ गया। उसके कहने पर सभी लोग जीप में से उतर गए। तीन-चार जनों ने जीप को धक्का लगाया। जीप का इंजन तनिक स्टार्ट होता और फिर बंद हो जाता। यह क्रम कई दफ़ा चला। करीब आधे घंटे यह माथापच्ची चलती रही। रात के दस बज गए थे। सब तरफ़ अँधेरा छाया हुआ था। बायीं दिशा में थोड़ी दूरी पर कालीसिंध नदी बहती चली जा रही थी, जिसके जल का मिलान कहीं-न-कहीं चम्बल नदी के जल से होता रहा है। जल प्रवाह के इस सम्बन्ध के साथ चम्बल की हवा का प्रभाव भी इस इलाके पर पड़ता रहा है। मीणा और गूजर जाति के बाहुल्य वाले इस क्षेत्र में भी चम्बल के बीहड़ों के जैसे डाकुओं की परंपरा रही है। उस ज़माने में जगन गूजर का जैसा आतंक रहा, रामसरूप मीणा का भी उससे कम नहीं था। डांग की धरा के बारे में यह कहावत मशहूर रही है कि रात होते ही यहाँ डाकुओं की शक्ल में भूतों का नंगा नाच शुरू हो जाता है। वो यह फ़र्क नहीं करते कि किसे छेड़ना है और किसे छोड़ना है? भारत की राजनीति पर जितना गहरा असर जाति-व्यवस्था का रहा है, डकैतों की दुनिया में इसकी भूमिका उससे भी अधिक और पुरानी रही है। लाली की दंगल-गायकी के दल में सभी मीणा जाति से थे। बस, जीप का ड्राइवर गूजर था। ठेठ मासलपुर से लेकर बरवासन के मन्दिर के निकट बह रही कालीसिंध नदी की तीर तक की राह में चम्बल की दस्यु-दुनिया का विषाणु कब उसके दिमाग में प्रवेश कर गया, यह पता ही नहीं लगा। वह अदृश्य विषाणु आठ-दस डाकुओं के गिरोह का रूप धारण कर रात के सन्नाटे में जीप के निकट यकायक प्रकट हो गया। लाली के दल के दिमाग पर छाई हुई

दंगल की मधुर स्मृतियाँ बरवासन के जंगल में मारपीट व लूट-खसोट की घटना से खौफ़ में तब्दील हो गयीं।

''ई ससुरी बैयरे (औरत को) उठा के ले चलो,'' डाकुओं के गिरोह में से एक जने ने आवाज़ दी।

''ना भईया, या गलती मत कर बैठियो! जे कछु मिल्यो, वाय ले के नी चलते बनो।'' यह आवाज़ मुखिया की थी। जीप ड्राइवर ने रास्ते में मोबाइल फ़ोन से जिस आदमी से बात की थी, वह डाकू गिरोह का यही मुखिया था। इसी को उसने कुछ देर बाद एस.एम.एस. के माध्यम से लाली के दल के बारे में सब कुछ बता दिया था।

जीप के ख़राब होने का बहाना बनाकर ड्राइवर ने लाली के दल को वहीं छोड़ दिया। सारे लोग पैदल ही आधी रात के ढल जाने के बाद गाँव गोठड़ा पहुँचे। लाली व उसके जेठ के अलावा अन्य सभी आस-पास के रहने वाले थे। वे भी अपने घर लौट आये। लाली के दल को डकैतों द्वारा लूटने की ख़बर आग की तरह सुबह समूचे इलाके में फैल गयी। लाली केवल लोकगीतों के दंगल की कलाकार नहीं थी, बल्कि वह एक महिला थी और महिला के साथ किन्हीं गैर आदमियों द्वारा लूट व बदसलूकी इलाके के मीणा समुदाय को बर्दाश्त नहीं हो सकती थी। जीप चालक बरवासन के निकट के गाँव अमरगढ़ का वासी था। कुछ उत्साही मीणा युवकों ने जीप चालक को गाँव के बाहर बुलाकर सारा वाकिया बताने के लिए धमकाया। उससे पूछताछ की। उसकी जमकर पिटाई कर दी। उसने सारा भेद खोल दिया। जैसे ही पता लगा कि जगन गूजर ने यह लूटपाट की है। सपोटरा तहसील के मीणाओं ने पंचायत का ऐलान कर दिया। पंचायत में सर्वसम्मति से यह तय किया गया कि गूजर ने मीणाओं के गढ़ में डाका डाला है, उसका बदला अवश्य लिया जायेगा। बात डाकू रामसरूप मीणा तक पहुँची। पुरानी रंजिश के चलते वह तो पहले ही जगन डाकू पर खार खाए हुए था। कई दिनों तक जगन से उसकी मुठभेड़ हो नहीं पायी। जीप ड्राइवर सहित गाँव अमरगढ़ के चार गूजरों को रात में पकड़ कर वह बरवासन के मन्दिर पर ले गया। बरवासन की देवी की प्रतिमा के आगे सभी की नाक काट कर उन्हें छोड़ दिया गया। सुबह जैसे ही यह ख़बर चारों तरफ़ फैली, त्यों ही इलाके के गूजरों में भयंकर रोष व्याप्त हो गया। अब मामला मीणा और गूजरों के टकराव का बन गया। दो डाकुओं के वर्चस्व की लड़ाई ने जातीय संघर्ष का रूप धारण कर लिया। पुलिस की अगुवाई में दोनों पक्षों पंच-पटेलों की पंचायतों के कई दौर चलने लगे। इसी दरमियान एक ख़बर आई कि जगन गूजर के गिरोह ने रामसरूप मीणा सहित उसके दल के दो डाकुओं को करणपुर की घाटी में मार दिया। जातिगत तनाव और अधिक बढ़ गया। पुलिस के दबाव को देखते हुए जगन गूजर ने करौली की अदालत में आत्मसमर्पण कर दिया। दस्यु-दलों के संघर्ष का अध्याय समाप्त होने के साथ ही दोनों जातियों के मध्य

पनपा तनाव धीरे-धीरे ठंडा पड़ता चला गया।

उन दिनों हरजीनाथ का डेरा कैलादेवी में ही था। चैत्र का मेला समाप्त होने के बाद भी वह वहीं ठहर गया था। जोगी का स्वभाव बहते जल की नाईं होता है। कालीसिंध नदी के तीरे-तीरे चलता हुआ वह बरवासन माता के मन्दिर पहुँच गया। वहाँ उसने लाली की पद गायक-मंडली के साथ डाकुओं द्वारा की गयी लूटपाट और उससे इलाके में उपजे जातिगत तनाव का पूरा किस्सा सुना। उसके दिमाग में डांग क्षेत्र का परिदृश्य जीवंत हो उठा।

डूंगरों की डांग और डांग के डूंगर। बीच-बीच में चौड़े पठार। यहाँ-वहाँ खड़ी डंगरों की खिरकाड़ियाँ। डूंगरों के ढलानों से उतरते और घाटियों से गुजरते नदी-नाले। तलहटियों में चरते हुए ढोर-डंगर। बीच-बीच में रोड़े-कंकड़ों को साफ़ कर बनाये गए खेत, खेतों के इर्द-गिर्द बसी बस्तियाँ, बस्तियों में पसरी ग़रीबी, भुखमरी, बीमारी। उबड़-खाबड़ पथरीली राहों के आसमान में भरा हुआ जीवन का सूनापन। इस सूनेपन को घेरे हुए चिंताएँ, अनिश्चय, आशंकाएँ, असुरक्षा, भय। यह दृश्य है जीवन से जूझती डांग की साधारण जनता का संघर्ष! और दूसरी तरफ़ डांग की पहाड़ी धरा की छाती को रौंदते बुल्डोज़र, अर्थ-मूवर, धरा की नसों में बिछाए गए डायनामाइट, लाल व भूरे पत्थर की खदानें, विक्रय हेतु संचयित पत्थरों के लम्बे-चौड़े शोरूम, खान मालिकों की आलीशान कोठियाँ, राजनेताओं के दौरे व जादुई दावों और प्रशासनिक खानापूर्ति के बीच खानिया मज़दूरों के फेफड़ों में फैलता सिलिकोसिस का रोग!

बरवासन माता के मन्दिर के बरामदे में कई लोग इकट्ठे हो रहे थे। हरजी जैसे जोगी को देखकर उनकी उत्सुकता और बढ़ गयी थी। इधर-उधर की बातचीत आरंभ हो गयी। न जाने कहाँ से सिलिकोसिस का कोई कण उसके फेफड़ों में आ धँसा। बैठे-बैठे हरजीनाथ को अचानक खाँसी आ गयी। श्वास नली के सामान्य होने पर उसने अपने झोले की तरफ़ झाँका। जिसके पास उसकी सारंगी रखी हुई थी। उसने सारंगी उठाई और आल्हा छंद में अपनी बात कहने लगा—

पैले सुमिरूँ माँ बरवासन, जा की ठौर शरण ली आय।
फिर मैं ढोकूं बस्ती माता, पंचो सुनियो ध्यान लगाय।।
बारह बरिस लै कूकर जियें, औ तेरह लौ जियें सियार।
बरिस अठारह छत्री जियें, आगे जीवन को धिक्कार।।
जोग छोड़िके जोगी मरिहैं, नृप मर जाएं प्रजा भुलाय।
बागी बड़े बड़े देखे हैं, जिनकी मौत रोज़ है जाय।।
हम तुम रहिबे जौ दुनिया में पंचो फेरी मिलैंगे आय।
हम चलते फिरते जोगी हैं, कहूँ न एक ठौर रह जाय।।

हरजीनाथ ने अपना सामान उठाया और चल दिया। किस दिशा में जाना है, कौन डगर चलना है, अगला ठिकाना कहाँ होगा, उसे कुछ भान नहीं।

11

डाँग का दक्षिणांचल करौली ज़िला। करौली से बयालीस किलोमीटर की दूरी पर है तिमनगढ़ का प्राचीन किला। अष्टधातु व लाल पत्थर की मूर्तियों के लिये प्रसिद्ध रहा है यह किला। अपने ज़माने की बेजोड़ वास्तुकला का आभास कराते हैं यहाँ के महल व मन्दिरों के खंडहर। ग्यारहवीं शताब्दी में निर्मित इस किले का जीर्णोद्धार बयाना के राजा तिमनपाल ने तेरहवीं सदी में करवाया। तभी से यह तिमनगढ़ कहलाया। पहले जाना जाता था सागर के किले के नाम से।

लाली मीणा की गायक-मंडली मासलपुर से कैलादेवी होती हुई ख़ुशी-ख़ुशी बरवासन तक और फिर वहाँ हुए हादसे के बाद गोठड़ा गाँव तक कष्ट व भयग्रस्त दशा में पहुँची थी। ठीक इसके विपरीत हरजीनाथ बरवासन की बुरी घटना का भार ढोता हुआ घुमक्कड़ी करता हुआ मासलपुर आया। वहाँ गोरखपंथियों का एक मठ हुआ करता था। इस अवधि में ग्रीष्म ऋतु बीत गयी थी। बरसात का मौसम हरजीनाथ ने मठ में बिताया। नवरात्रि व दशहरे के कर्मकांड मठ में ही किये। यहीं पर अपने पड़ाव के दौरान उसने तिमनगढ़ की उस नटनी की कथा सुनी जो किसी कनफटे नाथ ने सुनायी।

समतलीय इलाकों में रहने वाले गूजर व मीणा जाति के पशुपालक अपने मवेशियों को लेकर डांग के पहाड़ों से नीचे उतर रहे थे। उनकी अस्थायी खिरकाड़ियाँ खाली होती जा रही थीं। बरसात के पूरे चार महीनों की अवधि में डांग की खिरकाड़ियाँ आबाद रहती हैं विशेषकर दुधारू मवेशियों से। यहाँ पशुओं के हरे चारे की कोई कमी नहीं। डांग की सारी धरती घास की हरी चादर ओढ़े रहती है। बीच-बीच में नाना प्रकार के फूल-फलवान पेड़-पौधों व अन्य वनस्पतियों की बहुतायत के साथ।

पास ही थी सागर नामक झील जो लबालब भरी थी निथरे पानी से। झील के किनारे की ज़मीन पर लहलहा रही थी हरी दूब की वसुंधरा-केशराशि। मंद-मंद बह रही हवा में बरसात की छुअन महसूस की जा सकती थी।

मासलपुर के मठ से हरजीनाथ सागर झील के किनारे होता हुआ कोड्यापुरा की ओर जा रहा था।

एक युवा ग्वाला पास में बकरियाँ चरा रहा था।

''जै रामजी की रे नाथ बाबा!'' उस ग्वाले ने हरजीनाथ का अभिवादन किया।

''जै भोलेनाथ!''

''किते जारोअ नाथ बाबा?''

''भैया, कोड्यापुरा कू जारो ऊँ।''

गूजर जाति के उस युवक ने हरजीनाथ को बताया कि ''वहाँ के लोगों का विश्वास है कि इस झील में पारस पत्थर है जो मिल सकता है किसी को भी कभी भी।''

''अरे लाला, हमें का करनो है सोनेन को। दो टेम की रोटी मिल जावे तो ऊपरवारे की महर। हम तो याई बात के काजे संतन कूँ अर वा भोलेनाथ कूँ भजें।''

''ई नटनी को खम्भो किते है भैया?'' हरजीनाथ ने उत्सुकता ज़ाहिर की।

''ऊ रो बाबा,'' युवक ने दाहिना हाथ उठाकर नटनी के खम्भे की ओर इशारा किया।

''अच्छा भैया, भोलेनाथ सुखी रखे तोय,'' युवक को आशीर्वाद देता हुआ हरजीनाथ नटनी के खम्भे की तरफ़ चला गया। तिमनगढ़ से करीब दो किलोमीटर की दूरी पर है नटनी का खम्भा।

वहीं हरजीनाथ को जानकारी मिली कि तिमनगढ़ के पास अस्थायी डेरा लगाया था एक बार नटों के घुमंतू समूह ने। उस कबीले में थी एक युवा नटनी जिसका नाम था अमली। इस नाम के पीछे भी एक अजीब संयोग था। अमली का बाप अमल अर्थात् अफ़ीम का सेवन करता था। उस अमलची की बेटी का नाम किसी बुज़ुर्ग महिला ने अमली रख दिया। इसी नाम से जानी जाती रही अमली ज़िन्दगीभर। अमली भी तो आदी थी किसी चीज़ की, मगर वह चीज़ अमल न होकर थी रस्सी पर चलने की नट-कला। नट-विद्या के तमाशबीन अमली को रस्सीवाली नटनी भी कहने लगे थे।

''तेरा बहुत नाम सुना है मैंने। मेरे किले के सदर दरवाज़े से एक कोस तक रस्सी पर चलकर जो अमली तू बता दे तो मैं तिमनगढ़ का आधा राज तुझे दे दूँगा।'' लम्बे बाँस के सहारे रस्सी पर चलने की कला में निपुण अमली को एक दफ़ा तिमनगढ़ के राजा ने चुनौती दे दी।

अमली ने एक कोस की दूरी तक रस्सी पर चल सकने के आत्मविश्वास के साथ अपने कबीले के बुज़ुर्गों से सलाह-मशविरा किया। उन्होंने अमली को बहुत मना किया कि ''वचन नहीं निभा सकेगी तो पता नहीं राजा कुछ उल्टा-सीधा फ़ैसला न कर बैठे और हमारे ऊपर गैल चलती कोई आफत आ जाये तो हम क्या करेंगे?''

''हम ठहरे घुमक्कड़ डेराबंद नट। हमें क्या मतलब राजपाट से?'' एक वृद्धा ने यहाँ तक कह डाला।

''राजा ने मेरी परिच्छा लेनी चाई है। मैं कैसे पीछे हट जाऊँगी ?'' अमली अड़ गयी।

उसके कबीले के लोगों को विश्वास था कि उनकी अमली न अपनी बात में पीछे हटने वाली और न रस्सी की चाल में पिटने वाली है।

तिमनगढ़ के राजा ने अमली की परीक्षा लेने का दिन और वक्त तय कर दिया। किले के मुख्य द्वार का खम्भा बनाया गया रस्सी-चाल कला का प्रस्थान बिंदु। वहाँ से एक कोस की दूरी पर एक नया खम्भा बनाया गया था, इस चुनौती की चाल के अंत हेतु।

दोनों खम्भों पर मज़बूत रस्सी खींचकर बाँध दी गयी। बीच-बीच में रस्सी को साइड सपोर्ट अलग से दिया गया ताकि रस्सी लम्बाई की वजह से बीच में कहीं नीचे नहीं लटके।

अमली चढ़ गयी पालवंशीय किले के पहले खम्भे पर। संतुलन बनाये रखने हेतु हाथ में लिये हुए थी लम्बा बाँस। अमली के कबीले के सारे लोग आज वहाँ मौजूद थे। कोई भी खाने-कमाने बस्ती में नहीं गया। राजधानी नगर तिमनगढ़ की प्रजा सैंकड़ों की तादाद में वहाँ उपस्थित थी। तमाशा देखने आये हुए थे राजसभा के पदाधिकारीगण और तिमनगढ़ के नरेश व रानी सहित राज परिवार के सदस्य।

रस्सी पर अमली का करतब देखने उमड़ पड़ा सारा शहर। राजदुर्ग में रहने वाले लोग आये थे। दरबार के लोग आये थे। महलों के लोग आये थे। रनिवास के लोग आये थे। बहुत कठिन था यह कह सकना कि कौन शख्स ऐसा था जो अमली के तमाशे से दूर था ?

तंग रस्सी पर अमली चल दी। दोनों हाथों में थामे लम्बा बाँस। सधे हुए पाँव हौले-हौले बढ़ने लगे कदम-दर-कदम। सांवले वर्ण की छरहरे शरीर की अमली किसी सर्कस के सितारे सी बढ़ी चली जा रही थी हवा में। पैर थे रस्सी के सहारे और हाथ बाँस का संबल थामे।

दर्शकों की उँगलियाँ स्वत: ही दब गयी थीं दाँतों तले।

आश्चर्य !

अमली पहुँच गयी दूसरे खम्भे तक। जीत गयी अपना आधा महाभारत।

सब ख़ुश हुए। अमली के कबीले के लोग सबसे ज़्यादा। आम दर्शक भी कम ख़ुश नहीं थे। राज दरबारी तटस्थ दिखायी दे रहे थे। तिमनगढ़ के राजा के ललाट पर सलवटें पड़ने लगीं। राज्य की रानी का दिल बैठता-सा प्रतीत हुआ।

अमली की अभी आधी परीक्षा शेष थी। उसे किले के सदर द्वार के खम्भे पर वापस लौटना था।

पूरे हौसले के साथ अमली ने वापसी की यात्रा आरंभ कर दी। अमली के प्रस्थान

बिंदु वाले खम्भे के निकट तिमनगढ़ की रानी का आसन था। पर्दानशीन होकर वह सारा मंजर देख रही थी। लोगों की निगाहें तो उस खम्भे की तरफ़ होनी ही थीं जिधर से अमली लौट रही थी। अचानक रानी की आज्ञा से पर्दा और फैला दिया गया। किलेवाले खम्भे से बँधी रस्सी को पर्दे की ओट में ले लिया गया।

अमली ने अपनी वापसी यात्रा आधी से अधिक पूरी कर ली। हाथों में पकड़े बाँस के संतुलन से वह सधे कदम बढ़ी चल रही थी पूरी तरह अपना आत्मविश्वास बनाये हुए।

उस दिन सुबह से बह रहा मंद पवन अपने आप थम गया जैसे वह भी देखना चाह रहा था अमली के इस करतब को।

बस, कुछ पल और।

सबको लगा कि अमली राजा द्वारा दी गयी चुनौती को पूरा करने वाली है। अपने कबीले के लोगों को दिया गया वचन निभाने वाली है। सभी दर्शकों को चकित करने वाली है। जग में अपना नाम कमाने वाली है।

तिमनगढ़ की रानी को ज्यों-ज्यों अमली किले के सदर दरवाज़े के खम्भे की ओर आती दिखी त्यों-त्यों उसे तिमनगढ़ का आधा राज्य अमली की तरफ़ खिसकता हुआ प्रतीत हो रहा था। राजा मन-ही-मन कसमसा रहा था, ''मैंने बेवकूफ़ी में यह कैसी शर्त रख दी।'' वह किंकर्तव्यविमूढ़ था।

यकायक! अमली गिरती है रस्सी से नीचे धरती पर। हाथों में कसकर पकड़ा हुआ बाँस छूट जाता है हवा में।

''यह कैसे!'' सब चौंके।

तिमनगढ़ के किले के सदर दरवाज़े के खम्भे से बाँधी गयी रस्सी को बीच में से चुपके से काट दिया गया रानी के हुकुम से।

डांग अंचल के दक्षिण दिशा के पठारों के मध्य में अवस्थित तिमनगढ़ के उस ऐतिहासिक दुर्ग के खंडहरों को देखने जो भी सैलानी जाता है, उसे अमली नटनी का यह किस्सा अवश्य सुनाया जाता है, जिसका शिखर वाक्य इस तरह समाप्त होता है कि घुमंतू कबीले के नटों की उस होनहार लड़की अमली ने सभी श्रेणी के दर्शकों को साक्षी मानकर मरने से ठीक पहले, ''तुम सब गवाह हो इस बात के कि मेरे साथ घोर अन्याय किया गया है। देखना लोगो, बहुत वक्त नहीं गुज़रेगा'' कहते हुए राजा व रानी को यह शाप दिया था कि ''अरे, ओ तिमनगढ़ के राजा-रानियों! तुम्हारा यह गढ़ तुम्हारी ज़िन्दगी के रहते ही उजड़ जायेगा।'' अमली नटनी हारकर भी अमर हो गयी और तिमनगढ़ का राजा जीत कर भी हार गया था। इस कहानी की खलनायिका बनी तिमनगढ़ राज की रानी।

अंचल में यह किंवदंती चली आ रही है कि अमली नटनी के श्राप के बाद तिमनगढ़ का राजवंश नष्ट हो गया। बस्ती भी उजड़ कर बेचिराग हो गई। तिमनगढ़ का जो दुर्ग किसी ज़माने में राजसी शानबान का प्रतीक हुआ करता था, वक्त के थपेड़ों की मार से वह खंडहरों में बदलता चला गया। अब यह जगह भुतहा बन गयी है। खंडहरों के भीतर प्रवेश करने से हर कोई डरता है। डांग के डकैत यदा-कदा यहाँ आकर शरण लेने लग गए हैं।

हरजीनाथ सोचे जा रहा था कि लाली मीणा जैसी गायिका को लूटने वाले डाकुओं और नटबाज़ी की महारत हासिल करने वाली अमली नटनी के संग दगा करने वाली तिमनगढ़ की रानी में कोई फ़र्क नहीं है। तिमनगढ़ के किले को नफ़रतभरी निगाहों से देखता हुआ हरजीनाथ आगे बढ़ गया।

12

आज दस दिन हो गये। इलाके की सारी खानें बंद पड़ी हैं। ठेकेदार अमीरचंद बज्जाज बेहद बेचैन था। वह हॉल में इधर-उधर चक्कर काटने लगा। सरमथुरा में करौली रोड के मुख्य चौराहे पर लाल पत्थरों का बना उसका बड़ा-सा मकान है। अमीरचंद बज्जाज के उसी मकान में सरमथुरा क्षेत्र की लाल पत्थर की खानों के प्रमुख मालिक एकत्रित हुए थे। सभी खान मालिक-ठेकेदारों के चेहरों पर गहन चिंता की रेखाएँ स्पष्ट दिखायी दे रही थीं। चिंता का कारण था डाकू जसवंत गूजर। उसने इन खानों से फिरौती माँगी थी जिसे देने से ठेकेदारों ने इनकार कर दिया था। डकैत जसवंत गूजर ने अपना आदमी भेजकर गैंग का चिह्न भांखरी, लांगरा व चार नम्बर खानों पर भिजवाया था। ये खानें डांग इलाके की प्रसिद्ध खानों में शुमार हुआ करती थीं। उसके गैंग के चिह्न को खान मालिक, ठेकेदार व खनन मज़दूर सब जानते थे। गैंग का चिह्न था कागज़ी चिट पर मढ़ी हुई पचफेरा रायफल की आकृति। चाहे फिरौती के लिये गैंग का चिह्न इन तीन बड़ी खानों को भेजा गया, लेकिन क्षेत्र के सभी ठेकेदार व मालिकों ने डर के मारे अपनी खानें बंद कर दीं। सरमथुरा के सेठ अमीरचंद बज्जाज के घर इसी मसले को लेकर आपातकालीन बैठक चल रही थी।

''हम सब जानते हैं कि हमारे बाड़ी विधानसभा क्षेत्र का एमएलए कप्तानसिंह गूजर बिना पैसे लिये किसी की कटी अंगुली पर मूतता भी नहीं। उधर पुलिस का भी यही हाल है। हम रोज़-रोज़ किस-किस को फ़िरौती या रिश्वत देते फिरेंगे ? और फिर यह एक दिन का काम थोड़े ही है। यह तो आये दिन की बात हो गयी। आज डाकू जसवंत आया है। कल उसका कोई अन्य भाई आ धमकेगा। हम सबको मिलजुलकर कुछ करना पड़ेगा। तभी समस्या का स्थायी समाधान निकलेगा नहीं तो ज़िन्दगी भर भुगतते रहो, '' ठेकेदार प्रेमसुख रावत ने गम्भीरता के साथ अपनी बात रखी।

''रावत भाईसाब ठीक कह रहे हैं। हमें हड़ताल कर देनी चाहिए। व्यापारमंडल में

डांग / 55

अपने लोग हैं ही। दो-एक दिन सरमथुरा का बाज़ार बंद करवाने से प्रशासन पर असर तो पड़ेगा ही ना,'' ठाकुर टेकसिंह ने सलाह दी।

''यह मामला जल्दबाज़ी करने का नहीं है। धीरज से सोच-विचार कर फ़ैसला लेने का है। राजनेताओं व पुलिस अफ़सरों से मिलकर चलना होगा। साथ ही डाकुओं से एकदम दुश्मनी लेना भी ठीक नहीं है। खान का कारोबार एकदम बनियागिरी का धंधा है। हमारी दशा तो बत्तीस दाँतों के बीच रहने वाली जीभ की-सी है। इसलिए समझदारी व चालाकी से काम लेना होगा,'' खान मालिक संगठन के अध्यक्ष अमीरचंद बज्जाज ने अपने कद के मुताबिक कहा।

''तुमारो मतलब जे का है के हम डकैतन ते बैर ना बाँधें? का हम उनते ले-दे के पीछो छुड़ायें? ई कब तक चलेगो? ससुरा हर कौऊ ए खसम (पति) बनाते फिरें। हम ना रख सकत हैं बन्दूक?'' सतपाल गूजर अपने खून के अनुरूप तमतमाया।

''सतपाल भइया, आपको गुस्सो वाजिब है। पर बन्दूक के आगे बन्दूकन ते काम ना चले हमारे कारोबार में,'' प्रेमसुख रावत ने सतपाल की भाषा की नब्ज़ टटोलते हुए उसे ठंडा करने की चेष्टा की।

सेठ अमीरचंद की ओर मुखातिब होकर प्रेमसुख ने आगे कहा, ''आपकी बात सही है सेठ जी। सारे खनियाँ मज़दूर बुरी तरह डरे हुए हैं। डाकुओं से इस कदर भयभीत हैं कि उन्हें काम पर लौटाने में हमें ज़ोर आयेगा। और खनियाँ तो लोकल ही रहेंगे ना। वे कोई बंगाल-बिहार से तो आने से रहे। अब देखो, लांगरा वाली मेरी खान पर काम करने वाले खनियों को डाकुओं ने कितना पीटा है। बिचारे पंद्रह दिनों से खाटों पर पड़े हैं। मैंने अपने आदमी भेजे थे उनके समाचार लेने और दवा-दारू का खर्चा देने के वास्ते। खर्चा भी उन्होंने यह कहते हुए नहीं लिया कि भैया, कह दी ज्यो ठेकेदार साब कूँ के या जनम में तो हम डांग की खानन पे लौटें ना। आगे की आगे देखी जायेगी। आप जानते हो, खनियों के बिना खान कैसे चलेगी?''

''आरएसी की गारद लगवानी पड़ेगी,'' टेकसिंह तपाक से बोला।

''ठाकुर साब, वो पहले की बात गयी। ये जो नया एसपी आया है ना साउथ इंडियन, आपको पता नहीं, सारे काम सरकारी कानून-क़ायदे से करता है। आपको पता नहीं है। सिपाही से लेकर कंपनी कमांडर तक के सरकारी रेट फिक्स हैं। महीने के हिसाब से पहले रुपया जमा कराओ सरकारी खज़ाने में तब गारद लगेगी और वह भी एक सेक्शन से कम की नहीं। एक सेक्शन का मतलब है दो हवलदार व दस सिपाही। कौन देगा इतना खर्चा?'' प्रेमसुख रावत ने ठाकुर टेकसिंह को समझाया।

''वो बाड़ी का पहले वाला डिप्टी एसपी आज होता तो यह नौबत नहीं आती। हमें अच्छी तरह याद है कि रमधा के खनन इलाके से विद्या-बेदरिया के डकैत गिरोह ने भारी

उत्पात मचाया था। खान ठेकेदारों से काफ़ी तादाद में चौथ वसूली की थी। तब खान का ठेकेदार वो क्या नाम है, हाँ, श्यामसुंदर अग्रवाल बाड़ी के डिप्टी एसपी से चुपचाप मिला था। बाड़ी का डिप्टी एसपी हाथ धोकर गैंग के पीछे पड़ गया था। बाजना की घाटी में डाकुओं को घेरकर ज़बरदस्त मुठभेड़ की थी। तीन डाकू मौके पर ही मारे गये। तब जाकर विद्या व बेदरिया के गिरोह ने जगह छोड़ी थी,'' प्रेमसुख आगे बोला।

''तुमें पतो है ऊ बनिया ने कितनी घूँस दी वा डिप्टी कूँ?'' सतपाल गूजर बीच में टपका।

''चलो, छोड़ो इस लम्बी *रामायण* को। वो कहानी पुरानी हो गयी। अब तो आज की बात करो और कोई तोड़ निकालो इस विकट समस्या का। कुछ-न-कुछ तो करना ही होगा,'' सेठ अमीरचंद ने संभावित लम्बी चर्चा को विराम लगाया।

अंत में तय हुआ कि एक ज्ञापन तैयार किया जाये जिसे लेकर अध्यक्ष सहित संगठन के चुनिन्दा नुमाइन्दे एसपी व कलेक्टर को मिलें। ज्ञापन की प्रतियाँ मुख्यमंत्री, खनन मंत्री, गृहमंत्री व पुलिस के मुखिया को भी भेजी जायें।

उसी दिन दोपहर को सरमथुरा खान मालिक संगठन के अध्यक्ष सेठ अमीरचंद बज्जाज के नेतृत्व में प्रतिनिधिमंडल धौलपुर के लिए रवाना हो गया। सरमथुरा से चलने से पूर्व अमीरचंद बज्जाज ने फ़ोन पर एसपी धौलपुर से समय ले लिया था।

दो जीपों में सवार होकर सरमथुरा क्षेत्र की लाल पत्थर की खानों के मालिकों व ठेकेदारों का वह प्रतिनिधिमंडल तीसरे पहर के करीब पुलिस अधीक्षक धौलपुर के दफ़्तर पहुँच गया।

खनन क्षेत्र में डाकुओं के आतंक से एसपी जगन्नाथन स्वयं परेशान था। लंच से पहले उसने अपने कार्यालय में आरएसी के कमांडेंट आशुसिंह शेखावत से लम्बी चर्चा की थी।

दस्यु उन्मूलन कार्य के लिये ज़िला धौलपुर को पुलिस मुख्यालय द्वारा आरएसी की एक बटालियन दे रखी थी। एसपी रिज़र्व के नाम से एक कंपनी ज़िला मुख्यालय पर उपलब्ध रहती थी। एक अन्य कंपनी प्रशिक्षण कंपनी के रूप में थी जिस पर पूरा नियंत्रण बटालियन के कमांडेंट का हुआ करता था। बटालियन की शेष चार कंपनी अर्थात् करीब चार सौ की संख्या में आरएसी का पुलिस बल धौलपुर ज़िले के विभिन्न स्ट्रेटेजिक पॉइंट्स पर तैनात किया हुआ था। हर स्थल पर औसतन एक सेक्शन की फ़ोर्स। चम्बल के किनारे बीहड़ों में ठेठ राजाखेड़ा से लेकर ज़िला करौली सीमा तक कुल छह सेक्शन तैनात किये हुए थे। ज़िले के प्रमुख संवेदनशील सड़क नाकों पर करीब दस सेक्शन लगाये हुए थे। चार प्लाटून का पुलिस बल राजाखेड़ा, बाड़ी, बसेड़ी व सरमथुरा थाना मुख्यालयों पर सम्बंधित वृत्ताधिकारियों के नियंत्रण में रिज़र्व के रूप में दे रखा था। एक-एक प्लाटून ज़िले के दोनों वृत्ताधिकारियों को मोबाइल पैट्रोलिंग हेतु दे रखी थी। बचे हुए आरएसी पुलिस बल

को विभिन्न गारदों में लगाया गया था, जिनमें एसपी, आरएसी कमांडेंट, एडीशनल एसपी, डिप्टी एसपी धौलपुर व बाड़ी शामिल थे।

''मेरी आपके साथ पूरी सहानुभूति है। खनन कार्य ही क्या, मैं किसी भी प्रकार की चौथ वसूली के सख्त खिलाफ़ हूँ। मैं इस तरह के आपराधिक कृत्यों के केस दर्ज करवा सकता हूँ। मुलज़िमों को गिरफ़्तार करवाने की कोशिश कर सकता हूँ। मेरे लिए यह संभव नहीं कि किसी खान पर गारद लगा दूँ। इसके लिये मेरे पास कोई पुलिस बल उपलब्ध नहीं है,'' प्रतिनिधिमंडल को तसल्ली से सुनने और सारे आकलन व सोच-विचार के पश्चात् एसपी जगन्नाथन ने खान प्रतिनिधिमंडल को जवाब दिया।

''एसपी साहब, कुछ दिनों के लिए ही सही, हमारी सुरक्षा का कोई-न-कोई उपाय तो करना ही होगा ना। बहुत नाम है आपका ज़िले में। बड़ी उम्मीद लेकर हम आये हैं यहाँ,'' अमीरचंद बज्जाज ने निवेदन किया।

''एक काम करते हैं। मैं मेरे अफ़सरों से चर्चा करने के बाद सरमथुरा इलाके में कुछ दिनों के लिये विशेष गश्त का इंतज़ाम करने का प्रयास करता हूँ। मैं समझता हूँ इससे राहत मिलेगी।''

''हमारी ओर से एक रिक्वेस्ट है। वह यह कि सरमथुरा इलाके में खानों के तीन प्रमुख एरिया हैं भांखरी, लांगरा व चार नम्बर। आप ऑन पेमेन्ट इन तीन खान क्षेत्रों पर केवल तीन गार्ड तैनात करने का आदेश दे दो। हम जैसे-तैसे चंदा इकट्ठा कर सरकारी कोष में जमा करा देते हैं।''

''नो, नॉट पॉसिबल,'' अमीरचंद बज्जाज की मांग को एसपी ने सिरे से खारिज कर दिया। प्रतिनिधिमंडल के सभी सदस्यों के मुँह थोड़ी देर के लिये लटक गये।

प्रतिनिधिमंडल के वरिष्ठ सदस्य प्रेमसुख रावत ने हिम्मत बटोर कर कहा, ''एसपी साब, खनन व्यवसाय सरकार को रॉयल्टी देता है। सरकार ने हमें खानें अलॉट की हैं। अगर खानें नहीं चलेंगी तो सरकार को नुकसान होगा। हम व्यापारी लोग हैं। खान का धंधा न चला तो कोई बात नहीं, हम दूसरा धंधा तलाश लेंगे। आप भी सरकारी अफ़सर हैं। आपको क्या कमी। लेकिन खनियाँ मज़दूर कहाँ जायेंगे? यह आपने ज़रा सोचा है? मैंने सुना है और अखबारों में भी पढ़ा है कि आप गरीबों के बड़े हिमायती और हितैषी रहे हो।''

''एक मिनट प्लीज़।'' एसपी जगन्नाथन ने उसके पी.ए. द्वारा दिए गये फ़ोन के बज़र की आवाज़ सुनकर फ़ोन उठाते हुए कहा। वह फ़ोन पर बात करने लगा।

''यस सर, ये लोग मेरे सामने ही बैठे हैं। मैंने इनकी पूरी बात सुन ली है। इन्होंने अब बताया है। वैसे मुझे पहले रिपोर्ट मिल गयी थी। मैं सुरक्षा की सारी व्यवस्था करूँगा।'' कहता हुआ एसपी चुप रहकर दूसरी तरफ़ की बात सुनने लगा।

‘‘सर, वो सब ठीक है...सर, मैं थोड़ी देर बाद बात करता हूँ।'' दूसरी ओर से अंत में क्या कहा यह केवल एसपी ने सुना। जब वह फ़ोन का हत्था बायें हाथ से पकड़े बात कर रहा था तब उसकी दाहिनी हथेली स्वत: ही ललाट पर पहुँची जहाँ उभरी हुई सलवटों पर वह अंगुलियाँ फेरने लगा। एसपी प्रतिरोध की मुद्रा में प्रतीत हुआ। वह चाहकर भी कुछ कह नहीं पा रहा था। दफ़्तर से उठकर वह बगल में बने अपने विश्रांति कक्ष में गया। वहीं से उसने पुन: फ़ोन पर वार्ता की।

‘‘सर, ऑन पेमेन्ट आरएसी लगाना किसी भी दृष्टि से उचित नहीं रहेगा। मैं स्पेशल पैट्रोलिंग का बंदोबस्त किये देता हूँ।''

‘‘ठीक है सर, गैंग को लिक्विडेट करने के लिए दस्यु उन्मूलन दस्ता मैंने अलग से तैनात कर दिया है। इसके बाद भी ज़रूरत हुई तो मैं आरएसी लगा दूँगा।...थैंक यू सर।''

थोड़ी देर पहले फ़ोन आया था गृह सचिव का। उन्हीं से पुन: बात करने एसपी गया था विश्रांति कक्ष में। राज्य के मुख्यमंत्री का सन्दर्भ देते हुए वह निर्देश दे रहा था कि जिन खानों को धमकी दी गयी है वहाँ तुरंत आरएसी तैनात कर दी जावे। बड़ी मुश्किल से एसपी ने उससे पीछा छुड़ाया।

‘‘प्रेमसुख जी, मैं आपकी बात समझता हूँ। फ़िलहाल यह करते हैं कि डाकू गिरोह की धमकी की दृष्टि से संवेदनशील बेल्ट में हम आरएसी की विशेष गश्त की व्यवस्था कर देते हैं। मैं आश्वासन देता हूँ कि राहत नहीं मिली तो आरएसी लगा दूँगा। आप निश्चिन्त रहिये। आपकी सुरक्षा का ज़िम्मा पुलिस का है। अरे, आखिर पुलिस है किसके लिये ?''

सरमथुरा से आया खान मालिकों का प्रतिनिधिमंडल काफ़ी कुछ संतुष्ट होकर वापस लौट गया।

प्रतिनिधिमंडल ने मुख्यमंत्री तक बात पहुँचायी थी अलग से धौलपुर की, जगज़ाहिर है कि दोनों बड़े घरानों के मुखियाओं के माध्यम से, जो थे सेठ प्रहलाद राय और बोहरा हरचरण लाल। और ये दोनों ही थे राज्य मंत्रिमंडल के सदस्य।

13

जिला धौलपुर के क़स्बे बाड़ी व सरमथुरा तथा भरतपुर के थाना गढ़ी बाजना के त्रिकोणीय सीमास्थल पर थी पुरानी शिकारगाह। शिकारगाह की बगल में हुआ करती थी एक ध्वस्त बावड़ी जिसमें बरसात का थोड़ा-बहुत पानी एकत्रित हो जाया करता था। इस स्थान की पहचान मानव निर्मित जल स्रोत के रूप में नि:संदेह यह बावड़ी ही रही थी। लेकिन दूर से यह शिकारगाह दिखायी देती थी लाल पत्थरों की दो-मंज़िला इमारत।

प्रस्तर-पट्टियों को लोहे की प्लेटों व कीलों से इस तरह जोड़ रखा था कि सीमेंट या किसी अन्य लेप की आवश्यकता ही न पड़े। भीतर की ओर दीवारें, टांड़, छत, गवाक्ष, अलमारी, रोशनदान, दीपालय, खूंटियाँ तथा बाहर की तरफ़ प्रवेश-द्वार, झरोखे, ठुड्डे (झरोखों के कोनों पर रोपे हुए लघु स्तंभ), पिनाले (छत के जल को बाहर निकालने वाले परनाले) आदि सब इसी शिल्प के आधार पर निर्मित किये गये। खंडहरनुमा जीर्ण-शीर्ण न होकर रख-रखाव के बगैर ख़राब दशा में अवश्य हो गयी थी यह शिकारगाह।

अमावस की रात थी। आसमान जागा हुआ था। आकाशगंगा की श्वेत केशराशि में गुँथे हुए सितारे झिलमिला रहे थे। मंद-मंद पवन अपने सधे हुए तारतम्य में बह रहा था। शिकारगाह के चहुँओर का जंगल सन्नाटे के बिछौने पर अंधकार की चादर ओढ़े गहरी नींद में सोया हुआ था। थोड़ी दूर पर बह रहे नाले में कहीं किसी लोमड़ ने खरगोश को दबोचा। उसकी मासूम चीख सुनकर टिटहरी टिटियाई। जंगल ने करवट बदली। कुछ पलों में फिर से नीरवता छा गयी।

शिकारगाह की छत से आवाज़ आयी, ''धौलपुर नरेश के अभिलास-शुक्राणुओं से गर्भस्थ हुई थी मैं, रमधा के पठार की परतों के अंडाशय में। तरल से ठोस रूप लेते मेरे अस्तित्व को क़िस्तों में उठा-उठा कर लाया गया था इस स्थान तक। यहीं पर मेरे पाँव गाड़ दिये गये कठोर धरती के भीतर। मेरी कमर तक बनते-बनते बिछा दी गयी एक परत। और फिर देह का दूसरा हिस्सा। पुनः सिर के ऊपर एक समतल छतरी। बहुत अर्से तक वो ज़माना था जब अनेक प्रजातियों के वन्य-जीवों के साथ बाघ भी बहुतायत में विचरण किया करते थे यहाँ।

''उफ्फ! कितनी-कितनी बार मेरे भीतर से चलायी गयीं बंदूकों की गोलियों की धड़ाम-धड़ाम आवाज़ें। बाहर घायल बाघों की दिल दहला देने वाली दहाड़ें। ग्रामीणों द्वारा किये जाने वाले हाँका के ऊँचे स्वर। मरे हुए शेरों की छाती पर बूटों में सुरक्षित राजसत्ता व फिरंगी मेहमानों के पाँव।

''खनिज सम्पदा की कच्ची सामग्री एकत्रित कर कुशल शिल्पियों के सधे हाथों द्वारा तराश-तराश कर सृजित किये गये मेरे इस भवनाकार का खूब उपभोग किया गया। विडम्बना यह रही कि आखेट-क्रीड़ा व मौज-मस्ती के अड्डे से पृथक मेरी पहचान नहीं बनने दी। हाँ, मेरे भीतर आती-जाती शुद्ध हवाभरी श्वासों की जगह एक तरफ़ सीजते मांस और गलों में गटकी जाती मदिरा की गंध के बीच मेरी देह को ज़िंदा रखा और मान की हत्या की जाती रही। वनांचल की कुंवारी शांति की अस्मिता का हरण करते ठहाके और स्वयंभू बहादुरी के दम्भी किस्से। फिर अल्लसुबह शाही कारवां रवाना हो जाता अपने लाव-लश्कर, लवाज़मा व असबाब के साथ।

''और फिर आ जाते डाकुओं के हथियारबंद गिरोह। कई-कई दिनों तक रुकते रहे हैं यहाँ मुझे अपना अड्डा बनाकर। वे भी वो ही सब कुछ करते जो राजा-महाराजा यहाँ करते

आये। वही बन्दूक की गोलियाँ, शिकार, खाना-पीना आदि। बस फ़र्क इतना ही कि राजा-महाराजा आते जंगल की हवा खाने और दस्यु दल जंगलों में भटकते हुए यहाँ मुझमें पनाह लेने। डाकुओं द्वारा मुझे अपनी डायरी बना दिया जाता मेरी दीवारों पर यह लिख-लिख कर कि अमुक मुखिया का गिरोह फलां तारीख को यहाँ आया।''

हवा में किसी शायर का रचा एक शे'र गूंजने लगा—

किश्तों में मेरा क़त्ल हुआ है कुछ इस तरह,
कातिल बदल गये कभी खंज़र बदल गये।

इमारत की छत से फिर वही आवाज़ आने लगी, ''मुझे सब याद है। हरे-भरे इस जंगल को कितनी बार काटा गया ठेकेदारों के लकड़हारों द्वारा। इस इमारत के रूप में मेरी पहचान एक घर की भी हो सकती थी जिसमें आबाद होता कोई परिवार। मैं भी सुनती शिशुओं की किलकारियाँ। मैं भी साक्षी होती युवावस्था की मदमाती गंध की। मैं भी जानती किस कदर सँभाली जाती है गृहस्थी। मुझे भी अवसर मिलता दादी-नानी की कहानियाँ सुनने का। मैं भी देखती चुपचाप वृद्धों का तजुरबा व आसरा और वृद्धावस्था का सहारा। मेरी भी अभिलाषा थी कि निहारती पूरणमासी के चाँद को। सूँघती चाँदनी की खुशबू। पर नहीं! मेरे हिस्से में आयी अमावस की काली भूतनी सी डरावनी रात जिसके आकाश में कोई नक्षत्र तक नहीं। और मुझे नहीं लगता कि इस लम्बी रात की कभी कोई सुबह होगी भी या नहीं ?''

कांस की बावड़ी के निकट खड़ी उस शिकारगाह के जीवन की सुबह हो अथवा नहीं, मगर वहाँ के जंगल में तो रोज़ सुबह होती है समय की यात्रा के अनिवार्य कदम की तरह।

ऐसी ही भोर की एक बेला में शिकारगाह के भीतर से फिर से वही आवाज़ आती है, ''देखो मेरे चारों ओर। पावस ऋतु ने अभी-अभी धरती पर फुहारें बिखेरी हैं। हरियाली की गीली चादर कितनी सुहानी लग रही है। और यह झूमती हवा!''

''बबूल, शीशम, खैर, कुमट्या, रौन्झ, चुरेल, कड़ाया, नीम, पीलू, धौंक के दरख़्त। किस मस्ती और नेह के साथ लिपटी हुई हैं इनसे नाना प्रकार की वल्लरियाँ। कितनी सघन दिख रही हैं करील, गूगल, दूधी, हींस और झरबेरी की झाड़ियाँ। बीच-बीच में उगी हैं दूब, डाब, खस, लांपला व कांस। घास की अनेक किस्में। शायद इस कांस नाम की घास की बहुतायत की वजह से ही मेरी पड़ौसन इस बावड़ी का नाम पड़ा हो कांस की बावड़ी। मैं भी तो शिकारगाह से ज्यादा जानी जाती रही 'कांस की बावड़ी' के नाम से।

''पर, जंगल के इस सारे मंगल के बीच जब मुझे याद आती है वह दहशतभरी रात तो मैं ऐसे थरथराती हूँ जैसे इस जंगल में तेज़ भूकंप आ गया हो।

''हुआ यूँ कि उस दिन देर संध्या को विद्या व बेदरिया मुखिया बंधुओं का डकैत

गिरोह आया था यहाँ। वे कुल दस डकैत थे। सभी रिवॉल्वर, पिस्तौल, देशी कट्टों, इकनाली व दुनाली बंदूकों, पचफेरा जैसी रायफ़लों और ढेर सारे कारतूसों से लैस थे। एक गोरे-चिट्टे पहलवान जैसे युवा डाकू के हाथ में स्टेनगन भी थी। वे सभी ख़ाकी वर्दी में थे। यहीं खाना पकाया-खाया। दो संतरी खड़े कर दस्युओं का वह दल सो गया। रात के तीसरे पहर की चौकसी का ज़िम्मा था डकैत जगबीर सिंह गूजर एवं स्वरूप काछी के कन्धों पर। जगबीर सिंह फ़ौजी भगोड़ा था। कोर्ट मार्शल से बचने के लिये गिरोह में शामिल हो गया। अभी छह महीने ही हुए थे उसे डाकू की ज़िन्दगी काटते हुए। वह डाकू चाहे बन गया लेकिन मन उसका उचाट ही रहता था। उसके दिलोदिमाग़ के किसी कोने में देश भक्ति का जज्बा अब भी घर किये था।

"'कोई कारनामा किया जाये,' ऐसा ख़याल उस रात अचानक आया जगबीर के दिमाग में, जो कुछ ही क्षणों में बवंडर बन गया। पूरी सुरक्षा के बीच बवाल उठा। कंधे पर लटके थैले में कारतूसों से भरी आधा दर्जन मैगज़ीनें थीं।

"स्टेनगन थामे जगबीर सिंह गूजर के हाथ उठे। तड़तड़...तड़तड़...गोलियाँ चला दीं उसने। पहला निशाना बना स्वरूप काछी। फिर मुखिया विद्या। फिर छह डकैत और। गैंग का उपमुखिया बेदरिया किसी तरह बच निकला उस खून-खराबे से। गोलियों की आवाज़ सुनकर हड़बड़ाकर जागा। घबराकर भागा। अपना हथियार नहीं सँभाल पाया। जान बचाकर गिरोह का मुखिया ऐसा भागा कि उसे कोई सुध-बुध नहीं रही। भागता ही रहा भय के भूत के आगे भोर होने तक। आँगई नदी के बाँध पर जाकर साँस ली उसने। थोड़े ही दिनों बाद पुलिस के किसी साधारण से मुखबिर ने पकड़वा दिया था डाकुओं के नामी गिरोह के उस सहमुखिया को जिसका नाम था बेदरिया डाकू।

"स्वयं की स्टेनगन, गैंग के मुखिया का पचफेरा व रिवॉल्वर लेकर जंगलों, पहाड़ों, नदी-नालों को लाँघता सीधा पहुँचा था जगबीर सिंह गूजर ज़िला भरतपुर के गढ़ी बाजना पुलिस थाने पर जो धौलपुर की सीमा पर अवस्थित है डांग क्षेत्र में।

"तीन-तीन हथियार और कारतूसों का बिंडोलिया कंधे पर लटकाये खाकी वर्दीधारी हष्ट-पुष्ट उस नौजवान को देखकर थाने का संतरी घबरा गया था। थाने के मुख्य दरवाज़े के ठीक सामने अपने कार्यालय में बैठा-बैठा काम कर रहा था थाना प्रभारी शिवसिंह भदौरिया। जगबीर सिंह को इस रूप में देख कर भदौरिया चौंका।

"'जय हिन्द सर, मैं फ़ौजी जगबीर सिंह गूजर। ये सँभालो विद्या-बेदरिया गैंग के हथियार। विद्या समेत आठ डकैतों का सफ़ाया करके सीधा आपके पास आया हूँ?' थानेदार कुछ कहता उससे पहले जगबीर ने सूचना देते हुए हथियार व कारतूस कमरे के कोने में एक तरफ़ रख दिये। जगबीर के पीछे-पीछे संतरी भी वहाँ आ गया था। बगल के कमरों में कार्यरत पुलिसकर्मी कुछ ही क्षणों में वहाँ इकट्ठा हो गये। सब के सब अचरजभरी निगाहों से देख रहे थे कभी जगबीर सिंह की तरफ़ और कभी हथियारों की ओर।

‘‘सारे स्टाफ़ के सामने जगबीर सिंह ने थानेदार शिवसिंह भदौरिया को अपनी कहानी सुनायी।

‘‘उसने बताया कि धाधरेन के नंगला में डाली डकैती के दौरान स्वरूप काछी ने एक किशोरी के साथ बदफैली करने की कोशिश की थी। मैंने उस डाकू को खींचकर दो थप्पड़ मारे थे। तब विद्या डकैत ने स्वरूप की तरफ़दारी की थी और मुझे भला-बुरा कहते हुए गालियाँ दी थीं। तभी मुझे पहली बार पता चला था कि विद्या-बेदरिया गिरोह के आदमी किसी की भी बहन-बेटी की इज्ज़त लेने से नहीं चूकते। तभी से मैं इस गैंग से पीछा छुड़ाना चाह रहा था। मैंने बहाना बनाते हुए मुखिया को सबके सामने हाथ जोड़कर यह कहा था कि मुझसे यह काम अब और नहीं होगा। मैं किसी की भी गुलामी करके अपना पेट भर लूँगा। मुझे यहाँ से जाने दो। दोटूक जवाब देते हुए मुखिया विद्या ने कहा था कि बेटा, अब तेरे काजे दूसरो कोऊ ठौर-ठिकानो नायं। जो काउ एक बेर बाग़ी है जावे, वाको घर या तो ई बीहड़ हैं या फेर जेल और जो पुलिस के भड़भेटे में आगो तो भैया जमदूतन को संग मिलो करे।

‘‘ ‘थानेदार जी, पता नहीं मेरे भाग्य में क्या लिखा है जो अच्छी खासी फ़ौज की नौकरी से हाथ धो बैठा। वहाँ भी मेरी गलती नहीं थी। कोई मुझे माँ-बहन की गाली देता है तो मैं बरदाश्त नहीं कर पाता। कुछ इसी तरह उल्टा-सीधा व्यवहार कर दिया था फ़ौज में मेरे साथ केप्टिन ने। मुझसे न सहा गया और न रहा गया। बिना कुछ आगे सोचे-समझे मैंने उसकी पिटाई कर दी। बस, फिर क्या था, मेरे खिलाफ़ कोर्ट मार्शल की कार्यवाही शुरू कर दी गयी। मैं वहाँ से भाग आया। बहुत परेशान हो गया था। वैसे मैं महावीरजी के पास कैमरी गाँव का रहने वाला हूँ। अब आप जल्दी करो, मैं वहाँ ले चलता हूँ जहाँ डकैतों की लाशें पड़ी हैं।’

‘‘गढ़ी बाजना थाना के प्रभारी शिवसिंह भदौरिया का दिमाग चकराने लगा। डांग के बीहड़, पहाड़, डकैत गिरोह की लाशें, फ़ौजी छावनी, श्रीमहावीरजी का विख्यात जैन मन्दिर, कैमरी गाँव, उस गाँव के कर्नल हरभानसिंह गूजर के चित्र थानेदार के दिमाग के प्रिज़्म में घूमने लगे। कर्नल हरभानसिंह गूजर को वह अच्छी तरह जानता था जब उसकी पोस्टिंग करौली ज़िले के सलेमपुर थाने में थी। कर्नल हरभानसिंह गूजर का खास भतीजा था जगबीर सिंह। कर्नल ने ही उसे फ़ौज में भर्ती कराया था। कोर्ट मार्शल के बाद नौकरी बची रहे यह भी कोशिश कर रहा था वह। जगबीर सिंह की माँ से अधिक रोया था फूट-फूट कर वह जिस दिन पता चला कि जगबीर सिंह डाकुओं के गिरोह में शामिल हो गया। देश का रक्षक जब समाज का दुश्मन बन जाता है तो सबसे ज्यादा दुखी होता है राष्ट्र की सीमाओं का रक्षक फ़ौजी और समाज का शांति-प्रहरी पुलिस का सिपाही। कर्नल हरभानसिंह को अच्छी तरह जानने वाले थानेदार भदौरिया को दुखद आश्चर्य हुआ जगबीर सिंह की त्रासदी सुनकर।

''थानेदार ने अपने अफ़सरों को डकैतों के मारे जाने की सूचना दी। दलबल के साथ स्वयं घटनास्थल के लिये रवाना हो गया। पुलिस की जीप में आगे की सीट पर अपनी बगल में बिठाया था जगबीर सिंह को।

''शिकारगाह के भीतर सभी डाकुओं की लाशें पड़ी हुई थीं। हथियार उनके निकट थे। अन्य साजो-सामान भी वहीं अस्त-व्यस्त दशा में था। घटनास्थल के बाहर कांस की बावड़ी में मेंढक टर्रा रहे थे। कुछ ही देर में वृत्त बयाना का डिप्टी एसपी आ पहुँचा।

'' 'सर, इस साहसी युवक को कोई भी डकैत या फ़ौजी भगोड़े के नाम से नहीं जाने। इसकी पहचान होनी चाहिए एक बहादुर नागरिक के रूप में। सर, हमें यह प्रयास करना है।' थानेदार भदौरिया ने जगबीर सिंह की पीठ थपथपाते हुए धीरे से कहा था अपने अफ़सर डिप्टी एसपी को। यह बोल सुनकर जगबीर सिंह का सीना गर्व से फूला था।

''मौके की समस्त कार्यवाही करने के बाद लाश व अन्य वस्तुओं को लेकर पुलिस पार्टी थाना गढ़ी बाजना के लिये चल दी।''

14

कां स की बावड़ी की घटना के पश्चात् गढ़ी बाजना थानेदार शिवसिंह भदौरिया का आत्मविश्वास काफ़ी बढ़ गया था। कुछ ही दिनों बाद नेकी गूजर के कुख्यात डकैत गिरोह के उमराव नाम के एक अदने से सदस्य को उसने रमधा के बीहड़ से पकड़ा। शिवसिंह के दिमाग में कई दफ़ा अफ़लातूनी तुनक चढ़ जाया करती थी। जब वह उमराव से पूछताछ करने बैठा तो उसने छोटे साइज़ के ट्रांज़िस्टर का उपयोग करने की ठानी। वैसा ट्रांज़िस्टर उन दिनों मुख्य रूप से क्रिकेट की कमेंट्री सुनने के काम आया करता था। शिवसिंह ने उस यंत्र को सच-झूठ पकड़ने वाली मशीन के रूप में इस्तेमाल किया।

''हाँ भई उमराव, तैने काफ़ी बातें बता दीं। पर तू अभी भी कई वारदातें या तो जानबूझकर छिपा रहा है या फिर तुझे याद नहीं आ रहा।''

''नईं, जे बात नायं बाबूजी, मोय सब कछु याद है। मैंने तुमन ते नेकुऊँ ना छुपायो।''

''सच-झूठ पकड़ने वाली एक नयी मशीन आयी है पुलिस के पास और इसकी कीमत पता है तेरे को? मैं बताता हूँ। इसकी कीमत है एक लाख रुपये से ज्यादा,'' ट्रांज़िस्टर दिखाते हुए शिवसिंह ने कहा।

ट्रांज़िस्टर की तरफ़ कौतूहल से देखता हुआ उमराव बोला, ''हाँ, बाबूजी तुम कै रे ओ तो सइ बात ई है गी। हम तो ठहरे डांग के डंगर, हम इन बातन ने का जाने!''

उमराव की अनभिज्ञता शिवसिंह के लिए बड़े संतोष की बात थी। 'इस बावली बूच को कुछ अता-पता नहीं है कि यह कौन-सी मशीन है? अब शायद पूछताछ का मेरा यह काम आसान हो जायेगा,' यह सोचता हुआ शिवसिंह बोला। ''अब इस मशीन के तू अंगुली लगा।''

''ऐ बाबूजी, ई का कत्त (करते) हो! मोय तो ई बबाल ते दू ई रहिबे दो। नेक जख लेओ। तुम ऐसो करो के, मोय तनिक भेजे पे जोर देबे को मौको देओ। मैं कछु और बातन ने याद करिबे की कोसिस करूँ।'' डरते हुए उमराव ने प्रतिक्रिया व्यक्त की। डिप्टी एसपी शिवसिंह ने उसे तसल्ली दी कि ''इसमें डरने की कोई बात नहीं है। इस मशीन को छूने से कोई करंट नहीं आएगा। फिर भी तू एक बार फिर याद कर ले। देख, कोई बात भूल तो नहीं रहा?'' ऐसा कहते हुए शिवसिंह पुलिस थाने के पूछताछ कक्ष से बाहर निकल गया। उसे जाते हुए देखकर उमराव को महसूस हुआ जैसे सर पर बैठी हुई मुसीबत कुछ देर के लिए टल गयी। इस संतोष के साथ ही वह सोचने लगा कि यह मुसीबत कुछ पलों के लिए हटी है, संभव है पुनः बड़ी विपत्ति बनकर लौटे। वह बारीकी के साथ कक्ष को निहारने लगा। उस छोटे से कमरे में पूछताछ का ढेर सारा सामान रखा हुआ था। उस कक्ष में पहले भी अनेक बदमाशों से पुलिस के धुरंधर अफ़सरों द्वारा पूछताछ की जा चुकी थी। कितने ही माहिर जरायमपेशा शख़्सों के पेट से बहुत कुछ उगलवाया जा चुका था। थर्ड डिग्री के समस्त उपकरणों से वह कक्ष सुसज्जित था। कक्ष के कोनों, टांड़, अलमारी, खूँटियों वगैरा पर अनेक किस्म के डंडे, गर्दन-फांस, बेलन, डीआईजी व आई.जी. जैसे छद्म नामों के हत्थेदार पट्टे, मेग्नो-करंट पैदा करने वाले पुराने ज़माने के रूपांतरित दूरभाष यंत्र आदि रखे हुए थे। इन सबके प्रयोग से दी जाने वाली यातनाओं का अंदाज़ा सहज ही लगाया जा सकता था। इनके हत्थे कभी न चढ़ते हुए भी उमराव ने इनके प्रभाव के विषय में सही अटकलें लगा ली थीं। बहुत कुछ गहरे में सोचकर उसने अपना सर दोनों घुटनों के बीच फँसा लिया। अब वह घुटनों के बल से उसे भींचने लगा जैसे माथे को दबाकर उसके भीतर छुपी हुई स्मृतियों में से उस सबको निकाल बाहर करेगा जो पुलिस का वह अफ़सर उगलवाना चाहता है। वह गंभीरता के साथ सोचने लगा, 'जब उसने अपने किये अथवा उससे मजबूरी में करवाए गए आपराधिक कृत्यों का बहुत कुछ स्वेच्छा से बता दिया तो अब थोड़े कुछ बचे को गोपनीय रखकर उसका कौन-सा फ़ायदा होने वाला है।' अपने मामले में अब वह उतना ही ईमानदार और पारदर्शी होना चाहता था जितना कोई भी हो सकता है।

पुलिस अफ़सर शिवसिंह की अब तक की अनुपस्थिति से उमराव को थोड़ी तसल्ली मिली जैसे घोर दलदल में फँसे हुए को पाँव टिकाने के लिए कुछ ज़मीन का कोई टुकड़ा मिल गया हो। उस दलदल से निकल कर उमराव की स्मृतियों के बायोस्कोप का प्रिज़्म उलट दिशा में घूमने लगता है। वह पुनः अपनी डांग की पहाड़ियों को निहारने लगता है। उन पहाड़ियों के आधार-भूपटल रूपी पठारों को महसूस करने लगता है। उसे आभास होता है जैसे अनेक पर्वतांचलों को पार करता हुआ वह चम्बल के बीहड़ों में उतरने लगता है।

चम्बल नदी की सर्पीली जलधाराओं पर उसकी दृष्टि पड़ते ही वह उनकी गति के संग किनारे-किनारे दौड़ने लगता है। रही की घाट, सोने की गुर्जा, शेरशाह सूरी द्वारा निर्मित दुर्ग के खंडहरों को लाँघता हुआ वह मोरोली, बीछीपुरा, चीलपुरा, गढ़ीजाफर के दर्रों-धसानों-कंदराओं के तिलस्मी तहखानों से गुज़रता हुआ ऊबड़-खाबड़ रेतीले, कंकरीले, झाड़-झंखाड़ों से भरे हुए भू-दृश्यों से स्वयं को घिरा हुआ पाता है। किसी तरह से वह एक ऊँचे टीबा पर चढ़ने का यत्न करता है और दीवार पर चढ़ने की ज़िद करने वाले किसी चींटे की नाईं बार-बार फिसल कर गिरता-संभलता-उठता आखिर में अपनी मंज़िल पर पहुँचने में कामयाब हो जाता है। अब वह उस टीबा से जैसे ही नीचे की ओर देखता है तो उसे अनंत गहराई लिए हुए एक प्राचीन अंधकूप दृष्टिगत होता है जिसे वह एकटक निगाह से घूरने लगता है। अंधकूप के गाढ़े अन्धकार में उसे काली नागिन सी कुंडली मारे बैठी हुई चम्बल नज़र आती है। उसकी कुंडली के भीतर अप्रिय घटना-चक्रों वाला डांग का कटा-फटा इतिहास दिखाई देता है। उस अंचल का सम्पूर्ण भूगोल एक तेज़ अंधड़ में परिवर्तित होता हुआ आभासित होता है। अचानक उसकी आँखों के सामने अँधेरा छा जाता है। उसे महसूस हुआ जैसे चारों दिशाओं की धूल इकट्ठी होकर उस अंधकूप में भर जाती है। कुछ पलों में वह धूल एक भयंकर विस्फोट के रूप में वातावरण में छितर जाती है। रेत का एक बगूला उमराव की आँखों में धँस जाता है। उमराव जैसे ही अपनी आँखों को मसलने लगता है तो उनके भीतर रेत के कणों की किरकिरी चुभने लगती है। आँखों के गीलेपन के साथ रेतीले कण बाहर निकलने लगते हैं। जैसे-जैसे उमराव की आँखें खुलती हैं वैसे-वैसे ही तिरमिर-तिरमिर तैरती तितलियों की तरह उसकी स्मृतियाँ एक-एक कर प्रकट होने लगती हैं। उसे महसूस हुआ जैसे आँखों में समाये हुए रेत के कण हृदय की अतल गहराइयों में समय के बोझ तले दबी स्मृतियों को खोज कर अपनी पीठ पर ढोये एक-एक कर बाहर निकलते जा रहे थे।

''कहाँ पहुँचा रे बेटा, उमराव?'' शिवसिंह की आवाज़ सुनकर अपनी ही यादों की भीड़ में खोया हुआ उमराव चौंकता है। घुटनों में फँसा हुआ उसका माथा बाहर निकलता है। अभी-अभी व्यतीत हुई अल्पावधि में अनुभूत एकांत के भार से दबी हुई उमराव नाम के उस नवयुवक की पलकें अचानक खुलती हैं। उसकी दृष्टि शिवसिंह के मुख पर टिक जाती है। अब वह स्मृतियों के सशक्त आधार पर खड़ा था। आत्मविश्वास के रहते हुए शिवसिंह से तनिक भी आशंकित नहीं दिखाई दे रहा था, फिर भी पुलिस का भय उसके मानस के नैपथ्य में उसे घूरता-सा प्रतीत हो रहा था।

बड़े धैर्य के साथ उसने स्वयं को एकाग्रचित्त करते हुए लूट की दो-एक घटनाओं में शरीक होना और स्वीकार किया तथा विश्वास भरे स्वर में कहा कि ''बाबूजी, अब तुम निच्चिंत है जाओ। मेरे पेट में और कछु नायं।''

''चलो, मशीन से एक बार चैक कर ही लेते हैं।''

‘‘बाबूजी, करंट तो ना आवेगो या में ?’’

‘‘अरे बावले, एक बार कह दिया ना। इतनी महँगी मशीनों में करंट कैसे आ जायेगा। ले चल, अंगुली सटा।’’ ट्रांज़िस्टर की रेडियो स्टेशन दिखाने वाली सुई को बटन से गोपनीय तरीके से करीब अस्सी प्रतिशत ऊपर सरकाते हुए और उमराव को दिखाते हुए शिवसिंह उत्सुकता से बोला, ‘‘देख भई उमराव, रुपया में कोई तीन-चार आना झूठ पकड़ में आ रही है।’’ आगे उसने सुई की पोज़ीशन समझाते हुए स्थिति स्पष्ट की।

‘‘अब माई-बाप, लक्खोन रुपय्या की महँगी ई मशीन ग़लत काहे बताएगी। नेक रुको, मोय और सोचबे देओ। है सके कछु भूल रो होऊं। अब हुज़ूर तुम जानत हो, थाने में आय के नी बड़ै बड़ैन को दिमाग ठिकाने आ जाबे करे है, मैं काऊ के खेत की मूली हूँ ?’’ कहते हुए वह गम्भीरता से सोचने लगा।

‘‘हाँ, बाबूजी, नेक ध्यान दे के सुनियो, राह चलते बा सूपा गाँव के एक बनिया ते कछु छीना-झपट्टी सी है गई। हमन में ते काऊ एकाद जने नै दो-चार लप्पड़-सप्पड़ बाके ज़रूर दै दिए हे। पिन ना के ढिग तो फूटी कोट़ी बी नायं गिली। है राकत ऊ रारुरे ने हमें देख के नी माल-ए कहुं छुपा दियो हो। ई बनिया जैसी कौमन ने अपन जानत हैं के, ई कितेक चंट हैबे करे ?’’ अंतिम वाक्य बोलते हुए उमराव की मनोदशा वैसी हो गयी थी जैसे विपरीत परिस्थितियों में भी किसी स्थान अथवा व्यक्ति के साथ कुछ घड़ियाँ बिताने के पश्चात् हृदय के किसी कोने में आत्मीयता पनपने लग जाती है। भावनाओं के इतिहास में कई ऐसे अध्याय मिलते हैं जब लम्बे समय तक सज़ा भोगने के बाद कारागृह के दरवाज़े से बाहर निकलने वाले अपराधी को उस ‘बुरी’ जगह के प्रति भी कुछ पल के लिए लगाव की अनुभूति होती ही रही है। अक्षितिज मरुप्रदेश के रेतीले नमी-विहीन धोरों की पीठ पर मरगोजों के बहुवर्णी पौधों को भी तो बसंत ऋतु में खिलते हुए देखा जा सकता है।

‘‘भई, लूट तो लूट रही। रुपया चाहे कम मिलो या ज़्यादा और न भी मिले हों तो क्या। वारदात तो हो ही गयी। मशीन तो बताएगी ही ना।’’ शिवसिंह ने चुपके से सुई को तनिक ऊपर की ओर खिसकाते हुए उमराव को दिखाया और कहा कि ‘‘देख, झूठ थोड़ी कम हुई ना ?’’

‘‘हाँ, बाबूजी, या की सुई नेक नीचे सिरक के नी आई तो भई है। मोय ऐसो लगे के सब कछु उगल दे बे कै बादहु ई मशीन मोय झूठो ठहराबे लगी है। ए हुज़ूर, एक बात-ए पूछ सकत हूँ का ?’’

अपने ही द्वारा किये गए सवाल का जवाब सुने बगैर उमराव आगे बोला, ‘‘ऊ का है के, कबहू-कबहू ई मशीन बी तो कछु गलत है सके कि नायं ?’’ मशीन को अविश्वास की नज़रों से घूरते और स्वयं पर पूरा भरोसा करते हुए उमराव ने प्रतिक्रिया की।

‘‘अब भई, लाख रुपया की मशीन तो सच-सच बताएगी ही,’’ कहते हुए शिवसिंह

को भीतर ही भीतर हँसी आ रही थी। वह बड़ी मुश्किल से उसे रोके हुए था। ऊपर से उसे गंभीर होना ही था। आखिर एक डाकू से पुलिस की पूछताछ चल रही थी।

एक पुलिस अफ़सर की हैसियत से शिवसिंह के भीतर बहुत कुछ घटित हो रहा था जो उसके बाहरी आचरण से कई गुणा और गहरा था। अब तक की नौकरी में उसका वास्ता सैकड़ों कुख्यात अपराधियों से पड़ा था जिनसे उसने लम्बी-लम्बी पूछताछ की। बहुत से अपराधी ऐसे थे जो शिवसिंह का नाम सुनते ही सब कुछ उगल दिया करते थे, बहुत से ऐसे थे जिनके साथ शिवसिंह को ऐड़ी से चोटी तक का ज़ोर लगाना पड़ा था और बहुत से ऐसे बदमाशों से भी पाला पड़ा जिनके ऊपर कितने ही किस्म के थर्ड डिग्री तौर-तरीके अपनाये गए किन्तु उन शख़्सों ने शिवसिंह को रत्ती भर नहीं बताया। शिवसिंह ऐसा पुलिस अफ़सर था जो सामने आये अपराधी अथवा संदिग्ध के साथ उसके स्वभाव के अनुरूप व्यवहार किया करता था। 'उमराव कैसा भोला व शरीफ़ डाकू है जो देश-दुनिया में तीव्र गति से हो रही यांत्रिक तकनीकी की किसी भी टांग-पूंछ के बारे में कुछ भी नहीं जानता?' मन-ही-मन यह सोचते हुए शिवसिंह को हँसी आ गयी।

''बाबूजी, का भयो?''

''कुछ नहीं रे।'' शिवसिंह की इस संक्षिप्त प्रतिक्रिया ने उमराव को फिर से उलझन में डाल दिया। अब उसका शक शिवसिंह से अधिक पुनः झूठ पकड़ने वाली मशीन की तरफ़ चला गया। जिसकी सुई की पोज़ीशन ने उसे पशोपेश में डाल रखा था।

''बाबूजी, तनिक एक बात और बता देओ,'' बड़ी हिम्मत बटोरकर उमराव ने पूछा।

''हाँ, बोल क्या बात है?''

''आप तो मो ते डकैती अर लूटन की वारदातन को ई तो हिसाब ले रहे ना, अर बिन सबन को हिसाब मैं दैतो गयो। ई मशीन में कछु भैंस चोरीन के मामले बी पकिरे जात हैं का?''

''जुर्म तो जुर्म है। मशीन तो भैंस चोरी भी बताएगी।''

शिवसिंह की यह बात सुनकर उमराव के मुख पर पसरा हुआ तनाव का घना कोहरा कुछ छँटने लगा। उसे अनुभूति हुई जैसे पुलिस थाना गढ़ी बाजना के समस्त वायुमंडल में जो घुटन छाई हुई थी वहाँ उसे कहीं से ताज़ा हवा के झोंके मिले हों। गिरफ़्तारी से लेकर पुलिस की लम्बी पूछताछ के इस समस्त क्रम में उमराव की मानसिक दशा कितने दबाव एवं क्लेश को अपने भीतर समेटे हुए थी, इसका अंदाज़ केवल उमराव लगा सकता होगा। महसूस हुआ जैसे पीड़ा के उमड़ते महासागर के भँवरों में फँसा हुआ उमराव आसमान के अबाध विस्तार में किसी पंछी को स्वच्छंद उड़ान भरता हुआ निहार रहा था। शिवसिंह के टोकने पर स्वप्नों के उस क्षणभंगुर संसार से वह लौटा। फिर उसने भैंस चोरी की कई

घटनाएँ बता कर पुलिस पूछताछ से अपना पिंड छुड़ाना चाहा। वह नहीं जानता था कि स्वयं के छुड़ाने से पिंड छूट जाता तो वह कब का छुड़ा लेता। उसकी मुक्ति तो न उसके हाथों में थी और न ही उसकी किस्मत के। वह तो पुलिस के कब्ज़े में थी जिससे उसका वास्ता पहली बार पड़ा था। वह तो शिवसिंह था अन्यथा दूसरा कोई और होता तो अब तक उसका हुलिया बदल देता।

''हाँ बाबूजी, मैंने अपने आप कूँ हत्तरे (हर तरह) ते जांच-परिख लो है। अब मोय कछु खबर ना लग रई। देव नारायण महाराज की सौगन खाके कह रो हूँ, अब मेरे पेट में ऐसी कछु बात नायं, जाये मैं आप ते ना कहूँ।''

''ठीक है रे उमराव, देव बाबा को बीच में मत ला। जो इसका ध्यान ही करना था तो बेटा, डाकुओं के गिरोह में शामिल होने से पहले करता। अब तो जो तेरे भाग्य में लिखा है उसे एक बार भोगना ही पड़ेगा,'' यह कहता हुआ उमराव गूजर की पीठ पर हाथ धरता हुआ शिवसिंह कमरे से बाहर निकल गया।

15

उमराव गूजर को डांग का डाकू कहना डाकुओं की तौहीन होगी। वह वास्तव में एक सीधा-सादा नौजवान था। बाँध बारेठा के किनारे निर्मित भरतपुर महाराजा के ग्रीष्म कालीन महल के सेवादारों में से उमराव का दादा भी एक था। राजा-महाराजाओं का ज़माना कब का बीत चुका था किन्तु राज वंश का नाम अब भी चल रहा था। राजशाही के लोकशक्ति में विलीन हो जाने के बावजूद राज-ठिकाने के वंशजों के ठाठबाट वैसे के वैसे ही थे। भरतपुर नरेश के प्रासाद परिसर के कोने में नौकर-चाकरों की कोठरियाँ बनी हुई थीं। मुख्य कोठरी में दरबार का खानसामा रहा करता था जो मुसलमान था। पड़ौस में बागवान, धोबी और जाट-गूजर-मीणा जाति के आधा दर्जन द्वारपाल एवं अन्य सेवादार रहा करते थे। उन्हीं में से एक में उमराव के दादा का परिवार रहा करता था। सामंती युग में भृत्य भी प्राय: वंशानुगत हुआ करते थे। उसी क्रम में दादा की मौत के बाद उमराव के बाप को नौकर रख लिया गया। शिशु अवस्था में ही महल के बुर्ज के नीचे उगे हुए झाड़-झंखाड़ों को साफ़ करते हुए काले नाग द्वारा डंसने के कारण उमराव की माँ की असामयिक मृत्यु हो गयी थी। माँ की मौत के पश्चात् उमराव ज्यों-ज्यों बड़ा होता गया वैसे-वैसे वह महल की चारदीवारी के बाहर निकलने लगा था। महल से कुछ दूर बाँध की पाल पर 'कीरों का नंगला' नामक बस्ती हुआ करती थी। कीरों का पेशा बाँध के छिछले पानी में सिंघाड़ा पैदा करने का था। बाँध में मछली पकड़ने के लिए हर साल सरकारी ठेका उठा करता था। ठेकेदार के आदमी भी वहीं अस्थायी डेरा डाल दिया करते थे। वे अक्सर बयाना, रूपवास व सूरोठ जैसे कस्बों के मुसलमान हुआ करते थे जो वर्षों से इस धंधे से जुड़े हुए थे। इलाके

का उमराव एक ऐसे माहौल में बड़ा हुआ जहाँ करीब-करीब सातों जातियों के समाज का वातावरण था, आदिम पुश्तैनी संस्कृति थी, समरसतावादी संस्कारों की भूमि थी, चाहे वह राजा का मुस्लिम रसोईया था, पेड़-पौधों को सँभालने वाला माली था, शाही वस्त्रों के मैल को धोने वाला धोबी था, महल के रक्षक जाट-मीणा-गूजर थे अथवा इस शाही अड्डे के बाहर बाँध बारेठा के किनारों पर स्थायी बसे हुए कीर अथवा मत्स्य-व्यवसाय से जुड़े अस्थायी डेरा डाले हुए ठेकेदार व उसके कर्मचारी थे, ये सब लोग हिलमिल कर रहा करते थे, ज़रूरत पड़ने पर इकदूजे की मदद किया करते थे, इनमें कोई ऊँच-नीच का भाव नहीं हुआ करता था। ये सब आदमी रात-दिन मेहनत किया करते थे। जो मिलता था उसे खा पीकर आराम किया करते थे। नींद इनके लिए दिनचर्या का सहज हिस्सा हुआ करती थी। 'आज कमाया आज खाया, कल की कल देखी जाएगी' ऐसी इनकी मानसिकता बन गयी थी, जिसका कारण वैसी ही भौतिक दशा था, इसलिए किसी बात पर झगड़ा-फसाद होने की कोई गुंजाइश ही नहीं थी। फुरसत में अपने दु:ख-सुख बिना किसी झिझक के बाँट लिया करते थे। इसीलिए इनके बाँटे में भी हँसी-मज़ाक उतना ही था जितना अन्य लोगों के पास हुआ करता था। उमराव को इन सबका भरपूर प्यार मिला था। वह सबका चहेता था। बाप ने उसको अपने संग माँ की ममता भी दी थी। उमराव जब रसोई में रहता तब खानसामा के काम में हाथ बँटाता, बागवान के आस-पास होता तो बगीचे की सार-सँभाल करता, महल के रखवालों की संगत में होता तो रात भर जागकर सुरक्षा के सूत्र सीखता। कीरों के साथ बाँध में सिंघाड़े तोड़ते हुए कीचड़ में संधता और जब मत्स्य व्यवसायियों के साथ होता तो नौका-चालन, मछली पकड़ने के जाल को फैलाने व सिकुड़ाने के करतबों को देखता हुआ मछलियों के बचने व फँसने की गतिविधियों को ध्यान से अवलोकित करता रहता था। उमराव की यह छोटी-सी दुनिया उसके लिए पर्याप्त थी।

धीरे-धीरे वक्त के साथ हालात बदलते गए। राजपरिवार की रुचि राजनीति में पसरती गयी। उससे जुड़े लोग भरतपुर के आवासीय महल तक सिमटते गए। बाँध बारेठा महलनुमा वह कोठी उपेक्षित रहने लगी। मुस्लिम खानसामा की कुदरती मौत हो गयी। उसके कोई औलाद नहीं थी। बागवान, धोबी, द्वारपाल सब हटा दिए गए। वहाँ अंततः केवल एक चौकीदार छोड़ दिया गया। यदा-कदा जब पूर्व-राजपरिवार का कोई सदस्य या अतिथि अथवा कोई अफ़सर जंगल-सफ़ारी व नौका विहार जैसे शौक की पूर्ति के लिए कोठी की तरफ़ आता तब वहाँ आवश्यकतानुसार साफ़-सफ़ाई व अन्य प्रबंध कर दिए जाते थे। सिंघाड़े की खेती से कीर परिवारों का जीवनयापन नहीं हो पा रहा था इसलिए वे पत्थर की खानों में मज़दूरी करने लग गए थे। बारेठा के उस बाँध में मछली पकड़ने के ठेके की नीलामी की दरें काफ़ी बढ़ गयी थीं। इसलिए उत्तरप्रदेश, बिहार व बंगाल की तरफ़ के बड़े ठेकेदारों का व्यवसाय पर एकाधिकार हो गया था।

पूर्व राज-घराने का वह प्रासाद-परिसर निर्माण की दृष्टि से अभी भी सही-सलामत था; सदर दरवाज़ा, सहायक द्वार, बरामदे, सभागार, दालान, झरोखे, खिड़कियाँ,

सीढ़ियाँ, छत वगैरा। क्षेत्रफल भी पहले जितना ही था। चारदीवारी जहाँ-जहाँ से टूटती वहाँ आवश्यकतानुसार मरम्मत करवा दी जाती थी किन्तु वह पुरानी रौनक नहीं थी। कई दरख़्त बूढ़े होकर ढह गए थे, कई अंतिम साँसें गिन रहे थे, गुलमोहर गायब थे, अमलतास पलायन कर चुके थे, आम्र-कुञ्ज उजड़ चुके थे, पौधनुमा वनस्पतियाँ मुरझा कर सूख चुकी थीं, गए ज़माने की हरी-भरी दूब अब यहाँ-वहाँ सिमट कर सहमी-डरी-दुबकी सी नमी की तलाश करती हुई थक चुकी थी। नाना प्रजातियों के फूलों की क्यारियाँ कब की बंजर हो गयी थीं। मयूर के नृत्य, कोयल की कूक, हरियल के झुण्ड, तोता-मैना की चुहलबाज़ी, चिड़ियों की चहक, गिलहरियों की अठखेलियाँ और तितलियों की उड़ान अब कहीं देखने को नहीं मिल रही थी। इन सबकी यहाँ के इंसानों से दोस्ती हुआ करती थी। अब इंसान नहीं तो दोस्ती नहीं, दोस्ती नहीं तो परिसर में वृक्ष, वनस्पतियाँ, फूल, फल, पखेरू कुछ भी नहीं। जीवन के नाम पर यह स्थल उलूकों का अड्डा बन गया था। रात में भूतों का भय व्याप्त हो जाया करता था। मनुष्य के रूप में गिनती का एकमात्र चौकीदार था जिसके मुख पर उदासी सी छाई रहती थी।

राजा की कोठी के बाहर का दृश्य एकदम भिन्न था। बारेठा के बाँध में पानी की आवक अभी भी अच्छी थी। बाँध का रख-रखाव आरम्भ से ही सिंचाई विभाग के ज़िम्मे था। बाँध के नीचे जितनी भी कृषि भूमि थी उसकी सिंचाई के बावजूद पर्याप्त मात्रा में जलराशि बची रहती थी जिससे वह बाँध बारहमासी जलाशय के रूप में प्राकृतिक छटा में चार चाँद लगाने में सक्षम था। मिट्टी की जिस मज़बूत पाल को बनाकर बाँध निर्मित किया गया था वहाँ आम के पेड़ों की कई कतारें थीं जिनमें खूब फल आया करते थे। जामुन, गूलर, ल्हेसुआ, इमली जैसे फलदार वृक्षों के अतिरिक्त दर्जनों किस्म की प्रजातियों के अन्य पेड़-पौधों से वह स्थल आबाद था। बाँध के निर्माण से भी दशकों पुराना एक बरगद का विशाल वृक्ष एक तरफ़ खड़ा था जो ऊँचाई, फैलाव तथा आयु में सभी दरख़्तों से बड़ा था। गर्मी के मौसम में वृक्षों का यह उपवन राहगीरों को भरपूर छाया देता था। वर्षा ऋतु में केवड़े के झुरमुट पूरे वातावरण में मनमोहक महक भर दिया करते थे और रात भर जुगनुओं की झिलमिलाहट एक अलग तरह का आकर्षक दृश्य सृजित कर दिया करती थी। बारेठा के उस बाँध से डांग के उस अंचल का सौन्दर्य निखरा करता था।

राजा की कोठी से बेरोज़गार हो जाने के पश्चात् उमराव को लेकर उसका बाप सिंचाई विभाग के ओवरसियर के पास आया था। कई दिनों तक बेगार और मिन्नतें करने के बाद उमराव को बाँध के सरकारी डाक बंगले में दिहाड़ी मज़दूरी के आधार पर चौकीदार के पद पर रख लिया गया था जिससे दोनों बाप-बेटों का गुज़ारा हो रहा था। उमराव के पिता को साँस की बीमारी थी जो धीरे-धीरे क्षयरोग में परिवर्तित हो गयी। उसी से उसकी मौत हुई थी। बाप की मृत्यु के पश्चात् उमराव का मन उस स्थान से उचट गया। वह घुनैनी-सहायपुर की ओर चला गया। कुछ दिनों किसी ठेकेदार द्वारा संचालित पत्थर की खान में मज़दूरी की। वहीं उसका सम्पर्क दस्युओं के एक दल से हुआ जिसने उसे कई किस्म के

प्रलोभन देकर उसके हाथों में बन्दूक थमा दी। न चाहते हुए भी डर के कारण वह गिरोह से मुक्त नहीं हो सका था। सबसे बड़ा भय था उसके लिए दस्यु सरगना नेकी गूजर का गिरोह में आतंक। जब आरएसी के दल ने उसे गिरफ्तार किया तभी उसका पीछा दस्यु दल से छूटा। अनुसन्धान अधिकारी ने सभी मुकद्मों में उमराव को सरकारी गवाह रखने का मानस बनाया। वह तद्नुसार अनुमति हेतु प्रस्ताव बनाकर स्वयं पुलिस अधीक्षक के समक्ष उपस्थित हुआ। डाकू गिरोह में सम्मिलित होने की उमराव की विवशता व उसके सम्पूर्ण चाल-चलन को देखते हुए शेष डाकुओं को सज़ा दिलाने के मकसद से उमराव को सरकारी गवाह रख लिया गया। उसी रूप में मुकद्मों का चालान सम्बंधित अदालतों में पेश किया था। उमराव गवाही पर खरा उतरा और अंत में उसे बरी कर दिया गया।

डांग इलाके में जितने बेतरतीब पहाड़ थे, जितने ऊबड़-खाबड़ पठार थे, जितने बीहड़ी दर्रे व धसान थे, जितने कंकरीले, पथरीले व टेढ़े-मेढ़े रास्ते थे और आशंकाओं, अनिश्चितताओं, अभावों युक्त वहाँ के इंसानों के जीवन में जितनी समस्याएँ थीं, वैसी ही अनगिनत बाधाओं को पार करता हुआ उमराव पुन: सामान्य दशा में आ गया। सामान्य जीवन से ही तो वह जीवन की असामान्य अवस्था में पहुँचा था। इस आकस्मिक भटकाव से वापस आने में उसे बरसों लगे, तब तक उसकी ज़िन्दगी का बहुत महत्त्वपूर्ण हिस्सा व्यर्थ में ही चला गया था। अब वह जीवन को फिर से पटरी पर लाना चाहता था।

बारेठा के बाँध की पाल पर खड़े हुए बरगद के पेड़ की जड़ों में उमराव बैठा हुआ था। डांग की धरती के तहखानों में दबी हुई दस्यु जीवन से पूर्व की स्मृतियाँ बरगद की जटाओं से लटकती हुई आँखों के सामने झूलने लगीं। उमराव को प्रतीत हुआ जैसे वह कोई बायोस्कोप देख रहा हो जिसमें माँ की छवि, उसकी गोद में नन्हा शिशु, बाप की अंगुली पकड़े हुए बालक, भरतपुर के राजा की कोठी के उपवन में खेलता हुआ, कीरों के बच्चों के संग जल क्रीड़ा करता हुआ, बाँध में मछली पकड़ने वाली नौकाओं के साथ तैरता हुआ, मछलियों की हरकतों व उन्हें जाल में पकड़ने वाले मछुवारे युवकों के करतबों को निहारता हुआ किशोर और अंत में बारेठा के बाँध की पाल तले अवस्थित सिंचाई विभाग के विश्रामालय की देखभाल करता हुआ युवक सहित सब कुछ स्पष्ट दृष्टिगोचर होने लगा। जीवन स्मृतियों की शृंखला को एक-एक-कर देखने के पश्चात् उमराव ने अपने नेत्र मूँद लिए।

आसमान के शून्य में काफ़ी देर तक वह पूरी तरह खोया सा रहा। 'मनुष्य-दस्यु-मनुष्य' के तेज़ गति से घूमते चक्र में वह अपनी पहचान को खोजने लगा। उसके मस्तिष्क में कई प्रश्न खड़े होने लगे; 'एक मनुष्य के भीतर कितना दस्यु होता है और एक दस्यु के चित्त में कितना अंश मनुष्य का? मैं डाकू बनने से पहले एक आम आदमी था फिर भी क्या मेरे भीतर कहीं गुपचुप कोई डाकू विकसित हो रहा था? जब मैं डकैत बन गया और एक अपराधी का जीवन जी रहा था तब मेरे अन्दर कितना मनुष्य शेष था? अब मैं क्या पूरी तरह

से एक सामान्य मनुष्य में पुन: परिवर्तित हो चुका हूँ अथवा अब भी मुझमें डाकू के अवशेष जीवित हैं ?' प्रश्नों के दलदल से निकल कर कुछ क्षण पश्चात् गंभीर होकर वह सोचने लगा। वातावरण भी गंभीर लग रहा था। पवन स्थिर, वटवृक्ष ध्यानमग्न, आम्रकुंज तटस्थ, बाँध का जल निश्चल। डांग के पर्वतांचल के मध्य में निर्मित उस बाँध की पाल पर उमराव नितांत एकांत में था। चहुँओर निपट नीरवता पसरी हुई थी। पर्वत घाटियों में अचानक कोई अज्ञात वाणी प्रतिध्वनित होने लगती है जिसे सृष्टि के समस्त जड़-चेतन सुन रहे थे।

''जितना बदमाश इलाका है डांग का उतना ही भोला। आदमी की आदमीयत हर तरफ़ झलकती मिलती है। इस आदमीयत के दो छोर हैं। एक से बदमाशी और दूसरे सिरे से नेकमाशी पैदा होती रहती है। यह बात मनुष्यों पर ही नहीं बल्कि पूरी भौगोलिकता पर लागू हो रही है। नेता हैं, सेठ हैं, अफ़सर हैं, उनके भ्रमण हैं, उनके कैम्प लगते हैं, जनकल्याणकारी संगठनों के बहुप्रचारित कार्यक्रमों के उद्घाटन होते हैं और उनके साथ होता है पूरा-का-पूरा सरकारी लवाज़मा, सजावट, ढोल-ढमाका, मीडिया लेकिन भौतिक यथास्थिति बरकरार है। सरकारी नीतियाँ हैं, योजनाएँ हैं, बजट है, फ़ाइलें बनती हैं, निस्तारित होती हैं किन्तु लोगों की जीवन दशा में कोई परिवर्तन नहीं। अभियान चलाये जाते हैं, टारगेट दिए जाते हैं, आंकड़े-प्रतिवेदन-विश्लेषण किये जाते हैं और बैठक-विमर्श-प्रेसवार्ता वगैरा के माध्यम से गत वर्षों की तुलना में प्रति वर्तमान-वर्ष सफलता एवं उपलब्धियों के ऊँचे-ऊँचे दावे किये जाते हैं। हर साल सब कुछ चालू होता दिखाया जाता है लेकिन सब कुछ अडिग है। जैसे देश-दुनिया में बहुत प्रगति हो रही होगी परन्तु इस डांग के क्षेत्र के लिए समय की सुई प्रकट तौर पर जहाँ-की-तहाँ ठहरी हुई प्रतीत होती है। यह दूसरी बात है कि प्रच्छन्न रूप में पृथ्वी के अन्य भू-भागों के समान इस डांग के पहाड़-पठार-बीहड़ों के अन्दर भी कालचक्र की गरारी के घूमते रहने की अनुभूति की जा सकती है। यहाँ के नद-नदी-झील-झरने-सरोवरों की हिलती-डुलती जल-सतह के ऊपर भी समय के पद-चिह्न परिलक्षित किये जा सकते हैं। धरती के इस टुकड़े में निर्मित-विकसित सड़क-पगडण्डी-मोड़-घुमाओं के वातावरण में भी वक्त की आहट सुनी जा सकती है। युग यहाँ भी परिवर्तित हुए होंगे ही, यहाँ के ऊबड़-खाबड़पन के बीच से भी संवत्सरों के मार्ग तय हुए होंगे। कटे-फटे, उठते-गिरते, आड़े-टेढ़े, दर्रे-धसानों से भरे हुए डांग के भू-दृश्यों की दरारों में भी कालखंडों की कड़ियों को जोड़कर समझा जा सकता है। इस धरा के वायुमंडल, क्षितिज, दिशाओं, आकाश व अंतरिक्षों के अनंत विस्तार में भी आदिकाल से अद्यकाल तक की गत्यात्मकता के स्पंदन-क्रम को अनुभूत किया जा सकता है और यहाँ की भोर, दोपहर व संध्याओं की ऋतु-आधारित भाव-भंगिमाओं के नैपथ्य में प्रदर्शित परिवर्तन के नृत्य-नैरन्तर्य का एन्द्रिक अनुमान लगाया जा सकता है। असल में देखा जाये तो डांग की धरती और आसमान को समेटते हुए सृष्टि के प्रत्येक तत्व एवं उसकी नैसर्गिकता में पल-पल परिवर्तन का क्रम निरंतर चल रहा है। यह परिवर्तन प्रत्येक दृष्टि से यथास्थिति का प्रतिरोध किये जा रहा है किन्तु जो यहाँ का जन साधारण है चाहे वह कृषक है, श्रमिक है, शिल्पी है, सेवक है,

पशुपालक है, वनोपजीवी है, डेराबंद घुमंतू जनसमूह है अथवा हरजीनाथ जैसे यायावर हैं, उन सबके इर्द-गिर्द कालचक्र क्यों नहीं घूमता, परिवर्तन की आहट क्यों नहीं सुनाई देती, लोकतान्त्रिक सहभागिता और विकास में साझेदारी क्यों नहीं दिखाई देती ? वही सदियों पुरानी भूख, कुपोषण, बीमारी, ग़रीबी के साथ जीवन के लिए आधारभूत अनिवार्य भौतिक सुविधाओं का अभाव और तज्जन्य अपुष्ट बचपन, उमंगहीन युवावस्था, अशक्त प्रौढ़त्व और अंत में समय से पूर्व ही मृत्यु का आह्वान करने के लिए अभिशप्त कष्टप्रद बुढ़ापा! ऐसा नहीं है कि डांग की इस भूमि ने बदलाव नहीं देखे हैं, लेकिन वे सारे बदलाव मनुष्यों के एक विशिष्ट वर्ग के खातों में जमा हुए हैं। यहाँ राजनेताओं के कद ऊँचे उठे हैं, सेठों की तोंद फैली है, सरकारी अफ़सर-कर्मचारियों के घरों में समृद्धि बढ़ी है, ठेकेदारों, दलालों, वकीलों व ऐसे ही अन्य लोगों के यहाँ बदलाव (खुशहाली) आया है। खास आदमी की खुशहाली और आम आदमी की बदहाली का एकमात्र कारण जो आसानी से समझ में आता है, वह है ख़ास आदमी की बदमाशी और आम आदमी का भोलापन। अखिल ब्रह्मांड को तो नेति-नेति मानकर डांग के जन साधारण के लिए उसकी चर्चा करने का कोई औचित्य नहीं है, किन्तु पृथ्वी के चराचर के रचयिता एक ही विधाता ने इस डांग के मानव-समाज के वर्चस्ववादी वर्ग के लिए तो अपने कोमल कर-कमलों से चहुँमुखी सौभाग्य का ग्रन्थ सृजित किया और श्रमसन्नद्ध साधारण मनुष्य के दुर्भाग्य को अपने कठोर हाथों से कागज़ के फटे टुकड़े पर लिख दिया। इसके आगे की विडम्बना यह है कि इस दैवीय योजना को उस अभागे इन्सान के दिलोदिमाग में हमेशा के लिए बैठा दिया गया ताकि वह कोई प्रतिकार नहीं कर सके, अपने तथाकथित भाग्य के शिलाखंड को पलटने का संकल्प नहीं कर बैठे, अपनी हथेलियों की भाग्य-रेखाओं को स्वयं परिवर्तित नहीं कर सके।''

डांग की उस घाटी में गूंजती हुई यह प्रतिध्वनि ज्यों ही शांत हुई त्यों ही बाँध के पानी में छपाक की-सी ज़ोरदार आवाज़ आई जिसे सुनकर उमराव की एकाग्रता भंग हुई। ''वाह रे उमराव गूजर! प्यारे, छोटी-सी ज़िन्दगी में क्या कुछ देखता चला गया ?'' उसके मुँह से यकायक यह स्वर निकला। अंगड़ाई लेता हुआ वह बरगद की गोदी से उठ खड़ा हुआ। बाँध की पाल पर चढ़ा। पाल को लाँघता हुआ जलाशय के तीर पर गया।

तीसरा पहर ढलने को था। बाँध की पश्चिम दिशा में खड़ी पहाड़ी की ओट में सूरज चला गया था। पहाड़ी की छाया बाँध के पानी को अनाभासी गति से ढँकती चली जा रही थी। उस शीत ऋतु में जल से लबालब भरे हुए बाँध में नाना प्रकार की प्रजातियों के पक्षियों की अठखेलियाँ दृश्यमान थीं। भरतपुर के घना नामक वनांचल में विकसित राष्ट्रीय पक्षी उद्यान के बाद देशी-विदेशी पक्षियों की गतिविधियों को निकट से कहीं निहारने के लिए जो स्थल उन दिनों आकर्षण का केन्द्र था वह था यही बाँध बारेठा। मंथर-मंथर गति से चल रही पवन लहरियों के समान ही जलाशय में लहरें उठ-चल रही थीं। उन लहरों के मध्य में पक्षियों के अनगिनत झुण्ड तैर रहे थे। बाँध के समस्त वातावरण में उनका कलरव गूंज रहा था। बड़ा मनोरम दृश्य था वह जिसने उमराव की मनोदशा को बदल दिया। अब वह इस प्राकृतिक छटा के मोह में मग्न हो रहा था। टहलता हुआ वह बाँध के जल निकास बिंदु पर

पहुँच गया। सिंचाई द्वार से पानी नहर के रास्ते दूर-दूर तक खेतों में जा रहा था। खेतों में गन्ना, सरसों, गेहूँ, मटर आदि की फ़सल लहलहा रही थी। बाँध की पाल के मध्य में निर्मित उस सिंचाई द्वार से भले ही दूर जाता हुआ नहर का पानी और खेतों का दृश्य दिखाई नहीं दे रहा था फिर भी उमराव अपने अनुभव-नेत्रों से यह सब निहार रहा था। बाँध का उफान एवं एकत्रित जल का अतिरेक बारेठा नदी में बहकर गंभीरी नदी में चला जाता है। वहाँ से बाणगंगा, फिर चम्बल, यमुना, गंगा होता हुआ बंगाल की खाड़ी में।

सूरज पहाड़ी की ओट में धँसता चला जा रहा था। बाँध की जलराशि पर पहाड़ी की छाया गहराती आ रही थी। पक्षी-प्रजातियों की पहचान शनैः-शनैः धुँधली होती जा रही थी। बाँध के डाक बंगले की छत पर नया चौकीदार ट्रांजिस्टर लिए बैठा हुआ था। वह फ़िल्मी गीत सुन रहा था। आकाशवाणी के मुम्बई स्थित विविध भारती केंद्र में बज रहा एक गीत विद्युत-चुम्बकीय ध्वनि-तरंगों के माध्यम से डांग के इस दूर-दराज़ अंचल के वायुमंडल में सुनाई दे रहा था जिसके बोल थे—

ओह रे ताल मिले नदी के जल में
नदी मिले सागर में...
सागर मिले कौन से जल में
कोई जाने ना...
ओह रे...

कैसी विकट विडम्बना है डांग के नाम से पहचानी जाने वाली इस धरती की कि आसमान में मुम्बई महानगर से चलकर फ़िल्मी गीत की धुन कितने नदी-नालों-पर्वत-अरण्यों को पार करती हुई पहाड़ों के मध्य निर्मित बारेठा के बाँध तक क्षण भर के भीतर आसानी से पहुँच जाती है किन्तु लोकतंत्र और विकास का कोई भी हिस्सा देश की राजधानी दिल्ली या राज्य की राजधानी जयपुर अथवा जिला भरतपुर के मुख्यालय से यहाँ तक नहीं पहुँच पा रहा है!

अभी-अभी सुनाई दिया 'अनोखी रात' फ़िल्म का यह गीत प्राकृतिक रहस्य का संकेत देने वाला है जो निःसंदेह डांग की प्राकृतिक समृद्धि से मेल खाता है। डांग की प्रमुख समस्या भौतिक विकास की है जो हमारी समग्र व्यवस्था पर बड़ा प्रश्न खड़ा करती है। इसलिए यह गीत यहाँ की प्राकृतिक भौगोलिकता से जितना सम्बन्ध रखता है उतना ही बड़ा सवाल उठाता है आर्थिक विकास की दशा और दिशा पर।

उक्त फ़िल्मी गीत से आगे डांग क्षेत्र का कविता से अगर कोई वास्ता है तो वह है सिर्फ़ आल्हा-ऊदल के शौर्य की गीत-गाथा से जिसके रचयिता थे जगनिक जो कालिंजर के परमार राज-वंशाश्रित कवि थे जो बाद में प्रसिद्ध लोक कवि के रूप में समस्त उत्तर भारत में जाने गए जहाँ तुलसी कृत *रामचरितमानस* के पश्चात् *आल्हा खंड* की लोकप्रियता सर्वाधिक है। उसी वाचिक परम्परा के *आल्हा* महाकाव्य के रणोन्मादी उद्घोष-सूत्र को यहाँ के दस्युओं ने समझा है और पकड़ा है। वह पद-सूत्र है 'जा को बैरी सुख सू सोवे बा कू

जीबे को धिक्कार'। (अथवा 'जिनके बैरी सम्मुख बैठे, उनके जीवन को धिक्कार') ऐसे डाकुओं को यहाँ के लोक ने 'नायक' के रूप में स्वीकार किया है जिनमें मानसिंह राठौड़ से लेकर पानसिंह तोमर तक शामिल हैं। इस डांग में दस्युओं का जन्म अभाव और अन्याय की धरती से होता रहा है। डाकू बनना कोई नहीं चाहता। यह भौतिक विवशता है जो ताकतवर होते-होते 'नायकत्व' की छवि ग्रहण करने लगती है। दस्यु कितना भी बुरा हो, किन्तु डांग का यथार्थ यह है कि वह सेठ-साहूकारों और राजनेता व अफ़सरों से बुरा नहीं होता। सच तो यह है कि सबका अपना-अपना यथार्थ होता है।

गीत-कथा *आल्हा* की एक दूसरी पंक्ति हवा में गूँजने लगती है—

खटिया परिके जौ मरि जैहौ, बुढ़िहै सात साख को नाम
रन मा मरिके जौ मरि जैहौ, होइहै जुगन-जुगन लौं नाम

'*आल्हा* के पदों को सुनकर *महाभारत* की *गीता* याद आ जाती है जो आसन्न संग्राम से पूरी तरह विमुख हो चुके और युद्ध भूमि के मध्य सर पकड़ कर बैठ गए अर्जुन को भगवान श्रीकृष्ण द्वारा उच्चारित गीता-ज्ञान ने हताश मनोदशा से निकाल कर युद्धोन्मादी मानसिकता में परिवर्तित कर दिया था। उस पौराणिक युग की *गीता* रूपी कुरुक्षेत्रीय संग्रामी कविता मध्यकाल में *आल्हा* बनकर यौद्धिक वातावरण सृजित करती है। कालयवन के भयवश द्वारिका से भागकर चम्बल के सान्निध्य में बसे धौलपुर की धरती के मचकुंड में छिपा श्रीकृष्ण डांग के वायुमंडल में एक नए धर्मयुद्ध का सन्देश आज भी दिए जा रहा है। सन्देश के उन संग्रामी स्वरों की अनिवार्यता की भौतिक पृष्ठभूमि डांग के वर्तमान समय में तैयार है। फ़र्क इतना है कि पांडवों ने बसने के लिए अंततः बस पाँच गाँव माँगे थे और यहाँ उमराव गूजर जैसे लोगों को रोटी-कपड़ा-मकान चाहिए।

डांग का वह भोला उमराव जो अब भूतपूर्व दस्यु है किन्तु दस्यु की इस नई पहचान से वह सख्त नफ़रत करता है। उसने हथियार अवश्य उठाये थे, किन्तु उनसे दोस्ती कभी नहीं की थी। 'भूख, मौत व हथियार' के परस्पर संबंधों के इस परिचित प्रत्यय को वह समझ नहीं पाता। उसे यह कौन समझाए कि 'उमराव भाई, इस युग में तुम्हारे डांग को लोकतंत्र के मैदान में विकास के हथियारों की ज़रूरत है जो भूख और मौत के खिलाफ़ खुशहाली की जीत हासिल कर सके।'

16

प्रेमराज तिवारी खोजी पत्रकारिता किया करता था। प्रेम तिवारी के नाम से मशहूर वह पत्रकार साप्ताहिक अखबार निकाला करता था जिसका नाम था *डांग सन्देश*। ज़िला धौलपुर, भरतपुर व करौली सहित संयुक्त ज़िला सवाई माधोपुर के सम्पूर्ण डांग क्षेत्र को समेटने वाला वह आंचलिक अखबार सप्ताह भर की ख़बरों के अलावा प्रत्येक अंक में

स्वयं प्रेम तिवारी द्वारा तैयार एक विशेष रिपोर्ताज छापा करता था जिसका शीर्षक होता था 'डांग रहस्य'। जिन लोगों को अखबार पढ़ने में रुचि थी वे प्रेम तिवारी के साप्ताहिक का इन्तज़ार किया करते थे, खासकर उसके रिपोर्ताज का।

प्रेमराज ने बाकायदा पत्रकारिता का कोई कोर्स नहीं किया था। अखबार पढ़ते-पढ़ते ही पत्रकारिता के क्षेत्र में उसकी रुचि जाग्रत हुई। पैंतीस साल तक शिक्षक की नौकरी करने के पश्चात् वह पूर्णकालिक पत्रकार बना था। बड़ा बेटा हाईकोर्ट जयपुर में वकालत करता है। छोटा पुत्र वन विभाग में बाबू। पत्नी को गुज़रे हुए पाँच बरस हो गये। तब से प्रेम पत्रकार सब कुछ भूलकर समर्पित हो गया खोजी पत्रकारिता में। अब तो क्षेत्र में बड़ा नाम इस रूप में हो गया कि अगले अंक में न जाने किस की पोल खोलेगा। राजनेता, खनन मालिक, अफ़सर, बाबू सब चौंकन्ने रहा करते थे प्रेम तिवारी और उसके अखबार से।

एक बात का ख़याल ज़रूर रखता था वह। किसी डकैत से सम्बंधित ऐसी खबर कभी नहीं छापता था जिससे पुलिस को उसे पकड़ने में मदद मिले। ऐसी कोई बात वह अनौपचारिक स्तर पर भी नहीं करता था। प्रेम तिवारी का स्पष्ट मानना था कि 'मैं कोई पुलिस का मुखबिर हूँ जो डाकुओं की खबर पुलिस को दूँ।' यही वजह थी कि वह दस्युओं के अड्डों तक पहुँच जाता था। बिना जगह का नाम लिये जमकर खबरें प्रकाशित करता था। उसके अखबार को इलाके के डाकू भी देखने लगे थे। उन्हें बड़ा गर्व होता अख़बार में सुरक्षित रूप से अपना नाम देखकर। प्रेम तिवारी किसी बागी का छायाचित्र भी तभी छापता जब वह आत्मसमर्पण करता या पुलिस द्वारा गिरफ़्तार कर लिया जाता अथवा मुठभेड़ में मार दिया जाता।

प्रेम पत्रकार की इस प्रवृत्ति को लेकर कुछ लोग यह भी कहते कि ''काहे का खोजी पत्रकार है। ठहरा तो आखिर डरपोक मास्टर ही।'' पर वह इन बातों की परवाह नहीं करता था। उल्टा प्रतिक्रिया करता कि ''कोई माई का लाल उन ठिकानों पर जाके बताय जहाँ डकैतों का राज चलता है।''

प्रेम तिवारी की खासियत थी कि पत्रकारिता के नाम पर कभी किसी को ब्लैकमेल नहीं किया। हाँ, साफ़-सुथरी जगह से कोई विज्ञापन मिल जाता तो स्वीकार करने में कोई हर्ज नहीं था। सही आदमी के साथ चाय-नाश्ता भी कर लेता था। वैसे मूलत: रहनेवाला बाड़ी का था। जब से छोटे बेटे की नौकरी लगी तब से उसी के साथ करौली में रहने लग गया।

खोजी पत्रकार प्रेम तिवारी अपने पुराने लेम्ब्रेटा स्कूटर पर बैठकर अकेला जा रहा था करौली से मंडरायल। अपने एक मित्र के यहाँ कुछ देर रुक कर निकल गया मंडरायल के आगे गाँवों में। पहले रोधेन। फिर श्यामपुरा और अब अंत में बगडेर।

डांग के पूरे अंचल की एक विशेषता देखी कि कस्बों व बड़े गाँवों को छोड़कर अन्य आबादियों में जाति विशेष का बाहुल्य पाया जाता है। मिश्रित आबादी वाले गाँव बहुत

कम। और गूजर व मीणा जाति के गाँवों में तो जाति के आधार पर ही बसावट देखने को मिलती है। बगडेर गूजर व मीणा जाति की मिली-जुली आबादी का गाँव था जहाँ पहुँचा खोजी पत्रकार प्रेम तिवारी।

मंडरायल तहसील में उन दिनों डाकू रामसिंह गूजर और सूरज मीणा के गिरोहों के बीच गैंगवार चल रही थी। महीना पंद्रह दिन में यह खबर आती कि आज फलां गिरोह के सदस्य या मुखबिर को दूसरे गिरोह ने मार दिया अथवा इसके उलट घटना होने की। दोनों गिरोहों के आतंक के मारे गूजर व मीणा जातियों के बीच दरार पड़ने लग गयी। अपनी-अपनी जाति के गिरोहों को पनाह तक देने की बातें सुनने को मिलने लगीं। इस स्थिति के ज़िम्मेदार दो कारण रहे, गिरोहों का भय और जातिवाद का ज़हर। गैंगवार की वजह से दोनों जातियों में वैमनस्य इतना बढ़ गया कि कई निर्दोष लोगों का निर्मम क़त्ल किया जाने लगा। पूरे क्षेत्र में असुरक्षा की भावना फैल गयी।

प्रेम तिवारी ने देखा कि बगडेर गाँव दो धड़ों में बँट गया है। आधा गाँव केवल गूजरों का। यहाँ गूजर के पक्ष में ही बात की जायेगी और मीणा जाति के विरुद्ध। यहाँ डाकू रामसिंह गूजर को हीरो बताया जायेगा और डकैत सूरज मीणा को खलनायक। दूसरा आधा गाँव मीणा जाति का। यहाँ केवल मीणा जाति की तरफ़दारी की जायेगी और गूजर जाति की खिलाफ़त। मीणा जाति के घरों में डकैत सूरज मीणा समाज का रत्न है और रामसिंह डाकू बुरा आदमी अर्थात् मीणाओं का जानी दुश्मन।

दो डकैत गिरोहों के कारण बगडेर गाँव में व्याप्त तनाव को समाप्त करने के लिये कुछ दिन पहले मंडरायल के तहसीलदार व थानेदार गाँव आये थे। दोनों जातियों के पंच-पटेलों को वहाँ के सरकारी स्कूल में बिठाकर उन्होंने काफ़ी समझाइश की थी।

बातचीत के दरमियान मंडरायल के थानेदार ने वो किस्सा याद दिलाते हुए कहा था कि ''क्या यह वही गाँव है जिसके वीरीसिंह पहलवान की लड़की राजो जो राजस्थान पुलिस में सिपाही के पद के लिये चयनित हुई थी और उसकी नौकरी लगते ही श्यामपुरा के पचास-साठ की संख्या में गूजर आ धमके थे गाँव में यह कहते हुए कि हम राजो को लेने आये हैं। अब वह बड़ी हो गयी है।''

''आप सब जानते हो कि राजो की शादी बचपन में जिस लड़के के संग हुई थी वह कुछ दिनों बाद लम्बी बीमारी के कारण चल बसा था और तभी से यह रिश्ता टूट गया था। जब राजो की नौकरी लग गयी तो ससुरालवाले उस पर अधिकार जताने आ गये। उन्होंने यह तर्क दिया कि मरने वाला लड़का राजो का देवर था। पति तो जीवित है। अचम्भे की बात तो यह रही कि वीरीसिंह पहलवान खुद उनसे मिल गया। उस षड्यंत्र में शामिल होने के बदले उसने श्यामपुरा वालों से पचास हज़ार रुपये नकद लिए। राजो का पीछा किया था ससुरालवालों ने किशनगढ़ तक जहाँ वह लड़की पुलिस की ट्रेनिंग ले रही थी। तुम्हें तो अब क्या याद होगा। यहाँ तक धमकी दी गयी थी उस बच्ची को कि अगर राज़ी से नहीं

मानी तो जबरन उठाकर ले जायेंगे। श्यामपुरावालों को यह तक होश नहीं था कि अब राजो राजस्थान की पुलिस में कांस्टेबल के पद पर है। वो पुलिस जो दुनिया को राहत देती है। क्या राजो की रक्षा नहीं करेगी ?''

थानेदार की बात को आगे बढ़ाते हुए तहसीलदार ने गाँव बगडेर के गूजर व मीणा जातियों के पंचों को संबोधित करते हुए कहा था कि आज तुम सब जने जिस मानसिकता में हो उसमें उन सारी बातों को ज़रूर भूल गये होंगे। इसीलिए हम तुम्हें याद दिला रहे हैं। राजो के मामले में पूरा बगडेर गाँव एक हुआ था। सारे ग्रामीणों ने ही वीरीसिंह को चुप किया था। गाँव के दो सौ आदमी गये थे पुलिस के डी.जी. से मिलने जयपुर में। उन दो सौ आदमियों में जितने गूजर थे उससे ज्यादा ही संख्या में थे मीणा जाति के लोग। यही वजह थी कि श्यामपुरा वाले किसी माई के लाल ने राजो की तरफ़ फिर कभी आँख उठाकर नहीं देखा। वो लड़की आज ठाठ से नौकरी कर रही है। वह जानी जाती है एक साहसी, बहादुर, कर्मठ और ईमानदार सिपाही के रूप में। वीरीसिंह को भी गर्व हो रहा होगा उसकी लड़की राजो पर। आप सब जानते हैं कि औरत को लेकर इस डांग इलाके में क्या-क्या नहीं होता। दोनों जातियों में राजो के मुद्दे जैसी एकजुटता पहले भी अनेक दफ़ा दिखायी थी इस गाँव ने। आज कहाँ गया वह भाईचारा ? कहाँ गया बुराई के खिलाफ़ लड़ने का तुम्हारा वह माद्दा ?

तहसीलदार व थानेदार की बातों का गाँव बगडेर के लोगों पर कुछ असर हुआ था। तनाव कम हुआ। मुश्किल से दस-बारह दिन नहीं बीते कि रामसिंह गूजर के गिरोह ने गाँव के एक मीणा का अपहरण इस शक पर कर लिया कि वह पुलिस को उसके गैंग की गुप्त सूचना देता है। मीणा जाति के उस अधेड़ व्यक्ति की लाश राधेन गाँव के नाले में मिली थी। मृतक व्यक्ति के भाई ने उसकी एफआईआर पुलिस थाने में दर्ज करायी थी जिसमें रामसिंह डाकू के गिरोह के साथ गाँव के आठ-दस गूजरों के नाम भी लिखा दिये। पुलिस ने उन्हें कई दिन थाने पर बिठाकर पूछताछ की। हालाँकि उन्हें बाद में छोड़ दिया। इलाके में यह आम चर्चा फैली कि थानेदार ने मोटी रक़म बतौर रिश्वत लेकर उन्हें छोड़ा। गूजर जाति बाहुल्य आस-पास के गाँवों में यह अफ़वाह ज़ोरों से फैली कि मीणा समाज के लोग गूजरों को पुलिस द्वारा अनावश्यक परेशान करवा रहे हैं। इस घटनाचक्र की वजह से गाँव बगडेर की दोनों जातियों के बीच फिर से वैमनस्य बढ़ गया। इस रंजिश ने अपने पैर गाँव से बाहर खेत-खलिहान, रास्ते, कुआँ-बावड़ी, चरागाहों, नदी-नालों, जंगल-पहाड़ों तक पसार दिये। यहाँ तक कि इसका असर रिश्तेदारियों तक में देखा गया।

खोजी पत्रकार प्रेमराज तिवारी ने अपने अखबार *डांग सन्देश* में रिपोर्ताज लिखा—

'बगडेर गाँव जो कभी गूजर-मीणाओं के भाईचारे की मिसाल हुआ करता था, वह भाईचारा अब गाँव के अलिखित इतिहास के पन्नों में ढूँढना पड़ेगा। हमने तो केवल यही सुना था कि श्राप देने की क्षमता ऋषि-मुनियों व तपस्वियों में होती है। यहाँ गाँव को शाप दे दिया डाकुओं ने। प्यार की नज़रों से देखने वाली आँखें कांटा बन गयीं। जैसे हरे दरख़्त

को कोई तांत्रिक मूठ देकर सुखा देता है उसी तरह बगडेर गाँव के सौहार्द को उजाड़ दिया डाकुओं की आपसी रंजिश ने। जिस गाँव के इन मेहनती लोगों को खेती-किसानी से कभी फुर्सत नहीं मिलती थी वे गैल चलते तनातनी, झगड़े-फ़साद, मुक़द्दमेबाज़ी के बहाने तलाशने लग गये। दादी-नानी अपने बच्चों को सुनाई जाने वाली कहानियाँ भूल गयीं। अधेड़ों के चेहरों पर गाम्भीर्य व सहनशीलता की जगह टुच्चापना व तुनुकमिज़ाजी के भाव झलकने लगे। युवकों के पास जाँघ फटकारने के अलावा जैसे दूसरा कोई काम ही नहीं बचा। जवान औरतें हँसी-ठट्ठा करना भूल गयीं। बिना खेले-कूदे जिनका कोई दिन नहीं गुज़रता था उन किशोरों ने सारी मस्ती खो दी। न स्कूल में उनका मन लगता और न घरों में। गाँव में बच्चों की किलकारियां अब पुरानी बातें बन गयीं।

'एक जाति का कोई जना इधर से आता दिखता तो दूसरी जाति का आदमी राह बदल लेता। पनिहारिनों ने सार्वजनिक कुएँ पर पानी भरने का समय स्वत: ही पृथक-पृथक कर लिया। गाँव का चरागाह एकमात्र व सामूहिक होते हुए भी मवेशियों के चरने के स्थल अलग-अलग कर दिये गये। मिश्रित बसावट होने के बावजूद जाति के आधार पर घर बँट गये, रास्ते अलग-अलग हो गये, एक सार्वजनिक कुआँ दो में विभाजित हो गया, एक तालाब के दो टुकड़े हो गये, एक चरागाह के दो मुँह हो गये। उस गाँव के बाशिंदों की निगाह में तो अब उस गाँव की धूप, हवा व आसमान भी बँट गये।

'बगडेर गाँव का कोई मतलब नहीं था जिन दोनों ही डकैत गिरोहों से उन गिरोहों की रंजिश के कारण वह गाँव बँट गया दो खेमों में। अब उस गाँव में इन्सान नहीं रहते। अब तो इन्सान से पहले रहते हैं गूजर या मीणा। बगडेर गाँव के भोले-भाले ग्रामीण अब केवल इकदूजे को गूजर या मीणा के रूप में ही जानने लगे थे। कितना कडुआ होता है जातिवाद का ज़हर, यह उस गाँव के लोगों ने पहली दफ़ा चखा था। उस गाँव में हर आदमी गूजर बनकर जीने लगा था अथवा मीणा बनकर। मनुष्य की पहचान मनुष्य के रूप में शेष नहीं रही थी। जहाँ हर इन्सान ''बगडेर वाला'' अथवा ''बगडेर वाली'' के नाम से जाना जाता था गाँव सूचक वह संज्ञा सिमट कर रह गयी जाति के विशेषण तक।

'डकैतों के आतंक और जातिवाद के दलदल से बाहर निकालने में असफल हो गये प्रजातान्त्रिक जन-प्रतिनिधिगण। मूक देख रहा था प्रशासन। लकवा मार गया दोनों समुदायों के ठेकेदारों को।

'चुनावों के दौरान बड़े-बड़े बोल बोलनेवाले राजनेता, धर्म के ठेकेदार, धन कुबेर, वैचारिक बहस में फँसे बुद्धिजीवी, मीडिया वगैरा-वगैरा से जुड़ा कोई बंदा जानना चाहता है कि कैसे बनता है एक देश हिन्दुस्तान और पाकिस्तान तो खुला निमंत्रण है उनके लिये कि आओ, यहाँ। भारत के एक प्रान्त राजस्थान के पूर्वी क्षेत्र में। पहाड़, पथार व जंगलों से बने इस अंचल में जिसे जाना जाता है ''डांग'' के नाम से। ऊबड़-खाबड़ डांग की तहसील मंडरायल के गाँव बगडेर में जहाँ दो जातियों के लोग भाइयों की तरह रहा करते थे, जातिगत

बैर के कारण अब रहने लगे हैं दुश्मनों की तरह! मैंने वो पुराना बगडेर देखा था कई बार। अब लौटा हूँ नया बगडेर देखकर जो मुझसे नहीं देखा गया। मगर मुझे देखना पड़ा।'

17

धौलपुर-बाड़ी सड़क पर बसा हुआ गाँव मडोना। मडोना के परताप गूजर के घर जिस दिन इकलौते बेटे ने जन्म लिया पूरे गाँव में बताशे बाँटे गये थे। अधेड़ उम्र में जाकर परताप का ब्याह बड़ी मुश्किल से हुआ था। गाँववालों ने पूरा सहयोग किया था। परताप के धार्मिक स्वभाव को देखते हुए सारा गाँव उसके साथ था। परताप के बड़े भाई सरनाम सिंह गूजर के दिल में भीतर-ही-भीतर आग लगी थी। इस आग का पलीता तो उसी दिन तैयार हो गया था जिस दिन परताप की सगाई हुई। गोपनीय रीति से परताप की सगाई में अड़ंगा लगाने का काफ़ी प्रयास किया था उसने। अंतत: ले-देकर परताप की सगाई और तुरंत ही शादी हो गयी। सरनाम सिंह भूतपूर्व डकैत था। गाँव में उसका दबदबा अभी भी चल रहा था। अधिकांश मुकद्मों में वह विभिन्न न्यायालयों से दोषमुक्त हो गया था। एकाध केस बचे थे। उनके भी मुख्य गवाहों को साम-दाम-दंड-भेद की नीति से पक्षद्रोही घोषित करवाने में सफलता प्राप्त कर ली थी। चाहे अदालत धौलपुर की हो या बाड़ी की, करौली की अथवा आगरा की, हर जगह उसका वकील धौलपुर वाला सत्येन्द्र मिश्रा हुआ करता था।

सरनाम सिंह के मन में पाप था कि परताप अऊत (नि:संतान) मर जाये तो उसकी ज़मीन स्वयं सरनाम के बेटों के हाथ लग जाये। सरनाम ने दो शादी की थीं। मज़े की बात यह थी कि उसकी दोनों औरतें डाकू बनने के पश्चात् आयीं।

करौली के पत्रकार प्रेमराज तिवारी से परताप की दोस्ती थी। दोस्ती की जड़ में पुरानी पहचान थी जब प्रेम तिवारी बाड़ी में रहा करता था और परताप का भाई डाकू सरनाम सिंह फ़रार चल रहा था। उन्हीं दिनों सरनाम सिंह को पत्नियों के रूप में दोनों औरतें मिली थीं। दूसरी औरत को वह मुरैना की तरफ़ से ख़रीद कर लाया था। पहली की सगाई का किस्सा अभी भी प्रेम तिवारी की स्मृतियों में ताज़ा था।

जब उसे समाचार मिला कि परताप की पत्नी के गर्भ से लड़के का जन्म हुआ है, वह भी फूला नहीं समाया था। उसे याद आया डकैत सरनाम सिंह की पहली शादी का किस्सा जिस पर उसने अपने अख़बार में रिपोर्ताज भी लिखा था।

करौली शहर का चटीकना मोहल्ला। अधिकांश आबादी ब्राह्मण जाति के लोगों की। उसी मोहल्ले में प्रेमराज तिवारी के छोटे बेटे का मकान। मकान की छत पर कुर्सी लगाकर बैठा है डांग का खोजी पत्रकार प्रेम तिवारी। अर्जुन कवि सामने। प्रेम तिवारी सुन रहा है अर्जुन कवि के ताज़ा दोहे—

चील उड़ी कागा उड़े, उड़ि गे पक्षी मोर।
तू अब तक सोवे निसंक, तो ते अच्छे ढोर।
डाकू मिलते राज में, जंगल में का काम।
बसते गाँव बज़ार में, दुनिया करे सलाम।

''बाबा अर्जुन, तैने देखे हैं नगर व गाँवों के डाकू। मैं आप को असल किस्सा सुनाता हूँ एक डाकू का कि डकैत बनते ही जिसका फट्ट ब्याह हो गया।''

''अब तू भैया ठहरा खोजी पत्रकार। तेरे पास तो नित नये समाचार हैं। मेरे दोहे तो तुम सुनते ही रहते हो। तू सुना डकैतन के किस्से,'' कहते-कहते अर्जुन कवि की निगाहें ढलते सूरज की ओर चली गयीं। प्रेम तिवारी झाँक रहा था दूर दिखती पहाड़ी की तरफ़।

''तो सुन कवि बाबा।''

''हाँ सुना भई पत्रकार।''

प्रेम तिवारी ने अपना पूर्व प्रकाशित रिपोर्ताज ही थोड़े विस्तार के साथ आंचलिक जनकवि अर्जुनलाल को सुनाया।

''उस साल बाड़ी तहसील के गाँव मडोना जाना हुआ। वहाँ मुझे मेरा जानकार परताप गूजर मिला। मैंने इतना दुखी उसे पहले कभी नहीं देखा था। मडोना गूजरों का एक शांत गाँव माना जाता था। पहाड़ की तलहटी में बसे इस गाँव की ज़मीन कंकरीली थी, वैसे सिंचाई हेतु पानी की कमी नहीं थी। गाँव ऊँचाई पर बसा हुआ और नीचे लबालब भरा मडोना का बाँध। बरसात किसी संवत कम भी होती तब भी यह बाँध भर ही जाता। इसकी बड़ी वजह थी कि बाँध प्राकृतिक झीलनुमा था। जब बाँध बनाया गया होगा तब केवल एक तरफ़ और वह भी घाटी के मध्य में नाममात्र की पाल बाँधनी पड़ी थी। पानी की आवक तीन तरफ़ से थी। यह बाँध मडोनावासियों की प्राण-ऊर्जा था जिनका आर्थिक जीवन खेती-बाड़ी पर ही प्रमुख रूप से आधारित था।

''अपने सीमित खर्चों के हिसाब से इस ख़ुशहाल गाँव मडोना की विडम्बना यह थी कि कोई गाँव मडोना में लड़की ब्याहना पसंद नहीं करता था। कहते हैं कि दर्जनों पीढ़ियों पूर्व किसी गूजर के घर में अकारण ही एक जवान औरत की उसके पति द्वारा हत्या कर दी गयी थी। बदनाम हो गया मडोना गाँव। हत्यारी बस्ती में कौन लड़की दे?

''परताप का बड़ा भाई सरनाम कब का शादी के लायक हो गया था। कोई लड़की वाला उसकी तरफ़ देखता तक नहीं। बचपन से ही स्वभाव से गुस्सैल था सरनाम। इसलिए भी उसकी सगाई में रोड़े पड़ रहे थे। 'करेला और नीम चढ़ा'।

''एक बार गाँव के ही किसी दोस्त की बारात में सरनाम गया था बसईडांग। बारात वहाँ एक रात व दूसरे दिन तीसरे पहर तक रुकी थी। तब सरनाम ने बसईडांग के डकैत

मोहरसिंह का किस्सा सुना था। मोहरसिंह को मरे हुए तब अर्सा हो गया था। वह डाकू अपने ज़माने में गाँव बसईडांग का हीरो बन गया था। उसके दाहसंस्कार के बारहवें दिन सारे गाँव ने चंदा इकट्ठा करके उसकी याद में एक सांड़ बनाकर छोड़ने के लिये नागौरी नस्ल का बछड़ा ख़रीदा था उसके नाम को अमर रखने के लिये। बाद में जब वह सांड़ बूढ़ा होकर मरा तो लाल पत्थरों से उसकी समाधि बनायी गयी थी जो आज भी मौजूद है 'मोहरसिंह के सांड़ बाबा की समाद' के नाम से। वहीं बगल में डाकू मोहरसिंह की छतरी।''

''भाई तिवारी, बुजुर्गों के नाम पर सांड़ छोड़ने के रिवाज़ की तो तुम्हें व मुझे अच्छी जानकारी है। करौली व हिंडोन इलाके के कई गाँवों में यह प्रथा आज भी देखने को मिल जायेगी आप और हमको। किसी डकैत की यादगार में नारा (सांड़) छोड़ा जावे यह अचम्भे की बात है।''

''अर्जुन बाबा, आप जानते हो, इस डांग का यह चम्बल प्रदेश है जहाँ बड़े-बड़े श्रवण कुमार जैसे आदर्श पुत्रों के मन में खोट आ गयी थी, डाकुओं की पूजा क्यों नहीं संभव होगी वहाँ? तो सुनो आगे।''

''कहाँ-कहाँ की खोज कर लाते हो तिवारी! चलो किस्से को पूरा करो।''

''सरनाम ने सुना कि मोहरसिंह की शादी नहीं हो रही। सरनाम को लगा जैसे मोहरसिंह जी रहा था उसकी ज़िन्दगी। कोई माई का लाल बेटी देने को राज़ी ही नहीं। जो लड़कीवाला आये मोहरसिंह को देखने वो पहला सवाल यह पूछे कि 'भैया, इन डूंगरन में खेत कहाँ। और कोऊ धंधो है नहीं। परिवार को पेट कहाँ ते भरेगो?' एक दिन तो किसी गाँव से आये लड़कीवाले ने मोहरसिंह के बाप से सीधा ही पूछ लिया कि 'खानदान में कोऊ बागी हतो? तेरे घर में तो कोऊ भैंस-चोर या खूँटैलाऊ ना भयो। तेरे भूखे घर में कौन बेटी ब्याहेगो? सगो बनिबो चल्यो है भैनच्यो...' ''

पत्रकार प्रेम तिवारी ने आगे बताया कि ''वो दिन और दिन का नाम। मोहरसिंह डाकुओं के दल में शामिल हो गया। कुछ दिनों बाद बसईडांग एवं पड़ौसी गाँव मोरोली के बीच चारागाह की भूमि को लेकर झगड़ा हो गया। स्थानीय प्रशासन की दखल के बावजूद विवाद सुलझने का नाम नहीं ले रहा था। यह तो करामात रही डाकू मोहरसिंह की कि उसके गिरोह ने मोरोली गाँववालों को जो धमकी दी कि वे सारा झगड़ा भूल गये। ऐसी की तैसी कराके बसईडांग के ग्रामीणों के पक्ष में फ़ैसला करने को रातोंरात राज़ी हो गये।

''डाकू बनने के बाद मोहरसिंह की एक नहीं बल्कि तीन-तीन शादियाँ हुई थीं। वह किसी की लड़की को उठाकर नहीं लाया था। लड़कीवालों ने ही मिन्नतें की थीं। जैसा चम्बल पार के ठाकुर मानसिंह राठौड़ का सिक्का पुजता था उससे कम नाम नहीं था बसईडांग के दस्यु मोहरसिंह गूजर का।

''सरनाम की भरी जवानी के मोटे कागज़ पर ऐसी छाप पड़ी डकैत मोहरसिंह के

नाम की कि बारात जब विदा हो तब हो, वह तो पहले ही चल दिया अपने गाँव मडोना की जानिब। नदी-नाले उलांघता पहाड़-पठारों को पार करता, गाँव-ढाणियों के आजू-बाजू से गुज़रता सीधा पहुँचा घर। अपने बाँटे के खेत को सस्ते-महँगे में बेचा। जो मिला उससे खरीदी पचफेरा रायफ़ल और किसी तरह जुगाड़ बिठाकर जा मिला नरपतसिंह गूजर के कुख्यात गिरोह में।

''तभी से अपने भाई परताप की तरह का वह सीधा-सादा सा युवक सरनाम से बन गया अचानक सरनामसिंह। कुछ ही समय में डाकू सरनामसिंह गूजर।''

''वाह भई तिवारी, अनोखी खोज करी। 'माया तेरे कितने नाम, परसा, परसू, परसराम'।''

''नहीं, बाबा अर्जुन कवि। अब कहो, 'ताकत तेरा एक ही नाम, यूँ जन्मा डाकू सरनाम'।''

जिस दिन सरनाम डाकू बना था उस दिन से परताप गूजर को चैन नहीं मिला। आये दिन पुलिस की दबिश। पुलिस की ऐसी ही दबिश पड़ी थी रात को। उसी रात की सुबह मिला था परताप को पत्रकार प्रेम तिवारी। तभी देखा था उसने कि परताप कितना दुखी था भाई के डकैत बन जाने से।

<h1 style="text-align:center">18</h1>

अखबारों के मुख-पृष्ठों पर सुबह-सुबह खबर शाया हुई कि धौलपुर के बजरी माफ़िया ने ट्रक से कुचल कर एक सहायक पुलिस निरीक्षक की हत्या कर दी। धौलपुर ज़िले में हड़कम्प मच गया। ट्रक छोड़ कर ड्राइवर फ़रार हो गया।

पुलिस की पकड़ा-धकड़ी आरम्भ हो गयी।

भारत सरकार ने सन् 1978 में राजस्थान, मध्यप्रदेश व उत्तरप्रदेश के सीमान्त चम्बल के पाँच हज़ार चार सौ वर्ग किलोमीटर क्षेत्र को विशेष रूप से घड़ियालों के संरक्षण हेतु सुरक्षित राष्ट्रीय उद्यान घोषित कर दिया था। छोटे पैमाने पर वैध-अवैध स्तर पर चम्बल नदी में से बजरी व रेते का कारोबार चल रहा था जो बाद में बढ़ती माँग की पूर्ति के हिसाब से फैलने लगा। धौलपुर, मुरैना, भिंड, ग्वालियर, आगरा, मथुरा, भरतपुर को पार करती चम्बल की बजरी दिल्ली राजधानी क्षेत्र तक जाने लगी।

गहरी चम्बल नदी और अधिक गहरी होने लगी। घड़ियाल ही क्या लाल पीठ वाले कछुए, गंगा मछली, ऊदबिलाव जैसे जल-जीवों और इर्द-गिर्द बीहड़ों में रहने वाले बन्दर, लंगूर, सियार, लोमड़ी, सेही, खरगोश, वन गिलहरी, झाऊ मूसा, नेवला, वन बिलाव,

जंगली सूअर, सांभर, नील गाय आदि को भी ख़तरा होने लगा था। मीडिया में ख़बरें आने लगीं, हाईकोर्ट ने चिंता ज़ाहिर की, पर्यावरण से जुड़े विशेषज्ञों व ग़ैर सरकारी संगठन सक्रिय होने लगे। भारत सरकार की तरफ़ से केन्द्रीय वन एवं पर्यावरण मंत्री ने घड़ियाल संरक्षण की दृष्टि से चम्बल राष्ट्रीय उद्यान के चिह्नित सोलह सौ वर्ग किलोमीटर के दायरे पर विशेष ध्यान देने के लिये 'राष्ट्रीय त्रि-राज्य चम्बल उद्यान प्रबंधन एवं समन्वय समिति' के गठन की घोषणा कर दी। चम्बल नदी में से बजरी या रेत निकालने पर सरकार व प्रशासन द्वारा पूर्ण प्रतिबन्ध लगा दिया गया।

यह सब कुछ करने से पहले चम्बल में बहुत पानी बह चुका था। बजरी व रेत के कारोबार में जो कमाई होने लगी थी उसने बहुत लोगों की ज़िन्दगी बदल दी थी। इस धंधे से जुड़े परंपरागत ठेकेदारों के अलावा व्यवसायी, राजनेता व अफ़सरों के नाकाम रिश्तेदार चम्बल के अखाड़े में आ धमके। भूतपूर्व दस्यु शामिल हो गये। वो लोग शामिल हो गये जो डकैती, लूट व अपहरण जैसी वारदातों में संलिप्त थे मगर कहीं की भी पुलिस उन्हें नामज़द नहीं कर सकी थी। खुद सरेदश्त शामिल नहीं हो सकते थे इसलिए सक्रिय डकैतों ने अपने रिश्तेदारों को बजरी-रेत माफ़िया से जोड़ दिया। शराब व टोल टैक्स के ठेकेदार चम्बल के इस धंधे से जुड़ गये।

चम्बल के नये माफ़िया के एक गुट में था आत्मसमर्पण किये राजाखेड़ा इलाके के डकैत अमरसिंह का बेटा। उसके साथ था बसईडांग के पूर्व दस्यु मोहरसिंह का भतीजा। उस गुट में सब के बाद में शामिल हो गया था विभिन्न अदालतों से अब तक सारे अपराधों में दोषमुक्त मडोना के डाकू सरनामसिंह की दूसरी पत्नी का पुत्र। इन सभी के पीछे जो ताकत थी वह थी भूतपूर्व डाकुओं के नाम की विरासत। चम्बल के बीहड़ों में व डांग के जंगल-पहाड़ों में डाकुओं के गिरोह कम नज़र आने लगे थे। धौलपुर, करौली, भरतपुर, मुरैना, भिंड, आगरा आदि ज़िलों की पुलिस के ताज़ा रिकॉर्ड में डाकुओं की संख्या का ग्राफ़ गिरता जा रहा था। जो डकैत बच गये वे भी अब डाका डालने की बजाय अपहरण व लाल पत्थर की खानों से चौथ वसूली को ज़्यादा अपनाने लग गये थे।

आपराधिक दुनिया के बहुत सारे और भी तत्व बजरी और रेत की खुदाई, भराई, उठाई, परिवहन, दलाली, धमकायी, वसूली वगैरा-वगैरा से निकलते हुए कस्बों व शहरों में नित नये भवन बनाने लगे। बजरी-रेत व्यवसाय, राजनीति व अपराध जगत के अंतर्संबंधों ने नया दृश्य पैदा कर दिया चम्बल के आस-पास। चम्बल के कुरुक्षेत्र में आमने-सामने खड़े थे अब प्रशासन के पांडव और बजरी माफ़िया के कौरव।

इस संग्राम में वीर गति को प्राप्त होने वाला प्रथम योद्धा था धौलपुर पुलिस का सहायक पुलिस निरीक्षक बनेसिंह जाटव निवासी ऊँचा नंगला, ज़िला भरतपुर जो पुलिस लाइन से तैनात की गयी अस्थायी गारद का इंचार्ज था।

चम्बल की महँगी हो चुकी रेत व बजरी की सुरक्षा के लिये आरएसी लगा दी गयी।

रेत व बजरी की सुरक्षा सरकार की प्राथमिकताओं में इन्सान के जान-माल की हिफ़ाजत से बड़ी बन गयी। रेत व बजरी की सुरक्षा चम्बल के जल-जीवों एवं वन्य-जीवों की सुरक्षा थी और इनकी सुरक्षा चम्बल की सुरक्षा थी। चम्बल की सुरक्षा में जुट गयी सरकार।

सरकार के शहीद बनेसिंह जाटव की पार्थिव देह को पुलिस के हाफ़ बॉडी ट्रक में फूल-मालाओं से लादकर ले जाया गया उसके गाँव। पुलिस लाइन से शहीदी विदाई दी गयी। धौलपुर का एसपी खुद मौजूद था उस अवसर पर। बनेसिंह के गाँव में पुलिस की डबल गारद द्वारा की गयी हवाई फ़ायरिंग के पश्चात् किया गया शहीद बनेसिंह का राजकीय सम्मान के साथ दाह-संस्कार।

ज़िला धौलपुर के अतिरिक्त पुलिस अधीक्षक ने ढाढ़स बँधाया था बनेसिंह की बूढ़ी माँ को यह कहते हुए कि ''शहीद की माँ हो। और शहीदों की माताएँ रोती नहीं।'' पुलिस अफ़सर को राष्ट्र शहीद सरदार भगत सिंह याद आ रहा था और पुलिस के सहायक उपनिरीक्षक बनेसिंह की माँ को उसका इकलौता बेटा, जिसके बाप को मरे अर्सा गुज़र चुका था। बनेसिंह की माँ नहीं जानती थी, मौत और शहीदी मौत के बीच का अंतर। वह सिर्फ़ वाकिफ़ थी ज़िन्दगी एवं मौत से। वह नहीं समझती थी भगत सिंह व अपने पुत्र की मौतों की समानताओं को। बेहोश पड़ी थी घर के आँगन में बनेसिंह की पत्नी। उसकी दो अबोध बच्चियों को पता ही नहीं था प्रलय का कौन-सा आसमान टूट पड़ा था उनके घर की छत के ऊपर? भरतपुर ज़िले के गाँव ऊँचा नंगला के जाट और जाटव दोनों जातियों के लोग बनेसिंह की असामयिक मौत से पहले कभी साथ-साथ रोये हों यह गाँव के बुज़ुर्गों की यादों की अलिखित किताब के किसी पन्ने पर मौजूद था अथवा नहीं, किसी को पता नहीं चला।

राजस्थान पुलिस के शहीद सहायक उपनिरीक्षक बनेसिंह जाटव की चिता की लपटें आसमान छू रही थीं। लोक-सेवार्थ किये गये बलिदान को सलाम! गौरव के उच्च स्वर 'जब तक सूरज-चाँद रहेगा, बनेसिंह तेरा नाम रहेगा' गाँव के युवक की यकायक मौत की गमी के बोझ तले दबे हुए सुनायी देने लगे।

धौलपुर ज़िले में पी. जगन्नाथन के बाद कई एसपी तब्दील हो चुके थे। अब एसपी था कुमार विवेक। आई.आई.टी. दिल्ली से स्नातक की डिग्री के बाद एक ही प्रयास में आई.पी.एस. में चयनित हो गया।

देश और दुनिया में सूचना क्रांति का आगाज़ हो चुका था। सरकारी दफ़्तरों में कंप्यूटर यंत्रों से काम-काज होने लगा था। अधिकारी व कर्मचारी जो शुरुआत में कंप्यूटर से झिझकते थे वे अब कंप्यूटर का सहारा लेने लगे थे। हर किसी के हाथ में मोबाइल फ़ोन आ चुका था। पुलिस की कार्यशैली में तेज़ी से बदलाव आ रहा था। हर क्षेत्र में विज्ञान एवं तकनीकी का सकारात्मक हस्तक्षेप होने लग गया था। पुलिस अनुसन्धान एवं विकास ब्यूरो तथा राष्ट्रीय अपराध रिकॉर्ड ब्यूरो के नाम सब पुलिसकर्मी जानने लगे थे, राष्ट्रीय स्तर पर अपराध व अपराधियों की सूचना के आदान-प्रदान की नवीन प्रणाली से वाकिफ़ होने लगे

थे, केन्द्रीय समग्र पुलिस प्राविधि का इस्तेमाल करने लगे थे। इंटरनेट, जी.पी.एस., सी.सी. टी.वी. वगैरा-वगैरा नित नयी तकनीक अब पुलिस कार्य-प्रणाली का अनिवार्य अंग बन गयी थी।

स्थानीय पुलिस की प्राथमिकतायें बदल रही थीं। परंपरागत दृष्टि से जहाँ अपराधों के चार्ट में डकैती सबसे ऊपर हुआ करती थी अब बजरी-रेत की चोरी व तस्करी सर्वोच्च स्थान पर पहुँच गयी।

धौलपुर में अब घरानों का दबदबा समाप्त प्राय हो चुका था। सत्ता के नये समीकरण बनते दिखायी दे रहे थे। चम्बल के बजरी-रेत के धंधे से जिन लोगों ने जमकर धन कमाया था वे राजनीति के गलियारों में प्रवेश करने लगे थे। इस सबसे इतर धौलपुर राजघराना प्रदेश की राजनीति में सक्रिय हुआ। कुछ ही अर्से में प्रान्त की राजनीति के सर्वोच्च शिखर पर पहुँच गया।

डांग क्षेत्र के करौली ज़िले के पुराने राजवंश ने भी अंगड़ाई ली तथा आधुनिक लोकतंत्र की राजसत्ता के केंद्र में प्रवेश करने में सफलता प्राप्त कर ली। बचा हुआ शेष ज़िला भरतपुर का भूतपूर्व राज दरबार पहले से ही आज़ाद भारत के राजनैतिक अखाड़ेबाज़ी का सूमा पहलवान बन चुका था।

चम्बल अभयारण्य को लेकर दायर की गयी एक जनहित याचिका का निस्तारण करते हुए राजस्थान हाईकोर्ट ने सख्त आदेश जारी किये कि सरकार, स्थानीय प्रशासन व पुलिस विभाग यह सुनिश्चित करे कि चम्बल नदी से उठाये जाने वाले रेत व बजरी को पंद्रह दिन की अवधि में पूरी तरह रोक दिया जावे।

हाईकोर्ट के आदेश की अनुपालना में उत्तरप्रदेश व मध्यप्रदेश के चम्बल सीमांत क्षेत्र के प्रशासन से तालमेल बिठाकर धौलपुर प्रशासन द्वारा विशेष अभियान चलाया गया। धौलपुर ज़िले में चम्बल के किनारे कई स्थलों पर आरएसी की पोस्ट स्थापित की गयी। चल गश्ती दल दौड़ाये गये। प्रमुख स्थलों पर वायरलैस सैट लगा दिये। मुस्तैद नाकाबंदी सुनिश्चित की गयी। सम्पूर्ण धौलपुर ज़िला का प्रशासन व पुलिस बल चम्बल में सिमट कर रह गया।

बजरी-रेत माफ़िया की अति का जवाब प्रशासनिक अति से दिया गया।

हाईकोर्ट द्वारा प्रदत्त समय-सीमा से पहले ही आदेश की पालना भावना सहित अक्षरश: कर दी गयी।

डकैत-लुटेरों का खौफ़ पहले से ही कमज़ोर होता जा रहा था। रेत-बजरी माफ़िया के उभार को सख्ती के साथ दबा दिया गया। नयी पीढ़ी के लिये यह आपराधिक विरासत अब उपलब्ध नहीं रही। इस पीढ़ी का जो युवा वर्ग होशियार व होनहार था वह सरकारी नौकरियों, देशी-विदेशी निजी कंपनियों एवं स्वतंत्र व्यवसाय से जुड़ता जा रहा था। दिक्कत

उन युवाओं की थी जो पूरी पढ़ाई नहीं कर सके। दसवीं पास या दसवीं फ़ेल, कहाँ जायें ? इस सवाल का जवाब मिला टोल टैक्स के नाकों में, शराब ठेकों की दूकानों में, शहरीकरण की प्रक्रिया में काटे जानेवाली कॉलोनियों के प्लाटों की दलाली के गलियारों में से गुज़रते हुए फ़र्ज़ी पट्टों व अवैध कब्ज़ों के कारनामों, अनैतिक देह व्यापार के आधुनिक संस्करणों या फिर छोटी-मोटी उठाइगिरी, धोखाधड़ी आदि तक। बहुत से युवा ऐसे थे जिन्होंने सीधा प्रवेश किया राजनैतिक गतिविधियों में स्थापित राजनेताओं के लड़ाकू दलों का सदस्य बनकर। ये समाज के लिये नयी चुनौतियाँ थीं। सब खाने-कमाने के अस्थायी व असुरक्षित रास्ते। इसलिए कुल मिलाकर बेरोज़गारों की भीड़ बढ़ती जा रही थी यत्र-तत्र-सर्वत्र। अभी इस ओर ध्यान नहीं था धौलपुर पुलिस का, स्थानीय प्रशासन का और राज्य सरकार का। सबको पूर्ण संतुष्टि थी कि चम्बल के बजरी-रेत माफ़िया की कमर तोड़ कर रख दी प्रशासन ने। धौलपुर पुलिस को नाज़ हो रहा था अपनी कामयाबी पर। पुलिस अधीक्षक कुमार विवेक प्रफुल्लित था। चहुँओर जनता एवं मीडिया में उसकी प्रशंसा छायी हुई थी। अभियान के दिनों के अखबारों को वह फ़ुर्सत में पुनः-पुनः देखता।

सफलता की संतुष्टि कभी-कभी आत्ममुग्धता तक ले जाती है।

धौलपुर का एसपी कुमार विवेक भिन्न प्रकार का व्यक्तित्व था। एक मखमली सौन्दर्य-बोध था उसके संस्कारों में। वह अकेला रहता था। उसकी पत्नी फ़ैशन डिज़ाइनर थी भोपाल में। कभी-कभार आया करती थी पति के पास। अभी निःसंतान था यह युवा युग्म। प्रेम विवाह किया था दोनों ने। पहले प्रेम, फिर शादी और फिर अपने-अपने काम में व्यस्त। यह व्यस्तता भौतिक सुख एवं व्यावसायिक संतुष्टि की सीढ़ी अवश्य बन रही थी, किन्तु भावनात्मक सम्बंधों को प्रगाढ़ करने की भूमि की खोज कहीं भी नहीं कर रही थी ? अपनी पत्नी के लिये लम्बी-चौड़ी धरती पर उसी स्थान की तलाश थी विवेक को।

एसपी कुमार विवेक छुट्टी जाना चाहता था कुछ दिनों के लिए। लम्बे प्रेम पत्र लिखने की आदत थी उसकी। डिजीटल इंटरनेट के युग में भी कुमार विवेक शादी से पहले अपनी प्रेमिका को जैसे पत्र लिखता था वहीं से लम्बे पत्र लिखने का मोह हुआ था उसको। लम्बे पत्र ले गये उसे लम्बे आकार के सरकारी प्रतिवेदनों तक। छुट्टी के लिये कुमार विवेक ने आवेदन पत्र लिखा अपने नियंत्रक अधिकारी भरतपुर रेंज के आईजी (इस वक्त तक पुलिस रेंजों में डीआईजी स्तर की जगह आईजी रैंक के अफ़सर नियुक्त किये जाने लगे थे) को। यह पत्र उसने अंग्रेज़ी में तैयार किया था। उसका हिन्दी अनुवाद इस तरह है—

आदरणीय पुलिस महानिरीक्षक महोदय

भरतपुर रेंज, भरतपुर

सविनय निवेदन है कि डाकुओं के गिरोहों के लिये जो धौलपुर ज़िला बदनाम हुआ करता था, चम्बल के बीहड़ों व डांग के पठारी-पहाड़ी क्षेत्र से वैसे सशस्त्र एवं संगठित

पूर्णकालिक दस्यु-दल अब इतिहास के क़िस्से बनकर रह गये हैं। हम सुना करते थे मानसिंह राठौड़, माधोसिंह, तहसीलदार सिंह, कप्तान सिंह, पुतलीबाई जैसे डाकू मुखियाओं के नाम और उनके क़िस्से वैसे ही हमारे ज़माने के डकैत मोहरसिंह, सरनाम सिंह, नरपत सिंह, विद्या-बेदरिया वग़ैरा अब निकट भविष्य की अपराध कथाओं में आया करेंगे। अब अपहरण व लूट की घटनाओं का ग्राफ़ भी काफ़ी नीचे लुढ़क गया है। दस्यु समस्या के पश्चात् चम्बल क्षेत्र में पैदा होने वाले रेत-बजरी माफ़िया पर पूर्ण अंकुश लगा दिया गया है। इन दोनों क़िस्म के बड़े अपराधों को काबू में करने के लिये धौलपुर पुलिस ने आपके आशीर्वाद से दिन-रात एक कर दिया था। एक-एक सिपाही ने अपने काम के प्रत्येक पल को चुनौती के रूप में लिया था। इसका सबसे बड़ा प्रमाण है ए.एस.आई. बनेसिंह जाटव का बलिदान।

    ज़िले का समस्त पुलिस बल अपने घर-परिवार को भूल-सा गया था। वह पूरी तरह समर्पित हो गया था विभिन्न अभियानों में। पुलिस बल का हरेक अधिकारी व जवान इस महाभारत का रथी, अधिरथी व महारथी बन गया था। प्राण-प्रण से अपना तन-मन झोंक दिया था अपराध नियंत्रण एवं अपराधियों की धर-पकड़ में। मिसाल कायम हो ऐसी टीम भावना मुझे पुलिस की सेवा में पहली बार देखने को मिली। मैं हर तरह से संतुष्ट हुआ और अभिभूत। गत छह माह की समयावधि धौलपुर पुलिस के लिये बेहद मेहनत, दबावों, तनावों, चुनौतियों, खतरों से भरी रही। दिन-रात की गश्त, नाकाबंदी, दबिश, धर-पकड़, मुठभेड़ कुल मिलाकर पुलिस के चौबीस घंटे अपराध और अपराधियों की दुनिया के हवाले रहे। निजी ज़िंदगी हर तरह से स्थगित। तनाव प्रबंधन के सारे गुर भूल गये थे हम लोग। शारीरिक तन्दुरुस्ती के लिए समय निकालना असंभव हो गया था। खाना-पीना सब अव्यवस्थित। किसी अधिकारी या जवान ने छुट्टी की सोची तक नहीं। जिस दिन से हमें दोनों किस्म के अपराधों को नियंत्रित करने में सफलता अर्जित हुई उसी दिन से मैंने पुलिस कर्मियों को अवकाश देने का बीड़ा उठाया। अब तक कोई बंदा ऐसा नहीं बचा जो छुट्टी पर नहीं गया हो।

    अब मेरा आग्रह है कि मैं भी कुछ दिनों के लिये अवकाश पर जाऊँ। रात-दिन अपराध व अपराधियों के विषय में सोचते-सोचते सपने भी ऐसे ही आने लग गये हैं। मेरी इच्छा है कि जाग्रत व निद्रावस्था में इस माहौल से छुटकारा पाऊँ। धौलपुर की इस डांग व चम्बल नदी से दूर मैं देखना चाहता हूँ उन पर्वत शृंखलाओं को जहाँ मेरे एसपी होने का कोई सम्बन्ध नहीं हो। मैं उन अरण्यांचलों में विचरण करना चाहता हूँ जिनमें किसी तरह के दस्यु-दल अथवा माफ़िया न हो। मैं उन बाग़ों में घूमना चाहता हूँ जहाँ कोयल कूक रही हो, मयूर नाच रहे हों, मदमाता पवन बह रहा हो, फूल खिल रहे हों, कोंपलें फूट रही हों, दूब की नन्ही पत्तियाँ झूम रही हों। मैं नौका विहार करना चाहता हूँ चाँदनी रातों में उन नदियों की लहरों पर जहाँ बन्दूक की गोलियों की आवाज़ें नहीं सुनायी दें। मैं टहलना चाहता हूँ

साँझ-सवेरे पक्षियों के कलरव के बीच। मैं निहारना चाहता हूँ उस निरभ्र नभ को जो भरा हो नक्षत्र-रत्नों से, आकाशगंगा की मणि-मेखला से, गुंजायमान हो ध्रुव तारे की परिक्रमा करते हुए सप्त ऋषियों के ऋचा-गान से। इन सबके बीच मैं भावनाओं के सागर में डूबकर करना चाहता हूँ प्रेम मेरी पत्नी से जो मुझसे मिलने की प्रतीक्षा करती रहती है प्रतिपल।

आदरणीय सर, कहते हैं पुलिसवालों को फ़ुर्सत मिलती है शमशान या कब्र में। मैं इस कहावती मिथक को तोड़ना चाहता हूँ। पुलिस विभाग से सम्बंधित यह एक क्रूर यथार्थ है कि सेवानिवृत्ति के बाद पुलिसवालों का जीवन सोपान अन्य की तुलना में कम अवधि का होता है। यह इसलिए कि हम लोगों का पुलिस-कर्म से बाहर बीच-बीच में स्थान व ध्यान परिवर्तन अनिवार्य है जो सामान्यत: नहीं के बराबर होता है। मैं इस प्रस्तावित व निवेदित अवकाश कालावधि में वह सब करना चाहता हूँ जो मुझे पुलिस अधिकारी के साथ-साथ एक अच्छा मनुष्य भी बनने में सहायता करे।

कृपया मेरा इच्छित अवकाश स्वीकृत करने का कष्ट करें।

भवदीय
कुमार विवेक
पुलिस अधीक्षक ज़िला धौलपुर
राजस्थान।

19

सन् 1982 में भरतपुर की चार तहसीलों यथा धौलपुर, बाड़ी, बसेड़ी एवं राजाखेड़ा को मिलाकर ज़िला धौलपुर बनाया गया था। इसके पश्चात् सन् 1997 में सवाईमाधोपुर से करौली ज़िले को पृथक कर स्वतंत्र ज़िला गठित किया गया था। इन दोनों ज़िलों का भूगोल डांग का मुख्य क्षेत्र बनता है। राजस्थान की पहचान मरुधरा के रूप में बन चुकी या बना दी गयी है। अगर कोई बाहरी पर्यटक डांग क्षेत्र का भ्रमण करे तो उसे राजस्थान का रेगिस्तान कहीं नज़र नहीं आएगा। समुद्र तल से करीब एक से डेढ़ हज़ार फ़ीट की ऊँचाई पर खड़े पहाड़-पठार-घाटियाँ, बहते हुए नदी-नाले, ठहरी हुई जल-राशि को समेटे बाँध, झील, ताल-तलैया, खनन क्षेत्र, पुराने दुर्ग-प्रासाद-आखेटालय, देवी-देवताओं के मन्दिर, नाना प्रकार के पर्वोत्सव, ऊबड़-खाबड़ धरती पर यहाँ-वहाँ पसरे हुए जंगल, वन्य जीव-जंतु, पालतू मवेशी, अनेक प्रजाति के पक्षी-वृन्द, ऋतुओं की भाव भंगिमा, जन साधारण की बस्तियाँ-खिरकाड़ियाँ, इनसे भिन्न राजनेता-अफ़सर-दलाल-पत्रकार और डाकू, अन्य किस्म के अपराधियों, असामाजिक तत्वों, मुखबिरों आदि की गतिविधियों को मिलाकर ही बनता है डांग का चराचर जीवनवृत्त।

रेगिस्तान के अलावा राजस्थान के इस भूभाग में कितनी विविधताएँ हैं, लेकिन जीवन किसी भी मरुस्थल से कठिन! भुरभुरी होती है मरुधरा की रेत। डांग की धरती कठोर है। रेत के धोरों की आकृतियों को रूपांतरित कर देती है हवा लेकिन डांग की धरा को ज़रा भी उखाड़ने में ज़ोर आता है अंधड़ों को, यहाँ तक कि जे.सी.बी. व अर्थ मूवर जैसी मशीनों को।

डांग की इसी धरती पर बहती है शताब्दियों से चम्बल नदी फोड़फाड़ बीहड़ों को तोड़ताड़ चट्टानों को। इसी नदी के तटीय खाड़ों (तटीय नालों) में हुई थी सैकड़ों मुठभेड़ें पुलिस और डकैतों के बीच। इन मुठभेड़ों में डाकुओं की मौतें, मुठभेड़ें कितनी सच्ची कितनी फ़र्जी? कोई नहीं जानता। लेकिन यह सच्चाई है कि एक-एक दुर्दांत दस्यु की मृत्यु के साथ रुक जाया करती थीं डकैती, लूट, अपहरण की दर्जनों भावी आपराधिक घटनाएँ।

सन् 1960 के दशक में डांग इलाके में डाकुओं का आतंक चरम सीमा पर था। राज-स्थान की विधानसभा में ज़बरदस्त हंगामा हुआ। नौबत गृह मंत्री के इस्तीफ़े तक पहुँच गयी। सरकार को फ़ैसला करना पड़ा कि चम्बल नाम से पृथक पुलिस रेंज बनायी जाये। यह रेंज आज के भरतपुर, धौलपुर, सवाईमाधोपुर, करौली, बारां ज़िलों को मिलाकर बनायी गयी थी। इसकी कमान डीआईजी हरनामसिंह भाटी को सौंपी गयी जो स्वयं मारवाड़ (पश्चिमी राजस्थान) का कुख्यात डाकू रहा था मगर आज़ादी के पश्चात् जब राजस्थान का एकीकरण हुआ तब उसको इस शर्त पर आत्मसमर्पण करवाया गया था कि राजस्थान पुलिस में उसे हवलदार के पद पर सीधी नियुक्ति दे दी जावेगी। सरकार ने ऐसा ही किया। वह उसी परम्परा का पुलिस अधिकारी बना जिनके पेशाब से चिराग़ जला करते। कानून-कायदों को ताक पर रखकर अपनी राठौड़ी शैली में पुलिस कर्म को अंजाम देने वाले अफ़सर। कुछ काम और कुछ जुगाड़ की रणनीति के तहत वह शख्स फटाफट पदोन्नति प्राप्त करता हुआ डीआईजी के ओहदे तक पहुँच गया था। पुलिस की डकैतों के साथ सर्वाधिक मुठभेड़ें उसी के ज़माने में हुईं।

कुमार विवेक के बाद उसी हरनामसिंह भाटी का पोता धौलपुर का पुलिस अधीक्षक बना। उसका नाम था उम्मेदसिंह भाटी। वह स्वयं को कुंवर उम्मेदसिंह कहलवाना पसंद करता था। अपने दादा की पुलिस कार्यशैली को पूरी तरह अपनाते हुए काम करने की आदत उसे लग गयी थी। वह यह भी भूल गया कि अब समय बदल गया है। दुनिया हाईटैक हो गयी है। विधानसभा, न्यायपालिका, मीडिया, विभिन्न प्रकार के आयोग, सूचना का अधिकार तथा मानवाधिकारवादी संगठन सक्रिय होकर घटनाओं के सही-ग़लत होने की खोज-खबर लेने लग गये हैं। सरकारी विभागों के हर काम की औपचारिक या अनौपचारिक सोशल ऑडिट होने लग गयी थी। इन सब से बेपरवाह होकर काम करता था कुंवर उम्मेदसिंह। किसी ज़माने में धाँसू पुलिस अफ़सर की ख्याति अर्जित करने वाले अपने दादा के कारनामों को बड़े गर्व के साथ सुनाया करता था। उसके दादा का एक किस्सा बहुत मशहूर था।

राजस्थान, उत्तर प्रदेश व मध्य प्रदेश के सीमावर्ती रेंजों के आईजी, डीआईजी एवं पुलिस अधीक्षकों की मीटिंग हुई चम्बल के किनारे सोने की गुर्जा नामक स्थान पर तैनात आरएसी चैक पोस्ट पर। वह स्थल आरएसी का कंपनी हैड क्वार्टर भी था। वहीं दोपहर के भोजन का इंतज़ाम किया गया था। करीब दर्जन भर पुलिस अफ़सर इकट्ठा हुए। भारतीय पुलिस सेवा में सीधी भर्ती के आधार पर चयनित आगरा का युवा पुलिस अधीक्षक नियत समय से काफ़ी पहले पहुँचा सोने की गुर्जा की पोस्ट पर। वह स्मार्ट व गोरा चिट्टा था।

''कहाँ है आपके डीआईजी साहब ?'' उसने आरएसी के संतरी से पूछा।

अन्य स्थानीय अफ़सर थोड़ी दूरी पर विशेष रूप से इस मीटिंग के लिए खड़े किये गये टेंट में बैठे हुए थे। डीआईजी भाटी एक अन्य टेंट में सो रहा था। दरअसल वह रात का जगा था। इसलिए थकान उतार रहा था। संतरी ने उस टेंट की ओर इशारा कर दिया।

''क्या मज़ाक करते हो ? उस टेंट में तो नंगी चारपाई पर पड़ा एक काला कलूटा सा मोटा सिपाही लुंगी पहने सोता हुआ खर्राटे भर रहा है।'' आगरा के एसपी ने टेंट को देखने के बाद संतरी पर गुस्सा होते हुए उसे डाँटा।

''जय हिन्द सर! हमारे डीआईजी साब वो ही हैं जिन्हें आप सोते हुए देखकर आये हैं। अभी सुस्ता रहे हैं। मीटिंग में काफ़ी वक्त है ना। आप इधर पधारिये।'' आरएसी के कंपनी कमांडर ने जवाब दिया। संतरी ने भागकर उसे बता दिया था कि आगरा के पुलिस अधीक्षक साहब आ पहुँचे हैं।

राजस्थान की चम्बल पुलिस रेंज का डीआईजी हरनामसिंह भाटी भीमकाय गहरे सांवले रंग का व्यक्ति था। वह देशी क़िस्म का आदमी था। स्वभाव से चाहे दम्भी व क्रूर हो पर रहता साधारण इंसान की तरह। मूंज की नंगी खाट पर लुंगी लपेटे सो रहा था। उसकी घनी लम्बी खिचड़ी रंग की मूँछें, लम्बाई करीब साढ़े छह फ़ीट और शरीर पर कई जगह पुराने घावों के निशान।

आगरा का युवा एसपी यह बात जानकर अचंभित हुआ।

मीटिंग से पहले सोने की गुर्जा के चहुँओर प्रसरित भू-दृश्य का अवलोकन करवाने के लिये ऊँचा मचान बनवाया गया था। उस मचान पर चढ़ने के लिये लकड़ी की नसैनी बनायी गयी थी। अपने डीआईजी के आकार प्रकार के अनुरूप उसकी सीढ़ियाँ चौड़ी थीं। कई अफ़सर बड़ी मुशिकल से चढ़ सके।

अंतरराज्यीय दस्यु उन्मूलन मीटिंग के पश्चात् गर्मी के मौसम के मुताबिक बीयर व 'जिन' शराब पिलायी गयी। जो नहीं पीते उन्हें अन्य पेय पदार्थ। डीआईजी भाटी देशी मदिरा की आधी बोतल डकार गया। यह देखकर बाहर के कई अधिकारी चौंके। पर जब उन्हें इधर-उधर से पता लगा कि यह डीआईजी भूतपूर्व डाकू है तब तो उन्हें विश्वास ही नहीं हुआ कि क्या कोई डकैत भी पुलिस में भर्ती हो सकता है ? मगर जीवित यथार्थ उनके समक्ष था।

पेय सत्र के बाद आमिष-निरामिष भोजन परोसा गया। कम-से-कम तीन आदमी आराम से खा सकें उतना मांस डीआईजी भाटी अकेला खा गया। यह पुन: बाहर के अफ़सरों के लिये कौतूहल का विषय था। डीआईजी भाटी के बारे में यह आम चर्चा थी कि जब वह किसी पुलिस थाना का मुआयना करने जाता तो जिस रेस्ट हाउस में उसे ठहराया जाता वहाँ एक बकरा बाँध दिया जाता था। डीआईजी उसके चारों ओर घूमकर ख़ुश होता कि उसके खाने के लिये इस बकरे को ज़िबह किया जायेगा। अगर सुबह का वक्त होता तो वह बबूल की दातून चबाता हुआ बकरे के इर्द-गिर्द घूमता। अन्य समय होता तो पान चबाता हुआ और उस पान की पीक को पिचक-पिचक थूकता हुआ यह करता। वह धूम्रपान नहीं करता था मगर ज़र्दावाला पान दिन में दस बार खाता था। इससे उसके दाँत पीले पड़ गये थे। अपने सारे ही रूपों में डीआईजी हरनामसिंह भाटी डरावना लगता था। उसने अपने कार्यकाल के दौरान डाकुओं के साथ सबसे अधिक मुठभेड़ें की थीं। दस्यु दल एक प्रकार से इलाका छोड़ भागे थे। उसने दर्जनों डाकू ज़िंदा पकड़-पकड़ कर मारे थे। इस मुहिम में कई निर्दोष लोगों का भी सफ़ाया कर दिया गया। सोने की गुर्जा की मीटिंग के बाद उसने दस्यु उन्मूलन का बड़ा अभियान चलाया था। अगर बाद का समय होता तो फ़र्जी मुठभेड़ों को लेकर उस अफ़सर की बहुत सारी शिकायतें होतीं मगर वह युग हरनामसिंह भाटी का था। इसलिए उसका कुछ नहीं हुआ। इसके विपरीत उसे कई तमगे दिये गये।

जब उस डीआईजी भाटी का पोता उम्मेदसिंह भाटी धौलपुर का पुलिस अधीक्षक बना तब तक वक्त बदल चुका था लेकिन उसकी रगों में अपने दादा का खून बह रहा था। डाकुओं से की गयी फ़र्जी मुठभेड़ की एक घटना में कुंवर उम्मेदसिंह फँस गया। पुलिस की डाकुओं के साथ हुई उस फ़र्जी मुठभेड़ का ख़ुलासा किया था पत्रकार प्रेमराज तिवारी ने अपने अखबार *डांग सन्देश* के माध्यम से।

वह मुठभेड़ हुई थी कुख्यात दस्यु सरगना सिरमोहर गूजर के गिरोह से। सिरमोहर रहने वाला था बसई डांग थाना क्षेत्र के गाँव मोरोली बिछिया का। उसके गाँव में पेयजल की व्यवस्था के लिए सरकारी हैण्डपम्प खुदवाया जाना था। पंचायत चुनावों की पृष्ठभूमि की वजह से गाँव में दो धड़े बन गये थे जो इकदूजे को फूटी आँखों नहीं सुहाते थे। सिरमोहर के विरोधी गुट ने अपने राजनीतिक प्रभाव का इस्तेमाल कर अपने मोहल्ले में हैण्डपम्प लगवाने का निर्णय ज़िला परिषद् के स्तर पर करवा लिया। गाँव में परंपरागत रूप से सिरमोहर के बाप का दबदबा चला आ रहा था। पंचायत के पिछले चुनावों में उसका धुर विरोधी मदन गूजर जीत गया। वह काइयाँ किस्म का था। षड्यंत्रों का साक्षात् स्वरूप। यूँ तो जिला परिषद से सामान्यत: ऐसे ऑर्डर गाँव के नाम से होते रहे हैं। गाँव के भीतर हैण्डपम्प कौन सी जगह लगवाया जायेगा यह फ़ैसला ग्राम पंचायत के स्तर पर करना होता था। उम्मीद यह की जाती थी कि ग्राम सभा की बैठक में ऐसे निर्णय लिए जाएँ। नव नियुक्त सरपंच मदन ने कलाकारी यह की कि ज़िला परिषद् से ही अपने मोहल्ले में हैण्डपम्प लगवाने का स्थान लिखवा दिया। सिरमोहर के बाप ने इसे अपनी इज़्ज़त पर बट्टा लगने जैसा महसूस किया।

यूँ बात छोटी-सी थी, लेकिन गाँव की राजनीति के हिसाब से बड़ी हो गयी। लाठी भांजने में गाँव में अव्वल उसका बेटा सिरमोहर गर्म मिज़ाज का व्यक्ति था। हल्की-फुल्की बातों पर भी लट्टू उठाने वाला। हैण्डपम्प की बात पर वह उखड़ गया।

कजोड़ पहलवान गाँव का मोज्जिज़ आदमी था। सुलहकार के रूप में इलाके में उसका नाम था। कोई विवाद होने पर उसका हस्तक्षेप करवाया जाता था ताकि बात बिगड़े नहीं और शांति के साथ सुलह हो जाये। वह अब काफ़ी बूढ़ा हो चला था फिर भी उसकी बात में वज़न हुआ करता था। गाँव के दो-एक समझदार लोगों ने यह तय किया कि गाँव में अमन-चैन बरकरार रखने के लिए हर्ज़ क्या है जो हैण्डपम्प के मुद्दे पर पंचायत बुला ली जावे।

पंचायत बिठाई गयी।

''जाटवों की बस्ती के नाम ते ई हैण्डपम्प को आडर भयो है। मैं ई बात ना कह रो के हैण्ड पम्प मेरे घर के आगे खुदवाय देओ। जिन गरीबन के नाम ते हैण्डपम्प अलाट भयो है उनके बीच हैण्डपम्प लगनो चहिए। सरपंच ने अपने मकान के ढिग लगवाने को आडर ग़लत करवायो है। याय बदलवानो परेगो। तब तो देखो पंचों भाई, बात बनेगी नहीं तो या सरपंच जिते चाहे हैण्डपम्प लगवा ले। जब कभी हमारी चलेगी तो हमऊं देख लेंगे। मैंने तेरह साल सरपंची करी है। कदेऊ काउ के संग मैंने कछु भेदभाव कियो हो तो मेरी छाती में ते बन्दूक की गोली निकास दे। या बस्ती माता में ते काउ बताय, मैंने कोऊ ग़लत फैसलो कदे कियो? ई कल को लौंडा, का सरपंची करेगो जो भिड़ते ई गाँव में झगरो-फ़साद करवाबे में लग गो।''

सिरमोहर के पिता मीठालाल गूजर के आखिरी वाक्य से मदन सरपंच उखड़ गया। सरपंची की जीत की खुमारी अभी उतरी नहीं थी उसके सिर से। वह खड़ा हुआ और कजोड़ पहलवान की तरफ़ मुखातिब होकर कहने लगा, ''पटेल, याय समझा दे नेक होस ठिकाने रख केनी जीभ चलाय। अक्क-बक्क मारी तो ठीक नहीं होगो। ज़माने गये या की सरपंची के। मोय बोटरन ने जितवायो है। ई चल्यो है सरपंची सिखाबे।''

मदन की प्रतिक्रिया पर मज़ल लोडिंग बन्दूक की तरह पहले से ही भरे हुए सिरमोहर के गुस्से का पारा एकदम सातवें आसमान पर चढ़ गया। उसने लाठी उठा ली। ''तेरी मैया की...'' गाली देता हुआ वह मदन की तरफ़ लपका। उसी के थोक के तीन-चार अन्य युवक भी उसके साथ खड़े हो गये। हल्ला-गुल्ला शुरू हो गया। गाँव के दोनों पक्ष आमने-सामने होते से दिखायी दिए।

पंचायत भंग होने को थी कि किसी तरह कजोड़ पहलवान ने लोगों को शांत करने का प्रयत्न किया। कई बुज़ुर्ग एवं समझदार व्यक्तियों ने खूब कोशिश की। बात बिगड़ी तो ऐसी बिगड़ी की बिगड़ती ही गयी। सिरमोहर का छोटा भाई हीरा चुपके से न जाने भीड़ में से कब निकला और घर से दुनाली बन्दूक ले आया। बन्दूक सिरमोहर को थमा दी।

सिरमोहर ने आव देखा न ताव सरपंच मदन गूजर की तरफ़ निशाना लगाते हुए धड़ा-धड़ दो फ़ायर कर दिये। मदन जहाँ था वहीं का वहीं ढेर हो गया। यकायक आयी इस आफ़त से पंचायत की भीड़ में भगदड़ मच गयी। सिरमोहर गूजर अपने छोटे भाई हीरा के साथ चम्बल के बीहड़ों में कूद गया। गाँव मोरोली बिछिया के आकाश में अँधेरा छाने लगा था। घड़ी भर पहले सूरज डूब चुका था।

गाँव के सरपंच की हत्या कर भूतपूर्व सरपंच मीठालाल गूजर का लड़का सिरमोहर गूजर बागी बन गया। आस-पास के इलाके में यह खबर जंगल की आग की तरह फैल गयी।

कुछ ही दिनों में सिरमोहर ने अपना अच्छ-खासा गिरोह बना लिया। उसके गैंग में कोई डेढ़ दर्जन सदस्य हो गये। धौलपुर ज़िले की पुलिस के रिकॉर्ड में उसका नाम श्रेणी 'अ' के दस्यु गिरोहों में चौथे नम्बर पर था। अब उस पर राजस्थान सरकार ने पचास हज़ार का इनाम घोषित कर दिया। छह महीनों के भीतर डाकू सरगना सिरमोहर के गैंग ने अंतरप्रांतीय स्तर की कुख्याती अर्जित कर ली। मध्यप्रदेश एवं उत्तरप्रदेश का सीमावर्ती क्षेत्र भी उसकी गतिविधियों में आने लग गया। दोनों राज्यों की पुलिस ने सिरमोहर को ज़िन्दा या मुर्दा पकड़ने पर क्रमश: दस व पाँच हज़ार के इनाम घोषित किये।

''डकैतीन में कछू पल्ले ना परे भैनचो...पहलो खतरो, बस्ती में काउ पे बन्दूक है सकै। दूजी, ससुरा या गहनेन (ज़ेवरात) ने किते बेचते फिरें। फिर मडर है जाय तो बड़ो केस। पकड़ (अपहरण) करो। वा बी काउ बच्चा की नहीं। बीमार या बूढ़े की बी नायं। इन आफतन ने कौन संभाले ?'' सिरमोहर ने अपने गैंग के लोगों को एक बार कहा था। उसके पश्चात् उसने डाका डालना कम कर दिया था। वह अपहरण की वारदातें अधिक किया करता था।

सिरमोहर भली-भाँति जानता था कि डाकू की उम्र रहती है औसतन पाँच बरस। इन पाँच सालों के भीतर जो कुछ करना हो सो कर लो।

20

एक दिन पुलिस को खबर मिली कि डाकू सिरमोहर गूजर के गिरोह में एक औरत देखी गयी है। दस्यु दलों में स्त्रियाँ होने का लम्बा इतिहास रहा है। यह भी सही है कि औरतों के चक्कर में ऐसे गिरोहों का खात्मा भी जल्दी ही हो जाया करता था। पुलिस को यह तस्दीक करने में महीनों लग गये कि सिरमोहर के गैंग में जो औरत देखी गयी वह उसकी पत्नी है या रखैल अथवा डाकू के रूप में कोई अन्य। आखिर पता चला कि वह औरत जवान है जिसे सिरमोहर उत्तरप्रदेश के शहर एटा की तरफ़ से जबरन उठाकर

लाया था लेकिन अब वह स्वेच्छा से सिरमोहर की पत्नी की हैसियत से उसके साथ रहने लग गयी है। वह स्वयं भी बन्दूक चलाना जानती है। नाम था उस औरत का गीता चौबे। धौलपुर पुलिस ने एटा ज़िले की पुलिस से जानकारी चाही। एटा से ऐसी किसी महिला या लड़की के अपहरण अथवा गायब होने की सूचना नहीं मिली। पुलिस के बढ़ते दबाव को देखते हुए डाकू सिरमोहर ने गुप्त रूप से आगरा में दो कमरों का एक मकान किराये पर ले लिया। उसने अपना छद्म नाम पी.एस. तोमर रख लिया। वह स्वयं को फ़ौजी बताने लगा। आगरा की जिस कॉलोनी में उसने मकान लिया वहाँ के लोग सिरमोहर को फ़ौजी तोमर के नाम से ही जानने लगे। गीता को वह आगरा में पत्नी के रूप में ही रखने लगा। सिरमोहर जब कहीं कोई वारदात करता और पुलिस पीछे पड़ी होती तब आगरा में शरण लिये रहता। पास-पड़ौस का कोई पूछता तब यही कहता कि उसकी पोस्टिंग कश्मीर में पाकिस्तान की सीमा पर है। छुट्टी मिलती है तब यहाँ आ जाया करता है। सीमा पर तैनात कोई फ़ौजी बार-बार छुट्टी पर कैसे आ जाता है, यह सवाल कई लोगों के दिमाग में उठने लगा। कुछ जनों ने सिरमोहर की जासूसी करना आरम्भ कर दिया। किसी तरह धौलपुर के एसपी कुंवर उम्मेदसिंह तक यह खबर पहुँच गयी कि डाकू सिरमोहर के हुलिया का कोई व्यक्ति आगरा के बेलनगंज इलाके में किराये का मकान लेकर एक औरत के साथ रह रहा है। उसने अपने स्तर पर कर्मठ, जुझारू, साहसी एवं संकल्पबद्ध पुलिस कर्मियों की एक टीम बनायी जिसका नेतृत्व सौंपा निरीक्षक पद के अधिकारी को।

दस्यु उन्मूलन के लिए गठित उस पुलिस दल को पुलिस अधीक्षक उम्मेदसिंह भाटी ने स्पष्ट निर्देश दिए कि हर हालत में उसे पकड़कर लाना है। हाँ, पहले यह सत्यापन कर लिया जाये कि वह शख्स सिरमोहर डाकू ही है।

''सर, आप निश्चिन्त रहें। हम खाली हाथ नहीं लौटेंगे। मेरा एक विश्वसनीय मुखबिर है जो शक्ल से डाकू सिरमोहर गूजर को पहचानता है,'' पुलिस निरीक्षक संग्राम सिंह राजावत ने आत्मविश्वास के साथ एसपी धौलपुर को आश्वस्त किया।

बोलेरो गाड़ी में सवार हो पुलिस दल मुखबिर को साथ लेकर डकैत सिरमोहर की तलाश में निकल पड़ा।

पुलिस की वर्दी लेकर चले थे सारे जवान, दो उपनिरीक्षक एवं स्वयं निरीक्षक संग्राम सिंह लेकिन रहना था उन्हें सादे वस्त्रों में ताकि कोई पहचान न सके। एक रात व दो दिन आगरा की बेलनगंज कॉलोनी में डेरा डाले रहा वह पुलिस दल। किसी तरह मुखबिर ने सिरमोहर को घर में से निकलकर बाज़ार की ओर जाते देख लिया और उसे पक्का भरोसा हो गया कि पी.एस. तोमर बना हुआ वह आदमी सिरमोहर ही है।

अगली रात के करीब तीन बजे जबरन उठाया सिरमोहर व गीता चौबे को बेलनगंज से। उन्हें हाथ-पाँव बाँधकर व मुँह पर ढाटा लपेट कर बोलेरो में पटक दिया। सिरमोहर के कमरे में उसका रिवॉल्वर भी मिल गया था पुलिस को। उन्हें लेकर सीधे पहुँचे धौलपुर ज़िले

की बरेठा चेक पोस्ट। वहाँ से वायरलैस मैसेज दिया पुलिस अधीक्षक को जिसमें अत्यंत संक्षिप्त सूचना थी कोड वर्ड्स में कि 'टी वन ए' अर्थात् टारगेट नंबर वन अचीव्ड। चैक पोस्ट का वायरलैस ऑपरेटर इस सन्देश का अर्थ नहीं समझ सका। लेकिन उसने अंदाज़ा लगा लिया कि कोई कामयाबी हासिल हुई है पुलिस के इस दल को। जल्दबाज़ी में चाय पीकर फ्रेश होने के बाद पुलिस दल धौलपुर आ गया।

सर्दी का मौसम था। शहर धौलपुर में गश्त करनेवाले पुलिस कर्मचारी अपनी-अपनी जगहों से घरों को लौट गये थे। लोगों की छुटपुट आवाजाही शुरू हो चुकी थी। अख़बारवाले हॉकर, दुधिया, टहलने वाले, नगर परिषद् के सफ़ाई-कर्मियों आदि की दैनिक गतिविधियाँ आरम्भ हो गयी थीं।

बरेठा चैक पोस्ट से वायरलैस सन्देश प्राप्त होने के पश्चात् पुलिस अधीक्षक बेसब्री से अपनी दस्यु उन्मूलन टीम का इंतज़ार बंगले के बरामदे में बैठा-बैठा कर रहा था। एसपी के सरकारी बंगले के परिसर में काफ़ी तादाद में पेड़-पौधे थे। भोर की बेला में पक्षियों का कलरव वातावरण में गुंजायमान था जिसे बिगाड़ रही थी कौवों की काँव-काँव की कर्कशध्वनि।

अकेला संग्राम सिंह अन्दर आया। बरामदे में इधर-उधर टहलते पुलिस अधीक्षक का 'जय हिन्द' कहते हुए अभिवादन किया।

''अकेला या दोनों ?'' पुलिस अधीक्षक ने संक्षेप में पूछा।

''दोनों सर। चेला किसका हूँ ?''

''शाबाश!'' कहते हुए एसपीने पुलिस निरीक्षक संग्राम सिंह को सीने से लगाया। धीरे से कुछ और कहा। संग्राम सिंह बंगले से निकल गया। अगले ही पलों में बोलेरो स्टार्ट हुई और गुलाब बाग चौराहे को पार करती हुई सर्किट हाउस के सामने से बाड़ी रोड पर अदृश्य हो गयी। हल्का कोहरा छाया हुआ था।

एक दिन पश्चात् प्रान्त स्तरीय अख़बारों में प्रमुखता से यह खबर शाया हुई कि 'कुख्यात इनामी डाकू सिरमोहर पुलिस मुठभेड़ में मारा गया। उसकी दस्यु सुंदरी प्रेमिका पकड़ी गयी।' धौलपुर के पुलिस अधीक्षक कुंवर उम्मेदसिंह का विशेष साक्षात्कार भी उनमें प्रकाशित किया गया। पूर्व संध्या को अपने दफ़्तर में लम्बी-चौड़ी प्रेस कॉन्फ्रेंस रख ली थी एसपी ने। और उसके बाद अच्छा-खासा चाय-नाश्ता।

धौलपुर का पूर्व पुलिस अधीक्षक पी. जगन्नाथन उस समय भरतपुर पुलिस रेंज का आई.जी. पदस्थापित था।

डांग सन्देश के संपादक प्रेमराज तिवारी ने एक टेलीग्राम दिया आईजी को जिसमें लिखा था कि 'सिरमोहर गैंग के साथ पुलिस की कोई मुठभेड़ नहीं हुई। उसे आगरा से

पकड़ कर लाया गया और फ़र्जी मुठभेड़ दिखाकर मार दिया। किसी स्वतंत्र एजेंसी के सामने उसकी प्रेमिका को पेश किया जाकर हकीकत का पता आसानी से लगाया जा सकता है।'

टेलीग्राम पढ़कर आईजी जगन्नाथन चौंका। उसने फ़ोन पर पहले पुलिस मुख्यालय में सी.आई.डी. अपराध शाखा के प्रभारी अतिरिक्त पुलिस महानिदेशक विजय राघव राव से वार्ता की और टेलीग्राम के बारे में बताया।

''मिस्टर जगन्नाथन, आप यूँ करो कि घटनास्थल का मुआयना कर आओ। वैसे भी इतना बड़ा डाकू मारा गया है आपको जाना ही चाहिए। तथ्यात्मक स्थिति से हमें वाकिफ़ कराओ। कल को कोई इधर-उधर की बात सामने आयी तो हम क्या जवाब देंगे,'' विजय राघव राव ने साफ़ कहा। तत्पश्चात् उसने डी.जी.पी. को अवगत कराया।

''किसी तरह इस तिवारी के बच्चे को शांत करो। कहिये कि भाई, एक खूंखार डाकू मारा गया है। पब्लिक को राहत मिलेगी। आये दिन डकैती व अपहरण की घटनाएँ हो रही हैं। तुम क्यों पंगा करते हो पुलिस के कार्य में?'' डी.जी.पी. ने मामले को रफ़ा-दफ़ा करने की सलाह दे डाली। उसका थोड़ा सॉफ़्ट कॉर्नर था एसपी उम्मेदसिंह के प्रति।

वैसे दोनों ही अफ़सर जानते थे कि वाहवाही के लिये धौलपुर का एसपी उम्मेदसिंह किसी भी हद को पार कर सकता है। लेकिन यह डी.जी.पी. भी जानता था कि आईजी पी. जगन्नाथन किस मिट्टी का बना है।

पी. जगन्नाथन उसी दिन धौलपुर पहुँचा। एसपी को शाबाशी देने की बजाय उससे सीधा पूछा, ''मुझे सही-सही बताओ, मामले की सच्चाई क्या है? मेरे पास प्रेम तिवारी का टेलीग्राम आया है। उसकी बात को लाइटली नहीं लिया जा सकता।''

''सर, हम लोकसेवक हैं। हमारा सबसे अहम कार्य है कि जनता को बदमाशों से राहत मिले। सफल पुलिस अफ़सर को गुंडों से बड़ा गुंडा बनना पड़ता है। आदर्शवादी दृष्टिकोण से काम नहीं चलता। सरकार ने भी हमारी सिफ़ारिश पर सोच-समझ कर उस डाकू पर इनाम घोषित किया है ताकि वह ज़िंदा या मुर्दा पकड़ा जा सके। धौलपुर ज़िला ही नहीं निकटवर्ती मध्यप्रदेश व उत्तरप्रदेश को राहत मिली है सिरमोहर की मौत से। अगर कोई प्राइवेट आदमी उसे मार देता तो क्या हम उसे इनाम नहीं दिलवाते?''

''आप ऐसा कीजिये कि जो कुछ इस मसले पर आप कहना चाहते हैं उसका विस्तृत प्रतिवेदन तैयार कर कल सुबह मुझे दे देना। अन्य तही व प्रमाणों के साथ मैं उस पर भी अपना माइंड एप्लाई करूँगा। नाउ यू केन गो।'' इन शब्दों में जगन्नाथन ने धौलपुर के एसपी को सर्किट हाउस से रवाना होने के लिए कह दिया।

''सर, आपका डिनर?''

‘‘नो इश्यू, आई वुड हैव क्वाइट डिनर। गुड नाईट मिस्टर सिंह।’’

‘‘गुड नाईट, जय हिन्द! सर।’’ कहता हुआ कुँवर उम्मेदसिंह चिंताजनक मुद्रा में कमरे के बाहर निकलकर अपने बंगले पर पहुँचा। उसके पीछे उसका अतिविश्वसनीय पुलिस निरीक्षक राजावत भी वहाँ आ गया।

‘‘तुम यहाँ बैठो। मैं अभी लौटा।’’ कहकर एसपी बंगले के भीतर गया। हाथ-मुँह धोकर कुछ क्षणों के उपरांत बरामदे में आया। इन्स्पेक्टर संग्रामसिंह ने पहली बार अपने एसपी को मायूस देखा।

‘‘सर, क्या बात हुई?’’ वह पूछ बैठा।

‘‘यार, इस साले आईजी के तेवर मुझे ठीक नहीं लग रहे। कहीं यह उल्टी-सीधी रिपोर्ट बनाकर हमें फँसा न दे।’’

‘‘हमने इतने बड़े डाकू को मारा है। सब जगह आपकी तारीफ़ हो रही है। आईजी साहब ऐसा कैसे कर सकते हैं?’’ संग्रामसिंह ने आश्चर्य व्यक्त करते हुए कहा।

‘‘जैसा मुझे गुप्त रूप से पता चला है, यह आईजी कल आगरा जायेगा। तुम ऐसा करो रात में ही आगरा निकल जाओ और वहाँ मैनेज करो जिससे बेलनगंज का कोई बंदा सिरमोहर को उसकी प्रेमिका के संग पुलिस द्वारा उठाकर ले जाने के पक्ष में गवाही नहीं दे। पहले सबसे ज़रूरी यह काम है। अन्य चीज़ों को मैं देखता हूँ।’’ अपने एसपी द्वारा दी गयी इस सलाह को मानता हुआ संग्रामसिंह तुरंत वहाँ से निकल गया।

देर रात तक अपने बंगले में एसपी उम्मेदसिंह जागता रहा। उसका चित्त सिरमोहर डाकू के एनकाउंटर पर केन्द्रित था। वह इस उधेड़बुन में था कि फ़र्जी एनकाउंटर की कहानी को सही कैसे ठहराया जाये? इस बात को वह भली-भाँति जानता था कि कितने भी गवाह-सबूत पेश कर दिए जाने पर भी आईजी संतुष्ट नहीं हो सकता। उसे अच्छी तरह से पता चल गया है कि सचाई क्या है। वह सत्य से विचलित होने वाला अफ़सर नहीं है। ऐसा सोचते हुए उसकी राठौड़ी प्रवृत्ति अब प्रायश्चित करने को तैयार थी किन्तु किसी भी कुकृत्य को पूरी तरह से रफ़ा-दफ़ा करने का विकल्प प्रायश्चित नहीं बन सकता। पुराने अफ़सरों के मुख से उसने कई बार सुन रखा था, ‘पुलिस में ढाई झटके कैरियर के लिए ख़तरनाक हो सकते हैं जिनमें आधा झटका मुल्ज़िम का पुलिस हिरासत से भाग जाना और दूसरा पूरा झटका रिश्वत के मामले में ट्रैप हो जाना है। तीसरा झटका सबसे घातक होता है जो हिरासत में मुल्ज़िम की मौत से ताल्लुक रखता है।’ अब एसपी सोच रहा था कि यहाँ तो मौत की किस्मों में सबसे बड़ी मौत, यानी कि ‘हत्या’ कारित कर दी गयी! उसने यह भी सुन रखा था, ‘कोरे कागज़ पर हत्या लिखकर नीम के पेड़ के तने पर टाँग दिया जाये तो नीम का दरख़्त भी सूख जाया करता है।’

धौलपुर का वह एसपी जो स्वयं को बड़े गर्व के साथ ठाकुर हरनामसिंह भाटी जैसे दस्यु उन्मूलक आई.पी.एस. का पोता कहा करता था। उसके सारे गुणसूत्रों से युक्त इस एसपी के पेशाब से भी चिराग जला करते, जिसके नाम से दुर्दांत डाकुओं के पाँव धूजने लगते थे, जिसकी चमड़ी इतनी मोटी थी कि उस पर छोटी-मोटी चोटों को महसूस ही नहीं किया जा सकता था, उसी उम्मेदसिंह का पीढ़ियों का घमंड आज चूर-चूर होता दिखाई दे रहा था, उसकी सारी चमड़ी आज पानी से भी पतली होती नज़र आ रही थी और वह स्वयं को पूरी तरह से चिंताग्रस्त, भीषण तनावयुक्त, घोर आशंकाओं से घिरा हुआ, अपनी बेशुमार शोहरत को धूल-धूसरित होते देख रहा था।

बोझिल मानसिक मनोदशा के गहरे कोहरे में घिरा हुआ ठाकुर उम्मेदसिंह भाटी अपने दर्पमय अतीत और प्रसिद्धि से भरपूर वर्तमान को भूलकर एक अनिश्चित भविष्य के विषय में सोच रहा था। बहुत बड़े उस सामंती प्रासाद जैसे सरकारी बंगले की दर्जनों दीवारों के भीतर का नितांत एकांत उसे चहुँओर से खा जाने को घूरे जा रहा था। उस भव्य भवन के आलीशान कक्ष में बिछे हुए बिस्तर पर वह लेट गया। इसी दशा में उसने कक्ष में प्रसरित प्रकाश को मद्धिम कर दिया। कक्ष के नीलवर्णी मद्धिम उजास में छत पर लटके हुए झाड़फ़ानूस के काँच-कणों से परावर्तित होती हुई बहुरंगी रोशनी के बिखराव से पैदा हो रहे छाया बिंबों में उसे अपरिचित काले धब्बों का आभास हो रहा था। जो झाड़फ़ानूस पूर्व में सदा ही कक्ष के वातावरण के सौन्दर्य में चार चाँद लगाया करता था वही झाड़फ़ानूस उस घड़ी एक विराट मकड़जाल में परिवर्तित होता हुआ दृष्टिगत हो रहा था और उसके मध्य में स्थापित तेज़ पुंज फैलाने वाला केन्द्रीय लट्टू उस जाले की जकड़ में फँसा हुआ पल-पल अपनी आभा को क्षीण करता हुआ प्रतीत हो रहा था। बंगले के बाहर रात के पसरते सन्नाटे के साथ ही निजी कक्ष की शैया पर पड़े हुए धौलपुर के उस धुरंधर एसपी की बेचैनी अब तड़प में तब्दील होती जा रही थी। ''हे माँ भगवती! क्या मेरे भाग्य में कुछ अनहोनी घटना लिखी हुई है?'' अपनी कुलदेवी को संबोधित करते हुए वह बड़बड़ाया। उस रात वह ढंग से सो नहीं सका। अगली सुबह वह सर्किट हाउस में आईजी से मिलने पहुँचा। फ़र्ज़ी मुठभेड़ को जायज़ ठहराने के लिए उसने अपनी कई दलीलें पेश कीं।

''वो सब ठीक है। अल्टीमेटली वी आर गाईडेड बाई लॉ। फ़र्ज़ी मुठभेड़ ग़ैरकानूनी होती है। यह जघन्य अपराध है। हमें क़ानून ने किसी को मारने का अधिकार नहीं दिया है चाहे वह दुर्दांत डाकू ही क्यों न हो। आप उसे गिरफ़्तार करते। मज़बूत साक्ष्य जुटाते। अगर जघन्य हत्या जैसा अपराध किसी के विरुद्ध सिद्ध हो जाता है तो अदालत से फाँसी तक की सज़ा का प्रावधान है।''

''क्या बात करते हैं सर, कितने डाकुओं को कानून ने फाँसी दी है? हम जानते हैं कि कुख्यात डकैतों के खिलाफ़ कोई गवाही नहीं देता। सब डरते हैं। सबको अपनी जान प्यारी है। ये तो हम ही हैं जो बाल-बच्चों की चिंता किये बिना सौ तरह की दुश्मनी मोल लेते हैं। जब एक सेशन जज जो हमारे एसपी के दर्जे का होता है उसे हत्या के मामलों में फाँसी

की सज़ा देने के अख़ियारात हैं जो अप्रत्यक्ष रूप से संतुष्ट होता है कि किसी अपराधी ने हत्या का निर्मम अपराध किया है। तो फिर हम तो प्रत्यक्ष रूप से पूरी तरह जानते हैं कि सिरमोहर ने आधा दर्जन हत्याएँ की हैं। फिर क्या हमें नैतिकता के स्तर पर यह काम करके संतोष नहीं करना चाहिए कि एक हत्यारे को उसके किये की सज़ा देकर हमने समाज को उसके संकट से निजात दिलवाई है?''

''सॉरी पार्टनर, आई एम नॉट सेटिस्फ़ाइड विद युअर एथिक्स। ऐसा कृत्य करने के लिए कानून हमें इजाज़त नहीं देता।''

फ़र्ज़ी मुठभेड़ से किसी भी तरह का बचाव एसपी उम्मेदसिंह भाटी के काम नहीं आया। घटनास्थल और आगरा से सम्बंधित गवाहों, पुलिसकर्मियों व अन्य उपलब्ध साक्ष्य के आधार पर रेंज के आईजी पी. जगन्नाथन ने जाँच सम्पन्न कर दी। वापस भरतपुर जाकर गोपनीय रिपोर्ट विजय राघव राव के पास भेज दी जिसका निष्कर्ष था 'सिरमोहर गूजर के साथ जो मुठभेड़ बताई गयी है वह फ़र्ज़ी है। उसे आगरा शहर से पकड़ कर कथित घटनास्थल पर लाकर मारा गया है।'

एसपी उम्मेदसिंह व उसके चहेतों द्वारा बात को बहुत दबाने की कोशिश की गयी मगर बात दबी नहीं। सरकार को न्यायिक जाँच के आदेश जारी करने पड़े। आखिर एसपी व मुठभेड़ में शामिल पुलिस निरीक्षक सहित सारे कर्मचारियों के खिलाफ़ फ़र्ज़ी मुठभेड़ में सिरमोहर डाकू की हत्या का संगीन मुकद्दमा दर्ज किया गया और सम्बंधित सभी पुलिस वालों को निलंबित कर दिया गया। केस लम्बा चला। सर्वोच्च न्यायालय तक गया। मुठभेड़ में शरीक सभी पुलिसवालों को मुखबिर सहित आजीवन कारावास का दंड दिया गया।

21

'दस्युओं की आद्य जननी के रूप में मिथक बन चुकी चम्बल नदी कभी भी धार्मिक आस्था का केंद्र नहीं बनी। एक अभिशप्त नदी की संज्ञा उसे दे दी गयी। स्थानीय लोक और बाहरी दुनिया के चित्त में उसकी छवि देश की शेष नदियों से भिन्न ही रही। कठोर चट्टानों एवं झाड़-झंखाड़ों से भरे उसके दोनों तट हर किसी को आतंकित करने वाले लगते रहे। चम्बल नदी के ठेठ उद्गम स्थल से लेकर यमुना में समा जाने तक के लम्बे-चौड़े अंचल में इतिहास की दृष्टि से किसी महान व्यक्तित्व ने जन्म नहीं लिया। चम्बल का दूसरा नाम दस्युओं की नदी के रूप में विख्यात होता गया। इस वजह से राजस्थान प्रान्त व देश के दूसरे हिस्सों की तुलना में धौलपुर का इलाका विकास एवं मानव गरिमा के स्तर पर अलग-थलग ही रहा। अब कैसे इसे प्रगति की मुख्य धारा से जोड़ा जाए?' यह सोचते-सोचते राज्य की पर्यटन मंत्री श्रीमती शोभा जैन सड़क मार्ग द्वारा दोपहर बाद धौलपुर पहुँचीं। उनके साथ जयपुर से धौलपुर के विधायक शंकरलाल राजोरिया भी आये

थे। उनसे बात करते हुए मंत्री महोदया गहन चिंता से परिवर्तनकामी चिंतन की ओर सोचे जा रही थीं। राजनीति की दुनियादारी को देखते हुए उनकी छवि ठीक थी। अब तो खैर उसका खानदान जयपुर वासी हो गया था। वैसे उनके पुरखे धौलपुर ज़िले के सेपऊ क़स्बे के मूल निवासी थे। व्यापारिक कारणों से यहाँ से निकल गये थे। वह धौलपुर ज़िले की प्रभारी थीं। इसलिए कम-से-कम महीने में एक बार उनका धौलपुर आना हो जाया करता था। वह कॉन्वेन्ट स्कूल की पृष्ठभूमि के साथ स्नातकोत्तर थीं। आयकर विभाग की सहायक आयुक्त के पद की नौकरी छोड़कर राजनीति में आयी थीं।

ठीक पाँच बजे ज़िला कलेक्टर के दफ़्तर के सभागार में पर्यटन की संभावनाओं पर चर्चा करने हेतु उन्होंने बैठक रखी। बैठक में ज़िला प्रमुख सहित तीनों विधानसभा क्षेत्रों यथा धौलपुर, राजाखेड़ा व बाड़ी के विधायकों तथा पंचायत समिति के सभी प्रधानों को आमंत्रित किया गया था। विभिन्न विभागों के ज़िला स्तरीय अधिकारी उपस्थित थे। ज़िला कलेक्टर श्रीकांत व्यास ने मंत्री महोदय का औपचारिक स्वागत करते हुए बैठक की कार्यवाही प्रारम्भ की। ज़िला पर्यटन अधिकारी ने धौलपुर ज़िले में पर्यटन की संभावनाओं पर विस्तृत प्रतिवेदन तैयार किया था। वह बहुत आशावादी, परिश्रमी एवं प्रतिबद्ध अधिकारी था। उसने पढ़ना आरम्भ किया।

''आदरणीय मंत्री महोदया, यद्यपि धौलपुर ज़िले से जुड़ी कोई भी बात आपसे छिपी हुई नहीं है फिर भी मैं आपको बताना चाहूँगा कि यदि ज़िले में होने वाले लूट व अपहरण जैसे अपराधों पर अंकुश लग जाये तो पर्यटन की अनंत संभावनाएँ इस ज़िले में हैं...''

बीच में टोकते हुए मंत्री बोलीं, ''प्लीज़ रुकिए ज़रा। मैं चाहती हूँ कि एक-एक बिंदु पर साथ के साथ डिस्कशन होता जाये ताकि हम एजेंडा के मुताबिक चर्चा भी कर लें और उस पर निर्णय भी लेते चलें। ओके, एसपी साहब, कृपया मुझे बताइये कि इस पॉइंट पर आप क्या कहना चाहेंगे ?''

''मैम, अब वो हालात नहीं हैं जिनके लिये यह ज़िला बदनाम हुआ करता था। ज़िले में डाकुओं का कोई लिस्टेड गैंग आज की तारीख में नहीं है। स्प्लिंटर टाइप के लुटेरे अवश्य हैं। और ऐसों की कमी तो पड़ौसी ज़िलों में भी नहीं है। खासकर गत दो वर्षों के अन्दर डकैती, लूट एवं अपहरण की वारदातों में कमी आयी है,'' यह कहते हुए एसपी शिवराज मीणा अपनी फ़ाइल में से कुछ पढ़कर बताना चाह रहा था। तभी मंत्री ने उसे टोकते हुए कहा, ''मैं आंकड़ों की बात नहीं करती। मुझे यह बताइये कि पब्लिक परसेप्शन (जनता की राय) क्या है।'' इस बात पर कलेक्टर ने गौर किया। वह कुछ बोलना चाह कर भी कुछ सोचकर चुप रहा।

''मैडम, मैं समझता हूँ कि पब्लिक में जो भय था उसमें निश्चित रूप से कमी आयी है। लोगों का आत्मविश्वास भी बढ़ा है। यूँ हम कह सकते हैं कि इसका मनोवैज्ञानिक पहलू भी है जिस पर हमें ध्यान देना होगा। आपको पता है कि राज्य स्तर पर ही डी.जी.पी. साहब ने कम्युनिटी पुलिसिंग पर खूब ज़ोर दिया है। पुलिस एवं जनता के मध्य रिश्तों की

मज़बूती के साथ हालात बदलेंगे अवश्य।'' पुलिस अधीक्षक ने स्थिति को स्पष्ट किया। मंत्री ने ''आई डू एग्री'' कहकर उसकी बात का समर्थन किया। एसपी के चेहरे पर संतुष्टि की भाव-रेखाएँ दिखायी दीं।

एम.एल.ए. राजोरिया ने प्रतिक्रिया ज़ाहिर की, ''एसपी साब, क्या आप समझते हैं कि जयपुर की तरह यहाँ पर्यटन पुलिस की आवश्यकता होगी?''

''यह संभव नहीं होगा। फिर हर ज़िले से यह आवाज़ आने लगेगी। आखिर कहाँ-कहाँ हम स्पेशल पुलिस का इंतज़ाम कर पाएँगे?'' एम.एल.ए. के प्रस्ताव को मंत्री ने सिरे से खारिज कर दिया। वह मुखातिब हुईं पर्यटन अफ़सर की ओर।

''मैम, धौलपुर में जिन स्थलों को हमने पर्यटन की दृष्टि से चिह्नित किया है उनमें चौपड़ा का प्राचीन शिव मन्दिर, शेरशाह सूरी का किला, मचकुंड, प्रथम मुग़ल गार्डन, वनविहार, तालाबशाही एवं दमोह मुख्य हैं। और चम्बल की राष्ट्रीय घड़ियाल परियोजना तो सर्वोपरि है ही।''

''व्हाट अबाउट द रूरल टूरिज़्म?''

''दमोह के साथ सोने की गुर्जा को इस श्रेणी में रखा जा सकता है।''

''खानपुर पैलेस?'' ज़िला कलेक्टर ने हस्तक्षेप किया।

''सर, वो तालाबशाही के साथ।''

''ठीक है इन स्थलों को पर्यटन की दृष्टि से विकसित किया जा सकता है। नाऊ, लेट मी नो अबाउट द फ़ंड?'' मंत्री ने चिह्नित स्थानों पर सहमति व्यक्त करते हुए कलेक्टर की तरफ़ संकेत किया।

कलेक्टर श्रीकांत व्यास बोला, ''मैम, इसके लिए मैं विस्तृत प्रस्ताव तैयार करवा दूँगा।''

जैसे ही फ़ंड की बात छिड़ी ज़िले के सभी एम.एल.ए. एवं प्रधान अपने-अपने क्षेत्रों में पर्यटनस्थल बताने लगे। धौलपुर-करौली लोकसभा क्षेत्र का एम.पी. बैठक में मौजूद नहीं था। उसके खास आदमी बाड़ी के प्रधान ने मोबाइल पर उसे सन्देश भेजा कि 'धौलपुर में पर्यटन के लिये फ़ंड पर चर्चा हो रही है। आप शाम को पर्यटन मंत्री से बात जरूर कर लेना।' प्रधान युवा था। ऊर्जावान और ग्रेजुएट।

मंत्री श्रीमती शोभा जैन बैठक में हुई चर्चा से संतुष्ट दिखीं। चाय-पान के पश्चात् करीब आठ बजे वह सर्किट हाउस पहुँचीं। जन-प्रतिनिधियों, परिवादियों एवं अन्य लोगों से मिलीं। ज़िला प्रशासन की तरफ़ से बैठक में मौजूद सभी जन-प्रतिनिधियों एवं अफ़सरों का सामूहिक भोज वहीं रखा गया था। रात्रि भोज के बाद मंत्री महोदय अपने कक्ष में चली

गयीं। सोने से पहले उसे कुछ पढ़ने की आदत थी। पर्यटन अधिकारी द्वारा सौंपे फ़ोल्डर को उन्होंने पढ़ना आरंभ किया।

मचकुंड एवं प्रथम मुग़ल गार्डन के बारे में क्रमश: जो पौराणिक व ऐतिहासिक जानकारी उसे मिली उससे वह बहुत प्रभावित हुई। थोड़ा बहुत पहले से उन्हें पता था।

फ़ोल्डर में रखे प्रतिवेदन में सम्मिलित व्यवस्थित सूचना के अनुसार धौलपुर से मात्र एक किलोमीटर की दूरी पर है वह पौराणिक स्थान जिसे मचकुंड के नाम से जाना जाता है। निर्मल जल से लबालब मचकुंड का सरोवर मौसम में कमल के फूलों से भरा रहता है। इसके चारों तरफ़ निर्मित हैं एक सौ मन्दिर। देवासुर संग्राम एवं भगवान श्रीकृष्ण की पौराणिक कथा से जुड़ता है यह धार्मिक दृष्टि से पवित्र स्थल। लोक मान्यता है कि देवासुर संग्राम में इस अंचल के मचकुंद नामक नृप ने इंद्र का साथ दिया था जिसकी वजह से इंद्र ने असुरों को हराया। मचकुंद राजा की बहादुरी को देखते हुए इंद्र ने उससे पूछा, ''हे राजन, मैं बहुत प्रसन्न हूँ कि आपके शौर्य के कारण देवताओं ने मेरे नेतृत्व में विजयश्री प्राप्त की। आप मुझसे कोई भी वरदान माँग लीजिये। मुझे अच्छा लगेगा।''

''हे देवेन्द्र, मुझे कुछ नहीं चाहिए। आपकी कृपा दृष्टि ही मेरे लिए किसी वर से कम नहीं,'' मचकुंद ने आभार जताते हुए कहा।

''वह हमेशा आपके संग रहेगी, फिर भी मेरी हार्दिक इच्छा है कि इस अवसर पर मैं आपको कुछ-न-कुछ दूँ।''

''यदि आपकी ऐसी ही इच्छा है तो एक वर दो। वह यह कि इस दीर्घकालीन युद्ध में मैं पूरी तरह थक गया हूँ। मैं डटकर विश्राम करना चाहता हूँ। नींद में मुझे कोई बाधा नहीं पहुँचावे।''

''तथास्तु। जो कोई आपकी नींद में व्यवधान करेगा तुम्हारे जागकर उसकी तरफ़ देखते ही वह भस्म हो जायेगा।'' वरदान देकर इंद्र अंतर्ध्यान हो जाते हैं। मचकुंद गहरी निद्रा के अंक में चला जाता है।

द्वापर युग में जब भगवान श्रीकृष्ण को मारने के लिये यमन देश से कालयवन आता है और श्रीकृष्ण उससे बचने का कोई उपाय सोचते हैं तब उन्हें मचकुंद का ध्यान आता है। वे उस स्थान पर आते हैं जहाँ मचकुंद सोया हुआ होता है। अपने पीताम्बर से भगवान कृष्ण मचकुंद के शरीर को ढँक देते हैं। कालयवन उसे कृष्ण समझ कर झकझोरता है। मचकुंद की नींद में व्यवधान पड़ता है। जैसे ही मचकुंद क्रोधाविष्ट होकर कालयवन को देखता है वह भस्म हो जाता है। मचकुंद के नाम से कालांतर में यह स्थान मचकुंड के नाम से विख्यात होता है। भगवान श्रीकृष्ण से जुड़ने की वजह से पवित्र स्थान के रूप में लोक में ख्याति प्राप्त करता है। इस स्थल की यही पौराणिक विशेषता है।

मचकुंद के मिथक के बहाने सतयुग, त्रेता व द्वापर की कई पौराणिक कथाएँ पर्यटन

मंत्री के मानस-पटल पर चित्रित होने लगती हैं। कुछ देर सोचने के बाद वे धौलपुर के पर्यटन अधिकारी द्वारा सौंपे गये फ़ोल्डर में से मुग़ल गार्डन वाला अंश अवलोकित करने लगती हैं।

धौलपुर से सोलह किलोमीटर की दूरी पर झोर गाँव में अवस्थित है भारत का पहला मुग़ल गार्डन। चौबीस अगस्त, सन् 1528 को शहंशाह बाबर ने ग्वालियर की राह जाते हुए यहाँ पड़ाव डाला था। स्थान की प्राकृतिक छटा देखकर अपने बेड़े में शामिल उस्ताद शाह मोहम्मद को हुकुम दिया कि ऊबड़-खाबड़ ज़मीन को समतल किया जाये और यहाँ बगीचा तैयार किया जाये तथा चट्टानों को काटकर सुन्दर सरोवर बनवाया जाये। बादशाह बाबर के आदेश से बड़ा उसका सपना था कि इस स्थल पर एक रमणीक उपवन बनाया जाये और शाह मोहम्मद ने उस सपने को साकार रूप दे दिया। बाबर के निर्देश पर निर्मित यह स्थान पर्यटन की दृष्टि से उत्तम है एवं पुरातत्व विभाग द्वारा संरक्षित है। पर्यटन मंत्री को इस प्रथम मुग़ल गार्डन के बारे में विस्तृत जानकारी हासिल कर बड़ी प्रसन्नता हुई। उन्होंने मन-ही -मन पर्यटन अफ़सर का शुक्रिया अदा किया।

मंत्री महोदया को उस रात एक सुन्दर सपना आया जिसमें वह मुग़ल बाग़ में महक रहे नाना प्रकार के फूलों की क्यारियों में टहल रही थीं। पास के विशाल सरोवर में कई प्रजातियों के खगवृन्द किलोल कर रहे थे। सुबह ताज़गी लेकर आयी।

नाश्ते के समय सर्किट हाउस के अस्थायी खानसामा बुजुर्ग अनवर खान ने मंत्री को बताया, ''हुजूर, इस सर्किट हाउस में एक दफ़ा एक विलायती मेम साब ठहरी थी। उसने यहाँ पहली मंज़िल के कमरा नम्बर आठ में पंखे से लटक कर ख़ुदकुशी कर ली थी। रात में कभी-कभार उसका भूत दिखायी देता है। मैंने खुद एक दफ़ा उसे देखा है। वह सफ़ेद झक्क कपड़ों में दिखायी देती है।'' मंत्री ने उसकी बात पर विशेष ध्यान नहीं दिया।

''धौलपुर के इलाके को चम्बल के अभिशाप से मुक्त करना है। पर्यटन ही नहीं समग्र विकास पर ज़ोर देना है।'' विदा लेते समय पर्यटन मंत्री श्रीमती शोभा जैन ने जिला कलेक्टर सहित सभी अधिकारियों एवं जन प्रतिनिधियों को यह वाक्य बड़े संकल्प व आशा की भावना के साथ कहा था। इसी के संग उन्होंने पर्यटन अफ़सर की ओर विश्वास भरे अंदाज़ में देखा था।

22

उस साल डांग क्षेत्र में जिमकर बरसात हुई। जब आषाढ़ की पहली बारिश हुई थी और जब माथे पर मेह की बूँदें पड़ीं तब आदत के मुताबिक भैंसें मुरकी (मस्ती में आना) थीं और गूजर चरवाहे ने बाएं हाथ की तर्जनी अंगुली को कान में डालकर दूसरे हाथ को ऊपर हवा में उठाकर रसिया गाया था—

ज्येष्ठ के महीने में टिटहरी ने खेत की मेंड पर ऊँची जगह पर अंडे दिये थे। उन्हीं दिनों चिड़ियों ने खूब रेत-स्नान किया था। तभी कोड्यापुरा के श्रीफल गूजर ने भविष्यवाणी कर दी थी, ''भइया, अबकी बेर सम्मत तगरो हैगो। सब जने झरी (छिलका सहित चावल) के बीज खेतन में डारि दीज्यो। करजदारन के कारे कटी जांगे।'' मतलब था कि इस बार चावल की फ़सल करनी है। खूब पैदावार होगी। गरीब लोगों के कर्ज़ उतर जायेंगे। श्रीफल गूजर ने पटेल की हैसियत से दुनिया देखी थी। ज़िन्दगी और ज़माने का अनुभव था उसको। उसकी बोली फली थी।

पहली बरसात अच्छी हुई उसके साथ ही दुधारू मवेशियों को बस्तियों से ऊपर मरम्मत की हुई खिरकाड़ियों में पहुँचा दिया गया। दो-तीन बरसातों में ही पेड़-पौधे व अन्य वनस्पतियाँ हरी-भरी हो गयीं। यूँ तो आधा आषाढ़ तक घास पशुओं के लिये चरने लायक हो गयी थी। सावन के आते-आते लम्बी होकर लहराने लगी थी। दुर्बल व बूढ़े मवेशी भी चौकड़ियाँ भरने लगे थे।

नदी-नाले, ताल-तलैया, झील-झरने, बाँध सब लबालब भर गए। चौतरफ़ा पानी ही पानी बहता अथवा ठहरा हुआ दिखायी दे रहा था। सर्वत्र मीठा बरसाती जल। हालाँकि बरसात का 'नौरा' (ताज़ा) पानी कच्चा होता है। प्राय: नुकसान कर सकता है। नारू (जल जनित बीमारी का नाम) रोग की तो पूरी संभावना रहती है। बरसाती जल को पीने के लिये उसका थोड़ा ठहराव चाहिए। लेकिन डांग का कठोर जीवन कच्चे-पक्के से ऊपर उठा देता है इन्सान और जानवर दोनों को। यहाँ तक कि जंगल के दरख्तों को भी। तभी तो वे उगते हैं चट्टानों की दरारों को चौड़ी करते हुए।

धरती ने हरियाली की चादर ओढ़ ली थी। पानी भर जाने की वजह से लाल पत्थर की सभी खानें बंद कर दी गयी थीं। अब लोगों के पास केवल खेती-बाड़ी और भैंस, गाय व बकरियों के दूध का काम रह गया था।

कोड्यापुरा में सबसे बुजुर्ग श्रीफल गूजर था। हंसराम कसाना व महराम गूजर उससे छोटे थे लेकिन हंसराम के घुटनों में वायु विकार के कारण वह चलने-फिरने में पूरी तरह असमर्थ हो गया था। दो आदमी उसे उठाया-बैठाया करते थे। अब तो दैनिक खटकरम भी बहुत कठिनाई के साथ करने लगा था। वैद्य हकीमों के इलाज असफल हो गये थे। नाम के लिए गिरधर पंडित द्वारा सुझाये आयुर्वेदिक तेल की मालिश सुबह-शाम करवा लेता था। उससे एक मनोवैज्ञानिक संतोष मिलता, इलाज तो नाम का ही समझो।

महराम का शरीर ठीक था। उसने जवानी में दूसरों की भैंसों का बहुत दूध चौंखा

था। नयी ब्याही भैंस के पाडा-पाडी के संग ही महराम भैंस का थन चौंखने लग जाता। भैंस मालिक को पता चलता तब तक महराम डकार ले चुका होता। न जाने कहाँ से टी.बी. की बीमारी आ टपकी। बस खोखला कर दिया महराम के सारे बदन को। अब तो उसका शरीर सूखकर ढाँचा हो गया था। रात-दिन खाँसता-खँखारता रहता। कभी-कभी बलगम के साथ खून आ जाता।

हंसराम और महराम दोनों ही ऊपरवाले से दुआ करते, ''हे देव नारायण बाबा, अब तो उठा ले। दर्द नेकऊँ सहन ना है रो! अब पार ना परे। ई कौन सो नरक भोग रहे हैं हम?'' पिछली सर्दी बड़ी मुश्किल से निकली। सर्दियों में हंसराम के घुटनों का दर्द बढ़ जाता था और इधर महराम की खाँसी ज़ोर पकड़ लेती थी।

श्रीफल अस्सी पार कर गया था।

''अब बस की बात नायं रही भई, हंसराम।''

''तैंने तो काका सौ बरस पूरे कल्लये (कर लिए)। हमन कूँ देख ना। तोते लोहरे (छोटे) हैं और चल्यो-फिरयो बी नायं जाय।'' श्रीफल की बात का जवाब हंसराम यूँ देता।

''ऊमर भी तो अपने करतब दिखाग्गी ना।'' इतना कहकर श्रीफल आसमान देखने लगता।

''सम्मत खूब है गो रे। मच्छर तो हर साल की नाईं है। पर या डांसन (बड़ी मक्खियों) ने फोड़ खायो भई अब के चौमासा में तो।'' श्रीफल ने टखना खुजलाते हुए कहा।

''अरे काका, अब के तो तैंने देख्यो नायं के सांप, बिच्छू गोहरे भी खूब ही निकस रे हैं। आज ही दोपहर में ढोर चराते ग्वालेन ने एक लंबो कारो सरप मार्यो है।'' महराम बीड़ी पीता हुआ बोला। इतने में ही उसे ज़ोर की खाँसी उठी। बहुत देर तक वह खाँसता ही रहा।

''तो या बीड़ी के माथे आग लगा ना सके तू? समूची छतिया कू छलनी कर रक्खी है याने, फेर बी या सू पिंड ना छुड़ा रो। वैसे ही मर रो है।'' श्रीफल पटेल महराम को डाँटता हुआ बोला।

''अब मरनो तो है ही काका। या बीड़ी कूँ काहे कूँ दोष दें।''

''ई बीड़ी ही तो तोकू लै बैठी। कितनी बेर कही है के जो तम्बाकू बगैर नहीं रह्यो जाय तो हुक्को पी लियो कर। पर मेरी बात मान ले तो महराम ही काहे को।'' महराम के बेजान तर्क को सहजता से काट देता श्रीफल गूजर। फिर भी बीड़ी को लेकर महराम के ऊपर कोई असर नहीं होता।

''मोड़ा, काहे कू भज्यो जा रो है?'' अपने घर के सामने बने चबूतरे पर बिछी खाट

पर पाँव लटका कर बैठे श्रीफल ने भोला को आता देखकर उत्सुकता के साथ कहा।

''अरे बाबा, का बताऊँ, आज तो ससुरे जरख ने दिन में ही मेरी बकरी हजम करी होती। वा तो और बकरियां ज़ोर से मिमियाने लगीं तब मैंने उन माई देख्यो। एक बड़ो सो जरख बकरीन के माऊँ आ रो। मैंने ज़ोर के नी हल्लो कियो तब ऊ जिनावर भज के रमधा की बनी (छोटा जंगल) में घुसि गो। सबेटी बकरीन ने खिरकाड़ी में घुसा के सीदो आ रो हूँ। ब्यालू करिके वापस जाऊँगो,'' भोला यह सब एक साँस में कह गया। उसकी आवाज़ में हड़बड़ाहट थी।

''जंगलन के जिनावर तो जंगलन में ई रहेन्गे भाई। तनिक हुस्सियार रहबे करियो। हालई ई महराम कह रो के ग्वालन ने कारो सरप मार दियो। इन सांप सड़ूकन ने कहुं तक मारोगे ? दिख गे तो हैं, नायं तो जैरामजी की। तोय अबेर है रही है। तू भोला जा।'' हंसराम भोला को देखकर मुस्कुराया। श्रीफल गूजर ने उससे कहा, ''भाई महराम, जो तू याको ब्याह नईं करातो तो या रंड भंड ही मर जातो।''

''मैं तो एक निमित्त बन गो, तुमारी ई माया ही या और बाकी देव नारायण बाबा की रचना।'' हंसराम का वाक्य सुनकर श्रीफल को आत्मिक संतोष मिला। उसने मन-ही-मन सोचा, 'चलो, मेरे रहते इस गाँव का कोई लड़का बिन-ब्याहा नहीं रहा। आगे की रामजी जाने या फिर यह बस्ती माता।' कोड्यापुरा डांग के बिरले गाँवों में था जिसमें कोई आदमी कुंवारा नहीं बचा था उस समय।

सूरज छिपने को था। मंद-मंद पुरवाई चल रही थी। हवा में बरसाती ठंडक महसूस हो रही थी। लग रहा था कि कहीं दूर पूर्व दिशा में अभी-अभी बरसात होकर थमी थी या फिर अभी भी हो रही थी। थोड़ी देर में उसी दिशा से बादलों के रेले के पीछे-पीछे घनघोर घटाएँ चढ़ती हुई दिखायी दीं। घटाओं के पीछे बहुर दूर आसमान में नीलिमा छायी हुई थी जिससे अंदाज़ लगाया जा सकता था कि सुदूर में जमकर मेह बरस रहा था। और अब कोड्यापुरा के अंचल में बरसने वाला है। गत दिन में भी यहाँ मूसलाधार बारिश हुई थी जिसका पानी अभी भी रास्ते ढूँढ रहा था। अचानक हवा की गति में तेज़ी आयी। गाढ़ी घटाएँ फैलने लगीं। कोड्यापुरा के माथे से पश्चिम की तरफ़ बढ़ती जा रही थीं। घटाओं के लम्बे-लम्बे डग भरने के बावजूद बरसात की मोटी बूँदें पड़ने लग गयीं। तब तक श्रीफल के पोते ने अपने दादा की चारपाई को चबूतरे से उठाकर बाखड़ में डाल दिया था। दो-चार बूँदें श्रीफल के माथे पर पड़ी थीं जिन्हें कंधे पर रखे अपने अंगोछे से पोंछता हुआ वह चारपाई तक पहुँच गया था। हंसराम व महराम कुछ क्षण पहले ही बारिश के आसार देख कर चले गये थे। हंसराम को उसका भतीजा लेने आ गया था और महराम खाँसता हुआ धीरे-धीरे अपनी चाल से घर की ओर बढ़ गया था। उसका घर श्रीफल के घर से दो घर छोड़कर ही था।

हवा ने अपनी गति को विराम लगाया। इसके साथ ही बरसात तेज़ होती गयी। थोड़ी ही देर में धारासार शुरू हो गयी। श्रीफल के घर के आगे का पथरीला रास्ता नाले की

तरह बहने लगा। ब्यालू कर खिरकाड़ियों में ठहरे हुए परिजनों की रोटी लेकर जाने वाले ग्रामीणों को बारिश के कारण दिक्कत हो रही थी। बहुत कम घरों में छाते हुआ करते थे। अधिकांश लोग प्लास्टिक की घुग्घिया ओढ़कर बरसात से बचाव किया करते थे। या फिर कहीं नदी-नालों के किनारों पर उगे खजूर के पेड़ों के पत्तों से बनाये नन्दों से काम चलाया करते थे। डांग में खजूर के दरख़्त बिरले ही देखने को मिला करते हैं। आधे से अधिक आदमी खिरकाड़ियों में ही खाना बना लिया करते थे। जिन परिवारों की खिरकाड़ियाँ दूर होती उनकी महिलाएँ भी वहीं रहा करती थीं।

बारिश और तेज़ होती जा रही थी। घटाएँ पिघल गयी थीं। अचानक ज़ोर से बिजली कड़की। कड़क के क्षण भर बाद ही भयंकर गर्जना सुनाई दी। लग रहा था जैसे आस-पास बिजली गिरी हो।

कहते हैं कि बिजली गिरती है काले नाग पर या काली जीभ वाले इन्सान पर। काली जीभ वाला कोई व्यक्ति कोड्यापुरा में नहीं था। हाँ, काले नागों की डांग में कोई कमी नहीं थी। यह भी कहा जाता है कि बरसात के दिनों में काले सांप पानी से डरकर झाड़-झंखाड़ों में छिप जाते हैं। उनके लिए आफ़त के दिन लेकर आती है बारिश। बिलों में वैसे पानी भर जाता है। सांप बेचारे जाएँ तो कहाँ जायें? इसी तरह बाघों व सिंहों के लिए भी बिजली का कड़कना भय पैदा करता है। बिजली की कड़क के साथ ही बिजली की ताकत के अनुपात में गर्जना होती है। गाज के साथ ही बांस के सेले (अंकुर) ज़मीन में से तीर की तरह फूटते हैं। इसलिए ये जंगली जानवर बारिश के दिनों में बाँस के झुरमुटों से दूर बैठते हैं। ऐसा नहीं करने पर संभावना बनती है कि बैठे हुए वन्य जीवों की त्वचा को बाँस के अंकुर फाड़ दें।

अगले दिन सुबह यह खबर चहुँओर फैल गयी कि रामा गूजर की खिरकाड़ी में उगे हुए नीम के वृक्ष पर गाज गिरी थी। बिजली की ताकत इतनी ज़ोरदार थी कि अच्छा-खासा वह पेड़ तने पर से दो फाड़ हो गया था। शाखों व तने का काफ़ी हिस्सा काला पड़ गया था। वह तो गनीमत थी कि कोई आदमी पेड़ के पास नहीं था। रामा व उसकी पत्नी झोंपड़ी के भीतर थे। मवेशी भी तनिक दूर टापरियों में बँधे हुए थे। सौभाग्य ही समझो कि वे सब जीवित बच गये नहीं तो इतना भीषण विद्युत प्रहार क्या बाकी छोड़ता।

बारिश रात भर हुई थी। दूसरे सारे दिन बारिश का पानी इधर-उधर भटभेड़े मारता रहा। नदी-नाले सब उफ़न रहे थे। सरमथुरा व बाड़ी के बीच अवस्थित आंगई बाँध में पानी की आवक यकायक बढ़ गयी थी।

उस बरसात ने डांग क्षेत्र को सराबोर कर दिया। धरती ने जमकर स्नान किया था। दोपहर तक धूप खिली रही। डांग के पठारों व पहाड़ों के पत्थर चमक उठे थे। अभी भी भीगे हुए थे सारे पेड़-पौधे व अन्य वनस्पतियाँ। दूब नाच रही थी। डांग के बालक नदी, नालों, ताल-तलैयों में कूद-कूद कर नहाते रहे दिन में। उनके चेहरे खिले हुए थे। मवेशी धुले हुए लग रहे थे। सबके शरीर पर रौनक थी। भैंसें सामान्य से अधिक काली व चमकीली दिख

रही थीं। बकरियों के रोयें लहलहा रहे थे। बैलों की गर्दन के ऊपर की ठठाड़ बारिश के इन दिनों में उन्नत हो गयी थी। दुधारू पशुओं के थनों में दूध की मात्रा बढ़ गयी थी।

श्रीफल गूजर के घर के चौक में दस-बारह जने बैठे हुए हँसी-ठट्ठा कर रहे थे। हंसराम गूजर के चेहरे को देखने से लग रहा था जैसे आज उसके घुटनों का दर्द कम था। महराम अवश्य बीच में खाँसता जा रहा था। भोला गूजर अपनी औरत को खिरकाड़ी पर छोड़कर गाँव में किसी काम से आ गया था। वह भी वहाँ बैठ गया।

''कह रे भोला, कैसी गुज़र रही है?'' हंसराम गूजर ने मुस्कुराते हुए पूछ लिया।

''आपकी दया सूं सब बढ़िया ते चल रो है।''

''यार ब्याह के संग ही तेरो गौना कर लाये हे हम तो। फिर काहे की अबेर है रही है लाला? तेरो बाप अब तो ख़ुश है ना?''

''वाय का तकलीफ़ है। ऊ अपने में मस्त है और मैं अपनी घर-गिरस्ती में। मैंने कह रक्खी है जित्तो काम है जाय तुमन ते, उत्तो कर दिया करो, नहीं तो मौज करो। हम दोनों जने हैं कमाबे के काजे।''

''ऊ ना पूछ रो मैं। मेरो मतलब है वाय दादो कब बना रो है तू?''

''अब ई का मेरे बस में है।''

''भेनचौ! तेरे बस में नायं तो का हम बुड्ढेन के बस में है ई बात?'' महराम हँसकर बोला। इतने में ही उसे खाँसी आ गयी।

''काका, नाराज़ काहे है रो है। चिंता ना कर। अबके है ऊ।'' भोला का जवाब सुनने से पहले महराम की कही बात पर श्रीफल पटेल को हँसी आ गयी। सब समझ गये थे कि भोला का इशारा अपनी पत्नी के गर्भवती होने की ओर था।

23

लोकसभा चुनावों की घोषणा होते ही बाड़ी तहसील के मोरोली गाँव का भूतपूर्व डाकू हरिसिंह गूजर करौली-धौलपुर लोकसभा क्षेत्र से निर्दलीय खड़ा हो गया। उसने भरपूर कोशिश की कि कोई राष्ट्रीय दल उसे टिकट दे दे लेकिन भूतपूर्व डकैत का ठप्पा लगने की वजह से कोई पार्टी उसे टिकट देने को राज़ी नहीं हुई। किसी भी मुकद्दमे में हरिसिंह को अदालत से सज़ा नहीं हुई थी। सभी केसों में वह संदेह का लाभ लेकर बरी हुआ था। इस जीत को वह बाइज्जत बरी होना मानता था। इसीलिए परचा भरने के दिन अपने समर्थकों के बीच उसने भाषण में इसी बात पर सर्वाधिक ज़ोर दिया, ''मैं एक शरीफ़ इंसान

हूँ। मुझे रंजिश और स्थानीय राजनीति के चलते विभिन्न आपराधिक केसों में फँसाया जाता रहा है। अदालत से बाकायदा दोषमुक्त हुआ हूँ। कोई मेरे आचरण-व्यवहार पर अंगुली नहीं उठा सकता। मैं राजनीति में महज़ इसलिए आया हूँ ताकि क्षेत्र का विकास कर सकूँ।''

सब जानते थे कि हरिसिंह नामक ईनामी डकैत का डांग इलाके में ज़बरदस्त आतंक रहा है। राजस्थान ही नहीं प्रत्युत यू.पी. व एम.पी. में भी उसे 'शोले' फ़िल्म के गब्बरसिंह से कमतर नहीं माना जाता था।

हरिसिंह के सामने अब राष्ट्रीय राजनीति का लम्बा-चौड़ा मैदान था। पीछे छोड़ना चाहता था वह कालिख पुते अतीत को। आज जब दिनभर क्षेत्र में प्रचार करने के पश्चात् वह अपने खास-खास कार्यकर्ताओं के साथ घर की छत पर बैठा हुआ अगले दिन के प्रचार कार्यक्रम पर बात कर रहा था तब उसे बहुत पहले गुज़रे अपने बचपन व जवानी के दिन अच्छी तरह याद आ रहे थे। कितने सीधे-सादे दिन और सहज रातें हुआ करती थीं उन दिनों की। ज़िंदगी में उसका एकमात्र सपना था कि अपनी छोटी बहन की शादी खाते-पीते घर में कर दे। अब वही हरिसिंह तो था उस लड़की का बाप और माँ जिनकी मौत टी.बी. की बीमारी से इन दोनों संतानों के बालकाल में ही हो गयी थी। परिवार में बचा बस हरिसिंह व उसकी छोटी बहन सुंदरी। जैसा नाम वैसी सूरत। गेहुँए रंग की छरहरी काया, गोल चेहरा, सुआ की-सी नाक और मासूम हँसी। बहुत प्यार और सम्मान करती थी वह अपने बड़े भाई हरिसिंह का। हरिसिंह उससे भी दुगना लाड़ लड़ाता था अपनी बहन को। माँ-बाप के मरते ही गाँव के सरपंच ने दोनों को आगरा के एक अनाथालय में भेज दिया था। सरपंच परसादी गूजर कुटुम्बी रिश्ते में काका लगता था उन बच्चों का।

गाँववालों को सरपंच ने कहा था, ''आगरा के उस अनाथालय में बोर्डिंग स्कूल है। उसमें बिना फ़ीस और अन्य खर्चे के ये बच्चे बारहवीं क्लास तक पढ़ लेंगे। बाद में उनकी इच्छा पर निर्भर करेगा कि वे अपनी खेतीबाड़ी सँभालें अथवा आगे पढ़ाई करें। आगे पढ़ाई करेंगे तो मैं खर्चा दे दूँगा। तब तक इनकी पाँच बीघा ज़मीन को मैं सँभाल के रखूँगा। जो पैदावार होगी उसकी पाई-पाई का हिसाब इनको दे दूँगा।''

गाँव मोरोली में सरपंच परसादी गूजर का दबदबा था। उसके आगे बोलता भी कौन। हाँ, टहलसिंह गूजर ने दबी जुबान सरपंच की नेकनीयती पर कुछ शक अवश्य किया था पर उसका शक बेआवाज़ बन कर उड़ गया था हवा में। गाँव में उन दोनों बालकों का आखिर था भी कौन। किसके लिए पाँव रोपते। सो चले गये आगरा के अनाथालय में चुपचाप।

पढ़ाई में दोनों बच्चे होशियार थे। फ़र्स्ट डिवीज़न के साथ दसवीं के बोर्ड की परीक्षा पास की थी। तभी वे छुट्टियों में गाँव आये थे। सरपंच ने अपने घर पर ही ठहरवाया था उन्हें। अधिक नहीं टिकने दिया यह कहकर कि गाँव के अनपढ़ बच्चों की संगत में पड़ उनके साथ खेलकूद कर बिगड़ जायेंगे। इसलिए दो-चार दिनों में ही वापस आगरा भेज दिया। गाँव की ज़मीन उनके बाप के नाम ही चली आ रही थी।

टहलसिंह ने तब कहा था नत्थूराम पटेल को, ''बाबा, या मोड़ा-मोड़ी की ज़मीनै पटवारी के रिकॉर्ड में इनके नाम दर्ज करावा देओ। तुम ही तो धर्मात्मा बचे हो ई गाम में। ई सरपंच तुम्हारो भतीजो है। पर तुम जानो हो, ई को कौऊ भरोसो नायं। बेईमानी आ गई तो टहल जांगे ई बालक।''

''अब देख भई टहला, मैं ठहरो बूढ़ो आदमी। अब ई सरपंच कूँ कौन समजावे। ई अपनी के आगे काऊ की ना चलिबे दे। मैं मेरी इज्जते ले के एक कौने में बैठ्यो हूँ। मैं कछु ना कर पाऊँगो।''

''तो फिर कौन करेगो ? मोय तो दिखे ना कौऊ और है ई बस्ती में, जो इन मोड़ा मोड़ीन की खबर ले सकत।''

जो आशंका जताई थी टहलसिंह गूजर ने आखिर मोरोली गाँव में वही हुआ।

साल दो साल तो टरकाता रहा सरपंच परसादी लाल, आज करूँ, कल करूँ कहकर। आखिर उसने हरिसिंह के नाम ज़मीन नहीं करवाई। हरिसिंह गया तहसील बाड़ी में टहलसिंह को लेकर। वहाँ जाकर पता चला कि फ़र्ज़ी कागज़ बनवाकर हरिसिंह के पिता की ज़मीन को परसादी लाल कब का अपने नाम करवा चुका था। कब्ज़ा तो उसका पहले से था ही।

नत्थूराम पटेल का देहावसान हो चुका था। गाँव में सरपंच के खिलाफ़ बोलने वाला कोई नहीं था। तभी तो वह हर बार निर्विरोध सरपंच बन जाता था। अकेले टहल सिंह में इतना दम नहीं था कि खुलकर सरपंच के सामने आ जाये।

इस सबके चलते आगरा में रहे स्कूल के एक साथी हरभजन गूजर की रिश्तेदारी में एक अच्छा लड़का हरिसिंह ने अपनी बहन के लिए देख लिया था हिंडोन तहसील के गाँव सलेमपुर में। ठीक सी ज़मींदारी थी उसके घर में। खाता-पीता घर और सुन्दर सुशील वर। वह भी समतलीय इलाके में। और क्या चाहिए था हरिसिंह को अपनी प्यारी दुलारी बहन सुंदरी के लिए। उसने सोच रखा था, ''आधी ज़मीन को बेचकर सुंदरी का ब्याह ठाट-बाट के संग कर दूँगा।''

डांग इलाके में ब्याह कर लड़की लाने के एवज़ में लड़की के स्तर व लाने वाले की हैसियत के मुताबिक धन राशि देनी पड़ती थी। समतलीय इलाके में डांग की लड़की की शादी करने के बदले अच्छा-खासा दहेज़ देना होता था। उस दहेज़ का इंतज़ाम भी हरिसिंह ने मन में सोच रखा था। वह भी बेची जाने वाली ज़मीन से ही संभव होता। लेकिन सरपंच परसादीलाल की बेईमानी के कारण सब चौपट हुआ जान पड़ रहा था।

उस दिन संध्या की बेला में गाँव में इधर-उधर चक्कर लगाने के पश्चात् हरिसिंह अपनी पुश्तैनी रिहायशी पाटोड़ के ऊपर गूदड़ी बिछाकर लेट गया। उसकी बहन के आग्रह पर भी पेट में अफारा आने का बहाना बनाकर उसने कुछ खाने से इनकार कर दिया था।

ज्येष्ठ का आधा महीना बीत गया था। मोरोली के पड़ौसी गाँव बसई में किसी परिवार ने देव नारायण बाबा का रतजगा आयोजित किया। उसी जागरण के स्वर बीच-बीच में हरिसिंह को सुनाई दे रहे थे। पछुवा हवा धीमी गति से चल रही थी। वह अमावस की काली रात थी। आसमान में तारे जगमगा रहे थे। अचानक वह उठ बैठा। उसकी नज़रें अपने खेत की तरफ़ गयीं जो सितारों के उजास में बहुत धुंधला-सा दिखाई दे रहा था। उसने अपने गाँव की बसावट पर एक विहंगम दृष्टिपात किया। फिर वह आकाश के शून्य को निहारने लग गया। उसकी आँखें आसमान की ऊँचाइयों को नाप रही थीं और चित्त अपने बाप-दादाओं के खेत के अज्ञात तहखानों की गहराइयों में कुछ टटोलने का प्रयास किये जा रहा था। आसमान जैसी ऊँचाई से पाताल जैसी गहराई तक के लम्बवत विस्तार में वह सोचने लगा। बाहर सृष्टि की असीमता थी और हरिसिंह के हृदय के भीतर सिकुड़ा उसका निजी एकांत। आसमान से एक तारा टूटा। उसकी चमकीली लकीर तीव्र गति से दक्षिणी क्षितिज की ओर जाती हुई लुप्त हो गयी। हरिसिंह के मस्तिष्क में उस रात का अँधियारा, देव नारायण बाबा के रतजगा के स्वर, तारों की रोशनी, टूटे तारे की चमकीली रेखा सहित सब कुछ गड़ुमड्डु हो गया। उसके मन में एक अनोखी आशा बलवती होने लगी जैसे हौले से कोई फुसफुसाया हो, ''प्यारे हरिसिंह, यही काली रात तेरी अँधेरी ज़िंदगी में भोर की किरण का प्रकाश फैलाएगी।''

आधे ज्येष्ठ की अमावस के सन्नाटे में हरिसिंह अपनी पाटोड़ से नीचे उतरा। आँगन में निश्चिन्त सोयी हुई अपनी बहन सुंदरी के माथे पर दाहिनी हथेली फेरी और चुपचाप घर से निकल गया। डांग क्षेत्र के भीतरी भू-भाग में बसे मोरोली नाम के उस छोटे से गाँव के इर्द-गिर्द से लेकर अनंत ब्रह्मांड के आभासित वृत्त में समाहित विराट शून्य की किसी कन्दरा में ध्यानस्थ कोई अज्ञात दिव्य अथवा भौतिक चेतना की निगाहें हरिसिंह के उस स्व-निष्क्रमण पर टिकी अवश्य रही होंगी।

इस संसार में सभी मनुष्यों का दुःख निजी होता है। दुःख से मुक्ति की युक्ति भी वह निजी स्तर पर ही खोजता है। मोरोली गाँव के हरिसिंह गूजर ने अपने दुःख को भोगा था। उसके बाप की मौत के पश्चात् सरपरस्ती का दावा करने वाले दुष्ट सरपंच ने छल-कपट से उसके खेत को छीन लिया। उसने अपनी बहन के रूप में एक स्त्री को सम्मानपूर्ण जीवन देने का संकल्प किया था। हरिसिंह का दुःख नितांत भौतिकता की परिधि में बँधा हुआ था। इसके आगे उसे किसी आध्यात्मिक ध्येय की प्राप्ति की इच्छा नहीं थी। ऐसी किसी मुक्ति की अवधारणा उसकी परम्परा एवं संस्कारों में हो भी नहीं सकती थी। डांग क्षेत्र की बीहड़ी भौगोलिकता में वह एक सहज सा जीवन जीना चाहता था। वह भी इस लोक ने जीने नहीं दिया। भगवान् बुद्ध ने संसार के दुःख को केवल देखा भर था, भोगने का उन्हें अवसर मिला ही नहीं था। बुद्धत्व की प्राप्ति के पश्चात् भी वे अपनी पत्नी के रूप में एक स्त्री के प्रश्न का उत्तर नहीं दे सके थे। दोनों ने ही अँधेरी रात में गोपनीय रीति से गृह त्याग किया था किन्तु एक ने घोर गरीब घर का और दूसरे ने सम्पूर्ण ठाठभरे राज प्रासाद का। बुद्ध को निर्वाण हेतु

स्वयं से लड़ना था जबकि हरिसिंह को परसादीलाल सरपंच जैसे दूसरे से। एक की राह जहाँ नितांत एकाकी शांत समाधि थी, वहीं दूसरे का मार्ग जीवन की राह में रोड़ा बने एक दुष्ट व्यक्ति की छाती से होकर गुज़रता था। हरिसिंह नाम का डांग का वह साधारण आदमी एक असाधारण कार्य की पूर्ति हेतु उसी तरह से घर से निकला था जैसे भगवान राम बिलखते हुए अपने बाप और नगरवासियों को छोड़कर वनवास चले गए थे। कालांतर में उनके अवतार श्रीकृष्ण भी समूचे ब्रज अंचल को रोता छोड़कर मथुरा के लिए प्रस्थान कर गए थे। अंतत: वे दोनों 'भगवान' क्रमश: लंका संग्राम तथा महाभारत युद्ध जैसे महाविनाशक कांडों के नायक व नियंता के रूप में स्थापित होते हैं। जैसे भगवान राम और कृष्ण अपनी वैयक्तिक लड़ाइयाँ लड़ते हुए अपने-अपने वर्ग के पक्ष में रणोन्मुख हुए उसी तरह से डांग का वह हरिसिंह गूजर भी अपनी निजी लड़ाई के संग अपने जैसे पीड़ितों के हित में परसादीलाल जैसे उत्पीड़कों के विरुद्ध मोर्चाबंद होता है। उसकी विडंबना बस यह थी कि उसे इतिहास में स्थान नहीं मिलना था। सबको अपना-अपना 'महाभारत' लड़ना होता है। हरिसिंह को भी लड़ना ही था।

घर से निकलकर हरिसिंह गूजर शामिल हो गया उमराव काछी के डकैत गिरोह में। किसी गूजर डाकू गिरोह में शामिल होता तो जल्दी से भांडा फूट जाता। मीणा डकैत गैंग गूजर जाति के आदमी को वैसे ही शामिल नहीं करता। डाकू बनने के बाद वह कई दफ़ा गाँव आया। अपनी बहन के रिश्ते खोजने की बात गाँव में कहकर जाता और डाकू गिरोह के साथ वारदात कर अपना बाँटा लेकर वापस आ जाता। कुल मिलाकर हरिसिंह उमराव गैंग का अस्थायी सदस्य बनकर रहा। उस गिरोह की आपराधिक गतिविधियों का इलाका मुख्य रूप से सीमावर्ती उत्तरप्रदेश था। वह गिरोह सामान्यत: अपहरण की वारदातें ही करता जो तुलनात्मक दृष्टि से सुरक्षित हुआ करती थीं। साल छह महीने के भीतर ठीक सा पैसा हरिसिंह कमा चुका था। यह काम वह बड़ी होशियारी के साथ कर रहा था। उसका एक ही मकसद था कि बहन की शादी कर दे। उसके बाद देखेगा सरपंच परसादी लाल को।

आखिर सफल हो जाता है हरिसिंह अपनी योजना में। कमाई के बारे में वह यही कहता कि आगरा में एक सेठ के यहाँ मुनीमगिरी करता है। जो लड़का देखा था, अपनी बहन की शादी उसी लड़के के संग बड़ी धूमधाम से कर दी। किसी को कानोकान खबर नहीं लगने दी कि बहन की शादी के लिए धन कहाँ से आया? यहाँ तक कि अपनी प्यारी बहन सुंदरी से भी यह बात हरिसिंह ने छिपाकर रखी।

''साले ऊ हरिसिंह ते बदलो ले के ज़रूर रहियो भैया! अगर बागी बनिके भी तूने सरपंच को मज़ो ना चखायो तो छोड़ के चलतो बन हमारे गिरोह। डाकू दूसरे की जमीनन पे कब्ज़ा करे, अपनी ज़मीन काउ ए ना लेने दे।'' ये शब्द कहे थे सुंदरी की शादी के वक्त डाकू सरगना उमराव काछी ने। उसी ने धर्म की बहन बनाया था हरिसिंह की बहन सुंदरी को और भाई का रिश्ता निभाया भी था उम्र भर, चाहे फरारी के दौरान या फिर ज़मानत से छूटने के पश्चात् अथवा सभी मुकद्मों में बरी हो जाने के बाद। उमराव की गिरफ़्तारी के

बाद हरिसिंह ही मुखिया बना था उस गिरोह का। इधर बहन की विदाई और उधर दूसरा दिन नहीं उगने दिया हरिसिंह ने सरपंच परसादी लाल के भाग्य में। कितना धीरज रखा था हरिसिंह ने अपनी बहन की खातिर।

सरपंच परसादी लाल की हत्या की जो एफ.आई.आर. उसके घरवालों की तरफ़ से दर्ज कराई गयी उसमें साज़िश के खाते में टहलसिंह का नाम भी लिखवा दिया था जबकि उसका कोई लेना-देना नहीं था उस घटना से। जैसे ही टहलसिंह को इसका पता चला वह भी हरिसिंह के डाकू गिरोह में शामिल हो गया था। अब हरिसिंह बाकायदा और ऐलानिया दस्यु बन गया था।

अब वही दुर्दांत डाकू हरिसिंह इज़्ज़तदार प्रत्याशी था लोकसभा चुनावी दंगल का। राजनीति के इस दंगल में उसका विश्वसनीय समर्थक व सहयोगी था टीकम गूजर। उसूलों वाला आदमी टीकम दोनों राष्ट्रीय दलों का उकताया हुआ था। राजनीति का पुराना खिलाड़ी टीकम न कांग्रेस को पसंद करता था और न बी.जे.पी. को।

''ससुरे एक सांपनाथ और दूजे नागनाथ।'' यह उसका प्रिय तकियाकलाम था।

हरिसिंह को टीकम ने ही खड़ा किया था। वह जानता था कि हरिसिंह चाहे पूर्व का डाकू रहा हो पर डाकू कोई शौकिया थोड़े ही बना था। वह तो परिस्थितियों की मार ने बनाया था। मजबूरी क्या नहीं करवाती इन्सान से? ''गाँधी बाबा अगर शारीरिक दृष्टि से सुभाषचंद्र बोस जैसा होता तो क्या अहिंसा की बात करता?'' यह सवाल उसने एक दफ़ा पूछा था किसी से इसी सन्दर्भ में। गाँधी जी को शायद आधा अधूरा ही पढ़ा था उसने। तभी शायद यह बात कह गया। बाद में पाश्चाताप भी किया था हरिसिंह के सामने। आखिर हरिसिंह आगरा का पढ़ा लिखा था। उसकी ख्वाहिश थी वकील बनने की। मगर हालात ने डाकू बना दिया।

अपने घर की छत पर शाम के वक्त खुलकर बातें की थीं उसने अपने प्रिय संगी टीकम से। बहुत सारी बातें वे निकल रही थीं उसके पेट से जिनका राजनीति से कोई वास्ता नहीं था। टीकम भी बड़े ध्यान से सुन रहा था उसकी बातों को।

''ई ससुरी पोलिटिक्स में तो भैया बहुत सारे हथकंडा काम में लेने परे हैं। जब बागी हो तब धरा कन्धा पे पचफेरा और ई डांग के बीहड़न के सिंह बन जाते। कोऊ की हिम्मत जो सामने आकेन उल्टो सीदो बक दे। न्ह्वाँ तो भैया एरो-गेरो आँख दिखाबे लगे हैं। ससुरे सौ काम करने परे। बोटरन के हाथ जोरो, कम्बल बांटो, दारू सप्लाई करो। ऊपर ते पैसे दो, फेर भी गारंटी नायं, ऊंट कौन करवट बदल ले। और भैया, आजकल के बोटर बी चालाक है गये। कानन ने तो रखें खुले और मुंह पर लगा रखे हैं ताले। या फेर आपे संग आप जैसी, अर वाके संग वा जैसी। दोनों मिल जावें तो जैसे साँप सूंघ गो।'' राजनीति के अखाड़े के सारे दांव-पेच देखकर यह कहा था हरिसिंह ने टीकम को।

''हाँ भैया हरिसिंह, तुम सही कह रहे हो। ई हथकंडे अपन ना जाने। अपन ने ई खेल खेले बी तो नायं। मैं राजनीति में बहुत पुरानो हूँ वाके बाद बी देख, कबहूँ सरपंची में बी ना जीत्यो। राजनीति के नित नये हथकंडेन मैं जाने हो पर का करूँ, मेरे कछु असूल हैं। बेईमानी को सहारो कबहु ना लियो। झूठे दावे कबहूँ ना किये। जो कछु पेट के भीतर वा ई पेट के बाहर। पर इक बात अब कहबे को मन करे है। ससुरी जा सत्ता में आनो ही है तो भैया, का हर्ज है जो इन हथकंडान नेऊ अपना के देख लें।'' बहुत पापड़ बेलने के बाद समझौता करने को विवश हो रहा था टीकम गूजर। वह भी सिर्फ़ और सिर्फ़ अपने जिगरी दोस्त हरिसिंह की खातिर।

''जब सफ़ेदपोश डकैत लोकसभा में जा सकत है तो हममें का बुरो है। जब सांपनाथ व नागनाथ सत्ता पर काबिज़ हैं सकत तो हम वा सत्ता को आनंद काहे न लें सकत?'' यह कहकर पूरा समझौता कर लिया था टीकम ने ज़िन्दगी भर के संजोये अपने आदर्शों, मूल्यों व नैतिकता के साथ।

हरिसिंह धोना चाहता था डकैती के ठप्पे को। चाहे हो गया था केसों में बरी लेकिन डाकू का जीवन तो जिया ही था। वह चाहता था कि एक बार एम.पी. या एम.एल.ए. बन जाये तो जनता के वो काम करूँगा कि सब लोग भूल जायेंगे कि हरिसिंह नाम का कोई डाकू हुआ था डांग की बाड़ी तहसील के गाँव मोरोली में।

''कोऊ ना होबे जन्मजात डकैत। माता के गर्भ में सबई मिनख निश्छल होत हैं। सारे करम सीखे हैं बाहर आबे के पच्छात ई तो। जा भैन्चो दुनियादारी सबत्ते ऐबन ने सीखात है। टीकम भैया, ऊ फूलनदेवी ने का अपनी महतारी के पेट में बन्दूकन ने हाथन में लई के? ऊ ससुरे ऊँची जातन के मरदन ने काऊ-काऊ नेखी (ज्यादती) ना करी, तबई तो वा ने बैयर है के बी, बागी बनिबे की ठानी। मैं बी तो वाई संसार को सतायो हूँ।''

बात करते-करते रात का पहला पहर बीत गया। कृष्ण पक्ष की रात थी। चहुँओर अंधकार छा गया था। पश्चिमी दिशा में शृगाल समूहों के रोने की आवाज़ें सुनायी देने लगीं।

चुनाव सम्पन्न हो गये जिन्हें जीतना था वो जीत गये। जिन्हें हारना था वे हार गये, उन्हीं में हारने वाला एक था भूतपूर्व डाकू हरिसिंह गूजर।

24

काल-रथ के चक्र कभी नहीं थमते। युग, संवत्सर, वर्ष, महीना, दिन-रात, घड़ी, पल सब अपनी गति से अग्रसर होते हैं। डांग के जीवन में भी यह सब घटित होता रहा है। मौसम इस धरा पर भी बदलते रहे हैं। ग्रीष्म ऋतु में यह धरती पचास डिग्री पारे की भट्टी में तपती है। बरसात में यहाँ की छटा किसी पर्वतीय पर्यटन केंद्र से कम नहीं होती। शरद की चाँदनी यहाँ भी अपना रजत-सौन्दर्य बिखेरती है, वसंत ऋतु में इस ऊबड़-खाबड़ प्रदेश

116 / **डांग**

में भी फूलों की सुगंध फैलती है। प्रकृति की लीला है कि वह ऋतु अनुकूल अपनी भाव-भंगिमाओं में परिवर्तन करती रहती है। उसके लिए बारहमासी जैसा कुछ नहीं होता। इस सब के चलते डांग वन-पर्वत-पठार-घाटियों, नदी-नालों-झील-झरनों, बस्ती-खेत-खलिहानों के बीच जो प्रतिपल अनवरत है वह है दस्यु-दलों के धावे, डकैती-लूट-अपहरण-हत्याएँ, बंदूकों की आवाज़ें, खौफ़ का साया जिसे यहाँ की धरती, हवा व जल के कण-कण और प्रत्येक जन-मन के भीतर देखा जा सकता है। घोर गरीबी से जूझती हुई यहाँ की सूखी एवं बंजर ग्राम्य धरा दिन-रात अपनी मुक्ति की कामना करती है।

डांग की भूमि पर डाकुओं के पदचिह्न खोजता हुआ *डांग रहस्य* का संपादक प्रेमराज तिवारी इस अभिशप्त धरती के लोगों से उनकी ज़िन्दगी से जुड़े सवालों व उनके जवाबों की तलाश में अपने एक दोस्त की जीप में सवार होकर बीहड़ों के टेढ़े-मेढ़े रास्तों से गुज़रते हुए दर्रों, धसानों, उठानों पर नज़र पसारता हुआ आगे बढ़ा चला जा रहा था। तिवारी के दोस्त का ड्राइवर किशनसिंह जीप को चला रहा था।

‘‘इन्हीं बीहड़ों के बीच बसी हुई एक बस्ती जिसका नाम है भँवरपुरा। सन् 2004 की सर्दियों की एक मनहूस सुबह के वक्त डाकू सरगना दयाराम गडरिया के गिरोह ने गूजर जाति के चौदह जनों को बन्दूक की नोक पर घरों से निकाला और गाँव के चौराहे पर खड़ा करके एक-एक कर सभी को गोलियों से भून दिया। मात्र दस मिनट के भीतर यह सब कुछ इस कदर घटित हुआ कि लोग समझ ही नहीं पाये। उन सभी दुर्भाग्यशाली लोगों पर गैंग को शक था कि उन्होंने डाकू गिरोह की पुलिस मुखबिरी की थी। पुलिस के किसी भी मुखबिर की सज़ा केवल मौत हुआ करती है डाकुओं के कानून में। कुछ दिनों बाद दयाराम गडरिया अपने तीन साथियों के संग पुलिस मुठभेड़ में मारा गया था।’’ जैसे ही पत्रकार तिवारी ने यह किस्सा किशनसिंह को सुनाया वह अचानक बोला, ‘‘तिवारी जी, मेरा मन भी बन्दूक उठाकर बागी बनने का करता है।’’

‘‘आखिर क्यों ?’’ प्रेमराज ने चौंकते हुए उससे पूछा।

‘‘क्या बताऊँ साब, गाँव के एक असरदार व्यक्ति ने मेरी ज़मीन छीन रखी है। इसी सदमे में मेरा बाप मर गया। मुझे भी गाँव से निकल कर शहर में ड्राइवर की यह नौकरी करनी पड़ी। यही वक्त है मुझे भी डकैत बन जाना चाहिए और उस व्यक्ति को मारकर मेरी ज़मीन मुक्त करा लेनी चाहिए। इसके अलावा अन्य कोई रास्ता मुझे नज़र नहीं आता है।’’

किशनसिंह की प्रतिक्रिया सुनकर पत्रकार तिवारी स्तब्ध रह गया। ड्राइवर ने अचानक जीप के ब्रेक लगाये। हल्का-सा झटका लगा। वह एक तंग बीहड़ी रास्ता था। जिसमें सामने से यदि कोई दूसरा वाहन आ जाये तो दोनों का ही मार्ग अवरुद्ध हो जाये।

‘‘साबजी, टायर पंक्चर हो गया लगता है,’’ कहता हुआ किशनसिंह नीचे उतरा। फिर बोला, ‘‘चिंता की कोई बात नहीं है। मेरे पास स्टेपनी है। बस, बदलने में कुछ वक्त

लगेगा।'' ड्राइवर अपने काम में लग गया। प्रेमराज एक ऊँचे रेतीले टीबा पर जाकर बैठ गया।

बाड़ी क़स्बे से भोर की बेला में दोनों ने प्रस्थान किया था। चम्बल के पुल से राजस्थान की सीमा को लाँघकर वे लोग राष्ट्रीय राजमार्ग संख्या 44 से चम्बल के बीहड़ों में बसे गाँवों की तरफ़ मुड़ गए। केंथरी, खंडोली, गुढा, कैथोड़ा, मथुरापुरा व देवगढ़ होते हुए वे बागचीनी गाँव पहुँच गए। पत्रकार तिवारी ने बीहड़ों में बसे हुए लोगों से दिन भर सम्पर्क किया। उनके माथे से गुज़र कर सूरज कब का ढल चुका था, यह पता ही नहीं चला। ज्येष्ठ के महीने की तपिश आसमान से धरती पर उतर रही थी। चम्बल के बीहड़ों, टेढ़े मेढ़े रास्तों, यहाँ-वहाँ चम्बल के किनारों, वहाँ बसी बस्तियों, वहाँ के ग्रामीणों और रेतीले भरभूड़ों के बीच प्रेमराज तिवारी चम्बल के डाकुओं के इतिहास, परम्परा, मनोविज्ञान की टोह लेता हुआ वर्तमान दशा तक पहुँचने का यत्न किये जा रहा था। उस सम्पूर्ण अंचल का वातावरण गंदलाया हुआ दिखाई दे रहा था।

जीप की स्टेपनी बदलने के बाद पत्रकार प्रेमराज तिवारी मुरैना के अंचल में अवस्थित बस्तियों, बीहड़ों व कच्ची-पक्की राहों में संध्या तक घूमता रहा। सूरज राख के धुँधले गोले की तरह प्रतीत हो रहा था जैसे वह दिन भर जलता हुआ अब राख के पिंड में परिवर्तित हो चुका हो। डूबती घड़ी में उसके ऊपर हल्की-सी लालिमा अवश्य छा गयी थी। हवा की हलचल को दस्युओं के आतंक ने यहीं-कहीं दबोच रखा था।

बागचीनी पहुँचते-पहुँचते उन्हें अँधेरा हो गया।

''मेरी बात मानो तो तिवारी जी, इसी गाँव में रात बिता लेते हैं। यहाँ मेरे दूर के रिश्तेदार रहते हैं। मैं उस परिवार का पता लगाता हूँ। वैसे भी रात में इस इलाके में चलना सुरक्षित नहीं होगा,'' किशनसिंह के प्रस्ताव को तिवारी ने मान लिया। उन्होंने रात्रि विश्राम वहीं किया।

डाकुओं के विषय में तिवारी ने एक खोजी पत्रकार के रूप में जीवन भर जितनी जानकारी अब तक जुटाई, उस पर वह मनन करने लगा। किशनसिंह ने अपनी छिनी हुई ज़मीन की वापसी का जो रास्ता अपनाने की बात थोड़ी देर पहले तिवारी को बताई थी, वह उसके चित्त में बैठी हुई थी। तिवारी को कुख्यात डाकू मोहरसिंह याद आ गया जिसने कभी चम्बल के बीहड़ों पर राज किया था। उस बागी ने कहा था, ''जब तक अन्याय है, बागी पैदा होते रहेंगे।'' पत्रकार प्रेमराज को एक के बाद एक डाकुओं के किस्से याद आ रहे थे।

दशकों तक डाकुओं की एक ऐसी ज़मात पैदा होती रही जिन्होंने ग्रामीण अंचलों में शक्तिशाली लोगों के अन्याय के खिलाफ़ बगावत की। इसीलिए वे बागी कहलाये। वे ऐसे बागी थे जो अन्याय के विरुद्ध बंदूकों की लड़ाई लड़ते रहे, गरीब एवं कमज़ोर लोगों को न्याय दिलाते रहे जिनमें हाशिये के किसान थे, निम्न जाति के लोग थे। ये सब पुरुष डकैत

थे। इनके बाद चम्बल के बीहड़ों में वे महिलाएँ कूद पड़ीं जिन्हें अपने ऊपर हुए जुल्मों का बदला लेना था। उन्होंने प्रतिशोध लिया बलात्कारियों से, आततायियों से और उनसे जिन्होंने स्त्री को केवल पाँवों की जूती समझा। इन दोनों ही किस्मों के डाकुओं का निशाना रहे शोषक व अन्यायकारी सामंती तत्व। एक समय था जब ऐसे डाकुओं को इलाके के लोग रॉबिनहुड की तरह मानते थे। उन्होंने हथियार उठाये थे सामाजिक कारणों से। इसी वजह से अपनी जाति व समाज में उन्हें हीरो माना गया। वे समाज के कमज़ोर तबकों की मदद किया करते थे। सन् 1970 तक इस परिदृश्य को देखा-समझा जा सकता है। एक प्रवृत्ति और, वह यह कि इससे पूर्व के डाकू मुख्यत: राजपूत जाति के हुआ करते थे जिनकी लम्बी सूची में डाकू मानसिंह, माधोसिंह, मोहरसिंह, सुल्तानसिंह, मलखानसिंह, कप्तानसिंह, तहसीलदारसिंह आदि हैं। इसके बाद पिछड़ी एवं दलित जातियों में से डाकू बनते हुए हमें दिखाई देते हैं जिन्होंने उच्च जातियों के अन्याय के खिलाफ़ बदला लिया। सन् 80 के दशक के बाद हम देखते हैं कि दस्यु दलों की रणनीति में बदलाव आता है। अब डकैती की बजाय फिरौती के लिए अपहरण एवं चौथ वसूली को प्राथमिकता दी जाने लगी। अब ऐसा नहीं था कि दबदबादार लोगों के सताये अथवा हीरो बनने की लालसा से कोई बागी बन रहा था। सामाजिक कारणों एवं उनके निवारण के उद्देश्य से डाकू बनने की बजाय डकैती, अपहरण व चौथ वसूली इस दौर में धंधा बनने लग गया था। 'खून का बदला खून' जैसा फ़िल्मी नारा अब प्रासंगिक नहीं रह गया था। वह पुराने ज़माने की बात हो गयी जब पीढ़ियों तक बदला लेने की भावना चला करती थी और जो अत्याचार का बदला नहीं लेने वाले बागी थे उन्हें कायर कहा जाता था। तत्पश्चात् तीसरी पीढ़ी का जगजीवन परिहार जैसा डाकू पैदा होता है। पीछे की ओर लम्बे घने काले केश, बालों को कपड़े के टुकड़े से बाँधे हुए, ललाट पर लाल रंग का बड़ा तिलक, कंधे से कमर तक बँधा हुआ कारतूसों का खाकी पट्टा और हाथ में पचफेरा रायफल।

मुरैना के उन बीहड़ों में *डांग रहस्य* के संपादक तिवारी को उसी इलाके के निवासी बागी जगजीवन परिहार का किस्सा याद आने लगा। गाँव के स्कूल के लिए पुरखों की ज़मीन देकर उसी स्कूल में चपरासी बना अनपढ़ जगजीवन परिहार जाति से ठाकुर था। ब्राह्मण व गुर्जर जाति के डाकुओं से बदला लेने के मकसद से सर्वप्रथम उसने पुलिस की मुखबिरी करना प्रारंभ किया। बाद में गाँव के ही एक रसूखदार के अत्याचार से तंग आकर अपने भाइयों के सहयोग से उसकी हत्या कर दी। तत्पश्चात् वह डाकू बना। सैकड़ों अपहरण व करीब 50 हत्याओं के बाद इस गिरोह को दुर्दांत माना जाने लगा। सन् 2005 में अपने ही गाँव के एक युवक को होली की आग में झोंकने के बाद तो उत्तरप्रदेश व मध्यप्रदेश पुलिस ने इस पर बड़े-बड़े इनाम घोषित कर दिए। अकेले जगजीवन पर कुल मिला कर 5.75 लाख का इनाम था। उसके भाई परम सिंह, भारत व दूसरे सदस्यों पर घोषित इनामों को मिलाकर यह गिरोह 15.5 लाख का इनामी घोषित हो गया था। पता नहीं उस अनपढ़ बालक के दिलोदिमाग में भगवान् परशुराम का कौन-सा प्रतिनायक अवतरित हो गया? पौराणिक कथानुसार परशुराम ने इक्कीस बार पृथ्वी को क्षत्रियविहीन किया था।

जगजीवनराम ने यह संकल्प लिया था, ''वह कुल 101 ब्राह्मणों की हत्या करने के बाद चैन की साँस ले सकेगा।'' पुलिस इतिहास के सबसे लंबे एनकाउंटरों में से एक 19 घंटे चला एनकाउंटर जगजीवन परिहार के साथ हुआ। पुलिस ने मुरैना ज़िले के एक गाँव में उस मकान को ही ध्वस्त करा दिया था, जिसमें परिहार गैंग ने शरण ली थी। कुख्यात डाकू सरगना जगजीवन परिहार के गैंग के सदस्य के रूप में नारायण नाम के एक अन्य बागी के जीवन की शुरुआत होती है। अपने भाई की हत्या का प्रतिशोध लेने की गरज से नारायण बीहड़ों में कूद जाता है। भाई का बदला तो कब का भूल गया। आज नारायण डाकू अपहरण व चौथ वसूली की कमाई से मौज-मस्ती कर रहा है। वह स्वयं स्वीकार करता है, ''डकैती एवं लूट में खतरा है। सबसे बड़ी चुनौती विश्वसनीय बागियों को गिरोह का सदस्य बनाना होती है। उसके बाद हथियार व कारतूसों का इंतज़ाम करना। डाका डालने के लिए सहज ठिकाना ढूँढना और डकैती की घटना को निष्कंटक अंजाम देना। उसके बाद एक बड़ा कठिन काम होता लूट के माल विशेषकर ज़ेवरात आदि को सुरक्षित बेचना। चोरी एवं लूट के माल का सही पैसा कोई नहीं देता। अव्वल तो विश्वास का खरीददार बहुत मुश्किल से मिलता है। और मिल गया तो एवज़ में आधी रकम भी मुश्किल से मिलती। पूरे गैंग के संग छिपने-छिपाने का संकट अलग से एक बड़ी चुनौती हुआ करता है। पुलिस मुठभेड़ की तलवार सदैव सर पर लटकी रहे यह सबसे बड़ा खतरा।''

बागी नारायण दो-चार स्थायी सदस्य रखता है। ज़रूरत पड़ी तो अस्थायी सदस्यों को काम में ले लेता है। काम होने के बाद उनका हिस्सा देकर उनकी विदाई कर दी जाती है। अपहरण की फिरौती और चौथ वसूली में अच्छी कमाई तथा खतरा भी कम है। इन अपराधों से होने वाली कमाई को वह लगाता है ज़मीन अथवा अन्य स्थायी संपत्ति खरीदने में और वह भी बड़े शहरों या महानगरों में यथा आगरा, ग्वालियर, दिल्ली यहाँ तक कि मुम्बई भी।

आखिर ऐसा क्या है चम्बल की धरती में जो दस्यु कुल की एक पीढ़ी ख़त्म नहीं होती कि दूसरी पनपने को तैयार रहती है? यह कोई रहस्य नहीं है प्रत्युत साफ़ ज़ाहिर है कि अनेक किस्म के सामाजिक कारणों के अतिरिक्त सरकारी व्यवस्था भी इसके लिए किसी हद तक ज़िम्मेदार है। ठेठ मानसिंह राठौड़ से लेकर फूलनदेवी तक की कहानी जहाँ से जड़ें लेती है वहाँ कहीं-न-कहीं स्थानीय पुलिस का गैरज़िम्मेदाराना आचरण एक बड़ा कारण बनता है। ऐसे शांतिप्रिय जीवन जीने वाले नागरिकों ने आखिर अन्याय का बदला लेने के लिए ही तो हथियार उठाये। अगर पुलिस एवं उससे आगे की न्यायिक प्रक्रिया अपनी भूमिका समय पर और सही रूप में निभा लेती तो शायद इन लोगों के बागी होने की नौबत नहीं आती। यह बात काफ़ी सीमा तक सही है कि पुलिस सहित आपराधिक न्याय प्रणाली धनबलियों तथा अन्य प्रकार के असरदार लोगों के प्रभाव में काम करती रही है। पीड़ित पक्ष को व्यवस्था एवं स्थापित प्रक्रिया के तहत न्याय मिलना बहुत मुश्किल रहा है और वह भी वहाँ जहाँ लोग गरीब हैं, अशिक्षित हैं, व्यवस्था के क्रिया-व्यवहारों से वाकिफ़ नहीं हैं।

यहीं पर दीगर सवाल यह उठता है कि लोकतंत्र असलियत में चम्बल जैसे इलाकों में पूरी तरह पहुँचा भी है अथवा नहीं ?

चम्बल क्षेत्र के एक अन्य नामी डकैत मलखानसिंह ने आपबीती सुनाते हुए किसी पत्रकार को बताया था, ''मेरे गाँव के सरपंच ने मन्दिर की सार्वजनिक भूमि को जबरन हड़प लिया। जब मैंने इसका विरोध किया तो स्थानीय पुलिस से मिलकर मेरे ऊपर झूठा मुकद्मा लगवा दिया और मुझे गिरफ़्तार करवा दिया। यही नहीं मेरा जो मित्र इस प्रकरण में मेरी मदद कर रहा था उसकी हत्या तक करवा दी। गाँव का वह सरपंच प्रदेश के ताकतवर मंत्री का सगा था। उसके प्रभाव में पुलिस ने यह सारा षड्यंत्र रचा। मेरे पास कोई चारा शेष नहीं था। हार-थककर मुझे बन्दूक उठानी पड़ी।''

स्थानीय विधायक ने तो खुलेआम यहाँ तक कह दिया, ''पुलिस स्वयं नहीं चाहती कि डाकुओं का आतंक चम्बल बेल्ट से समाप्त हो। पुलिस के लिए डकैती की समस्या कोई समस्या न होकर कमाई का साधन रही है।'' कई वरिष्ठ पुलिस अफ़सरों ने इस बात से अप्रत्यक्ष रूप से सहमति जताई। एक ने तो यह स्पष्ट रूप से स्वीकार किया, ''कई दफ़ा हमारे अपने आदमी डाकुओं से मिल जाते हैं और हमारे दस्यु उन्मूलन अभियानों की गुप्त खबर उन तक पहुँचाते पाये गये हैं।''

इसी क्रम में एक अनोखी घटना घटित हुई थी चम्बल के बीहड़ों में। दस्यु नियंत्रण एवं उन्मूलन के उद्देश्य से राजस्थान सशस्त्र बल (आरएसी) का एक सेक्शन एक संवेदनशील स्थल पर तैनात किया हुआ था। सशस्त्र पुलिस की उस टुकड़ी को एक रात जाने क्या सूझी कि सादे कपड़ों में सरकारी हथियारों से लैस होकर एक गाँव में डकैती डाल आये। जिनका काम था डाकुओं से ग्रामीणों की हिफ़ाज़त करना, वे स्वयं ही डाकू बन गये। यह घटना सन् 60 के दशक में घटी थी। केवल यह एक घटना पर्याप्त थी उन दिनों पुलिस द्वारा चलाये जा रहे दस्यु उन्मूलन अभियानों पर पानी फेरने के लिए। यह एक नमूना है कि चम्बल या उसके बीहड़ किस तरह दुष्प्रेरित कर सकते हैं सामान्य मानव व्यवहार को असामान्य मानव व्यवहार में ? क्या यह कहा जाये, 'दोष न श्रवण कुमार का होता है और न आरएसी पुलिस के जवानों का, असल दोष होता है चम्बल नदी के प्रभाव का ?' एक भले आदमी ने इस उलझन का समाधान यह कहकर किया कि चम्बल तो एक प्राकृतिक सृष्टि है। ईमानदारी से अगर किसी को दोष देना है तो वह दोष जाता है अंचल की भौतिक परिस्थितियों को। विकास, लोकतंत्र और सामाजिक परिवर्तन की लहर को चम्बल के आजू-बाजू पहुँचने में अभी समय लगेगा लेकिन दशकों पुरानी चम्बल की कहानी को पुराने दौर से लेकर इस नये ज़माने तक में ज्यों का त्यों आज भी देखा जा सकता है।

मुठभेड़ के दौरान जान बचाकर चम्बल में कूदती दस्यु सुंदरी पुतलीबाई को पुलिस ने चम्बल के पानी में ही गोलियों से भूना था। पुलिस रिकॉर्ड में आने वाली वह पहली महिला डाकू थी। डाकू सरदार कल्लन, सुल्तानसिंह, सरनामसिंह जैसे कितने ही दस्यु सरगना

चम्बल के बीहड़ों में पुलिस मुठभेड़ों का शिकार हुए। आज भी हो रहे हैं। बारहमासी चम्बल नदी में तब से अब तक न जाने कितने गैलन पानी बह चुका लेकिन चम्बल की कहानी वही की वही !

अब से कोई तीस बरस पहले डाकू मलखानसिंह के पास ए.के. 56 जैसा हथियार आ गया था। सत्तर के दशक में दस्यु सरगना मोहरसिंह ने कहीं से दर्जनों की संख्या में स्टेनगन एवं हथगोले लिए थे। डाकू जगजीवन परिहार ए.के. 47 से लैस था। उसके बाद तो एल.ए.आर. व एस.एल.आर. जैसे अत्याधुनिक हथियार डकैतों के पास आने लग गये थे। चम्बल की घाटियों में एक सवाल यह गूँजता रहा है कि इतने बड़े-बड़े दस्यु दलों के पास आखिर इतनी भारी तादाद में बेहतर किस्म के हथियार-कारतूस व गोला-बारूद कहाँ से आता है ?

इस यक्ष प्रश्न का उत्तर आत्मसमर्पण कर चुके डाकू मोहरसिंह ने देते हुए एक दफ़ा बताया, ''हम भारतीय सेना से जुड़े लोगों के माध्यम से हथियारों का प्रबंध किया करते थे। चम्बल क्षेत्र के काफ़ी आदमी भारतीय सेना में फ़ौजियों के रूप में भर्ती होते रहे हैं। उनमें से कई जने डाकुओं को हथियार उपलब्ध कराते रहे हैं। दूसरा रास्ता है नेपाल से हथियार व कारतूसों की आपूर्ति का। डाकू दयाराम गडरिया तथा बाबूराम प्राय: जम्मू-कश्मीर के आतंकवादियों से हथियार ख़रीदा करते थे। एक अन्य स्रोत पुलिस हुआ करती है। डाकुओं के आतंक से बचाव हेतु भारी मात्रा में जोग संजोग से लाइसेंसी हथियार चम्बल इलाके के बाशिंदों को प्रशासन द्वारा दिये जाते रहे हैं। प्रति तीन में से एक व्यक्ति को ऐसे हथियार को कंधे पर लटकाए हुए इस क्षेत्र में देखा जा सकता है।''

अगले सवेरे उनकी यात्रा फिर से आरंभ हो गयी। उम्मेदगढ़ बस्सी, सरसैनी, बदरपुरा, अर्थेला, गलेठा नामक गाँवों में दस्यु समस्या और वहाँ के जन-जीवन के जटिल संबंधों के बारे में काफ़ी जानकारी प्राप्त की। मुरैना ज़िले के सिकरौदा गाँव में पहुँचकर वे पुन: राष्ट्रीय राजमार्ग पर चढ़ गए। चम्बल के समीपवर्ती क्षेत्र में घूमते हुए उनका दूसरा पूरा दिन बीत गया। देर संध्या को वे धौलपुर शहर में लौट आये। पत्रकार प्रेमराज जगन होटल में एक कमरा लेकर रात के लिए ठहर गया। किशनसिंह को उसने जीप सहित यह कहकर वापस बाड़ी भेज दिया, ''कल न जाने मुझे किस दिशा में जाना होगा, यह मैंने अभी तय नहीं किया है। मैं कोई साधन ले लूँगा। तुम लौट जाओ।''

होटल में खाना खा लेने के पश्चात् देर रात तक पत्रकार तिवारी दस्यु समस्या के विषय में सोचता रहा।

यह तो हम सुनते आये हैं कि कुछ राजनेताओं के सम्बन्ध बागियों से रहते आये हैं। डाकुओं और राजनेताओं के मध्य संबंधों का इतिहास हमें पीछे ले जाता है। सन् 1947 के दिनों में। आज़ादी के पश्चात् हुए प्रथम आम चुनावों में चम्बल बैल्ट के डाकुओं ने कांग्रेस पार्टी का साथ दिया। इसके बाद से ही दोनों पक्षों के बीच लेन-देन के सम्बन्ध प्रगाढ़

होते चले गये। इसमें जाति की भूमिका अत्यंत महत्त्वपूर्ण रही। अपनी जाति के राजनैतिक प्रत्याशियों को जिताने का बीड़ा बागियों द्वारा उठाया जाने लगा। निश्चित रूप से इस 'पावन' कर्तव्य के बदले डाकुओं को राजनेताओं का वरदहस्त प्राप्त होने लगा। यह एक तथ्य है कि रॉबिनहुड डाकू मानसिंह ने सन् पचास के दशक में जब कांग्रेस दल को अपना खुला समर्थन दिया तो उसी ज़माने के कुख्यात बागी मोहरसिंह ने जनसंघ का साथ दिया था। इसी दुरभिसंधि का परिणाम रहा कि यहाँ डकैत स्वयं राजनेता बनने लगे। मोहरसिंह स्वयं भिंड क़स्बे की नगरपालिका का अध्यक्ष बन गया। वह तब बाकायदा कांग्रेस दल का सदस्य था। डाकू मलखानसिंह पंचायत चुनावों में विजेता रहा। ज़ाहिर है उसके आतंक के आगे चुनौती कौन बनता, सो वह निर्विरोध चुना गया। आगे चलकर वह एक राष्ट्रीय दल के प्रत्याशी के रूप में मध्यप्रदेश विधानसभा का चुनाव लड़ता है। डाकू मानसिंह का बेटा तहसीलदारसिंह उत्तरप्रदेश से समाजवादी दल के मुखिया मुलायमसिंह यादव के ख़िलाफ़ भारतीय जनता पार्टी के टिकट पर चुनाव लड़ता है।

सन् 80 के दशक से पूर्व चम्बल क्षेत्र में पैदा होने वाले डाकू मुख्यत: सवर्ण उच्च जातियों के सदस्य हुआ करते थे। यही स्थिति देश की राजनीति में दिखाई देती है। राष्ट्रीय लोकतंत्र का परिदृश्य भारतीय सामाजिक ढाँचे के स्तर पर बदलाव की करवट लेता है। उच्च जातियों के विरुद्ध अथवा उनके समर्थन में दलित एवं अन्य पिछड़ी जातियाँ भी राजनीति के आँगन में प्रविष्ट होने लगती हैं। तदनुरूप चम्बल की दस्यु-लीला में भी बदलाव दिखाई देने लगता है। डाकू दयाराम गडरिया, ददुआ, निर्भय गूजर, ठोकिया, अनूप गूजर, हरिया-रमजी गूजर, नरपत गूजर, जसवंत सिंह गूजर, रमसिया काछी, नाथू जाटव, मेवाराम आदि इसी परिदृश्य के उदाहरण हैं। इनमें से अधिकांश डाकुओं को जाति आधारित राजनैतिक सहयोग व संरक्षण मिलता है।

चम्बल के कुख्यात डाकू पंचमसिंह अपनी कहानी यूँ बताता है कि किस कदर उस डकैत का हृदय परिवर्तन होने के बाद वह शांति का सन्देश देते हुए छात्रों एवं अपराधियों के बीच एक शिक्षक की भूमिका निभा रहा है। अट्ठासी वर्षीय पंचमसिंह चौहान इस बात का सर्वश्रेष्ठ उदाहरण है कि देश के कानून में से मृत्यु-दंड जैसी सज़ा के प्रावधान को हटा दिया जाना चाहिए। अपने डाकू जीवन के दौरान सौ के करीब हत्या करने वाले इस डाकू को सन् 1970 के आस-पास फाँसी की सज़ा हुई थी जिसे बाद में उम्र कैद में परिवर्तित कर दिया गया था। जेल की अवधि में पंचमसिंह के आचरण को देखते हुए उसकी उम्र कैद की सज़ा को भी कम कर दिया गया था। आज वही दुर्दांत डकैत देश भर में कॉलेज छात्रों और जेल में सज़ा काट रहे बंदियों को अहिंसा का पाठ पढ़ा रहा है। यरवदा जेल के बंदियों के समक्ष पंचमसिंह ने रहस्योद्घाटन किया, ''मैं केवल चौदह वर्ष का था। नयी-नयी शादी हुई थी। अपने गाँव में परिवार के साथ शांतिपूर्ण जीवन व्यतीत कर रहा था। पंचायत चुनाव चल रहे थे। गाँव के एक समूह के कुछ लोगों ने मेरे साथ भयंकर मारपीट कर दी। उन्हें शक हुआ था कि मैं उनके विरोधी खेमे के साथ हूँ। मेरे संग वारदात करने वाले लोग प्रभावशाली थे।

पुलिस में मेरी रिपोर्ट दर्ज नहीं होने दी गयी। पूरे बीस दिन मेरा इलाज अस्पताल में चला। जब मैं वापस आया तो उन्हीं लोगों ने मेरे साथ पुन: मारपीट की। गाँव में मेरा रहना मुश्किल कर दिया गया। मैंने आपा खो दिया। करीब एक दर्जन साथियों को लेकर मैं चम्बल में कूद गया। मैं बागी हो गया था। मैंने हथियार उठा लिए। मैं इस नये रूप में वापस गाँव में आया और उस दिन मैंने मेरे साथ अन्याय करनेवाले छह जनों को बन्दूक की गोलियों से मौत के घाट उतार दिया। आज यह स्वीकार करने में कोई संकोच नहीं कि बदले की भावना ने मुझे अंधा कर दिया था। वैसे मैं आज भी इस आयु में बिना चश्मे के देख सकता हूँ, लेकिन प्रतिशोध की भावना के अंधे को आप क्या कहेंगे ?''

करीब सौ लोगों का क़त्ल और दो सौ के लगभग डकैती डालनेवाला कुख्यात डाकू पंचमसिंह अत्यंत भावुक होकर अपने जीवन के दुर्दांत सोपान की आत्मस्वीकृति सरेआम कर रहा था। यह वो शैतान बागी था जिस पर सरकार ने सन् 1970 के दशक में एक करोड़ का इनाम घोषित कर रखा था। उसने बताया कि मेरे गैंग में करीब साढ़े पांच सौ से ऊपर सदस्य थे। चम्बल के इलाके के शासन की बागडोर हमारे हाथों में हुआ करती थी। किसी राजनेता अथवा पुलिस की हिम्मत नहीं थी कि हमारे गिरोह की ओर आँख उठाकर भी देख सके। हम सरकारें बनाने और तोड़ने की भूमिका निभाया करते थे। यह सब कुछ होने के बावजूद मैं सदा आत्मग्लानि से भरा रहता था। मैं दुर्गा माता का भक्त था। एक दफ़ा मैंने दुर्गा माता की मूर्ति के सामने बैठकर यह ज़िद कर डाली कि अगर देवी ने उस मौके पर मुझे रास्ता नहीं बताया तो मैं उसके सामने आत्महत्या कर लूँगा। तीन दिन बाद मैंने सपने में एक आदमी को देखा जो सफ़ेद कपड़े पहने हुए था। उस आदमी ने मुझे कहा कि वह मुझे हिंसा की दुनिया से दूर ले जायेगा। इस सपने के ठीक तीन दिन बाद जयप्रकाश नारायण जी की अपील अखबारों में पढ़ने को मिली। तुरंत मैंने बागी जीवन से मुक्त होकर आत्मसमर्पण करने का निश्चय कर लिया।

डाकू पंचमसिंह ने आत्मसमर्पण करते समय सरकार के सामने आठ शर्तें रखी थीं जिनमें बतौर सज़ा गैंग के किसी भी सदस्य को फाँसी की सज़ा नहीं देना, परिवार के किसी भी सदस्य के साथ कोई भी ज़्यादती नहीं होने देना, उसके बच्चों की शिक्षा की गारंटी, सज़ा या उससे पहले मुकद्मों की विचाराधीन अवधि में खुली जेल में रखना ताकि परिवार के साथ रहा जा सके, जेल काटने के बाद सम्मानपूर्वक ज़िन्दगी बिताने के लिए कृषि योग्य भूमि का आवंटन आदि। इन्हीं शर्तों के चलते पंचमसिंह की मौत की सज़ा को आजीवन कारावास में तब्दील किया गया था। जेल में उसके आचरण को ध्यान में रखते हुए आजीवन कारावास की सज़ा को बाद में आठ वर्षीय सज़ा में परिवर्तित कर दिया गया था। इसके बाद पंचमसिंह ने वह कर दिखाया जिसका उसने आत्मसमर्पण करते वक्त वादा किया था, अर्थात् अच्छे इन्सान के रूप में जीवन गुज़ारना। वह जीवनभर आध्यात्मिक एवं धार्मिक प्रवृति का व्यक्ति बन कर रहा। उसने एक ऐसे सम्प्रदाय में प्रवेश कर लिया था जिसमें स्त्री को पुरुष के समान दर्जा दिया जाता था।

यरवदा जेल में भाषण देते हुए पंचमसिंह ने कहा कि डाकू जीवन के दौरान भी मैंने कभी नारी के साथ कोई ज़्यादती नहीं होने दी। एक बार मेरे गैंग के एक सदस्य ने एक स्त्री के साथ बदफैली कर दी। मैंने उस साथी डकैत के सर में गोली मारकर तुरंत उसका काम तमाम कर दिया था। जब भी मैं स्त्री के साथ ज़्यादती की घटना की कोई खबर सुनता हूँ तो मेरा खून खौलने लगता है।

आत्मसमर्पण की शर्तों के मुताबिक सरकार ने पंचमसिंह को पाँच एकड़ कृषि भूमि आवंटित की, जिसमें पंचमसिंह ने पौधों की नर्सरी एवं बगीचा लगा रखा है। आज वह भूतपूर्व दस्यु सरगना युवाओं को शिक्षा ग्रहण करने का पाठ पढ़ाता है। संगठन की शक्ति के गुर सिखाता है। मानवीय मूल्यों की बात करता है। क्रोध पर नियंत्रण करने को कहता है। श्रोतागण उसकी बातों को बड़े गौर से सुनते हैं। उसके निकट रहने वाले व्यक्ति उसे वाल्मीकि का अवतार तक कह देते हैं।

पंचमसिंह की कहानी से बिलकुल जुदा एक कहानी गूँजती है चम्बल के बीहड़ों में। वह कहानी है भूतपूर्व दस्यु सरगना मुन्नासिंह की। यह कहानी एक बड़ा सवाल खड़ा करती है चम्बल के माथे पर। वह सवाल है कि उम्र के सत्तर बरस पार कर चुका कोई इन्सान क्या बागी बनने का कुत्सित विचार मन में ला सकता है? आम तौर पर इस सवाल का जवाब 'नहीं' में ही होगा। लेकिन मुन्नासिंह इसका जीता जागता उदाहरण हमारे सामने है जो आयु के इस ढलान पर पुन: डाकू बनने की सोच रहा है। एक टी.वी. चैनल को दिये इंटरव्यू में उसने बताया, ''सन् 1982 में चम्बल के बीहड़ों से बाहर निकलकर उसने मध्यप्रदेश सरकार के समक्ष आत्मसमर्पण किया। उसे यह आश्वासन दिया गया था कि परिवार के एक सदस्य को सरकारी नौकरी दी जाएगी। साथ में जीवनयापन करने के लिये दस बीघा कृषि भूमि और आत्मरक्षार्थ बन्दूक का लाइसेंस दिया जायेगा। बत्तीस साल गुज़र गये। सरकार ने वादा नहीं निभाया। आत्मसम्मान की ज़िन्दगी जीने के मकसद से बागी जीवन से छुटकारा पाया था। अब ज़लालत की ज़िन्दगी जीने को मजबूर कर दिया गया हूँ। खेती-बाड़ी करने के लिये ज़मीन भी मिल जाये तो परिवार का गुज़ारा कर लूँगा। ज़मीन देने का नाटक किया मेरे साथ सरकारी अधिकारियों ने। जहाँ ज़मीन देना बताया उस जगह को वन विभाग अपनी बता रहा है। मामला फिर से अधरझूल में पड़ गया। अब मैं सरकार से तंग आ गया हूँ। चम्बल माई मुझे बुलावा दे रही है। अगर मेरे साथ न्याय नहीं किया गया तो मैं दुबारा बीहड़ों में कूद जाऊँगा। शांतिपूर्ण जीवन नहीं जी सकूँगा तो बागी का जीवन जीना मैं अभी भूला नहीं हूँ। यह रिश्ता है चम्बल और बागी का।''

'शोले' फ़िल्म का नहीं अपितु असल बागी गब्बरसिंह के साथ हुई पुलिस मुठभेड़ की दास्ताँ कुछ इस तरह से हमारे समक्ष आती है कि 'शोले' के फ़िल्मकारों ने चम्बल के डाकू गब्बरसिंह के किरदार को तो उठा लिया लेकिन उसकी मौत की कहानी को बदल दिया। गब्बरसिंह से बदला लेने वाले पुलिस अफ़सर को बिना हाथ का असहाय

व्यक्ति बना दिया, जबकि असल गब्बरसिंह के साथ मुठभेड़ करने वाला पुलिस अधिकारी सही-सलामत है। पुलिस मुठभेड़ के दौरान असल गब्बरसिंह का चेहरा हथगोले से क्षत-विक्षत हो गया था और चम्बल के उस आतंक की तत्क्षण मृत्यु हो गयी थी। यहाँ न तो बाजूविहीन ठाकुर साहब थे और न वीरू। यहाँ मुठभेड़ करने वाले थे भारतीय पुलिस सेवा के बहादुर अफ़सर राजेन्द्र प्रसाद मोदी जिन्होंने सेवानिवृत्ति के पश्चात् अपना जीवन आज के छत्तीसगढ़ प्रांत के बिलासपुर क़स्बे में गुज़ारा था। 'शोले' फ़िल्म में तो ठाकुर साहब कहते हैं, ''मुझे गब्बर चाहिए सिर्फ़ और सिर्फ़ ज़िंदा।'' असल कहानी में मध्य प्रदेश के तत्कालीन मुख्यमंत्री कैलाशनाथ काटजू पुलिस को कहते हैं, ''मुझे गब्बरसिंह चाहिए ज़िंदा या मुर्दा।'' यह कहने से पहले विपक्षी दल ने गब्बरसिंह के सताये उन दस अभागे व्यक्तियों को विधानसभा में पेश कर दिया था जिनकी नाक काट कर गब्बरसिंह ने छोड़ दिया था अपने आतंक की निशानी के बतौर। मुख्यमंत्री काटजू का भविष्य दाँव पर लगा हुआ था। गब्बरसिंह को ज़िंदा अथवा मुर्दा पकड़ने का बड़ा दायित्व बहुत सोच-समझ कर उन्होंने सौंपा पुलिस अधिकारी राजेन्द्र प्रसाद मोदी को, जो दस्यु उन्मूलन के क्षेत्र में अपना लोहा पहले से मनवा चुका था। वह साहसी पुलिस अफ़सर इससे पूर्व मुठभेड़ में ख़त्म कर चुका था चम्बल की दस्यु आतंकिनी पुतलीबाई को। पुलिस अफ़सर मोदी ने अपने पुलिस दल के साथ पूरे डांग क्षेत्र को छान मारा लेकिन गब्बरसिंह का कोई ठौर-ठिकाना नहीं मिल पा रहा था। संयोग से डांग ही नाम था डाकू गब्बरसिंह के गाँव का, जो पड़ता था मध्यप्रदेश के भिंड ज़िले में। डांग गाँव का गब्बरसिंह और डांग नाम का चम्बल का लम्बा-चौड़ा इलाका।

एक दिन खबर मिलती है कि डाकू सरगना गब्बरसिंह अपने गाँव डांग आया हुआ है। पुलिस अधीक्षक मोदी अपने दल-बल सहित वहाँ पहुँचता है। लेकिन थोड़ी देर पहले गब्बरसिंह गाँव से सुरक्षित निकल जाता है। जाते-जाते एक घर को जला डालता है पुलिस को चुनौती देने के बतौर। पुलिस अफ़सर मोदी का खून खौलना ही था। जलते घर को वह देख रहा था कि किसी ने चिल्लाकर कहा, ''साब, इस घर के भीतर एक बच्चा आग की लपटों में फँसा हुआ है।'' राजेन्द्र प्रसाद मोदी ने आव-देखा-न ताव, आग की लपटों से खेलता हुआ वह घर के भीतर प्रवेश करता है और बच्चे को ज़िन्दा बचा लेता है। पुलिस अफ़सर मोदी की बहादुरी पूरे गाँव का दिल जीत लेती है। उस घटना से पहले गब्बरसिंह के भय के कारण गाँव का कोई व्यक्ति गब्बरसिंह के खिलाफ़ मुखबिरी करने का साहस नहीं जुटाता था, लेकिन उस घटना ने गाँव के बच्चे-बच्चे को मन से मोदी का बना दिया।

दरअसल गब्बरसिंह ने पूरे गाँव को परेशान कर रखा था। अपने ही गाँव के हर घर से वह चौथ वसूली करता था। इसके साथ ही जब भी गाँव आता तब उसे बिस्तर पर औरत चाहिए थी। इसका प्रबंध भी गाँववालों को करना पड़ता था। लेकिन भयवश सब चुप रहते थे। अब सबको विश्वास हो गया था कि जो पुलिस अफ़सर अपनी जान की परवाह करके आग की भीषण लपटों के बीच से एक बालक की जान बचा सकता है, वह गाँव को गब्बरसिंह से निजात दिलाने में भी कामयाब हो सकेगा।

13 नवम्बर सन् 1959 की रात जब सारा संसार नींद की गोद में समाया हुआ था पुलिस अफ़सर राजेन्द्र प्रसाद मोदी के पास गब्बरसिंह के गाँव डांग का एक युवक चुपके से आता है और मोदी से कहता है कि उस दिन गाँव के शिखर नाम के बालक की जान आपने बचायी थी, आज आपकी फिर बारी है कि पूरे गाँव को बचाओ गब्बरसिंह के आतंक से। मैं आपको यह पक्की खबर देता हूँ कि कल गब्बरसिंह गाँव में चौथ वसूली करने आ रहा है।

पुलिस अधीक्षक मोदी ने करीब पाँच सौ की संख्या में पुलिस फ़ोर्स तैयार की और अगली रात डाकू गब्बरसिंह के गाँव डांग को घेर लिया। प्रमुख स्थलों पर एम्बुश लगा दिया। गब्बरसिंह अपने गिरोह के साथ बचकर भागना चाहता है। भयंकर मुठभेड़ होती है। गब्बरसिंह के कई साथी मारे जाते हैं। गब्बरसिंह बचकर भागने वाला होता है कि राजेन्द्र प्रसाद मोदी अपने जवान को उस दिशा में हथगोला फेंकने का आदेश देता है। उसी हथगोले से गब्बरसिंह का चेहरा-मोहरा हवा में उड़ जाता है और घटनास्थल पर ही उसकी मौत हो जाती है।

चम्बल के डाकुओं के लिए सबसे प्यारा और प्रेरणादायक आख्यान रहा है, 'आल्हा-ऊदल'। कथा के नायक दोनों भाई तब तक अथक लड़ाई लड़ते रहे जब तक सारे दुश्मनों का सफ़ाया नहीं कर दिया।

दस्यु सुंदरी पुतलीबाई बहुत अच्छा गाती थी 'आल्हा ऊदल' के लोक वृत्तान्त को। इस रूप में प्रेम और संगीत के नायक भी रहते आये हैं चम्बल के दुर्दांत बागी। हाँ, कालांतर में बहुत से डाकू मानसिंह की नीति से भटक गये थे। फूलनबाई भी राह छोड़ गयी थी पुतलीबाई की। ज़ाहिर है सब कुछ होते हुए भी सर्वोपरि थी बदले की आग!

प्रतिशोध की इसी भावना से जन्मे थे दूसरी बार दद्दू डकैत मानसिंह, पन्ना, सुल्तानसिंह, अमृतलाल, लाखनसिंह, गब्बरसिंह और पुतलीबाई। आज भी डाकुओं में सबसे ऊँचा कद बागी मानसिंह राठौड़ का माना जाता है। उसने डकैतों की एक आचार संहिता बनायी थी जिसके तहत किसी औरत की बेइज़्ज़ती और हत्या नहीं की जा सकती, महज़ लूट के लिए लूट नहीं की जाएगी, किसी गरीब को नहीं सताया जायेगा।

पुलिस अफ़सर राजेन्द्र प्रसाद मोदी के तमगों में पुतलीबाई के साथ हुई मुठभेड़ की घटना सर्वाधिक चमकदार सितारा थी। चम्बल के आतंक के रूप में जन्मी यह दस्यु सुंदरी सन् 1950 के दशक में सक्रिय रही।

यह सन् 1958 का वर्ष था। ज़िला भिंड के पुलिस अधीक्षक राजेन्द्र प्रसाद मोदी को गुप्त सूचना मिली कि पुतलीबाई का गिरोह सांगली-हरीसा गाँव में शरण लिए हुए है। पुलिस बल के साथ मोदी बिना वक्त गंवाये वहाँ पहुँचता है। पुलिस पार्टी द्वारा गाँव की घेराबंदी कर ली जाती है। कमांडो स्टाइल में पुलिस अफ़सर मोदी एवं उनका दल धीरे-धीरे उस घर तक पहुँच जाता है जिसमें गैंग ठहरा हुआ था। मकान को चारों ओर से घेर लिया

जाता है। अचानक डाकू गिरोह द्वारा पुलिस पर बंदूकों से गोलियाँ दाग़ी गयीं। पुलिस ने भी जवाबी कार्यवाही की। पुलिस अफ़सर स्वयं मोदी के शब्दों में, ''डाकुओं की तरफ़ से गोलियाँ चलना बंद हो जाता है। बड़ी सावधानी से पुलिस दल घर के भीतर प्रविष्ट होता है। घर के भीतर ग्यारह डकैतों के मृत शरीर क्षत-विक्षत दशा में पड़े हुए मिलते हैं। जब लाशों की गिनती की जा रही थी और उनकी पहचान करवाई जा रही थी तो पता चलता है कि उनमें पुतलीबाई नहीं है। मुझे महसूस हुआ जैसे जंग जीतने के बाद भी हम जंग हार गये। गाँव का घेरा हमने हटाया नहीं था। घेराबंदी पुलिस दल अपने नियत स्थलों पर तैनात था ताकि कोई डाकू मौका देखकर भाग न पाये। खबर मिलती है कि एक महिला डाकू अपने पुरुष साथी के संग पुलिस का घेरा तोड़ती हुई चम्बल नदी में कूद गई है। मैं स्वयं अपने दल के आधा दर्जन साथियों को लेकर उधर दौड़ा। देखता हूँ कि एक नौका में सवार होकर पुतलीबाई अपने सहयोगी के साथ भाग रही थी। मैंने उसे ललकारा और आत्मसमर्पण करने के लिये चेतावनी दी। उसने हिम्मत नहीं हारी और बजाय आत्मसमर्पण करने के उल्टा हमारी ओर बन्दूक से गोलियाँ चलाना प्रारंभ कर दिया। मैंने पुलिस दल को अपना बचाव करते हुए फ़ायरिंग का आदेश दिया। पुतलीबाई अपने साथी समेत नाव में ही ढेर हो गयी। हमने उन दोनों दस्युओं की लाशों को नदी से बाहर निकाला। अब मुझे तसल्ली हुई कि मैंने दस्यु सरगना पुतलीबाई के विरुद्ध अपनी लड़ाई जीत ली थी।''

इस बहादुरी के लिये पुलिस अधिकारी राजेन्द्र प्रसाद मोदी को सरकार ने 'राष्ट्रपति के गैलेंट्री अवार्ड' से विभूषित किया था जो कि भारत में किसी भी पुलिस अधिकारी को दिया जाने वाला सर्वोच्च पुरस्कार होता है। भारतीय पुलिस सेवा के उस अफ़सर मोदी ने एक बार किसी पत्रकार को दिये साक्षात्कार में 'शोले' फ़िल्म पर यह प्रतिक्रिया की थी कि मुझे इस बात का क्षोभ है कि 'शोले' फ़िल्म में ठाकुर साहब (संजीव कुमार) बने पुलिस अधिकारी को बिना बाजुओं का बेबस व लाचार बताया गया जो जय (अमिताभ बच्चन) एवं वीरू (धर्मेन्द्र) जैसे टुच्चे तथा उठाईगिरे चोरों पर निर्भर रहता है, गब्बरसिंह डाकू को ज़िन्दा पकड़वाने के लिये। इस फ़िल्म में पुलिस का मखौल उड़ाया गया है, जबकि गब्बरसिंह के साथ हुई मुठभेड़ की कहानी ही जुदा रही है जहाँ पुलिस की भूमिका अत्यंत साहसी एवं बहादुरी की होती है।

ज़िन्दगी में सराहनीय कार्य की सराहना जब सबसे बुरे दुश्मन द्वारा की जाये तो वह असली तारीफ़ होती है। और पुलिस अफ़सर मोदी की ऐसी सराहना की गयी किसी ज़माने में चम्बल के आतंक बने डाकू मोहरसिंह द्वारा जिसने बाबू जयप्रकाश नारायण के विशेष आह्वान पर सन् 70 के दशक में आत्मसमर्पण किया था।

बीहड़ों से सत्तर किलोमीटर दूर भिंड ज़िले के मेहगांव में पूर्व दस्यु मोहरसिंह से अनिल द्विवेदी नामक एक पत्रकार मिला था। मोहरसिंह धोती-कुर्ता पहने हुए था। सँवारी हुई खिचड़ी दाढ़ी, ललाट पर वही दस्यु स्टाइल का लम्बा पतला लाल तिलक, कंधे पर लटकी हुई बन्दूक, कमर में कारतूसों का बिन्दोलिया और चेहरे पर आत्मसमर्पण के बाद

का झलकता संतोष। मोहरसिंह भली-भाँति जानता है कि एक नामी डकैत के जीवन का अंत पुलिस मुठभेड़ के साथ होता है और वह सही-सलामत इज़्ज़त के साथ एक राजनेता का जीवन गुज़ार रहा है।

''एक ईमानदार, बहादुर पुलिस अफ़सर एवं बहुत नेक इन्सान के रूप में राजेन्द्र प्रसाद मोदी का सम्मान करता हूँ। मैं जब उनसे पहली दफ़ा मिला था तब से ही उनका कायल हूँ। फिर कभी मौका मिलेगा तो मैं उनसे पुन: मिलना चाहूँगा,'' ये उद्गार थे डाकू मोहरसिंह के मोदी के लिये।

बाबू जयप्रकाश नारायण और सुब्बाराव जैसी महान विभूतियों के सद्प्रयासों की वजह से चम्बल के करीब एक हज़ार दस्युओं ने आत्मसमर्पण किया था। और उस अभियान के पश्चात् चम्बल के बीहड़ों में बागी बंदूकों की आवाज़ें कम हो गयी थीं। लेकिन द्रौपदी की गाथा गाती अभिशप्त चम्बल नदी के बीहड़ों में दस्यु दलों की खेती अभी भी सरसब्ज़ है। आज भी यह दुर्सम्भावना प्रबल है कि कोई भी किसी कारण वश बन्दूक हाथ में लिये कभी भी कूद सकता है चम्बल के बीहड़ों में।

<h1 style="text-align:center">25</h1>

कोड्यापुरा के श्रीफल गूजर की मौत डांग क्षेत्र के गाँवों की बड़ी खबर थी। वह बुजुर्ग अट्ठासी बरस पार का होकर रामजी के घर गया था। मरने के दो दिन पहले से उसने रोटी खाना छोड़ दिया था। वह निर्भर रहा था केवल चाय पर। सैकड़ों आदमी एकत्रित हुए थे उसके दाग में। बारहवें के दिन तो लोगों का ताँता लग गया था।

''अरे, बड़े पुन्यन ने कमाके चलतो बन्यो है काका श्रीधर, जा ने एकउ दिन्या के काजे नेक दु:ख ना झेल्यो। बोलते-बोलते के ई प्रान-पखेरू उडिगे। ऊ भैया, हम तो का समझें, पर पिण्डित लोग कहबे करें के ऐसी मौत पाबे वारे सीदे ई बैकुंठन कू जाते बताये।'' महराम ने ये उद्गार व्यक्त किये थे तीसरे के दिन।

''हाँ, रे महराम भैया, तू सई के रो है। बड़ो नाम कमायो हो ऊ पटेल ने पूरे इलाके में। काऊ ते दुश्मनी ना बांधी वा ने। भाई नाथ बाबा, तोय भौत याद करतो गयो हो वा। मासलपुर के मठ तक तो खबर पोंचाई ही। पर तुम तो ठहरे बैरागी। और संतन के पांवन में चक्कर-भौरी है बे करे। आज न्याहाँ (यहाँ) सकारे (कल) म्हां। सो कहाँ हेरें तुम जैसेन कूँ?'' यह कहा था हंसराम कसाना ने हरजीनाथ की ओर मुखातिब होकर।

''हाँ रे पटेल ठीक कई तुमन ने। जे मोय नेक खबर लग जाती तो जूती हाथन में लेके भजतो आ जातो। ऊ बुजुर्ग को मुंह देख लेतो और जो संभव हैतो, दु:ख-सुख की दो बात भी कर लेतो। अब खैर जैसी नीली छतरी वारे की मर्जी। मोय तो बयाना वारे मुरलीधर जी

डांग / 129

ने बतायी के कोड्यापुरा के श्रीफल चल बसे। तब सीदो भजके नी (भाग कर) आयो।''

''अरे नाथ, काउ उडती सी खबर दे गो, के ऊ मुरलीधर जी कूँ लकुओ हैगो ?''

''हम्बे रे पंडिज्जी, सही सुनी है आप लोगन ने। ऊ ते चल्यो-फिरयो ना जावे। ऊ तो खाट में ते हिले बी नायं। वा जो चलतो-फिरतो हैतो ना, तो न्याहाँ नईं आतो का ?'' गिरधर पंडित की जिज्ञासा को शांत करते हुए हरजीनाथ ने जवाब दिया।

श्रीफल गूजर के मृत्युभोज में कोड्यापुरा गाँव में हज़ारों की भीड़ इकट्ठा हुई। उसी में शामिल होने थोड़ी देर पहले आया था हरजीनाथ।

श्रीफल गूजर के चार बेटे और तीन बेटियाँ थीं। दर्जन भर पोते-पोतियों में से आधों का ब्याह वह देख चुका था। एक तो पड़-पोता भी था छह बरस की उम्र का। उसकी इच्छा थी कि सभी पोते-पोतियों की शादी उसकी मौजूदगी में हो जाये।

श्रीफल के दिमाग में गिरधर पंडित ने एक बात जाने कहाँ से बैठा दी थी कि ''जो कोई आदमी ऊपर-नीचे की अपनी सात पीढ़ी आँखों से देख ले तो सीधा सदेह बैकुंठ धाम जाता है।''

श्रीफल ने छह पीढ़ी देख ली थीं। दादा, बाप, स्वयं, बेटे, पोते और पड़-पोता। मरने से दो-चार दिन पहले तक उसने कई दफ़ा कहा था कि ''जो दस-बारह साल और जी ले तो, ई लल्लू भरती को ब्याह और वाके कोऊ मोंड़ा-मोंड़ी अवस है जातो।'' भरती श्रीफल के पड़-पोते का नाम था।

श्रीफल का कुनबा शामिलात रहा करता था। चारों बेटों ने बड़े स्तर पर नुक्ता (मृत्युभोज) करने का फ़ैसला गाँववालों से पूछकर लिया था। यूँ भी कमी क्या थी उस घर में। अच्छी-खासी खेती-किसानी। ऊपर से लाल पत्थर की थोड़ी बहुत खानें भी थीं। डांग में आखिर कितने भाग्यशाली घर परिवार थे श्रीफल की तरह के जिनकी मालीहालत इतनी अच्छी हो।

नुक्ता में बीस बोरी शक्कर गलाई गयी थी। लड्डू, पूरी, पकौड़ी और आलू-टमाटर की सब्ज़ी बनवाई थी। दस-बारह हज़ार लोगों ने जीमण किया था। तीये, मेल (ग्यारहवां दिन) और उजली (तेरहवां दिन) के अवसरों पर खाने का खर्चा अलग। नुक्ता के दिन श्रीफल पटेल की बाखड़ (घर-आँगन) ही क्या समूचे कोड्यापुरा गाँव में तिल रखने की जगह नहीं बची थी। मेहमान-पावणे इतने आये कि गिनती नहीं की जा सकती। बहन-बेटियों के ससुरालवाले झुण्ड के झुण्ड आये। सगे-सम्बन्धियों से ज़्यादा अन्य रसूखदार तथा इलाके के पंच-पटेल जिनमें गूजरों के अलावा मीणा, राजपूत, ब्राह्मण, बनिया, माली, काछी, जाटव आदि सभी कौमों के व्यक्ति शामिल हुए थे। जो महतर हमेशा जूठन खाते रहे उन्होंने पहली बार भरपेट ताज़ा खाना खाया।

‘‘हमारो ऊ काका श्रीफल पटेल पूरी जिन्नगी जी के नी परलोक गो है। वाके जैसी सकून की मौत तो बिधाता बिरलेन के ई भाग में लिखबे करे है। न्ह्या इकट्टे भये सबी रिश्तेदारन ते हाथ जोड़िके नी अर्ज़ है ई पबितर अवसर पे काउ रोया-बीबायी ना करे। बस, रामजी के गीतन ने गाये जाएँ।’’ यह निवेदन गाँव के बुजुर्ग आदमी महराम के माऱ्फत पहले ही करवा दिया गया था।

दिन भर से ही बुजुर्ग महिलाओं द्वारा देवताओं के गीत और अन्य द्वारा खुले और बेबंदिश नाच व गीतों की धमाचौकड़ी मची रही।

श्रीफल गूजर अब जीवित नहीं था लेकिन घर के मुखिया की तरह हर किसी की जुबान पर उसी का नाम था। पूरे गाँव में यहाँ-वहाँ छींटदार रंगीन साफ़े ही साफ़े दिखाई दे रहे थे। डांग में हर जाति के बुजुर्ग पुरुष सर पर साफ़ा पहनते रहे हैं। साफ़ा उनकी इज़्ज़त की निशानी माना जाता रहा है। अधिकांश ने धोती एवं कुर्ता पहन रखा था। प्रौढ़ एवं जवान लोगों ने धोती के ऊपर रंग-बिरंगी कमीज़ें पहन रखी थीं। महिलाओं का पहनावा चटकदार रंगों से भरपूर था। बुजुर्ग महिलाओं ने घाघरा, आंगी व ओढ़नी तथा जवान औरतों ने लहंगा, कमीज़ एवं लूगड़ी जैसे वस्त्र धारण किये हुए थे। अधिकांश की ओढ़नी या लूगड़ी पीले रंग की थी। डांग सहित पूर्वी राजस्थान के लोक की स्त्रियों के पहनावे में पीले रंग का वर्चस्व दिखाई देता है। श्रीफल गूजर के मृत्युभोज में मेल-मिलाप वाले जितने भी लोगों को लेकर जो वाहन आ रहे थे उनमें ट्रेक्टर-ट्रॉली, जीप-जोंगा, जुगाड़ व मेटाडोर शामिल थीं। वाहनों में फ़िट किये हुए टेप-रिकॉर्डरों में जो धुन बजाई जा रही थी उनमें मुख्य रूप से यह स्थानीय लोकगीत सुनाई दे रहा था—

पीली लूगड़ी का झाला (संकेत) सूं रोकी रे मेटाडोर...

डांग क्षेत्र पहलवानी के लिये मशहूर है। श्रीफल गूजर के मृत्युभोज के उस आयोजन में पहलवानों की टोलियाँ भी इधर-उधर नज़र आ रही थीं। नये परिधानों में औरत-मरदों का विभिन्न गतिविधियों से परिपूर्ण जमावड़ा मेले का मंज़र लिए हुए था।

उतरती सर्दियों के दिन थे। माघ का महीना एक-एक दिन निकलता जा रहा था। दोपहर बाद तो फागुन की-सी बयार चलने लगी थी। बेहद खुशनुमा मौसम भी साथ दे रहा था उस अवसर का।

चहल-पहल के उस माहौल में बड़े उत्साह के साथ हिस्सा ले रहे थे श्रीफल पटेल के चारों बेटे। उन सबका ध्यान इसी प्रयास में लगा हुआ था कि कहीं कोई कसर नहीं रह जाये। 'बाप को नुक्तो बेर-बेर थोड़ी ई होबे करे।' यह सोचकर उन्होंने पानी की नाईं पैसा लुटाया था। इस सबके बावजूद बाप का साया सर से उठ गया, इस हकीकत के संकेत-भाव उनके चेहरों पर स्पष्ट दिखाई दे रहे थे। उनसे अधिक गमगीन थीं श्रीफल गूजर की तीनों बेटियाँ। भाई कितना ही प्यार करें अपनी बहनों को लेकिन बाप तो आखिर बाप ही होता

है। माँ को मरे हुए तो अर्सा हो गया था। जब भी ससुराल से आतीं भागकर अपने पिता की छाती से लिपट जाया करती थीं तीनों बहनें। अब किसकी छाती से लिपट कर दुःख-सुख की बातें करेंगी वे। एक कौने में बैठी हुई तीनों बहनें अपनी बुआ, ननिहाल की महिलाओं एवं अन्य निकट रिश्तेदारी की औरतों से धीमी आवाज़ में बातें कर रही थीं। बातों की विषयवस्तु बाप की यादों के अतिरिक्त और क्या होती।

श्रीफल सौभाग्यशाली था जिसके चारों बेटे ही नहीं अपितु पूरे गाँव में कोई लड़का कुंवारा नहीं रहा था। एक भोला गूजर था जो कुंवारा रह जाता। यह तो श्रीफल ही था जिसने महराम के माऱ्फत भोला की सगाई करवा दी थी। भोला इस अवसर पर भूत की तरह काम कर रहा था। पत्तल-दोना बिछाने से परोसगारी तक सारे कामों में सबसे आगे। उस दिन जैसे उसके पाँवों में पंख लग गये हों। वैसे वह दाह संस्कार के दिन से मृत्युभोज के इस दिन तक खूब भागा-दौड़ी कर रहा था। सबसे ज्यादा और ज़िन्दगीभर के लिए एहसानमंद था वह श्रीफल पटेल का, जिसने उसका घर बसा दिया, नहीं तो जीवनभर रंडुआ कहलाता और लोगों के लिए मज़ाक का विषय बना हुआ होता। आज के से अवसर पर तो वह किसी को मुँह दिखाने लायक नहीं होता और इससे भी आगे जिधर भी जाता औरतें अपनी कहने से नहीं चूकतीं कि ''रंडुआ यह रहा, रंडुआ वह गया।''

श्रीफल गूजर के मृत्युभोज के उस अवसर पर सबसे अधिक गमगीन और रुआंसा दिखाई दे रहा था हरजीनाथ। जब भी वह कोड्यापुरा आया श्रीफल के घर कभी भजन गाये बिना नहीं रहा। आज लोगों के आग्रह के बावजूद वह और उसकी सारंगी दोनों चुप थे। दिन भर से वह महराम के पास बैठा रहा। बहुत मनुहार के बाद उसने तीसरे पहर जाकर थोड़ा-बहुत भोजन किया था।

स्थानीय प्रधान जो बयाना पंचायत समिति का था वह तथा क्षेत्र के विधायक तीये की बैठक में शरीक हो गये थे, इसलिए मृत्युभोज के दिवस नहीं आये। अंचल के अन्य छोटे-मोटे नेता आये थे।

असल में यह मृत्युभोज था लेकिन गिरधर पंडित के कहने से इस भोज को नाम दिया गया धर्म भोज। उसी की सलाह पर ज़िला रसद अधिकारी भरतपुर के दफ़्तर से करीब एक हज़ार आदमियों के खाने की बाकायदा अनुमति भी ले ली गयी थी ताकि कोई मृत्युभोज की शिकायत नहीं करे। यूँ भी खुलेआम किसी के मन में ऐसा विचार कम-से-कम श्रीफल के मामले में तो नहीं आता। फिर भी एहतियात के तौर पर यह कदम उठा लिया गया था। यही वजह थी कि स्थानीय पुलिस थाना गढ़ी बाजना का स्टाफ़ भी निमंत्रण पर जीमने आया था। स्थानीय प्राथमिक स्कूल तो कोड्यापुरा में था ही। अतः उसके दोनों अध्यापक शामिल हुए थे। इलाके के बाकी सरकारी कार्यालय दूर पड़ते थे। या तो वे थे बयाना में अथवा ज़िला मुख्यालय भरतपुर।

वैसे किसी बड़े भोज के लिए सरकारी अनुमति की बात डांग जैसे पिछड़े इलाके के

किसी गाँव के किसी आदमी के दिमाग में आये यह पचने वाली बात नहीं थी लेकिन इस भोज के पीछे नाम था श्रीफल गूजर का और दिमाग था उस गाँव के गिरधर पंडित का जो ऐसा संभव हो सका।

पगड़ी की रस्म शाम को होने वाली थी जिसके लिए आये हुए रिश्तेदारों में से खास-खास रुक गये थे शेष लोग-लुगाई दिन छिपे के आस-पास गाँव कोड्यापुरा से विदा होते गये। गाँव से बाहर के मेहमानों की जो संख्या दिन में हज़ारों में थी वह अब सैकड़ों में रह गयी थी।

दिन भर चले इस भोज के दौरान कितने मंगवैये कहाँ-कहाँ से आ टपके इसका हिसाब लगाना कठिन था। कुत्ते तक आ गये थे बाहरी गाँवों से, हालाँकि दिन भर स्थानीय एवं बाहरी कुत्तों के बीच आपस में दाँत कटाई होती रही। फिर भी श्रीफल पटेल के नुक्ता में, या कहें धर्मभोज में जो प्राणी जैसे भी आया उसमें से कोई भूखा नहीं लौटा। सबका ध्यान रखने वाले श्रीफल ने मरने के बाद भी सबका ध्यान रखा। बड़ा आदमी बड़े काम करने से ही होता है और ऐसा ही शख्स था श्रीफल गूजर इलाके का नामी पटेल।

पगड़ी की रस्म के दौरान श्रीफल गूजर के बड़े लड़के थानसिंह के माथे पर पगड़ी-साफ़ों का गोलाकार पहाड़ बन गया था। कई बार उसे माथे से नीचे उतारा गया था ताकि प्रतीक्षारत साफ़े एवं पगड़ियों को उसके सर पर जगह मिल सके। डांग के पहाड़ों के बीच पगड़ी एवं साफ़ों का पहाड़!

बहुत काम किया था श्रीफल गूजर ने अपने आस-पास। यह उसकी ही देन थी कि उसने चम्बल से टक्कर ली थी। गत पचास-साठ बरस के इतिहास में दस्यु प्रसूता डांग के ही एक गाँव कोड्यापुरा में एक भी डकैत पैदा नहीं होने दिया उसने। यह उसी श्रीफल पटेल की अलख थी कि गाँव के स्कूल से दर्जनों बच्चों ने प्राथमिक शिक्षा ग्रहण की। यह अलग बात है कि अपने-अपने कारणों से उनमें से अधिकांश बालक उस क्षेत्र में आगे नहीं बढ़ पाये। उसके स्वयं के बेटे आठवीं-दसवीं तक जाकर खेती-बाड़ी एवं खनन जैसे कारोबार में उलझ गये। बहुत लोगों ने बहुत ही दफ़ा उससे कहा था, ''पटेल, चुनाव में खड़ा हो जा।'' लेकिन उस माई के लाल के लिये बिना राजनीति के ही समाज सेवा सबसे बड़ा परोपकार था ना कि राजनीति में जाकर नाना प्रकार के समझौते करना। श्रीफल गूजर की पगड़ी की रस्म के पश्चात् वहाँ उपस्थित सभी लोग देर रात तक श्रीफल पटेल की यादों में खोये रहे।

अब कौन था हरजीनाथ का वहाँ, जो थे वे सब श्रीफल की वजह से थे। इस बात में कितनी सचाई थी और कितनी नहीं, यह तो कौन जाने, किन्तु हरजीनाथ के हिये में श्रीफल की मौत के बाद यह बात हमेशा के लिए बैठ गयी। रात के तीसरे-चौथे पहर की मिलन बेला में वह बिना किसी को बताये कोड्यापुरा से चल दिया। उसकी यायावरी का रुख किस दिशा में होगा, यह किसी को पता नहीं चला।

26

डांग क्षेत्र विकास बोर्ड ने पर्यटन को बढ़ावा देने के लिए एक अनूठी योजना का प्रस्ताव तैयार किया। ऐसी योजना पूरे विश्व में प्रथम बार सामने आई। इस योजना को नाम दिया गया, 'साहसिक पर्यटन'। इसी का दूसरा नाम था 'चम्बल सफ़ारी'। चम्बल के दस्यु प्रभावित इलाके के उन डाकुओं को इस योजना में शामिल किया जायेगा जो आत्मसमर्पण कर चुके हैं या मुकद्मों में दोषमुक्त हो गये हैं अथवा सज़ा काट चुके हैं। जो डाकू सक्रिय हैं उनका आत्मसमर्पण करवाने का प्रयास भी इस योजना का हिस्सा होगा। इस कदर समाज की मुख्यधारा में आ चुके दस्युओं को पर्यटन गाइड के रूप में रोज़गार दिया जायेगा।

डांग क्षेत्र विकास बोर्ड की इस योजना को बनाने वाले दल के सदस्यों का विश्वास है कि योजना जब लागू हो जाएगी तो विदेशी पर्यटक आगरा के ताजमहल, जयपुर के हवामहल, केरल की प्राकृतिक छटा एवं कश्मीर की ख़ूबसूरत वादियों को भूलकर सीधे आयेंगे चम्बल की घाटियों और डांग के पठारी हिस्सों में। आप सुबह होते ही उस चाय का लुत्फ़ लेंगे जो परोसी जाएगी लम्बी व घनी मूँछों वाले और ललाट पर लम्बा लाल तिलक लगाने वाले भूतपूर्व डाकुओं द्वारा। वे ही आपको लंच एवं डिनर करवाएँगे। वे ही गाइड की हैसियत से उन स्थलों का दौरा करवाएँगे जहाँ कभी पुलिस की खतरनाक बागियों के साथ मुठभेड़ हुई थी। आपको उन बीहड़ों में भ्रमण करवाएँगे जहाँ केवल दस्युओं के राज का इतिहास रहा है। ऊबड़-खाबड़ उस धरा पर या तो दस्यु दल या पुलिस अथवा वे दुर्भाग्यशाली ग्रामीण बसा करते हैं जिन्हें अन्यत्र जगह नहीं। राजस्थान पर्यटन विभाग को प्रस्ताव भेजा जायेगा जिसमें राजस्थान के पर्यटन के वृहत्तर विकास का हिस्सा होगा यह 'साहसिक पर्यटन' जिसके तहत देशी-विदेशी पर्यटकों को भूतपूर्व डाकुओं से निकट सम्पर्क व साथ का अवसर दिया जायेगा। इससे यह संभव होगा कि दस्युओं की ज़िन्दगी क्या होती है, कैसे एक आम इन्सान डाकू बन जाता है और वही दुर्दांत दस्यु पुन: मुख्य धारा में जब लौटता है तब उसकी मानसिकता कैसी होती है, इन सभी सवालों का जवाब पर्यटकों को मिलेगा दस्युओं से रू-ब-रू होने पर।

पर्यटन विभाग इस योजना को विशेष पैकेज के रूप में प्रचारित एवं प्रसारित करेगा। पर्यटन के क्षेत्र में यह अनूठा कदम होगा जो चम्बल के बीहड़ों के बहाने उस हकीकत को प्रस्तुत करने में कामयाब होगा जिससे राजस्थान के उस पिछड़े इलाके की संस्कृति, सामाजिक-आर्थिक जीवन, वहाँ के अतीत, वहाँ के लोगों की अपेक्षाओं आदि से रू-ब-रू कराएगा। इस कदम से डांग क्षेत्र की आर्थिक दशा पर सकारात्मक असर पड़ेगा। क्षेत्र के समग्र विकास की यात्रा को और गति दी जा सकेगी। इस पर्यटन के बहाने उस क्षेत्र में आधारभूत ढांचा खड़ा हो सकेगा जिसमें सड़कें, स्वास्थ्य, पेयजलापूर्ति, बिजली आदि

सुविधाओं, का विस्तार हो सकेगा। डांग के जिस विकास को डाकुओं ने सदियों से रोके रखा, वही डकैत डांग क्षेत्र के विकास के वाहक बन सकेंगे। राजस्थान ही नहीं प्रत्युत देश के मानव संसाधन के अधिकाधिक उपयोग की मुहिम का एक हिस्सा होगी साहसिक पर्यटन की यह महत्त्वाकांक्षी योजना।

पर्यटन के क्षेत्र में ऐसी अनुपम योजना डांग क्षेत्र विकास बोर्ड के पहले अध्यक्ष वीरेंद्रपाल सिंह के दिमाग की उपज थी जिसने डांग के सभी छह ज़िलों यथा भरतपुर, सवाई माधोपुर, करौली, धौलपुर, बारां एवं झालावाड़ क्षेत्र को शामिल किया लेकिन विशेष ज़ोर चम्बल अंचल के दस्यु प्रभावित इलाकों पर दिया गया। यूँ समझा जाये जैसे चम्बल को डकैती व लूट जैसे अपराधों के अभिशाप से मुक्त कर उसे विकास का वरदान दिया जाने वाला हो। पर्यटन के क्षेत्र में डाकुओं को शामिल करना सरकार के लिए साहसिक कदम रहेगा। यह दस्यु बनने के दुस्साहस से भी बड़ा कदम माना जायेगा।

बहुत-सी आशंकाएँ इस योजना को लेकर सामने थीं। अभी पिछले महीने चम्बल क्षेत्र के खतरनाक डाकू दीपचंद उर्फ़ नादिया को पुलिस ने मुठभेड़ में मार गिराया था। इस दुर्दांत दस्यु ने हाल ही में पाँच दलितों की नृशंस हत्या की थी। बंदूकों की आवाज़ों के बीच पर्यटकों को आकर्षित करना वाकई दुष्कर कार्य होगा लेकिन वीरेंद्रपाल सिंह अपनी बात पर अड़ा हुआ था और दिन-रात पर्यटन की इस योजना को पूरा करने में अपनी टीम के साथ मन से लगा हुआ था।

हिन्दुस्तान में डाकुओं का लम्बा इतिहास रहा है। इस लम्बे इतिहास में विश्व प्रसिद्ध रॉबिनहुड जैसे बागी इस धरती पर भी हुए हैं, जिन्होंने आम आदमी का अपार सहयोग प्राप्त किया जैसे वीरप्पन और मानसिंह राठौड़। वीरप्पन ने अपने बीस बरस के दस्यु जीवन के दौरान करीब 180 लोगों की हत्या की थी। उसका मुख्य दुर्व्यवसाय दक्षिण भारत के जंगलों से चन्दन की लकड़ी की तस्करी करना रहा था। मानसिंह राठौड़ ने दीर्घकाल तक चम्बल के बीहड़ों पर राज किया था। चम्बल के सीमावर्ती उत्तरप्रदेश एवं मध्यप्रदेश प्रान्तों में सन् 1960 में बिनोबा भावे और सन् 1972 में बाबू जयप्रकाश नारायण व एस.एन. सुब्बाराव के सद्प्रयासों की वजह से सैकड़ों बागियों ने आत्मसमर्पण किया। राजस्थान में भी यह मुहिम जारी रही थी लेकिन उसका ग्राफ़ अपेक्षित स्तर को नहीं छू सका था। दस्यु सुंदरी के नाम से कुख्यात फूलनदेवी ने अपने साथ हुए अत्याचारों का बदला लेने के लिए चम्बल की शरण ली और सवर्ण जाति के अनेक सदस्यों का वध किया जैसे वह दस्यु जीवन में उतरी ही इसलिए थी कि दुश्मनों का संहार किया जावे। वह इतनी लोकप्रिय रही कि बाद में लोकसभा का चुनाव जीतकर सांसद बन गयी। उस पर 'बैंडिट क्वीन' नामक चर्चित फ़िल्म भी बनायी गयी। पेशे से पत्रकार माला सेन ने उसकी कहानी लिखी थी जो डाकू समस्या पर लिखा गया एक अधिकारिक आख्यान है।

अब तो भरतपुर संभाग के भ्रमण एवं लगाये गये शिविरों के दौरान राजस्थान के

मुख्यमंत्री ने डांग क्षेत्र के लिए बनायी जा रही इस योजना को बाकायदा हरी झंडी दिखा दी थी। इस योजना का विस्तृत खाका सरकारी पर्यटन महकमे द्वारा तैयार करवाया गया। इस योजना का अत्यंत रोचक पहलू यह रहा कि पर्यटकों को भूतपूर्व दस्यु 'चम्बल सफ़ारी' के दौरान रास्तों पर, बीहड़ों में, वनविहार एवं तालाबशाही जैसे पर्यटनस्थलों पर लंच की टेबिल पर और वापसी के वक्त अपनी बहादुरी और पुलिस कार्यवाही, मुखबिरी, डकैती, लूट, अपहरण के किस्से-कहानी सुनाया करेंगे। जो आम पर्यटकों को पता नहीं या फिर उन्होंने ऊपर से जो कुछ अब तक सुना उसके यथार्थ को अब स्वयं दस्युजन सामने बैठकर सुनायेंगे जो अपने आप में आधिकारिक या कहें, भोगे हुए यथार्थ के रूप में चलचित्र की तरह प्रस्तुत किया जायेगा। पर्यटकों को उन स्थलों पर घुमाया जायेगा जहाँ दस्युओं के ठिकाने रहा करते थे, पुलिस की उनके गिरोहों के साथ मुठभेड़ें हुआ करती थीं अथवा उनकी गिरफ़्तारी हुई या उन्होंने आत्मसमर्पण किया। संभव है कि कुछ चौंकाने वाले तथ्य भी उजागर किये जाएँ यथा दस्युओं की राजनेताओं के साथ मुलाकातें, पुलिस और डाकुओं के बीच की दुरभिसंधियाँ अथवा मुखबिरों का दोगला आचरण, जहाँ वे पुलिस और डाकू दल दोनों से ही सम्बन्ध रखते थे। ऐसे सम्बन्ध तो उन्हें रखने होते थे तभी तो मुखबिरी संभव हो सकती थी लेकिन जब वे दोनों पक्षों को बहुत अर्से तक बेवकूफ़ बनाने में कामयाब होते थे, इस प्रकार के किस्से सुनाये जायेंगे। और भी बहुत-सा रहस्योद्घाटन!

आत्मसमर्पण कर चुके डकैत अवतारी गूजर ने इस पर्यटन योजना के सम्बन्ध में एक अखबार को दिये अपने साक्षात्कार में यह बताया कि अगर बाहर के पर्यटक यहाँ चम्बल की धरा पर आकर हमसे बातचीत करते हैं तो उनका स्वागत है। कैसा लगेगा जब दस्यु लोग स्वागत करेंगे देशी व विदेशी पर्यटकों का? कहाँ जिनके नाम से गर्भवती स्त्रियों के गर्भ गिर जाने के किस्से फ़िल्मी डायलॉग बना करते थे और कहाँ वे डकैत अब कहेंगे, ''पधारो म्हारे देश।''

पर्यटन की यह अत्यंत महत्त्वाकांक्षी योजना जब लागू कर दी जाएगी तब इससे यह भी लाभ होगा कि जो डाकू बीहड़ों में दस्यु जीवन गुज़ार रहे हैं उन्हें भी शायद आत्मसमर्पण करने की प्रेरणा मिले। दस्यु समस्या के निराकरण में भी यह पर्यटन योजना मददगार साबित हो सकेगी। इस योजना को लेकर पर्यटन विशेषज्ञों का मानना है कि डांग अंचल की विशिष्ट भौगोलिकता, संस्कृति, वन्यजीव और दस्युओं की दास्ताँ अवश्य देशी-विदेशी पर्यटकों को यहाँ आने के लिए आकर्षित करने में सफल होगी।

डांग और खासकर चम्बल इलाका ऐसा क्षेत्र रहा है जिसका शेष दुनिया से सम्पर्क यथार्थ के धरातल पर नहीं के बराबर हुआ है। यदि हुआ भी है तो केवल इस छवि के रूप में कि यह धरती का वो सिन्धुविहीन टापू है जहाँ केवल दस्यु-दल बसते हैं जो बस्तियों में घुसते हैं तो बस्तियाँ थर्रा उठती हैं और बस्तियों के शांतिप्रिय आदमी इन दस्युओं के इलाके में गलती से चले जाते हैं तो उनकी खैर नहीं।

हर इन्सान के भीतर अच्छा और बुरा आदमी निवास करता है । परिस्थितियाँ उसे जिस ओर ले जायें उधर वह आदमी जाने के लिए विवश होता है । डकैत बनने से पहले कोई आदमी डाकू थोड़े ही होता है । वह भी आम आदमी की भाँति जीवन बसर कर रहा होता है । हालात बदलते हैं तथा एक शरीफ़ आदमी बागी बनने को मजबूर कर दिया जाता है । इन डाकुओं के जीवन में आया वह कौन-सा मोड़ था जिसने सब कुछ नष्ट कर दिया उनका और अब वे नष्ट करने को आमादा हुए सामने वाले का सब कुछ । ये सारी कहानियाँ सुनाई जाएँगी उन्हीं दस्युओं की जुबानी जिन्होंने भोगा वह सब कुछ जिसके विषय में बहुत कम लोग जानते हैं और बागी बनने के पश्चात् जो किया उसे किस तरह पुलिस और मीडिया ने बढ़ा-चढ़ा कर दुनिया के सामने रखा । अब ये दस्यु सरगना बताएँगे अपने जीवन का वह सच जो अब तक अर्द्धसत्य ही रहता आया । दस्यु जीवन का एक दूसरा यथार्थ उजागर होगा इन भूतपूर्व डाकुओं के मुख से जिसे उनके सिवाय अन्य कोई नहीं जानता । उनके दिलोदिमाग में क्या घटित हुआ यह तो वही बताएगा जिसके साथ घटित हुआ । 'जाके पैर न फटी बिवाई सो का जाने पीर परायी' । जो व्यक्ति जीवन के दस्यु-काल में बंदूक के घोड़े से प्यार करता रहा, जो कभी भी किसी की भी जान लेने के लिए स्वतंत्र रहा, जिसका स्वयं का जीवन कितना शेष है यह कोई नहीं जानता, वो बागी अब उनके जीवन के बारे में जब बताएँगे तो सुनने वालों को कैसा अनुभव होगा, यह वास्तव में किसी अचरज से कम नहीं होगा ।

चम्बल को अब तक दस्यु प्रसूता नदी के रूप में जाना जाता रहा । उस चम्बल की धरती के क्या दुःख-सुख हैं, उसके क्या अधूरे सपने रहे, उसका वास्तविक इतिहास क्या रहा, उसकी भी कोई संस्कृति विकसित हुई होगी, वह धरती भी किसी रूप में मधुर फलों की दात्री बनने की संभावनाएँ रखती होगी, यह सब कुछ बताया जायेगा पर्यटन की इस 'चम्बल सफ़ारी' योजना के माध्यम से ।

डांग क्षेत्र के पर्यटन व्यवसायियों के मन में इस योजना को लेकर अत्यंत उत्साह रहा । उनका मानना था कि पुलिस के साथ दस्युओं की मुठभेड़ों के किस्से अपने आप में अनूठे होंगे, इसमें कोई शक नहीं । चम्बल के दस्युओं से सम्पर्क अपने आप में एक रोमांच होगा ।

विशेषज्ञों तथा पर्यटन व्यवसाय से जुड़े लोगों का कहना था कि भूतपूर्व बागी जो अब अमनपसंद ज़िन्दगी जीने की राह पर हैं उनका सहयोग इस योजना को अवश्य मिलेगा । आशंका यह व्यक्त की गयी कि जो वर्तमान में दस्यु जीवन गुज़ार रहे हैं वे लोग इस योजना में बाधक बन सकते हैं । वे नहीं चाहेंगे कि चम्बल के विकट बीहड़ों अथवा डांग के दुर्गमस्थलों तक कोई पहुँचे और उनकी परंपरागत शरणस्थलियों को उन बागियों के लिए असुरक्षित करने का प्रयास करे । अगर सरकार के स्तर पर समुचित सुरक्षा मुहैया करा दी जाती है तो कोई संदेह नहीं कि यह पर्यटन योजना सफल नहीं हो ।

'चम्बल के डाकू विकास विरोधी रहे हैं,' यह एक हकीकत हो सकती है । डाकू बनने

से पहले भी क्या वे आदमी विकास विरोधी रहे होंगे ? यह एक प्रश्न मस्तिष्क में कुलबुलाता है। इसका जवाब ये भूतपूर्व बागी अपनी कहानियों के मार्फ़त देंगे।

बहुत पहले की बात है जब धौलपुर ज़िला दस्यु समस्या से बुरी तरह जूझ रहा था। हर शख्स परेशान था, ना कि केवल पुलिस। तब दस्युओं के संभावित ठिकानों तक सड़क बनाने की एक योजना सरकार के दिमाग में आई थी। डाकू क्या, उन स्थलों के आमजन ने मोर्चाबंदी करके सड़क बनाने का बाकायदा विरोध किया था। इसके पीछे जो बात सामने आई वह चौंकाने वाली थी। कहते हैं कि डाकुओं ने उन ग्रामीणों को धमकी दी थी कि अगर तुम्हारे इलाके में सड़कें बनीं तो तुम्हारी खैर नहीं। क्या कोई अन्यत्र का निवासी ऐसा करने की सोच सकता है ? शायद कदापि नहीं। हकीकत क्या रही ग्रामीणों के इस तरह के व्यवहार के पीछे यह भी बताएँगे दस्यु जीवन गुज़ार चुके दस्यु-गाइड इस साहसिक पर्यटन योजना के माध्यम से।

27

राजस्थान में वरिष्ठ आई.पी.एस. अफ़सर पी. जगन्नाथन नये पुलिस महानिदेशक नियुक्त कर दिये जाते हैं।

''राजस्थान के लिए मैं कोई नया अधिकारी नहीं हूँ। विभिन्न पदों पर मैं यहाँ कार्य कर चुका हूँ। अब प्रदेश के पुलिस प्रमुख की हैसियत से मुझे यह दायित्व सौंपा गया है। मैं वर्तमान सरकार, विशेषकर मुख्यमंत्री महोदय का आभारी हूँ जिन्होंने मुझे इस योग्य समझा। मैं पूरी कोशिश करूँगा कि सरकार एवं राजस्थान की जनता की अपेक्षाओं के अनुरूप मैं अपनी इस प्रदत्त भूमिका को निभा सकूँ। मैं यह दावा नहीं करता कि राजस्थान पुलिस की कार्य पद्धति, व्यवहार एवं दृष्टिकोण में आमूल-चूल परिवर्तन हो जायेगा, फिर भी हम यह प्रयास करेंगे कि आपको कुछ परिवर्तन नज़र आ सकें। हम जीवन के विभिन्न क्षेत्रों से सम्बंधित परिस्थितियों को बदलने की क्षमता नहीं रखते और न ही यह पुलिस का प्रत्यक्ष रूप से कार्यक्षेत्र है लेकिन बेहतर बदलाव के एजेंट की भूमिका अवश्य निभा सकते हैं। ऐसे ही कुछ नवाचारों से ताल्लुक रखने वाले कदम हमारी प्राथमिकतायें होंगी।'' यह कहा था नवनियुक्त पुलिस महानिदेशक ने अपनी पहली प्रेस कॉन्फ्रेंस में।

पुलिस के नये मुखिया ने सभी पुलिस अधीक्षकों को जो पहला परिपत्र भेजा उसमें बहुत सारी औपचारिकताओं और अपेक्षाओं के साथ जो खास योजना संप्रेषित की, वह थी फ़ील्ड में पदस्थापित पुलिस महानिरीक्षकगण अपनी-अपनी रेंज में घटित अपराधों में से प्राथमिकता के आधार पर किसी एक किस्म के अपराध का चयन कर उसकी रोकथाम हेतु निरपराधीकरण की प्रक्रिया को व्यवस्थित रूप में एक रणनीति के तहत क्रियान्वित

करें। भरतपुर की पुलिस रेंज के लिए जो क्षेत्र चुना गया वह था दस्यु समस्या को लेकर निरपराधीकरण की योजना को लागू करने का।

''सर, दस्यु समस्या के निराकरण को लेकर मेरा विनम्र सुझाव यह है कि इस समस्या को चारों तरफ़ से घेरा जाये। यह केवल पुलिस की समस्या नहीं होकर सामाजार्थिक समस्या है। हमें कई मोर्चों पर काम करना होगा। आपके आदेश से पर्यटन विभाग जिस 'चम्बल सफ़ारी' योजना पर कार्य कर रहा है, वह वास्तव में बहुत महत्त्वपूर्ण साबित होगी। लेकिन उसकी सीमाएँ हैं। वह केवल भूतपूर्व डाकुओं से सम्बन्ध रखती है। मैं जिस योजना को लेकर आपसे चर्चा करने उपस्थित हुआ हूँ, वह मुख्य रूप से सक्रिय डकैतों को लेकर है, हालाँकि सक्रिय डाकुओं को निष्क्रिय होने की प्रेरणा देने के लिए इस योजना में निष्क्रिय हो चुके डकैतों को भी शामिल किया जायेगा। इसमें हमने यह मुद्दा उठाया है कि किस तरह सक्रिय दस्युओं को निष्क्रिय होने की राह की तरफ़ मोड़ा जाये ताकि वे पुनः समाज की मुख्य धारा में शामिल हो सकें। मैं इस विषय को मुख्य सचिव एवं गृह सचिव महोदयों से ऑलरेडी डिस्कस कर चुका हूँ।''

''सर, आप कुछ कहेंगे इस बारे में ?'' पुलिस महानिदेशक ने राज्य के मुख्य सचिव की ओर मुख़ातिब होकर यह अपेक्षा जताई कि वे इस विषय पर कुछ कहें।

''योजना अच्छी है। इसमें सरकार को कोई एतराज़ नहीं है, बशर्ते कि किसी प्रकार के फ़ंड की डिमांड नहीं की जाये।''

''सर, पुलिस के इस प्रस्ताव में आपसे कोई फ़ंड माँगा है क्या ?'' सहज भाव से पुलिस महानिदेशक पी. जगन्नाथन ने मुख्य सचिव की आशंका को निर्मूल करने का यत्न किया।

''अब तक तो नहीं। मैं आगे की बात अभी से कह रहा हूँ,'' विभिन्न सरकारी विभागों द्वारा 'उँगली पकड़ते हुए पौंचा पकड़ने' के लम्बे प्रशासनिक अनुभव के आधार पर राज्य के मुख्य सचिव ने यह आशंका जताई।

''वो मेरा वादा है। सरकार से हम कम-से-कम इस योजना के लिए कोई फ़ंड नहीं मांगेंगे। बस एक रिक्वेस्ट है,'' कहते हुए पुलिस के महानिदेशक जगन्नाथन ने गृह सचिव की तरफ़ मुख़ातिब होकर आगे कहा, ''वह यह कि सामाजिक एवं आर्थिक विकास से सम्बंधित जो विभाग कार्यरत हैं उनके साथ इस योजना को टाई-अप करना होगा।''

''हाँ, उसका ज़िक्र आपने इन प्रस्तावों में कर रखा है। जहाँ तक मैं समझता हूँ, उसमें सरकार को कोई दिक्कत नहीं है,'' यह कहकर गृह सचिव ने पुलिस महानिदेशक की बात पर अपनी प्रतिक्रिया ज़ाहिर की।

इसी दौरान मुख्यमंत्री महोदय ने मुख्य सचिव की तरफ़ इशारा किया, जिसका तात्पर्य

था कि इस चर्चा को यहीं विराम दिया जाये और दूसरी मीटिंग की तैयारी की जाये जो मंत्रियों के एक समूह के साथ किसी अन्य मसले पर अभी होनी थी।

''आप सभी को धन्यवाद। शुभकामनाएँ देता हूँ डी.जी. साहब, आपको इस योजना के लिए। सरकार आपके साथ है,'' यह कहकर बैठक को मुख्यमंत्री ने समाप्त किया।

इस बैठक के बाद पुलिस प्रमुख ने राज्य के गृह सचिव के चैंबर में दस्यु निरपराधीकरण योजना पर विस्तार के साथ विचार-विमर्श किया।

उन दोनों अधिकारियों ने राज्य के मुख्य सचिव की ओर से समाज कल्याण विभाग, महिला एवं बाल विकास विभाग, डांग विकास बोर्ड, जेल विभाग, जनसम्पर्क विभाग, पर्यटन विभाग, विधि विभाग तथा राजस्थान के डांग क्षेत्र के बैंक (बड़ौदा बैंक) के नियंत्रक प्राधिकारियों को लिखे जाने वाले पत्र का ड्राफ़्ट तैयार करवाया जिसमें सम्बंधित महकमों को निर्देश दिये गये कि पुलिस की अगुवाई में डांग इलाके में लागू की जाने वाली 'दस्यु निरपराधीकरण योजना' को सफल बनाने के लिये समुचित एवं अपेक्षित सहयोग दिया जावे।

प्रस्तावित योजना को आगामी एक माह के भीतर लागू कर दिया गया।

इस योजना के तहत प्रथम चरण में राजस्थान के निवासी सक्रिय भगोड़े डाकुओं को समर्पण हेतु प्रेरित करने के लिए मीडिया एवं अन्य तरीकों से प्रचार-प्रसार किया गया। शहरी व ग्रामीण क्षेत्रों में पूर्व में गठित तथा कार्यरत पुलिस जनसम्पर्क समूहों को इस योजना को फलीभूत बनाने के लिए आगे लाये जाने का प्रयास किया गया। जो डाकू राज्य अथवा अन्य प्रांतों की जेलों में विचाराधीन केसों में बंद थे, सम्बंधित जेल प्रशासन के माध्यम से उनसे सम्पर्क किया गया। जो फरार चल रहे थे, उनके सगे-सम्बन्धियों से सम्पर्क किया गया ताकि उनके माध्यम से डाकुओं के ठिकानों तक सकारात्मक सन्देश पहुँचाना संभव बनाया जा सके। जेल प्रशासन के माध्यम से सज़ायाफ़्ता कैदियों के हृदय-परिवर्तन की कोशिश की गयी। जो दस्यु अपने मुकद्मों में दोषमुक्त हो चुके थे, उन्हें भी इस योजना से जोड़ने के प्रयास किये गये ताकि उनके दस्यु जीवन के सभी अनुभवों को समाज एवं मनुष्य विरोधी होने का व्यापक प्रचार किया जा सके। यह बताया जाने लगा कि डाकुओं का जीवन समाज एवं मानव विरोधी होने के साथ-साथ स्वयं डाकू तथा उसके परिवार के लिए कितना कष्टप्रद एवं घातक होता है। यह भी बताया गया कि राज्य के रहने वाले और आत्मसमर्पण करने वाले डाकुओं के सभी मुकद्मों को दस्युवार एक-एक ही न्यायालय में चलाया जायेगा ताकि उनका निस्तारण जल्द-से-जल्द संभव हो सके। आवश्यक हुआ तो फ़ास्ट ट्रेक विशेष अदालतें खोली जाएँगी। जिन तत्कालीन युवाओं ने बाबू जयप्रकाश नारायण और सुब्बाराव के साथ सन् 60 तथा 70 के दशकों में काम किया था उनका सहयोग लेने का भी प्रयत्न किया गया। इस चरण के प्रयासों के काफ़ी उत्साहजनक परिणाम सामने आने लगे। एक साल के भीतर कई दर्जन दस्युओं ने आत्मसमर्पण कर दिया।

दस्यु निरपराधीकरण योजना के इस प्रथम चरण के साथ दस्यु उन्मूलन की पुलिस

कार्यवाही को भी साथ-साथ तेज़ किया गया ताकि यह सन्देश दिया जा सके कि जो दस्यु इस योजना का लाभ नहीं लेना चाहते और सरकार एवं पुलिस का सहयोग नहीं करते उनकी खैर नहीं। पुलिस ने दस्यु उन्मूलन अभियान के तहत संवेदनशील इलाकों में अपनी गतिविधियाँ तेज़ कर दीं। गश्त, नाकाबंदी, दबिशें, धरपकड़ आदि की कार्यवाही में अपनी सारी ताकत झोंक दी। अवैध हथियारों की धरपकड़ के लिए पृथक से अभियान चलाया गया। एक तरह से माहौल बना दिया गया कि येन-केन-प्रकारेण दस्यु समस्या से समाज को निजात दिलानी है। जनसम्पर्क निदेशालय की सक्रियता एवं अपने स्तर के दायित्वबोध के कारण मीडिया ने भी पुलिस के इस अभियान में खूब सहयोग दिया। आत्मसमर्पित दस्युओं की आपबीती पर केन्द्रित कहानियों को अखबारों तथा टी.वी. चैनलों ने श्रृंखलाबद्ध प्रकाशित व प्रसारित किया। सबसे ज्यादा ज़िम्मेदारी निभाई खोजी पत्रकार प्रेमराज तिवारी ने। उसने तो इस योजना की कवरेज के लिए अपने साप्ताहिक *डांग सन्देश* के पृष्ठों को दुख-सुख पाकर दोगुना कर दिया।

पुलिस की इस महत्त्वाकांक्षी दस्यु निरपराधीकरण योजना के दूसरे सोपान में सरकार के समक्ष चुनौती थी आत्मसमर्पण करने वाले डाकुओं के परिवारों की सुरक्षा, रोज़गार एवं पुनर्वास की। ज़ाहिर है कि किसी भी घर परिवार के एक भी सदस्य के डाकू बन जाने पर उसका समस्त परिवार अस्तव्यस्त हो जाता है, विस्थापित हो जाता है, छिप जाता है, बेरोज़गार हो जाता है, आये दिन पुलिस के हत्थे चढ़ने को विवश हो जाता है।

दस्युओं के परिवारों पर ध्यान देने के लिए संयुक्त योजना बनायी गयी जिसे एक मुहिम के रूप में लेना अनिवार्य हो गया था। प्रान्त की मुख्यमंत्री महोदया का वरदहस्त प्राप्त था इस अभियान को, इसलिए लाख रोड़े-रप्पे सामने होने पर भी इस कार्य को बखूबी अंजाम दिया जाने लगा। समाज कल्याण, महिला एवं बाल विकास तथा रोज़गार विभाग ने सम्मिलित होकर दस्यु परिवार की महिलाओं, बालकों एवं बेरोज़गारों के कल्याण, रोज़गार तथा पुनर्वास में मदद की। डांग क्षेत्र के बैंक के माध्यम से आवश्यकतानुसार ऋण की व्यवस्था की गयी। डांग विकास बोर्ड की जनहितकारी योजनाओं का भरपूर उपयोग किया गया। जहाँ ज़रूरत हुई वहाँ सरकारी नियमों में ढील देने की कार्यवाही भी की गयी।

28

भरतपुर के पहलवान चुन्नीसिंह फ़ौजदार ने भूतपूर्व खिलाड़ियों का संभागीय स्तर पर एक संघ बना रखा था। जैसे ही उसने यह खबर पढ़ी कि राजस्थान के पुलिस महानिदेशक की पहल पर डांग क्षेत्र में डकैती जैसी समस्या से निपटने के लिए निरपराधीकरण नामक योजना क्रियान्वित की जा रही है, वह आभार जताने के लिए सीधा जयपुर जाकर राज्य के पुलिस महानिदेशक से मिला।

''सर, आप तो भरतपुर रेंज के आईजी भी रहे हैं। आपने दस्यु समस्या को बहुत निकट से देखा है। मुझे पूरी उम्मीद है कि आपके और पर्यटन विभाग के संयुक्त प्रयासों से इस अभियान में अवश्य सफलता मिलेगी।''

''हाँ, चुन्नीसिंह जी, हम कोशिश कर रहे हैं, आगे भविष्य बताएगा। बहुत कुछ हमारी पुलिस के अधिकारी व जवानों पर निर्भर करेगा कि वे इस योजना को कितने प्रभावी तरीके से अंजाम देते हैं।''

''सर, मैं आपसे एक निवेदन करना चाहता हूँ। आप तो जानते हैं कि हमने भरतपुर में भूतपूर्व खिलाड़ियों का जो संघ बना रखा है। मैं चाहता हूँ कि वह भी दस्यु समस्या निवारण में अपना सहयोग दे सकता है। हम दस्यु प्रभावित इलाकों में भूतपूर्व खिलाड़ियों की एक रैली निकालकर यह सन्देश दे सकते हैं कि चम्बल के जिन बीहड़ों ने पानसिंह तोमर जैसे एक फ़ौजी धावक को दस्यु बना दिया, हम चाहते हैं कि चम्बल के ये ही बीहड़ डाकुओं को खिलाड़ी बनाने का काम करें जो देश-विदेश में स्वयं का एवं डांग क्षेत्र का नाम रोशन करेंगे।''

''स्वागत है आपका चुन्नीसिंह जी। इस चुनौती भरे मिशन में आपका सहयोग हमारे लिए अमूल्य होगा। आप इसमें अवश्य हाथ बंटाइयेगा। किसी भी कार्य को करने के लिए एक ईमानदार शुरुआत की ज़रूरत होती है। वो एक ग़ज़ल का शे'र है ना कि 'मैं अकेला ही चला था ज़ानिबेमंज़िल मगर, लोग जुड़ते गये कारवां बनता गया'।''

''सर हमारा संगठन इस मुद्दे पर किस तरह काम करेगा यह विस्तार से मैं आपको एक सप्ताह के भीतर बताऊँगा। तो अब मैं चलता हूँ। आपने समय दिया इसके लिए धन्यवाद,'' पुलिस महानिदेशक के कक्ष में कुर्सी से खड़े होते हुए चुन्नीसिंह ने कहा।

''चुन्नीसिंह जी, आप तो हमारे अर्थात् समाज के कार्य हेतु मेरे पास आये हो इसके लिए धन्यवाद के पात्र तो आप हैं। मैं आपका आभार व्यक्त करता हूँ।''

जयपुर से भरतपुर लौटते हुए बस में बैठा-बैठा चुन्नीसिंह सोचे जा रहा था कि भूतपूर्व पहलवान तो इस अभियान में आसानी से शामिल हो जायेंगे, अन्य खिलाड़ियों में से कितने आगे आयेंगे, यह कह सकना आसान नहीं है। दूसरा विचारणीय बिंदु यह है कि भूतपूर्व खिलाड़ी आयु के हिसाब से प्रौढ़ावस्था पार हैं, वे कितनी भागदौड़ कर पाएँगे यह भी अंदाज़ लगाना मुश्किल है। अब जो भी हो जब ठान ली तो कदम तो आगे बढ़ाना ही होगा।

भरतपुर लौटने के अगले ही दिन चुन्नीसिंह ने अपने संघ के चुनिन्दा सदस्यों की एक अनौपचारिक बैठक आयोजित की जिसमें इस मसले पर खुलकर चर्चा की गयी। यह मुहिम एक ऐसी समाजोपयोगी पहल थी जिस पर सैद्धांतिक स्तर पर तो कोई असहमत हो ही नहीं सकता था। सवाल यह था कि इस मुहिम में संगठन का योगदान किस रूप में किया जाये।

‘‘केवल रैली निकालने से काम नहीं चलने वाला,’’ यह बात चुन्नीसिंह ने बड़ा ज़ोर देकर कही।

‘‘हमें रैली के बाद छोटे-छोटे समूहों में बँटकर भूतपूर्व डाकुओं से सीधा सम्पर्क करना चाहिए और उन्हें सामाजिक कार्यों के प्रति प्रेरित करना चाहिए। साथ ही उनके माध्यम से सक्रिय दस्युओं तक पहुँचना चाहिए ताकि उनसे सम्पर्क संभव हो जाने पर उनके साथ सीधा संवाद स्थापित किया जा सके जिससे हम अपनी बात को तसल्ली से समझा सकें अन्यथा सक्रिय डाकू हमें पुलिस का मुखबिर समझेंगे और हमें कोई भी नुकसान पहुँचा सकते हैं। डाकुओं के मन में अपनी सुरक्षा को लेकर भयंकर चिंता रहती है। इस हकीकत को हमें समझना चाहिए। हमारी टीम में हर समूह के संग कम-से-कम एक नामीगिरामी आदमी होना चाहिए, चाहे वह कद्दावर नेता हो या पहलवान अथवा अन्य कोई प्रसिद्ध खिलाड़ी।’’ हनुमान अखाड़ा के व्यवस्थापक करतारसिंह गूजर ने तसल्ली से अपना अभिमत बैठक में रखा।

‘‘पहलवान, यह तुमने ठीक बात कही कि हरेक टोली में एक-न-एक नामी खिलाड़ी हस्ती मौजूद रहे। मेरा यह कहना है कि किसी नेतागिरी के चक्कर में हमें नहीं पड़ना चाहिए। किसी भी राजनेता को शामिल करने से कई दिक्कतें हमें आ सकती हैं। कितना भी दूध का धुला राजनेता हो वह अपनी राजनीति की टाँग हर जगह फँसायेगा ज़रूर,’’ चुन्नीसिंह पहलवान ने करतारसिंह की बात में अपनी बात जोड़कर कहा।

सीतारामजी की बगीची में शाम के वक्त संपन्न इस अनौपचारिक बैठक में यह तय हुआ कि सप्ताह भर बाद संभागीय स्तर की बैठक यहीं भरतपुर की इसी बगीची में बुलाई जाये। संगठन के सभी सदस्यों को मोबाइल फ़ोनों से तुरंत मैसेज भेजे जाएँ कि यह बहुत ज़रूरी बैठक है, मेहरबानी करके इसमें अधिक-से-अधिक सदस्य शामिल हों।

एक प्रेस-नोट भी तैयार किया गया जिसे लोकल एवं प्रान्त स्तरीय अखबारों के दफ़्तरों में पहुँचाया गया। इस प्रेस-नोट में पहलवान चुन्नीसिंह की पुलिस महानिदेशक के साथ इस मसले पर हुई बातचीत का विशेष रूप से ज़िक्र किया गया।

नियत तिथि को संगठन की बैठक बुलाई गयी। प्रस्ताव से सम्बंधित सभी मुद्दों पर विस्तार के साथ चर्चा की गयी। रैली एवं समूहों के स्तर पर कार्यवाही करने की बात को लेकर सबकी सहमति थी। यह प्रस्ताव काफ़ी ज़ोर-शोर से उठाया गया कि मौजूदा खिलाड़ियों के विभिन्न संघों और खेल विभाग को भी शामिल होने के लिए क्यों नहीं कहा जाये। इसमें यह लाभ देखा गया कि योजना पर होने वाले व्यय भार में से कुछ सरकार भी वहन करे।

‘‘संगठन के अधिकांश सदस्यों का मानना है कि इस मुहिम में सरकारी सहायता ली जावे। मुझे या अन्य किसी को इसमें कोई आपत्ति नहीं है। लेकिन मेरा विनम्र निवेदन है

कि हम सरकारी सहयोग की हरी झंडी मिलने तक योजना के क्रियान्वयन में देरी नहीं कर सकते। हम अपने संगठन की तरफ़ से खेल विभाग को प्रस्ताव भेज सकते हैं और साथ ही अपना काम रैली के साथ आरम्भ कर सकते हैं,'' पहलवान चुन्नीसिंह ने बैठक के अंत में यह बात कही जिसका सभी सदस्यों ने समर्थन किया। पंद्रह दिन बाद रैली की तिथि तय कर दी गयी। रैली का प्रस्थान बिंदु बयाना के पास बाँध बारेठा तय कर दिया गया। रैली की शुरुआत का समय रखा गया उस दिन सुबह के दस बजे। इस दौरान अपने-अपने इलाकों में इस योजना के प्रचार-प्रसार करने का फ़ैसला भी कर लिया गया। संगठन के इस निर्णय से पुलिस महानिदेशक को अवगत करा दिया गया। इस सूचना को सुनकर वह बहुत खुश हुआ।

नियत तिथि को भरतपुर संभाग स्तर के भूतपूर्व खिलाड़ियों के संगठन के तत्वावधान में दस्यु समस्या के निवारण के लिए इतिहास में पहली दफ़ा पुलिस के सहयोग हेतु खेल जगत से जुड़े हुए शांतिप्रिय नागरिकों ने इस तरह की रैली की शुरुआत की। रैली का मार्ग रखा गया बाँध बारेठा से गढ़ी बाजना, मासलपुर, सरमथुरा और फिर बाड़ी होते हुए सीधा धौलपुर और वहाँ से मध्यप्रदेश से जोड़ने वाला चम्बल पुल।

रास्ते में जितने भी गाँव अथवा कस्बे आये वहाँ सभाएँ आयोजित की गयीं। सभाओं के माध्यम से हर जगह यह सन्देश दिया गया कि डकैती जैसे अपराधों में लिप्त होने वाले व्यक्ति हर तरह से स्वयं के परिवार एवं अंतत: समस्त समाज के दुश्मन होते हैं। इस कदर की आपराधिक वृत्ति आदमी को समाज में बदनामी और बरबादी के सिवा कुछ नहीं देती। जितने भी डाकू हुए हैं उनके जीवन को देख लीजिये। उनके जीवन को किसी भी रूप से सफल नहीं कहा जा सकता। रात-दिन पुलिस से डरकर भागते रहने, लूट के माल को आधे से भी कम दामों में बेचने, कमाया हुआ सारा धन पुलिस, वकीलों, कोर्ट-कचहरी, हथियार-गोला-बारूद का प्रबंध करने आदि में होने वाले खर्च को देखते हुए कुछ भी सार्थक नहीं कहा जा सकता।

चुन्नीसिंह पहलवान ने बाड़ी कस्बे की जनसभा में इस बात पर ज़ोर दिया कि जिन डाकुओं ने जब-जब आत्मसमर्पण किया उनका जीवन एक तरह से सुधरता गया। आज उनमें से कई जने समाज सेवा एवं राजनीति के क्षेत्र में अपना नाम कमा रहे हैं।

चुन्नीसिंह ने विशेष रूप से भूतपूर्व बागी हरिसिंह गूजर का नाम लिया जो स्वयं इस मुहिम से प्रेरित होकर उस सभा में शामिल हुआ था। लोगों को पता था कि उसने लोकसभा का पिछला चुनाव लड़ा था। हरिसिंह की अगुवाई में एक समूह बाड़ी अंचल के लिए बना दिया गया जो अपने तयशुदा इलाके में सघन दौरे करके लोगों के बीच जाग्रति फैलाने का काम करेगा। यद्यपि वह डाकू बनने से पूर्व पहलवान भी रहा था लेकिन डकैत बन जाने के कारण कुश्ती के खिलाड़ी के रूप में अपनी पहचान नहीं बना सका था। अब उसे चुन्नीसिंह ने अपने संगठन में बाकायदा सदस्य की हैसियत से शामिल कर लिया था। इस

कदम से भूतपूर्व दस्यु सरगना हरिसिंह बहुत खुश हुआ। वह तन-मन-धन से इस आन्दोलन में शामिल हो गया।

बाड़ी से भूतपूर्व खिलाड़ियों का काफ़िला धौलपुर की तरफ़ अग्रसर हो गया। खानपुर, मडोना, वनविहार, मचकुंड आदि स्थानों पर बड़ी जनसभाएँ आयोजित की गयीं। लोगों में काफ़ी उत्साह नज़र आ रहा था। खास बात देखने की यह थी कि कुछ गैर खिलाड़ी समाज सेवक भी इस रैली में शरीक होते जा रहे थे। पुलिसवाले पूरा सहयोग एवं समर्थन कर रहे थे। उन्हें पुलिस महानिदेशक की ओर से इस तरह का निर्देश दे दिया गया था। कई सभाओं में तो थानाधिकारी एवं डिप्टी एसपी रैंक के अधिकारियों ने भी रैली को संबोधित किया। इस सहयोग का बड़ा लाभ यह हुआ कि किसी असामाजिक तत्व द्वारा किसी प्रकार की गड़बड़ी पैदा करने की हिम्मत नहीं हुई।

धौलपुर में जिस दिन यह रैली पहुँची उस दिन तो नज़ारा देखने लायक बन गया था। रैली के पहुँचने से पूर्व ही ज़िला पुलिस अधीक्षक एवं ज़िला कलेक्टर ने ज़िला खेल अधिकारी तथा नगर पालिका के कार्यकारी अधिकारी के माध्यम से रैली द्वारा ली जाने वाली जनसभा की समस्त तैयारियाँ करवा दी थीं। हज़ारों की तादाद में लोग इस अद्भुत रैली को देखने के लिए एकत्रित हो गये। दर्जनों भूतपूर्व दस्यु इस सभा में पहले ही आ गये थे। करीब आधा दर्जन सक्रिय डाकुओं के द्वारा आत्मसमर्पण करवाने की तैयारी भी ज़िला पुलिस अधीक्षक की पहल पर कर ली गयी थी। इसमें राजाखेड़ा के भूतपूर्व बागी अमरसिंह की भूमिका बहुत महत्त्वपूर्ण रही। वकील सत्येन्द्र मिश्रा ने पर्दे के पीछे रहकर सहयोग किया था।

रैली दशहरा मैदान में आयोजित की गयी थी। इससे पहले पुलिस अधीक्षक तथा कलेक्टर ने रैली की अगवानी की। अगवानी का वह दृश्य हर किसी के मन में उत्साह पैदा करने वाला था। भूतपूर्व खिलाड़ियों और विशेष रूप से पहलवान चुन्नीसिंह फ़ौजदार के प्रति आदर भाव लोगों के दिलों में था। जब पुलिस अधीक्षक ने सारी मुहिम की जानकारी पुलिस महानिदेशक और चुन्नीसिंह के मध्य रैली के आयोजन और अन्य क़दमों के विषय में हुई वार्ता की जानकारी सभा में दी। रैली के दिन हुई जनसभा का अच्छा कवरेज स्थानीय सिटी केबिल ने दिया। अगले दिन के अखबारों ने 'दस्यु उन्मूलन की अभूतपूर्व पहल' शीर्षक से खबर को प्रमुखता के साथ प्रकाशित किया।

ज़िला कलेक्टर की पहल से धौलपुर जेल में सज़ायाफ़्ता दस्युओं में से कुछ को छाँटकर इस रैली को देखने एवं जनसभा में सम्मिलित होने के लिए एक दिवसीय विशेष पैरोल दिलवाया गया। ये सब प्रयास जनहित में किये गये।

धौलपुर की जनसभा के पश्चात् भरतपुर संभाग स्तरीय भूतपूर्व खिलाड़ियों के संघ का अध्यक्ष चुन्नीसिंह पहलवान किसी हीरो से कम नहीं लग रहा था। डांग के समाज के लिए वह व्यक्तित्व अब जन-नायक बन गया था। सब लोग बड़ी श्रद्धा एवं सम्मान के

साथ उसे देखने लगे। चुन्नीसिंह को कतई विश्वास नहीं हो रहा था कि एक दिन उसके जीवन में ऐसा भी आएगा। वह कृतज्ञ था धौलपुर के पुलिस अधीक्षक के प्रति, वहाँ के कलेक्टर के प्रति, वहाँ के खेल अधिकारी के प्रति, वहाँ के जनसम्पर्क अधिकारी के प्रति और वकील सत्येन्द्र मिश्रा तथा भूतपूर्व बागी अमरसिंह जैसे सभी महानुभावों के प्रति। यह बात उसने जनसभा के उन क्षणों के दौरान मंच से कही जब करीब आधा दर्जन दस्युओं को ज़िला पुलिस अधीक्षक के माध्यम से आत्मसमर्पण करवाया गया। उसने अपना विशेष आभार व्यक्त किया राजस्थान के पुलिस महानिदेशक के प्रति जिसकी अनुप्रेरणा से यह सब कुछ इतने कम समय में संभव हो सका। दस्यु उन्मूलन जनसभा के दौरान ज़िला धौलपुर के पुलिस अधीक्षक ने डांग क्षेत्र में चलायी जा रही दस्यु निरपराधीकरण योजना की अब तक की सफलता पर प्रकाश डाला जिसके बारे में काफ़ी कुछ लोगों को पहले से पता था। इसका अच्छा-खासा प्रचार पहले से ही किया जा रहा था। भूतपूर्व दस्यु अमरसिंह ने बागी जीवन के अपने कटु और समाज की मुख्य धारा में आ जाने के पश्चात् के अच्छे अनुभव सभा के मंच से सुनाये जिन्हें बड़े गौर से लोगों ने सुना। दस्यु अमरसिंह के अनुभवों को सुनने के बाद एक दिवसीय पैरोल पर बाहर आये सज़ायाफ़्ता दस्युओं के हृदय में बहुत कुछ घटित होने लगा था।

रैली का समापन पूर्व निश्चित स्थान चम्बल पुल पर किया गया जहाँ मध्यप्रदेश के भिंड व मुरैना इलाके से भी काफ़ी लोग एकत्रित हुए थे।

राजस्थान के पुलिस महानिदेशक के भीतर एक जुनून चढ़ा हुआ था कि किसी भी तरह डांग क्षेत्र से दस्यु समस्या का जड़ से खात्मा हो। अन्य रेंजों में चल रहे आंचलिक स्तरीय निरपराधीकरण अभियानों की बनिस्पत डांग इलाके में जो दस्यु उन्मूलन अभियान चल रहा था उसमें पुलिस महानिदेशक ने विशेष रुचि दिखाई। लगता था जैसे महानिदेशक पी. जगन्नाथन केवल डांग इलाके का बनकर रह गया। हर किसी के दिल में यह सवाल उठना स्वाभाविक था कि क्या कोई बाहरी व्यक्ति किसी इलाके से इतना लगाव भी रख सकता है? डांग क्षेत्र के धौलपुर ज़िले में वह पुलिस अधीक्षक और भरतपुर रेंज में वह पुलिस महानिरीक्षक के पद पर कार्य कर चुका था मगर ऐसे तो अन्य अनेक ज़िलों एवं रेंजों में भी वह पदस्थापित रहा था लेकिन डांग क्षेत्र से ही इतना प्यार क्यों? इस सवाल का जवाब उसने राजस्थान के मुख्यमंत्री, मुख्यसचिव तथा गृह सचिव को तभी दे दिया था जब वह दस्यु निरपराधीकरण योजना पर चर्चा करने सचिवालय गया था। तब उसने यह कहा था कि दस्यु समस्या राजस्थान प्रान्त के माथे पर काला धब्बा है। मैं चाहता हूँ कि इसे हमेशा के लिए मिटा दूँ और यह बात सही है कि पुलिस महानिदेशक ने उस धब्बे को हमेशा के लिए मिटा देने का जैसे बीड़ा ही उठा लिया हो। उसने बहुत गहराई से उन कारणों पर सोचा जो ज़िम्मेदार रहे हैं इस विकट समस्या के लिए। एक बड़ा कारण रहा युवा वर्ग में बेरोज़गारी। बेरोज़गारी दूर करने के लिए चाहिए रोज़गार। रोज़गार कहाँ से उपलब्ध हो? इस सवाल का जवाब खेती-बाड़ी में नहीं मिल रहा था चूँकि डांग क्षेत्र का अधिकांश भाग पहाड़ी-पठारी,

जंगली और बीहड़ी है। लाल पत्थर की खानों में मज़दूरी श्रमसाध्य है और उसकी अपनी सीमा है। उद्योग-धंधे विकसित हो नहीं पाए। शिक्षा के स्तर में बढ़ोतरी और उसके प्रसार की गतिविधि समय माँगती है।

पुलिस महानिदेशक पी. जगन्नाथन को बेरोज़गारी को कम करने का नुस्खा तुरंत चाहिए था ताकि दस्यु निरपराधीकरण के अभियान को गति दी जा सके। उसके दिलोदिमाग में एक विचार आया। यह विचार उसे आया दिल्ली में हुई सभी राज्यों एवं केन्द्रीय पुलिस संगठनों के पुलिस महानिदेशकों व महानिरीक्षकों के राष्ट्रीय सम्मलेन के दौरान। सम्मलेन के उपरान्त रात्रि भोज के अवसर पर उसने इस मुद्दे पर चर्चा की केन्द्रीय रिज़र्व पुलिस फ़ोर्स के महानिदेशक से जो पी. जगन्नाथन का बैचमेट था और वे दोनों घनिष्ठ मित्र भी थे। बैचमेट तथा दोस्ती से ऊपर उठकर दोनों ने अपने पुलिस कर्म के दायित्वबोध के साथ डांग क्षेत्र में व्याप्त बेरोज़गारी की समस्या पर विचार किया। तय कर लिया गया कि केन्द्रीय रिज़र्व पुलिस फ़ोर्स के कॉन्सटेबल स्तर की भर्ती डांग क्षेत्र के धौलपुर एवं करौली ज़िलों में की जाये। दोनों जगह मिलकर कुल करीब दो हज़ार सिपाहियों की भर्ती को सैद्धान्तिक सहमति केन्द्रीय रिज़र्व पुलिस फ़ोर्स के महानिदेशक ने दे दी। रात्रिभोज का वह सुअवसर राजस्थान के पुलिस महानिदेशक पी. जगन्नाथन के लिए एक तरह से वरदान साबित हुआ। उससे रहा नहीं गया। देर रात उसने यह खबर सम्बंधित ज़िलों के पुलिस अधीक्षकों को फ़ोन पर दे दी यह आगाह करते हुए कि इस खबर को तब जगज़ाहिर करना जब औपचारिक सूचना हमें मिल जाये।

करीब महीना भर लगा और पुलिस महानिदेशक, राजस्थान के पास केन्द्रीय रिज़र्व पुलिस फ़ोर्स के महानिदेशक का पत्र आ पहुँचा जिसमें धौलपुर एवं करौली ज़िलों में सिपाही पद की भर्ती में कानून व्यवस्था बनाये रखने के लिए वहाँ के ज़िला पुलिस अधीक्षकों से आवश्यक मदद देने का आग्रह किया गया।

''स्वागत है दोस्त, आपके पुलिस संगठन द्वारा हमारे राजस्थान के डांग अंचल के दोनों ज़िलों में होने वाली भर्ती का। हम आपके भर्ती दलों का बेसब्री के साथ इंतज़ार कर रहे हैं। उनके ठहरने एवं भर्ती के दौरान अन्य आवश्यक बंदोबस्त करना हमारी ज़िम्मेदारी है। आपने मेरे आग्रह को स्वीकार किया और त्वरित कार्यवाही की, इसके लिए मैं व्यक्तिगत स्तर पर आपको धन्यवाद देता हूँ। राजस्थान पुलिस तथा डांग क्षेत्र की जनता आपके प्रति हृदय से आभारी हैं,'' फ़ोन करके पुलिस महानिदेशक पी. जगन्नाथन ने केन्द्रीय रिज़र्व पुलिस फ़ोर्स के महानिदेशक का शुक्रिया अदा किया। पत्र का औपचारिक सकारात्मक जवाब पृथक से दे दिया गया। औपचारिक सूचना मिलते ही केन्द्रीय रिज़र्व पुलिस फ़ोर्स की विशेष भर्ती की सूचना मीडिया ने डांग क्षेत्र के अपने संस्करणों में प्रमुखता से प्रकाशित व प्रसारित की। राज्य के पुलिस महानिदेशक के निर्देश पर धौलपुर एवं करौली के पुलिस अधीक्षकों ने अपने अधीनस्थ पुलिस थानों के माध्यम से इस विशेष भर्ती का प्रचार करते

हुए ज़िला पुलिस लाइनों में भर्ती के इच्छुक युवकों की परीक्षा हेतु नि:शुल्क कोचिंग की व्यवस्था की, जिसे औपचारिक रूप से जोड़ दिया गया दस्यु उन्मूलन अभियान से। दो हज़ार युवकों को अर्द्ध सैनिक बल की नौकरी दिलाना मायने रखता था।

सम्पूर्ण डांग इलाके में इस भर्ती को लेकर उत्साह नज़र आने लगा था। यह भर्ती शारीरिक दक्षता की जाँच एवं साक्षात्कार के आधार पर होनी थी। दोनों ही पक्षों के लिए आवश्यक टिप्स देने और भाग-दौड़ की तैयारी के लिए पुलिस की विशेष कोचिंग ने डांग के युवकों की बहुत मदद की। भर्ती दोनों ज़िला मुख्यालयों पर की जानी थी लेकिन यह भर्ती विशेष रूप से डांग के सभी ज़िलों के युवकों के लिए होनी थी।

भर्ती बोर्डों के लिए भर्ती की यह प्रक्रिया बहुत कठिन थी। बेरोज़गार युवकों की भीड़ को नियमित करने के लिए ज़िला पुलिस के अधिकारी एवं जवानों को पूरे एक सप्ताह सुबह से शाम तक भारी मेहनत व मशक्कत करनी पड़ी। राज्य के पुलिस महानिदेशक की पहल पर डांग क्षेत्र के लिए किसी अर्द्ध सैनिक बल द्वारा की गयी यह प्रथम भर्ती थी जो वास्तव में एक ऐतिहासिक घटना से कम नहीं थी। इस भर्ती को लेकर कई स्थानीय राजनेताओं ने अपना स्वयं का श्रेय लेने का असफल प्रयत्न किया, चूँकि सब लोग जानते थे कि यह श्रेय अगर किसी को जाता है तो वे हैं प्रान्त के पुलिस प्रमुख पी. जगन्नाथन, जो किसी ज़माने में धौलपुर के पुलिस अधीक्षक और डांग अंचल अर्थात् भरतपुर रेंज के पुलिस महानिरीक्षक भी रह चुके थे। दोनों ज़िलों में केन्द्रीय रिज़र्व पुलिस फ़ोर्स के भर्ती बोर्डों ने डांग क्षेत्र के पूरे दो हज़ार युवकों को सिपाही के पद पर रोज़गार दे दिया।

29

चम्बल के बीहड़ों से लेकर सम्पूर्ण डांग क्षेत्र में एक सुखद परिवर्तन की लहर दिखाई देने लगी। जो इलाका कभी बागियों की बंदूकों की आवाज़ों से गूँजता रहता था, यहाँ-वहाँ लहूलुहान हुआ करता था, अमनपसंद इंसानों को रात-दिन भयभीत किया करता था, अँधेरा होते ही राहें स्वत: ठहर जाया करती थीं, उस सम्पूर्ण क्षेत्र में अब रोज़गार, पुनर्वास, विकास, पर्यटन, शिक्षा, स्वास्थ्य, सड़कों, जलापूर्ति, लहलहाती फ़सलों, बेरोकटोक खनन व्यवसाय, उद्योग-धंधों आदि की बातें होने लगी थीं।

पर्यटन विभाग ने अपनी 'चम्बल सफ़ारी' पर्यटन योजना को सफलतापूर्वक क्रियान्वित कर दिया था। 'चम्बल सफ़ारी' तथा 'दस्यु निरपराधीकरण' दोनों परस्पर पूरक योजनायें थीं। बिना पुलिस के सहयोग के 'चम्बल सफारी' योजना का क्रियान्वयन संभव नहीं था। एक उत्साह दिखाई दे रहा था पुलिस विभाग में, पर्यटन विभाग में, जेलों में, जनसम्पर्क निदेशालयों के ज़िला कार्यालयों में, अखबारों के दफ़्तरों में और टी.वी. चैनलों के बॉक्स कक्षों में। सबसे ज़्यादा उत्साहित और प्रसन्न था डांग का जन समुदाय।

पर्यटन की इस योजना के प्रचार-प्रसार के साथ 'चम्बल राष्ट्रीय उद्यान' जो प्रमुख रूप से घड़ियाल संरक्षण के उद्देश्य से विकसित किया गया था, उसकी लोकप्रियता में भी वृद्धि होने लगी। इसका दोहरा लाभ मिला पर्यटन एवं घड़ियाल संरक्षण की दृष्टि से।

किसी ज़माने में बड़े लोगों के लिए कुख्यात लेकिन छोटे कहे जाने वाले इंसानों के लिए रॉबिनहुड नाम से विख्यात चम्बल के बागी मानसिंह राठौड़ के जीवन पर तैयार नौटंकी को अब परिवर्तन के इस नये युग में नये सिरे से कई स्थानों पर दिखाया जाने लगा था और वह भी विदेशी पर्यटकों के लिए चम्बल के बीहड़ों के बीच। ऐसी ही एक जगह है धौलपुर-राजाखेड़ा सड़क से कई मील दूर चम्बल के बीहड़ों में चीलपुरा गाँव का चौक। नौटंकी के सभी पात्र भूतपूर्व दस्यु थे और आयोजक उनके परिजन।

''हमने तो अब तक ई सुनी है और देखी है के चम्बल मइया के इन बीहड़न में जो काउ नौटंकी होबेगी तो ऊ हम जैसे बागीन के दिल बहलाबे के काजे करायी जाबेगी। हमारी परमीशन के बगैर नौटंकी जैसे खेल हमारो मज़ाक हैगो। याये हम कबहूँ बर्दाश्त ना कर सकत। ई करम की सजा नौटंकी करिबे वारेन कूँ जरूर मिलेगी। कौन ससुरे हैं ई तमाशा करिबे वारे ?'' चीलपुरा के बीहड़ों में यह खूंखार आवाज़ गूँजी। यह आवाज़ थी अचानक आ धमके डाकुओं के गिरोह के मुखिया की। ज़ाहिर है डांग के अच्छे दिनों की राह में खलनायकों की अभी कमी कहाँ थी।

एहतियातन इस नौटंकी की सुरक्षा के लिए राजस्थान सशस्त्र बल की एक टुकड़ी तैनात थी, जिसकी खबर डाकुओं को नहीं थी। पुलिस के उस दस्ते की डाकुओं के साथ भीषण मुठभेड़ हुई। करीब आधा दर्जन डकैत मारे गये। भूतपूर्व डाकू मानसिंह राठौड़ के जीवन पर आधारित नौटंकी का आयोजन तो चीलपुरा में अंत तक सम्पन्न नहीं हो सका, लेकिन अमन के बैरियों को यह सबक दे दिया गया कि अब केवल बागियों का राज नहीं है चम्बल के बीहड़ों में, कानून का भी इकबाल बुलंद रहेगा।

आंचलिक लोक मिथकों में चम्बल नदी को महाभारत की उस द्रौपदी की संज्ञा दी गयी है जिसके केश खुले हुए हैं और जिनको तब तक नहीं बाँधा जाना था जब तक कि उन्हें दु:शासन के रक्त से सना हुआ नहीं कर दिया जाये। बेइज्जत करते हुए बेरहमी से बाल खींचकर कौरवों की भरी राजसभा में दु:शासन ही लाया था द्रौपदी को। इसलिए चम्बल की मानसिकता में सम्मान की पुनर्प्राप्ति हेतु प्रतिशोध लेने की भावना, शपथ एवं संकल्प कूट-कूट कर भरा है। प्रतिशोध की रानी चम्बल। उसी की संतान हैं दस्यु सरगना और दस्यु सुंदरियाँ दस्यु युवराज और दस्यु युवरानियाँ।

भारत की अन्य किसी नदी के इतने दुर्गम बीहड़ नहीं हैं। दस्यु दलों के मुखिया इस धरा को डाकुओं की तपोभूमि यूँ ही नहीं कहते। डकैत क्या, इस क्षेत्र के हर इन्सान के लिए यह धरती जीवनयापन के लिए कठोर व निर्मम रहती आई है। मुश्किल से ज़िन्दगी गुज़ारी जाती रही है यहाँ चम्बल के बीहड़ों की डांग में। दिन-रात कदम-दर-कदम संघर्ष और

भय की राह से गुज़रता है जीवन यहाँ। जीवन कठिन है यहाँ और मौत आसान। पथरा चुकी है यहाँ मौत के प्रति संवेदना।

''जा को बैरी सुख से सोवे बाकू जीबे को धिक्कार!'' उस कनफटे हरजीनाथ ने इस पंक्ति के साथ यूँ ही आगाज़ नहीं किया था सारंगी के संग 'आल्हा ऊदल' की कथा का उस दिन कोड्यापुरा गाँव के श्रीफल गूजर की बाखड़ (आँगन) में। लेकिन अब चम्बल न कठोर है, न निर्मम, न संवेदनाशून्य, न दस्यु प्रसूता और न ही प्रतिशोधातुर द्रौपदी।

धौलपुर शहर और राजस्थान-मध्यप्रदेश की सीमा पर निर्मित चम्बल के पुल के बीच में बिखरे हुए हैं शेरशाह सूरी के किले के खंडहर। उन्हीं खंडहरों के बीच देशी-विदेशी पर्यटकों के मनोरंजन के लिए उस सांझ एक बार फिर से भूतपूर्व दस्यु सरगना मानसिंह राठौड़ के जीवन पर निर्मित नौटंकी के मंचन की तैयारियाँ आरंभ कर दी गयीं। अब यह जगह डाकुओं से सुरक्षित थी। चीलपुरा जैसी घटना की पुनरावृत्ति की संभावना समाप्त की जा चुकी थी।

वर्षा ऋतु चम्बल नदी में हर बरस भीषण बाढ़ लेकर आया करती थी। वह इस साल नहीं उफ़नी। ऐसा नहीं था कि इस बार बारिश ने किसी प्रकार की कृपणता बरती हो, पूरी पावस ऋतु ने उदार होकर पृथ्वी को तर कर दिया था। स्नानोपरांत वसुधा का रोम-रोम खिल उठा था। डांग की धरा के ललाट पर शताब्दियों से उभरी सलवटें समतल होती प्रतीत हो रही थीं। आश्विन का महीना बीत गया। शरद ऋतु के आगमन की पूर्वसंध्या मुस्काते हुए सूरज को अपनी बाँहों में समेट कर अरावली पर्वतमाला के पश्चिमवर्ती पठारी उठान से शनै:-शनै: सरकती हुई क्षितिज-यवनिका के पार विलुप्त होती विदा हो गयी।

नौटंकी के सूत्रधार ने कार्यक्रम के शुभारम्भ की ज्यों ही घोषणा की उसी क्षण अपने दोनों हाथों में चमकते हुए 'रजत-कलश' को थामे हुए शरद पूर्णिमा प्राची दिशि के मंच पर हौले से अवतरित हुई। नौटंकी के सूत्रधार सहित आयोजक, कलाकार व दर्शकों का ध्यान उधर आकर्षित हुआ। काल-घड़ी की सुई कतिपय क्षणों के लिए थम गयी। चम्बल नदी का पानी अपनी गति से बहता जा रहा था, किन्तु सतह पर ऐसा प्रतीत हो रहा था जैसे जल-तरंगें अपने स्थान पर खड़ी हुई हाथों को हिला-हिला कर इकदूजी का अभिवादन किये जा रही हों। शरद पूर्णिमा की उस रात्रि के प्रथम प्रहर में आकाश मार्ग पर धीरे-धीरे अग्रसर होता हुआ वह सुन्दर, सौम्य, शिशु जैसा शशि सौलह कलाओं से युक्त होकर शैशव से किशोरावस्था की दहलीज़ पर चढ़ता हुआ अपनी आभा बिखेर रहा था।

दस्यु मानसिंह राठौड़ वाली नौटंकी का सूत्रधार पुन: दर्शकों का ध्यान मंच की ओर आकर्षित करने के लिए उद्घोष करता है कि सुनो भाई सुनो,

करमन की गत ना टरे सुनिए सब नर नार
ठाकुर ते बागी भयो मानसिंह सिरदार।

नौटंकी का पहला दृश्य मंचित किया जाता है। कहानी विस्तार लेती हुई युवक मानसिंह को ठाकुर मानसिंह बनाने लगती है। खेल का दूसरा दृश्य उभरता है। परिस्थितियाँ बदलती हैं। दुर्भाग्य से गाँव 'खेड़ा राठौड़' का वह इज़्ज़तदार ठाकुर दस्यु बनकर चम्बल के बीहड़ों में कूद जाता है। मानसिंह राठौड़ की आँखों से प्रतिशोध का ज्वालामुखी फूटने लगता है। फिर उसका वह भयंकर आक्रोश दनदनाती बंदूकों की आवाज़ में तब्दील होने लगता है; हत्याएँ, प्रतिशोध, पुलिस से मुठभेड़, बीहड़ों में यहाँ-वहाँ पनाह की टोह।

उधर प्राकृतिक सौन्दर्य की वह अद्भुत छटा ऐसी अनुभूति करा रही थी जैसे चन्द्रमा कोटिश: किरणों से बुने हुए चन्द्रिका-पट को सद्यस्नात अपनी पृथ्वी माँ को सौंप रहा हो। कुछ ही पलों में वह धवल वस्त्र सम्पूर्ण धरती पर बिछ जाता है। चम्बल की लहरें नृत्य करने लगती हैं। इस क्रिया की हलचल से उछलने वाले जल-बिंदु ऐसा दृश्य सृजित किये जा रहे थे जैसे अनगिनत मुक्ता-मालाएँ चम्बल की सतह पर टूट-बिखर रही हों।

मानसिंह की नौटंकी का तीसरा दृश्य आरम्भ होता है—

अरे, बन्यो नईं करमन ते बागी
लंका ढई बिभीछन काजे
बनायो मोय अपनन ने दागी
करूं अब नेक काम जग में
अन्य काज कछु होय नईं मो ते
अब इन बीहड़न में...

डाकू मानसिंह अब गरीब बालिकाओं का ब्याह कराने वाला 'मामा', बेसहारा बच्चों का 'दद्दू', पीड़ितों के पक्ष में लड़ने वाले योद्धा के रूप में विकसित होता हुआ डांग का लोकप्रिय 'नायक' स्थापित हो जाता है। अंतिम दृश्य मंच पर सजीव होता है जिसमें गाँव 'काके का पुरा' के बरगद के पेड़ के नीचे आराम कर रहे दस्यु-दल के साथ पुलिस की भीषण मुठभेड़ का दृश्य अभिनीत किया जाता है जिसका पटाक्षेप दुर्दांत दस्यु-सम्राट मानसिंह राठौड़ की मौत के साथ हो जाता है।

शरद पूर्णिमा निखार के चरम शिखर पर पहुँच गयी थी। चम्बल के बीहड़ों में शेरशाह सूरी के नाम से प्रसिद्ध उस दुर्ग के खंडहरों के मध्य निर्मित मंच के आस-पास नौटंकी के समापन के साथ दर्शकों के बिखराव की हलचल के सिवा शेष सम्पूर्ण वसुंधरा श्वेत चन्द्रिका-वसन धारण किये हुए गहन निद्रा में चली गयी थी।

30

डाकू सम्राट मानसिंह वाली नौटंकी को न जाने कब से देख रहा था हरजीनाथ। किसी का ध्यान उसकी तरफ़ गया ही नहीं। बेशक, उसे पहचानने वाला वहाँ कोई नहीं होगा, फिर भी कंधे पर सारंगी लटकाए व एक हाथ में उस साज के गज (तंतु घर्षण पुर्जे) को थामे हुए एक गेरुए गणवेशधारी नाथ की तरफ़ किसी-न-किसी की नज़रें तो उठनी ही चाहिए थीं। ऐसा नहीं होना कोई अनहोनी बात भी नहीं थी, आखिर मानसिंह राठौड़ नाम से प्रसिद्ध एक इज़्ज़तदार ठाकुर के दुर्दांत दस्यु के रूप में परिवर्तित होने, डांग अंचल में उसके द्वारा 'लोक-नायक' की ख्याति अर्जित करने और जीवन के अंतिम क्षणों में पुन: कुख्यात डकैत के नाम से पुलिस-मुठभेड़ में हुई मृत्यु की नौटंकी के खेल के सामने एक घुमक्कड़ जोगी के प्रति कैसा आकर्षण!

अपनी जन्मभूमि गाँव सूरोठ से तो उसका मन पहले ही उचट गया था। बयाना के रिटायर डिप्टी एसपी मुरलीधर और श्रीफल पटेल की मौत के बाद डांग की भूमि के प्रति उसकी आत्मीयता को गहरी ठेस लगी। उस रमते जोगी का मन कहीं भी नहीं रम रहा था। श्रीफल गूजर के मृत्युभोज में सम्मिलित होने के पश्चात् रात्रि में हरजीनाथ वहाँ से निकल कर डांग की धरती को उत्तर से दक्षिण तक पार करता हुआ मध्यप्रदेश के मालवा अंचल में पहुँच गया। उसकी इच्छ हुई कि जीवन के अंतिम सोपान में एक बार उज्जयिनी जाकर बाबा भर्तृहरि की धूणी की भभूत को ललाट पर धारण कर आशीर्वाद ले ले। यही इच्छा उसकी लम्बी यात्रा का गंतव्य बन गयी। बाबा भर्तृहरि के भजन गाता हुआ कहीं बस, कहीं रेल और कहीं अपने पाँवों के सहारे आखिर वह अपने आराध्य बाबा की गुफ़ा पर पहुँच गया। अपने जैसे जोगियों की संगत में रहकर पखवाड़ा भर वहाँ बिताया।

बुढ़ापा इन्सान को बार-बार अपने अतीत की तरफ़ लौटाता है। हरजीनाथ भी वहाँ कितने दिन रहता, उसे अपनी धरा याद आई और उज्जैन की क्षिप्रा नदी ने उसे चम्बल की राह दिखा दी। चम्बल की बाँहों में बसी बस्तियों से गुज़रता हुआ हरजीनाथ धौलपुर के निकट बीहड़ों में अवस्थित शेरशाह सूरी के किले के खंडहरों में आ गया जहाँ डाकू सरगना मानसिंह राठौड़ के जीवन पर निर्मित नौटंकी खेली गयी।

आयोजक, कलाकार, श्रोतागण सब अपने-अपने ठिकानों की तरफ़ प्रस्थान कर चुके थे। शेरशाह सूरी के किले में फिर से सन्नाटा छाने लगा था। चम्बल के बीहड़ों के बीच नौटंकी के लिए तैयार समतल भू-स्थल के उस नि:स्वन एकांत के छोर पर भूरी रेत के एक ढूह पर बैठा हुआ हरजीनाथ शरदोत्सव के सौन्दर्य से समृद्ध नभमंडल को कुछ देर तक निहारता रहा। बचपन में उसने बुज़ुर्गों के मुख से सुना था कि मरने के बाद मनुष्य आकाश का तारा बनकर चमकने लगता है। जिस एकाग्र चित्त एवं एकटक दृष्टि से वह आसमान

को देख रहा था उससे ऐसा आभासित हुआ जैसे वह आकाश के नक्षत्रों में अपने माँ-बाप को ढूँढ रहा हो जो बहुत अर्सा पहले गुज़र गए थे या फिर वह कुछ महीनों पहले शांत हुए अपने दोस्त सेवानिवृत्त डिप्टी एसपी मुरलीधर के सितारे को पहचानने का प्रयास कर रहा हो अथवा कोड्यापुरा वाले अपने आत्मीय श्रीफल गूजर के नक्षत्र की टोह ले रहा हो। बार-बार वह अपनी बूढ़ी डबडबाई आँखों को अँगोछे से पोंछ रहा था। ''भैया, इन बुढ़ियाई अंखियन ते अब कछु ना दीसे। एक ज़माने में ये ई अँखियाँ उरती चिरिया-ये पकरि लेत ई, के ऊ किते जा रई है,'' वह बुदबुदाया। फिर उसने कुछ पलों के लिए दोनों नेत्र मूँद लिए जैसे अपने अंतर्मन में कुछ टटोलने लगा हो।

हरजीनाथ अस्सी पार कर चुका था। घुमक्कड़ी और सधुक्कड़ी मनुष्य की काया की अनेक बार परीक्षा लेती है। ज़िन्दगी का हर पड़ाव बदन को भिन्न प्रकार से गढ़ता चला जाता है। सुविधा भोगी शरीर को जल्दी घुन लग जाता है। हरजीनाथ ने जन्म से ही दु:ख देखे थे। दु:ख आदमी को बहुत कुछ सहने की क्षमता देता है। उसके तन में जितनी ऊर्जा थी उससे बढ़कर उत्साह था। इस पकी आयु तक आये उतार चढ़ावों के लम्बे मार्ग को पार करता हुआ, डांग क्षेत्र में हो रहे परिवर्तन की बयार को महसूस करता हुआ, वह हरजीनाथ घाट-घाट का पानी पीता हुआ डांग के विचारों के ताल वाले उस छोर से चम्बल के बीहड़ों के दूसरी ओर आ गया था। किसी ज़माने में इन बीहड़ों में बागियों का वास हुआ करता था। अब वह डर समाप्त हो गया था। रात के सन्नाटे में उसके मन में कहीं भूतों का भय अवश्य रहा होगा। शरद पूर्णिमा की खिली हुई चाँदनी में इसकी आशंका भी कम हो गयी थी। हरजीनाथ किसी भूत से भयभीत होने वाला जीव नहीं था। वह भूतों के नाथ भगवान शंकर का उपासक था। वैसे भी उसके पास था ही क्या जो कोई भूत उससे छीनता।

हरजीनाथ जिस ढूह पर बैठा हुआ था, वहाँ से उठ खड़ा हुआ और चल दिया। उसकी कोई तयशुदा मंज़िल नहीं थी। गमा, घेर, भम्बरोली, सहानपुर गाँवों के बीहड़ों को पार करता हुआ वह चम्बल के तट पर पहुँच गया। वहाँ से तिगरा गाँव की ऊबड़-खाबड़ बसावट स्पष्ट दिखाई दे रही थी। इस स्थल पर चम्बल नदी गहरी नहीं थी। नदी के दोनों तटों पर मुख्य रूप से पटेरा, गोंदरा व सरपत (कांस) की ऊँची घास उगी हुई थी। शरद पूर्णिमा की उस ढलती रात में मंद-मंद बह रहे पवन के प्रभाव से घास की कतारें झूम रही थीं। कांस-कूंचों के माथों पर ताम्बई वर्णी झौरे फूले हुए थे। रात का वह अंतिम पहर था। उषा उदित होने वाली थी। चम्बल के जल में नाना प्रकार के खगवृन्द कलोलरत थे। उनका कलरव वातावरण में गूँजने लगा था। तिगरा गाँव की बस्ती की तरफ़ से मुर्गे की बांग सुनाई दी। कुछ घरों से चाखी पीसने के 'घर्र-घर्र' के स्वर सुनाई दे रहे थे। नदी के किनारे पर उभरी हुई एक शिला पर हरजीनाथ बैठ गया।

''सृष्टि का कोई भी तत्व अभिशप्त कैसे हो सकता है? आकाश व पाताल सहित सागर-झील-नदी-नालों-वन-पर्वत-घाटी-गुफ़ा सभी की अपनी-अपनी महिमा होती है। इनके प्रति मनुष्य का दृष्टिकोण एवं व्यवहार ही इन्हें वरदानी अथवा शापित की संज्ञा देता है। मेरा नाम 'पितरों (मृतात्माओं) की नदी' किसने रखा? *महाभारत* के वनपर्व में मेरा उल्लेख 'पुण्य' सरिता के रूप में हुआ है फिर उसी महाकाव्य की रक्तपिपासु द्रौपदी से मेरी तुलना किसने की? एक तरफ़ मेरा निकट सम्बन्ध नर्मदा जैसी पवित्र नदी से बताया जाता है दूसरी ओर मुझे 'दस्यु-प्रसूता' की संज्ञा क्यों दी गयी? मेरे वक्ष पर मनुष्य ने चार-चार बाँध निर्मित कर मेरे स्तनों के जल रूपी दुग्ध से विद्युत-ऊर्जा उत्पन्न की और अपनी भूमि को सिंचित किया, फिर भी मुझे सभ्यता की दृष्टि से बाँझ कैसे रख दिया गया? उद्गम के पश्चात् मेरा विलय यमुना और तदोपरांत गंगा जैसी दिव्य नदी में होने के बाद भी मुझे आक्रोश व प्रतिशोध की जननी क्यों कहा जाता रहा? मेरा अस्तित्व दोनों तरफ़ फैले भुतहा बीहड़ों के बीच क्यों फँसा रहा?''

चर्मण्वती से चम्बल बना दी गयी डांग की वह नदी हज़ारों लहरों की हथेलियों को अपनी छाती पर पीट-पीट कर विलाप किये जा रही थी। हरजीनाथ के जोगिया मन ने चम्बल के रुदन को सुना, कितना समझा इसे वह नहीं जान सका। वह नाथ-पंथ का अनुयायी था, भोलेनाथ का भक्त था, गायक था और वादक था। शब्द से अधिक वह सुर का साधक था। इसलिए चम्बल की भाषा को न समझते हुए भी उसके पार्श्व में प्रवाहित हो रहे भाव-बोध को आत्मसात् करता रहा।

''नहीं, ऐसा कदापि नहीं! पुरुष एवं प्रकृति दोनों का स्वरूप अनादि होते हुए भी सह-अस्तित्व पर टिका होता है। जैसे पुरुष विहीन प्रकृति जड़ अवस्था में रहती है वैसे ही प्रकृति-स्थित पुरुष ही त्रिगुणात्मक पदार्थों को भोगने में सक्षम होता है। प्रकृति से विलग पुरुष निष्क्रिय दशा में रहता है। पुरुष की भूमिका में मनुष्य ने डांग के जीवन को सुधारा है, दस्यु समस्या का निराकरण किया है, चम्बल क्षेत्र में जल-जीव अभयारण्य और पर्यटन को विकसित किया है। बीहड़ों में आकर्षण उत्पन्न करते हुए चम्बल की सार्थकता को स्थापित करने का प्रयास किया है।''

वायुमंडल में इस स्वर के गूंजते ही चम्बल के स्मृति-पुंज में से महाकवि कालिदास के *मेघदूत* का वह दृश्य उभर कर सामने आने लगा जब विरही यक्ष का संदेशवाहक मेघ चम्बल नदी की मनोरम छटा को निहार कर घड़ी भर के लिए आकाश से नीचे उतर कर चम्बल की जल-सतह को चूमने लग गया था। तत्काल ही दूसरा दृश्य प्रकट होता है जिसमें मुक्तिबोध की 'चम्बल की घाटी' कविता की भयंकरता दिखाई देने लगती है। उस डरावने दृश्य के ऊपर फिर एक मोटी परत बिछ जाती है जिसके ऊपर धौलपुर अंचल के उस पार ज़िला मुरैना का केंथरी गाँव और उसकी बगल में वहाँ का सुन्दर प्राकृतिक घाट चित्रित होता है। सन् 2015 के 25 नवम्बर की रात की पदचाप के साथ ही पूनम का चाँद उदित होने

लगता है। दो दिन पहले आरम्भ हुआ चित्रकला शिविर चमकने लगता है जिसमें दिखाई देते हैं देश के विभिन्न अंचलों से पहुँचे कलाकार, जो एकत्रित हुए थे वहाँ, चम्बल के सौन्दर्य को अपनी रंगभरी कूँचियों से कैनवस पर उतारने के लिए। सामाजिक समरसता मंच के बैनर तले चंबल की वादियों में 'चंबल गौरव अभियान' के अंतर्गत वह शिविर आयोजित किया गया था। चम्बल की सतह पर उस मधुर स्मृति से उत्पन्न आभा ने शरद की पूर्णिमा की ज्योत्स्ना में चार चाँद जड़ दिए।

चम्बल नदी का विशाल स्मृति-संग्रहालय कुछ ही क्षणों में सिमट कर गोलाकार लघु कैनवस में परिवर्तित हो जाता है जिसकी मध्य रेखा शांत मुद्रा में प्रवाहित निर्मल नीर की सरिता का आभास कराने लगती है। ऐसा प्रतीत होता है जैसे हरजीनाथ का जोगिया चित्त ध्यान की मुद्रा में एकाग्र होकर उस कैनवस पर टिक गया।

मध्यप्रदेश में अवस्थित विंध्याचल पर्वत-शृंखला की जानापाव उपत्यका से उद्गमित होकर राजस्थान की सीमा को रेखांकित करते हुए उत्तरप्रदेश के जालौन ज़िले में यमुना में विलीन हो जाने तक का जीवंत दृश्य दिखाई देता है। उसके दोनों तटबंधों पर छायादार व फलदार वृक्षों की पंक्तियाँ खड़ी हैं। नाना प्रकार के पुष्प खिले हुए हैं। सुगंधयुक्त पवन मंथर गति से बह रहा है। भयावह बीहड़ों की भूलभुलैया समतल व हरे-भरे मैदान का आकार लिए हुए चित्रित है। उस मैदान में यहाँ-वहाँ मध्यम ऊँचाई की पर्वत चोटियाँ, चौड़ी छाती के पठार, उनके बीच में प्रवाहित नदी-नाले-निर्झर, झील-जलाशय, मनोहारी उपवन, फ़सलों से लहलहाते खेत, अन्न व चारे से भरे हुए खलिहान, मानव-बस्तियों में मुस्कुराते वृद्ध, हँसते युवा, खेलते-खिलखिलाते बालक, वनांचल में दौड़ते-भागते जीव-जंतु, आकाश में उड़ते खग-वृन्द कैनवस के आकर्षण में वृद्धि करते दिखते हैं। चम्बल के दोनों ओर जहाँ तक डाँग क्षेत्र को पहचाना जा सकता है, वहाँ तक के भू-दृश्यों के उत्कीर्णन के साथ सम्पूर्ण वातावरण में प्रस्फुटित भौतिक समृद्धि व मानसिक संतुष्टि के मनोभावों के संकेतों के अर्थ हरजीनाथ की अंतरात्मा तक पहुँच रहे थे। उस लघु कैनवस में चित्रांकित डाँग के विस्तीर्ण दृश्य-श्रव्य जगत को निहारते हुए हरजीनाथ के भीतर कुछ अचरज भरा सा घटित होता जा रहा था। यह एक ऐसा भाव-संवेग था जिसके एकीभूत होते ही उसकी सम्पूर्ण देह में कम्पन की अनुभूति हुई। उसने कंधे से लटकी अपनी सारंगी को उतार कर हाथों में लिया। सारंगी की खूँटियों को कसने लगा। गज पर कसे हुए अश्व-केशों को सारंगी के लौह-तंतुओं से रगड़ कर सुरों का परीक्षण किया। उसे लगा जैसे संगीत के सभी सुर प्रस्फुटित होने के लिए तत्पर थे। अपने प्रिय वाद्ययंत्र के साथ हरजीनाथ के कंठ की संगत बैठ गयी। चम्बल नदी के तट पर शताब्दियों से अडिग खड़े हुए उस शिलाखंड पर आसीन हरजीनाथ का गायन-वादन एक उच्च आलाप के रूप में नदी की जल-तरंगों पर तैरता हुआ वायुमंडल में गूँजने लगा। पूर्णिमा का शरदोत्सव समाप्त हो चुका था। अरुणोदय की गेरुआ यवनिका को हौले से हटाते हुए प्रकट हुई भोर की किरणों के नरम उजास में चम्बल के धरा-मंच पर दिवस ने अपने कदम रखे। चम्बल की धारा के ऊपर बगुलों की

पाँति ने श्वेत पताका फहराकर शरद ऋतु का स्वागत किया। नदी के तट पर काम करने वाले किसान, श्रमिक, ग्वाले, मछुवारे, केवट व कीरों में से कोई दर्जन भर नर-नारी हरजीनाथ के गायन-वादन को सुनकर उसके निकट एकत्रित होते गए।

डांग की मेरुदंड रूपी चम्बल के बीहड़ों में जहाँ दस्यु-दहाड़ों के साथ बन्दूक की गोलियाँ आग उगला करती थीं और उस धरा के एक कोने में भयभीत खड़े बरगद के वृक्ष पर खूँखार गिद्धों का डेरा हुआ करता था, अब वह दरख़्त निडर व शांत था। ज्यों-ज्यों हरजीनाथ के सुर मध्य सप्तक से तार सप्तक के कतिपय सोपानों पर आरूढ़ होते हुए पुन: अवरोहित होकर मंद सप्तक की गहराइयों में उतरकर जैसे ही अपनी वृद्धायु का संकेत देने लगे वैसे ही उस बूढ़े दरख़्त की एक ऊँची टहनी पर बैठी कोयल ने पंचम सुर में कहा, ''रे बाबा हरजीनाथ, प्रकृति के सभी तत्व डांग की इस भूमि पर अपने सम्पूर्ण सौन्दर्य व सार्थकता के साथ उपस्थित रहते आये हैं। देश की सबसे प्राचीन पर्वत-शृंखला यहीं से गुज़रती है। इसकी घाटियों की निर्झर-धाराओं के चहुँओर नाना प्रकार के फलदार वृक्ष व औषध-वनस्पतियाँ फैली हुई रहती हैं। छोटी-बड़ी आंचलिक नदियों के अनेक संगम यहाँ भी दिखाई देते हैं। दृढ़ पठारों के फैलाव के साथ रेतीले बीहड़ों की भूलभुलैया केवल इसी धरा पर देखने को मिलती है। इन भू-दृश्यों में भी ऋतुएँ अपनी भंगिमाओं के साथ परिवर्तित होती रही हैं। कद-काठी में यहाँ के वाशिंदे भले ही अन्यत्र बसे लोगों की तरह ऊँचे न दिखते हों, फिर भी श्रम व शौर्य में उन्होंने इतिहास रचा है। इस समस्त परिदृश्य को चम्बल ने अपनी गहराई के अनुरूप अत्यंत गंभीरता व धैर्य से निहारा है।''

फिर उसी कोयल की अंतिम कुहुक एक दीर्घ व उच्च आलाप में परिवर्तित होती हुई वायुमंडल में विलीन हो गयी। चहुँओर नीरवता पसर गयी।

हरजीनाथ को आभास हुआ जैसे कोयल की उस कुहुक में वेदना का एक क्रंदन था जिससे एक बड़ा सवाल पैदा हुआ, 'प्रकृति के व्यवहार व मनुष्य के जीवन में आपूरित अनुशासन के पश्चात् भी डांग की इस धरती को कौन-सा श्राप लगा है जो इसकी साधारण-सी छवि को काल के कुहासे ने भयावह कुख्याति में बदल दिया?' कालचक्र के संदों में झाँककर डांग की धरती को जितना चम्बल के दीर्घ इतिहास ने प्रवाहित जल से देखा उसी के समानांतर हरजीनाथ ने भी उसे अपनी लम्बी उम्र भर पाँवों से नापा था। चम्बल की राह में जितने घुमाव, कटाव व उतार-चढ़ाव आये, उतनी ही जटिलताएँ हरजीनाथ की ज़िन्दगी में आयीं और डांग का भूगोल भी ऐसी ही पेचीदा भूलभुलैया में अचीन्हा रह गया। चम्बल के सामने अपना प्राकृतिक विकल्प था यमुना व गंगा की राह सागर में विलीन हो जाने का। इसी नियति में उसे संतुष्ट होते रहना था। डांग की धरती का दु:ख-सुख मनुष्यों के हाथों में था जहाँ विकास के माध्यम से परिवर्तन की लहर चलने लगी थी।

हरजीनाथ अकेला रह गया। उसके सब साथी एक-एक कर संसार से विदा ले चुके थे। उसने डांग के पश्चिमांत से अपनी यात्रा आरंभ की थी। आज वह उसी डांग के पूर्वी भाग में प्रवाहित चम्बल नदी के तीर पर बैठा था। नदी के तट पर हरजीनाथ के गायन को थोड़ी-बहुत देर सुनकर स्थानीय लोग अपने-अपने काम पर कभी के चले गए थे। हरजीनाथ ज़िन्दगी से थक गया था। आयु भी उसका संग छोड़ने के लिए विचलित हो रही थी। उसकी जीर्ण-शीर्ण काया भी अब स्थायी विश्रांति चाह रही थी। नाथपंथ के अनुयायी भोला-भक्त उस जोगी की सारंगी के लोह-तंतु ढीले होते जा रहे थे और अश्व-केशों की घर्षण-क्षमता क्षीण होती जा रही थी। सारंगी के सुर भी शांत होना चाह रहे थे।

हरजीनाथ ने सारंगी को एक बार फिर से सँभाला। बाएँ कंधे से सटाकर साज के मुख्य ढाँचे (बॉडी) को हथेली पर टिकाया। दूसरे हाथ की उँगलियों में यंत्र के गज को पकड़ा। दुर्बल काया की वजह से उँगलियों की पकड़ कमज़ोर थी। ढाँचे के तंतुओं पर गज की तंत्रिकाओं का घर्षण ठीक से नहीं हो पा रहा था। ज़िन्दगी भर साधे हुए साज में से सुर नहीं निकल पा रहे थे। तार सप्तक के सुर कहीं आकाश में विलीन हो गए थे। पूरा का पूरा मध्य सप्तक कहीं बीहड़ों में खो गया प्रतीत हो रहा था। मंद्र सप्तक के सभी स्वर चम्बल की गहराई में उतर गए थे। शरद ऋतु के वातावरण में 'बसंत बहार' फ़िल्म का गीत न जाने किस दिशा से और किन तरंगों पर तैरता हुआ हरजीनाथ के हृदय के गह्वरों में प्रविष्ट होकर बहुत ही धीमी आवाज़ में छटपटाने लगा जो उस जोगी के लिए पूर्णत: अपरिचित था—''सुर ना सजे क्या गाऊँ मैं, सुर के बिना जीवन सूना... ।''

अचानक हरजीनाथ के हाथों से सारंगी छूटकर शिलाखंड की बगल में चम्बल की रेत पर गिर गयी। उसी के साथ हरजीनाथ के कंठ से घरड़...घरड़...की आवाज़ निकली। जिस शिला पर वह सुबह से बैठा हुआ था वहाँ से असंतुलित होता हुआ लुढ़का। दोनों घुटनों को टिकाकार अर्द्ध-दंडवत मुद्रा में चम्बल के तीर पर पसर गया। नदी के मंद जल-प्रवाह में से एक तेज़ लहर उठी। हरजीनाथ की निष्प्राण देह चम्बल की कोख में समा गयी। उस बूढ़े जोगी ने ज़िंदगी में जितने स्थलों पर जिस सारंगी के संग अस्थायी प्रवास किया था उससे कई गुणा घुमक्कड़ी डांग की इस धरा पर की थी, अपने उस प्रिय साज को चम्बल के किनारे छोड़कर वह अज्ञात यात्रा पर निकल गया। चम्बल का तट अब शांत था। पूरब दिशा के शहतीर से हौले-हौले आसमान में उठता हुआ सूरज धरती पर अपनी आभा बिखेर रहा था। चम्बल का जल-प्रवाह मंद था। वायु का संचरण भी मंथर गति में था। बरगद का वह वृद्ध वृक्ष गंभीर मुद्रा लिए पूरी तरह से शांत प्रतीत हो रहा था।

तिगरा गाँव की तरफ़ से किशोर अवस्था का एक ग्वाला करीब दर्जन भर बकरियों को चराता हुआ चम्बल नदी के किनारे पहुँचा। उसकी दृष्टि सारंगी पर पड़ी। उसने इधर-

उधर देखा। आस-पास किसी आदमी को नहीं पाकर उसने वह सारंगी उठा ली। चम्बल के पानी में भीगे हुए पवन की एक लहर उठी। हरजीनाथ की जिस सारंगी को वह ग्वाला सजग हाथों में थामे हुए था, उसके तंतुओं में धीमा सा स्पंदन हुआ और उसी के साथ आल्हा छंद की पंक्तियाँ वातावरण में गूँज उठीं—

बात पुरानी वहीं रह गयी, अब आगे का सुनिए हाल।
बीहड़ छोड़ि गये बागीजन, अमन चैन का राज बहाल।।
अरी भगवती चम्बल मैया! तेरी लीला अपरम्पार।
'डांग' देस की अजब कथा ई, सुनियो भैया बारम्बार।।

□□□

राजपाल एण्ड सन्ज़ की स्थापना एक शताब्दी पूर्व 1912 में लाहौर में हुई थी। आरम्भिक दिनों में अधिकतर धार्मिक, सामाजिक और देश-प्रेम की पुस्तकें प्रकाशित होती थीं और हिन्दी के अतिरिक्त अंग्रेज़ी, उर्दू व पंजाबी भाषा में भी पुस्तकें प्रकाशित की जाती थीं।

1947 में भारत-विभाजन के बाद राजपाल एण्ड सन्ज़ को नए सिरे से दिल्ली में स्थापित किया गया और साहित्यिक पुस्तकों के प्रकाशन का आरम्भ हुआ। रामधारी सिंह दिनकर, महादेवी वर्मा, बच्चन, अज्ञेय, शिवानी, आचार्य चतुरसेन, विष्णु प्रभाकर, राजेन्द्र यादव, मोहन राकेश, रांगेय राघव, कमलेश्वर और अन्य साहित्यिक लेखकों की कृतियाँ यहाँ से प्रकाशित होने लगीं। राजपाल एण्ड सन्ज़ से प्रकाशित *मधुशाला, कुरुक्षेत्र, मानस का हंस, आवारा मसीहा, कितने पाकिस्तान, आषाढ़ का एक दिन* जैसी पुस्तकें हिन्दी साहित्य की 'क्लासिक पुस्तकें' मानी जाती हैं और आज भी लोकप्रियता के शिखर पर हैं। भारत के राष्ट्रपतियों और प्रधानमंत्रियों की पुस्तकें प्रकाशित करने का गौरव भी राजपाल एण्ड सन्ज़ को प्राप्त है। नोबेल पुरस्कार से सम्मानित अर्थशास्त्री डॉ. अमर्त्य सेन की सभी पुस्तकों के हिन्दी अनुवाद यहाँ से प्रकाशित हैं। अन्तरराष्ट्रीय चर्चित पुस्तकों के अनुवाद, विश्वविख्यात कोशकार डॉ. हरदेव बाहरी द्वारा सम्पादित 'राजपाल' शब्दकोशों की शृंखला और किशोरों के लिए सैकड़ों पुस्तकें राजपाल एण्ड सन्ज़ से प्रकाशित हुई हैं।

पाठकों के स्वस्थ और सुरुचिपूर्ण मनोरंजन और ज्ञानवर्धन के लिए समर्पित राजपाल एण्ड सन्ज़ से हिन्दी और अंग्रेज़ी में पुस्तकें प्रकाशित होती हैं जो देश के सभी बड़े पुस्तक-विक्रेताओं और विश्व भर के ऑनलाइन विक्रेताओं के यहाँ उपलब्ध हैं।

राजपाल एण्ड सन्ज़

1590 मदरसा रोड, कश्मीरी गेट, दिल्ली-6, फोन: 011-23869812, 23865483
email: sales@rajpalpublishing.com, facebook: facebook.com/rajpalandsons
website: www.rajpalpublishing.com